GOLDMANN

*Buch*

Der Schriftsteller Walter Forestier lebt mit seiner flämischen Frau in einem kleinen Dorf in der Nähe der französischen Pyrenäen. Im Laufe seines Lebens hat sich Forestier, von Geburt Engländer, zu einem Sonderling und Einzelgänger entwickelt. Eines Abends, als der Schriftsteller allein in dem abgelegenen Haus ist, wird er von drei Jugendlichen, bewaffnet mit einer Machete, überfallen. Auf der Suche nach Wertsachen fesseln und verwunden sie Forestier, zerstören sie Kunstgegenstände, töten schließlich seinen Hund. Doch entgegen den Erwartungen seiner Frau, die ihn verletzt vorfindet, zeigt Forestier den Vorfall nicht an. Er ahnt nicht, daß sich die Angelegenheit zu einem Alptraum entwickelt. Und das Finale ist tödlich ...

*Autor*

Nicolas Freeling wurde 1927 in London geboren. Er verbrachte seine Kindheit in Frankreich, ehe er an der Universität von Dublin Literaturgeschichte studierte. Danach lebte er einige Zeit in den Niederlanden und kehrte schließlich nach Frankreich zurück. 1966 erhielt er den Edgar-Allan-Poe-Preis für den besten Kriminalroman des Jahres.

Außer dem vorliegenden Band ist von Nicolas Freeling als Goldmann-Taschenbuch erschienen:

Tsching bumm! · 5261
Van der Valk muß schweigen · 5254
Keine Schuld an ihrem Tod · 5257
Van der Valk und der tote Maler · 5246
Im Rücken des Nordwinds · 5251
Liebe in Amsterdam · 5241
Wolfsnacht · 5231
Ein verdammtes Ding nach dem anderen · 5225
Castangs Stadt · 5221
Inspektor van der Valks Witwe · 4897
Der schwarze Rolls-Royce · 5206

Nicolas
Freeling

# Die weiße Waffe

ROMAN

Deutsche
Erstveröffentlichung

GOLDMANN
VERLAG

Aus dem Englischen übertragen
von Mechtild Sandberg-Ciletti
Originaltitel: A City Solitary
Originalverlag: Heinemann, London

Made in Germany · 12/85 · 1. Auflage

Umschlagentwurf: Design Team, München
Umschlagfoto: Hubertus Mall, Stuttgart
Satz: Fotosatz Glücker, Würzburg
Druck: Elsnerdruck, Berlin
Verlagsnummer: 6899
Lektorat: Annemarie Bruhns / Werner Morawetz
Herstellung: Sebastian Strohmaier
ISBN 3-442-06899-1

# Erster Teil

## 1

Neun Uhr ist an sich nicht spät. Auf dem Land vielleicht würde man sagen »nachts um neun«; in der Stadt dagegen »neun Uhr abends«.

Es gibt eine französische Redewendung, ›das Ende des Abends‹: sie paßt, denn dies ist eine ländliche Gegend in Frankreich, eines der zahllosen Hochtäler, die in Windungen von den breiten fruchtbaren Flußtälern aufsteigen, in den Vorbergen enger werden, immer verschachtelter und unwirtlicher, je näher die hohen Pyrenäen rücken. Ein rasch dahinströmender Fluß, der zur Zeit der Schneeschmelze gern über die Ufer tritt, schrumpft zu einem immer noch munter rieselnden Bach mit steinigem Bett, das von schlammüberzogenen alten Autoreifen, fleckigen Plastikflaschen, einer Hochwassermarkierung von Blechdosen verschandelt ist, von zerfetzten Plastiktüten, die sich an Baumstümpfen und im Gestrüpp verfangen haben und immer noch ihre Werbesprüche schreien. Jede kleine Fabrik am Bach schüttet unbekümmert ihre Abwässer und Altöle, Bleichmittel und verbrauchten Schmiermittel ins Wasser; eine lange, bedrückende Liste verbotener Giftstoffe. Sollen die da unten sich doch den Kopf darüber zerbrechen, wohin das Wasser das alles tragen wird; zur Garonne schließlich, an Toulouse vorbei. Auf der Préfecture weiß man genau Bescheid und würde den Sündern gerne Bußgelder aufbrummen. Aber was soll man tun? Es sind fast lauter armselige kleine Unternehmen von marginaler Bedeutung. Was hat Vorrang? Der Kampf gegen die ekelhafte, achtlose, unsoziale und egoistische Verschmutzung? Oder die Arbeitsplätze, die Weiterbeschäftigung eines halben Dutzends Männer, zehn Frauen vielleicht? Wir müssen abwarten und auf bessere Zeiten hoffen: bisher ist kaum eine Spur von ihnen zu bemerken, die Apathie regiert.

Die Reichen sitzen am Drücker. Sie können jederzeit den Schlüssel in der Tür drehen und sich für bankrott erklären: Ihr Privatvermögen bleibt unangetastet. Die Armen waren immer arm und sollten sich inzwischen an den Zustand gewöhnt haben.

Noch weiter oben ist der Bach nur noch ein felsiges Bergrinnsal. Weniger verschmutzt, da weniger Menschen dorthin kommen. Und die Verschmutzung organischer; die Dorfabwässer. Ein Knäuel Toilettenpapier oder die Innereien eines Kaninchens, in einer Ritze zwischen den Steinen eingeklemmt.

Eine Bergbauernwirtschaft; alles über dreihundert Meter Höhe ist Bergbauernwirtschaft. ›Moderne‹ Landwirtschaft ist ausgeschlossen. Die Felder sind zu klein und zu steil, das Getreide steht zu dünn und wird spät reif. Ein paar Schafe, ein, zwei Ziegen; kleine Gärten am Haus. In den sonnigeren Tälern Heu für ein paar Kühe. Es hat Ähnlichkeit mit Tirol oder dem Valtellina. Im Sommer kommen Touristen. Hoch oben leben einige Dörfer recht gut vom Wintersport, und tiefer sind viele verlassene Häuser zu Wochenendhäusern für die Städter aufpoliert worden. Es herrscht eine Art fragwürdiger Wohlstand. Niemand will mehr die traditionellen Baskenmützen oder Espadrilles, aber man handelt mit Wolle aus den Pyrenäen, gefälschten Antiquitäten, Dingen aus Holz und Metall, Touristennepp wie Hirtenstäben und spanischen Weinflaschen aus Leder, Plastikrosenkränzen und Heiligen Jungfrauen für die Frömmlernischen in Lourdes; es gibt metallisch schmeckende Weißweine und guten Käse.

Die Menschen sind hart, mit streng geschnittenen Gesichtern, wortkarg. Häufig offen und gutmütig, gastfreundlich und zum Lachen aufgelegt. Es gibt hier viel verschiedenes Blut zwischen den Basken des Atlantiks und den Katalanen des Mittelmeeres. Was sind Gascogner? – Kelten und Westgoten und weiß der Himmel was. Sie sind eigentlich überhaupt keine Franzosen: Die Meinungen, ob ihnen das als Vorteil anzurechnen ist, gehen auseinander. Es herrschen merkwürdige religiöse Bekenntnisse und auch weit verbreiteter Aberglauben. Es ist großenteils Albigenserland, wo man von den Päpsten wenig hält und, so katholisch, gegen das heilige Dogma sich entschieden auflehnt. Bischöfe früherer Bischofssitze wie Parmiers oder St. Bertrand de Comminges, einst strenge Inquisitoren, würden heute mit leichterer Hand herrschen, genauer darauf achten, wie sie gewissermaßen ihre Füße setzen.

Man begegnet hier oben auch anderen Menschen; Künstlern und Naturschützern und allen möglichen verschrobenen Käuzen. Manche verstehen die Welt nicht, in der sie leben, manche verachten sie. Manche sind ernsthaft, andere schneller mit Spott bei der Hand.

Es ist ein Aprilabend, und es regnet, und in den Bergen ist es längst dunkel. Die Straße ist holprig und schmal, stellenweise mit Asphalt geflickt, aber beileibe nicht durchgehend asphaltiert, voller Pfützen, Rinnsale und losem Geröll. Sie läuft am Bach entlang durch das Dorf und führt nirgendwo anders hin als zu einem noch kleineren Dorf weiter oben. Um neun sind nur wenige Menschen unterwegs; nach dem Abendessen hocken sich die Bauern heute gern vor ihren Fernsehapparat. Dennoch würde das Geräusch eines Autos Aufmerksamkeit erregen, denn in dem hochgelegenen Dorf – eine Bevölkerung von vielleicht dreißig Seelen – gibt es jetzt kein Café mehr. Das Haus mit der früher verschnörkelten, jetzt verblichenen, teilweise abgeblätterten Aufschrift quer über der Fassade ist noch da. Die Worte ›Café de l'Etoile‹ kann man gerade noch entziffern.

In diesem Dorf steht ein Haus, das sich von den anderen durch einen kleinen Glockenturm unterscheidet, der aus Holzschindeln errichtet auf dem Dachfirst reitet und früher einmal die Kinder von den fernliegenden Höfen zur Schule rief.

Auf einem der Gehöfte wohnt Walter, der in diesem Augenblick vor einem langsam erlöschenden Feuer in seinem ›Studio‹ sitzt; die Scheune ist Teil dieser kleinen Bergbauernhäuser, und die Tiere hatten ihren Stall darunter. Sie hat die Größe zweier großer Zimmer, und der Speicher darüber ist einbezogen; ein großer, luftiger Arbeitsraum. Eine Terrassentür hat das primitive Holztor abgelöst, durch das das Heu eingebracht wurde, doch die Holzrampe zur steilen Bergwiese hinter dem Haus hat er gelassen. Der Rest des Hauses ist sicher hinter verschlossenen Läden und Riegeln; nur Faulheit oder Lethargie haben ihn gehindert, zu Bett zu gehen. Die Fenstertür jedoch ist nicht abgeschlossen, denn Sylvie, seine Frau, ist noch aus und kommt vielleicht erst spät zurück, da sie ›in die Stadt gefahren‹ ist. Die Rückfahrt von Toulouse dauert lang. Auch die Kinder haben eine Art, hereinzuschneien, wie es ihnen gerade einfällt, oft mitten in der Nacht. Auch sie ›gehen gleich hinten rein‹. Einbrecher gibt es in dieser Gegend wirklich nicht, ach Gott. Hier gibt es nichts zu holen.

Walter, der Tagträume spinnt, hebt einen Moment den Kopf, als der Hund unten in der Küche anschlägt. Dummes Vieh, kläfft alles und jeden an, selbst den harmlosesten blumenpflückenden Touristen, selbst ein Auto auf der Straße unterhalb, dessen Motorengeräusch es nicht erkennt. Walter lehnt sich zurück, schlägt die Beine übereinander, so daß ein Knöchel lässig auf dem Knie ruht, schnippt einen Zigarettenstummel in die Glut. Ian Fleming bemerkte einmal, daß so nur ein Engländer sitzt und daher augenblicklich als solcher erkennbar ist. Englisches Blut, ja, auf jeden Fall ein Nordländer, mit dem langen Schädel, dem schlaff in die Stirn hängenden blonden Haar, in dem sich nie ein richtiger Scheitel ziehen läßt, und der ziemlich großgewachsenen, knochigen Gestalt, steifgliedrig und linkisch, und dem langen Gesicht mit den lebhaften Zügen. Sein Haar jetzt von der undefinierbaren Färbung zwischen Mausbraun und Grau, viele Linien im Gesicht und um die graublauen Augen, denn Walter hat die Lebensmitte überschritten, aber der Körper ist noch schlank und drahtig; ausgedehntes Spazierengehen in den Bergen hat ihn gesund erhalten. Das Gesicht ist eigentlich durch nichts Besonderes gekennzeichnet – eine hohe Stirn, Kinn und Nase, aber nichts, was das Augenmerk auf sich ziehen würde, höchstens daß er an diesem Morgen zu faul war, sich zu rasieren. Ein Beobachter würde, wenn man ihn bäte, sich die Mühe zu machen, zweifellos zustimmen, daß Walters Gesicht interessant ist, Charakter und Intelligenz verrät; aber nichts Aufregendes. Selbst in dieser Gegend hier erregen die hellhaarigen, normannisch wirkenden Typen keine Aufmerksamkeit – man begegnet ihnen überall.

Die Einheimischen, empfindlich und argwöhnisch zwar und voller Ressentiments gegen jeden Fremden, der den Überlegenen herauskehrt, akzeptieren Walter mit Gelassenheit. Sein Akzent belustigt sie, sowohl sein Französisch als auch sein Spanisch klingen gestelzt und gekünstelt, aber er kleidet sich wie sie in verblichene Overalls und geflickte Pullis; ihnen gefällt seine Art, das Komische an nüchternen Ereignissen zu sehen, und sie mögen seine guten Manieren alter Schule. Was schadet er schon? Er ist ›Künstler‹, und die Leute im Süden haben gern einen in ihrer Mitte, auch wenn dieses obskure Metier noch so nebulös und verrufen ist. Das leicht Fremdartige, das ihm anhaftet, ein Hauch nördlicher Meere, östlicher Steppen – die Mutter Prat behauptet, er wäre Russe –, stört sie weniger, als man vielleicht erwarten könnte. Vielleicht rühren sich da verschüttete Erinnerungen, daß auch ihre Vorfahren vor langer Zeit...

Das Bett wäre jetzt das Richtige. Warum hier noch herumlungern? Sylvie wird vielleicht erst in Stunden nach Hause kommen. Er hatte keine Ahnung, was sie trieb, und kein Verlangen es zu erforschen. Sie hatte Freude daran, unter Menschen zu sein; sich zu amüsieren. Sie fuhr oft in die Stadt. Es war Ehrensache zu sagen, »Also viel Spaß«, wenn sie losfuhr, und »Na, war's nett?« wenn sie zurückkam. Keine Fragen... Es ist völlig normal, selbst wenn eine lange Geschichte dahintersteckt. Walter mag diese einsame, ländliche Gegend; sie langweilt sich hier zu Tode. Er ist schlechthin ungesellig, und Feste sind ihm ein Greuel; ihr hingegen ist dichtes, wildes Gedränge ein körperliches Bedürfnis... Er lebt viel in einer Welt, die von der Phantasie geschaffen und bevölkert ist; Sylvie ist schön, intelligent und witzig; sie hat so viel Phantasie, sagt Walter grob und manchmal ungeduldig, wie ein Glas Joghurt. Aber sie lebt mit ihm zusammen, meist allein – seit die Kinder erwachsen sind. Sie müssen sich bemühen, den anderen und das Leben, das er führt, zu respektieren...

Schläfrigkeit daher, denn Walter hält sich an die Zeiten der Bauern; am frühen Morgen arbeitet er am besten, während Sylvie, ein Nachtlicht, murrt, wenn er, nachdem er eine Stunde oder so im Bett gelesen hat, das Licht ausmachen will. Aus Gewohnheit teilen sie immer noch das behäbige alte Bett aus dem Holz irgend eines Obstbaums, in das früher wahrscheinlich oft ein krankes oder unglückliches Kind hineingepackt wurde und das so breit ist, daß zwei Erwachsene ungestört darin schlafen können, ohne wie die

Ölsardinen zu liegen; die Nachttischlampen sind drei Meter auseinander, aber Walters Augenlider sind lichtempfindlich, während Sylvie sogar mitten im Ring im Madison Square Garden selig schlummern könnte. Zerstreutheit. Und sehr oft in der Reaktion so langsam wie ein Kapuzineräffchen. Wie viele Menschen mit einem wachen Verstand, kann Walter so schwerfällig sein wie ein denkfauler Schüler.

Der Hund fängt an, wütend zu bellen, aber er bedauert nur, daß er zu weit weg ist, um zu sagen: »Ach, halt die Klappe«, und ihm mit dem Schuh in die Rippen zu puffen.

Wie viele von uns, vielleicht die meisten von uns, wird Walter sich in gereiztem Lamento fragen, wie er so dumm sein konnte und mit der Hand auf den Tisch schlagen; und Sylvie fragen: »Aber selbst wenn du nicht so dumm gewesen wärst ...?«

Denn wie die Mutter des kleinen Mädchens in dem Reim

›Das in seinem Kinderbett

Auf dem Kopf stand‹, meint man, es wären die Jungen. Einer war erst in der vergangenen Woche durch das Küchenfenster gekommen; in Sturzhelm, Brille und langem Ledermantel à la Karloff war er drohend auf den Hund zugeschlichen, der sich erschrocken knurrend unter einen Stuhl zurückgezogen hatte; viel erheitertes Gelächter. Und als sich die Fenstertür ganz leise öffnete, fünf Schritte von seinem Sessel entfernt, brauchte Walter zwei, drei langsame Herzschläge, um überhaupt wahrzunehmen, daß etwas nicht stimmte, den Satz: »Hab' dich im ersten Moment gar nicht erkannt« zurückzuhalten. Die hochgewachsene Gestalt in der Lederjacke war nicht maskiert; nur im Schatten.

»Ganz allein?« Eine leise Stimme, wenn auch rauh und spöttisch. Walter hörte nur, daß es eine fremde Stimme war. Sie war außerdem sarkastisch und vor allem selbstsicher. Und das macht insgesamt sechs Adjektive, und die sind rascher niedergeschrieben, als sie vom Ohr aufgenommen werden. »Einsam und traurig am Kamin?«

Entrüstung, und keine Furcht. Die Leute auf dem Land kommen gern einfach herein; wie in eine Mühle, um Mehl zu kaufen. Und die jungen Leute haben keine Manieren.

»Und wer, zum Teufel, sind Sie?«

Noch zwei Gestalten haben sich hereingeschoben, eine von ihnen ein Mädchen. Selbst jetzt glaubt Walter noch, daß sie sich entweder in den Bergen verfahren haben oder daß ihnen das Benzin ausgegangen ist; ist irritiert.

»Bleiben Sie! Lassen Sie sich nicht stören.« Parodie sozialer Umgangsformen. Die Hand an der Seite wurde vorgeschoben; ein spitzer Finger, sechzig Zentimeter lang.

Eine Machete. Eine fünfundvierzig Zentimeter lange Klinge, der Rücken schwer und gerade, die Schneide gebogen und tückisch. Walter hatte selber eine: kein Zuckerrohr in dieser Gegend, aber viel hohes Unkraut ... Er fand sie weit beängstigender als jede Schußwaffe. Eine Kugel kann weiß Gott wo landen; aber ein Säbel ... Walters Verstand, so langsam, ist auch schnell. Er sieht den Moment, wo die Kavallerie der Britischen Armee, hundert Jahre lang ein Witz, auf freiem Feld eine Schar Buren einholte. Ulanen, Dragoner. Klinge oder Spitze: einmal reicht. Walter kennt die *arme blanche* – das Bajonett, das Messer. Er hat nur seinen Verstand und lehnt sich wieder in den Sessel. Viel wird es ihm nicht helfen, aber man kann es sich wenigstens bequem machen. Er schlägt die Beine wieder übereinander, verschränkt die Arme. Die Art und Weise, wie sie hereinspaziert sind; Pillen vielleicht; Weckamine oder sowas. Wahrscheinlich haben sie den Wagen offen stehen gelassen – nichts Verstohlenes.

»Sonst ist niemand hier? Keine Frauen? Kinder?«

Walter schüttelt den Kopf. Er ist froh. Ob er sich nun gut oder schlecht verhält, er ist wenigstens allein.

Der junge Anführer – sie sind alle ein- oder zweiundzwanzig, das Alter seiner eigenen Kinder – klemmt die Machete unter den Arm, wandert umher. Unten hat das Bellen und Knurren des Hundes einen wütenden Höhepunkt erreicht.

»Schaut nach«, sagte er zu den beiden. Sieht sich um. »Bücher – wozu sind die nutze?« Im Vorübergehen schneidet er das Telefonkabel durch, so wie eine Hausfrau eine welke Blume köpft. Nur der Ordnung halber.

Das Schwierige am Schreiben ist, wie Walter, ein Schriftsteller festgestellt hat, daß es zu viele Wörter gibt. Der Gedanke ist viel schneller als die Tat, braucht mehr Zeit, um ausgesprochen zu werden. Man ist gegen Gewalt, aber wenn es gilt, das eigene Heim zu verteidigen ... Die Vorfahren, möchte man meinen, wären von einer Machete nicht übermäßig beeindruckt gewesen; das gehört eben dazu. Wenn man vielleicht einen Spazierstock hätte, konnte man es versuchen. Es war aber keiner greifbar, und er ließ sich das durch den Kopf gehen, hatte aber kaum das eine Bein vom anderen genommen, als die Stimme träge sagte: »Wenn Sie ekelhaft werden wollen, werd' ich noch ekelhafter. Nur um's Ihnen zu zeigen.« Der kleine Schürhaken war zu klein. Er streckte die Beine aus, sowohl erschrocken als auch unerschrocken. Ein Detail aus Dumas fällt ihm ein, passend, wenn auch geschichtlich nicht verbürgt – Karl I. bei seinem Prozeß, wie er mit seinem kleinen Stock an die Axt tippt. ›Der Himmel sei uns gnädig, diese Leute, denke ich, haben nicht mehr Mut als ein Fleischer. Ich schlage Euch und warte geduldig, daß Ihr den Schlag zurückgebt.‹ Walter spannt alle Muskeln, die er hat, und der andere dreht sich um und richtet die Machete auf ihn.

»Bleiben Sie ruhig, dann tu' ich Ihnen nichts.« Das klingt beinahe menschlich. »Wir haben uns auf diesen verdammten Straßen verfahren. Haben einen Mordshunger.«

Die anderen beiden kamen mit sauren Mienen zurück.

»Niemand sonst. Nichts zu holen.« Der Mann, oder Junge, trägt Bahnen zerrissenen Stoffs, die noch als die Stores vom unteren Wohnzimmer zu erkennen sind.

»Mal sehen. Schauen wir mal in den Keller? Vielleicht finden wir ein paar Flaschen. Okay, Sportsfreund, wir fesseln Sie, damit ich mein Abendessen in Ruhe verdauen kann. Der Sessel tut's schon.« Wobei er die Stoffbahnen der Länge nach riß.

»Arme Leute, wie?« fragte das Mädchen verächtlich. »Von außen sah das Haus ganz gut aus.«

Sie hielten ihm Arme und Beine fest, ohne Gewalt. Es lohnt sich nicht, ihn zu knebeln; das nächste Haus ist hundert Meter entfernt. Hier können sie es sich gemütlich machen und den Fernseher voll aufdrehen. Vielleicht aus Spott, vielleicht, weil es gern seine Macht zeigt, vielleicht sogar, weil es gern Schmerz bereitet, versetzt ihm das Mädchen mit der großen Taschenlampe – seiner –, die es in der Hand hat, einen leichten, schmerzhaften Schlag auf die Schläfe. Dann gehen sie ohne einen Blick zurückzuwerfen hinaus; er existiert nicht mehr. Erst da fällt es ihm auf – der Hund gibt keinen Laut mehr. Und ihm wird klar, daß sie töten. Es ist schlimm, wenn man Phantasie hat, und Walter schließt die Augen.

Man muß versuchen zu überlegen. Sie tragen keine Masken, sie hinterlassen überall Fußspuren und Fingerabdrücke. Es ist ihnen offenbar gleichgültig – heißt das, daß sie mich töten werden? Aber ihre Spuren werden bleiben, mehr als genug für eine Identifizierung. Sie sind also wohl sicher, daß die langsame, dumme Polizei sie niemals einholen wird? Oder ist es ihnen einfach gleich? Wie setzt man sich mit so etwas auseinander? Sie sind keine Araber, Schwarzen, Türken. Sie sind junge Franzosen, nicht zu unterscheiden von meinen Kindern. Städterstimmen mit der Ausdrucksweise einer ganzen Generation. Analphabeten? Viele junge Leute auf Universitäten mit akademischen Graden sind Analphabeten; heutzutage braucht man nicht lesen und schreiben zu können, man muß sich nur auf die Zahlen verstehen. Wahrscheinlich fanden sie die Schule eine Zeitverschwendung. Meine eigenen Kinder kamen zu demselben Schluß. Doch diese hier rauben, zerstören und töten. Wo liegt der Unterschied? Diese Frage zu stellen, ist gewiß ebenfalls Zeitverschwendung. Und sie auszumerzen – auch. Denn für jeden Ausgemerzten warten schon hundert neue. Dies sind die *ecorcheurs*, die Söldner der Geschichte, die keine Arbeit hatten – oder nicht bezahlt worden waren. Ihre Zahl wächst ...

Walter ist sich im klaren darüber, daß solche Gedanken völlig sinnlos sind.

Wieder ist es der Anführer, der zurückkommt. Die anderen beiden sind wahrscheinlich unten und räumen aus. Es überrascht Walter, daß er keine Angst hat, daß es ihn nicht kümmert. Als er näher kommt, ist der Geruch von Essen zu riechen, Wein. Keine Gänseleber, kein alter Bordeaux.

»Was wird, wenn Sie mal alt werden?«

»Dann helf' ich alten Damen über die Staße. Okay, Sportsfreund, zur Sache. Safe? Goldmünzen? Schmuck? Briefmarken? Sie können's freiwillig sagen, oder ich zieh' Ihnen die Socken aus.« Wie er gedacht hatte. Fußverbrenner. Man mußte es versuchen.

»Gebrauchen Sie Ihren Verstand. Ich seh' Ihnen an, daß Sie eine Menge davon haben. Halten Sie mich für einen Bourgeois? Das Haus gehört mir, ich hab's billig gekriegt, ich komme aus. Die Tür ist offen. Keine Alarmanlage, kein Radar, keine Sicherheitsschlösser und kein Safe. Was sollte ich denn reintun?«

»Das sollen Sie mir ja sagen.«

Der junge Mann hat mit dem Fuß einen Beistelltisch herangezogen, so etwas ist praktisch für alles, was man zur Gemütlichkeit braucht; Weinglas oder Kaffeetasse, Aschenbecher. Er läßt sich auf der Kante nieder. Er hat Walters Feuerzug in die Hand genommen und knipst es an und aus. Enervierend. Er dreht das Rädchen, um die Flamme höher einzustellen. Walter konzentriert sich darauf, ruhig zu sprechen, gleichbleibend, wenn das geht. Die Flamme hatte die elegante, ja schöne Form einer Assegai-Klinge. Sie neigt sich nach innen zum Rücken von Walters gebundener Hand und frißt einen Streifen feiner Härchen, die dort wachsen. So präzise ausgeführt, daß seine Haut nicht mehr als Wärme gespürt hat.

»Sie können mich zum Schreien bringen. Aber damit wird auch nichts hierher gezaubert, was Ihnen gefallen würde. Bücher, wie Sie selbst sagten. Und wozu ist das nutze?«

Walter hat die Augen geschlossen. Er denkt an Schmerz, den er gelitten hat – zweimal in seinem Leben hat er Steine in der Harnröhre gehabt, außerdem zahlreiche Unfälle, auch Verbrennungen. Er weiß, daß er eine niedrige Schmerzschwelle hat. Zweifellos erwartet ihn vor seinem Tod noch mehr Schmerz. Unerwünscht kommt ihm die Passage aus einem Buch von Malraux in den Sinn – der Chinese, der in den Feuerungsraum einer alten Dampflokomotive geworfen wird. Die *conditio humana*, nicht wahr?

Das Feuerzeug erlischt mit einem Klicken.

»Sie halten mich wohl für Gestapo.« Der Ton ist vorwurfsvoll. »Ich bin Geschäftsmann, Sportsfreund. Ich möchte volle Leistung, und zwar ohne selbst was zu geben. So ist das doch im Geschäft, nicht? Okay, wir wollen keine Zeit damit verschwenden, Sie zu dekorieren. Die Stereoanlage ist in Ordnung. Fotoapparat? –

Jeder Mensch hat einen Fotoapparat. Wir müssen unsere Spesen decken.«

»Herrgott nochmal, suchen Sie doch selber.« Er schmeckte Galle in seiner Kehle, versuchte, den Kiefer zu lockern.

»In die Hose gemacht, Sportsfreund?«

»Haben Sie das noch nie getan?« hörte Walter sich fragen. »Das wird noch kommen.«

Darauf ein Lachen, das ihn überraschte.

»Kann sein, Mann. Kann sein.« Es ist keine Verachtung mehr in der Stimme. »Danke für den Tip. Tut mir leid, keine Zeit für große Diskussionen.«

Walter hat wieder die Augen geschlossen, weil jetzt Schmerz in seinem Bauch bohrt. Und anstelle eines Bildes kommt ihm ein Satz in den Sinn. Woher stammt er, und was hat er zu bedeuten? ›Bist du hungrig, ist dir kalt?‹

Von unten dringt das Klirren zerspringenden Porzellans. Der Lautstärke nach wird es sich um La Flamencas gutes Eßgeschirr handeln. Limoges, handgemacht und handgemalt. Zwanzigtausend Francs, wenn man das jetzt ersetzen will. Er ist einfach müde, erstaunt, wie wenig ihn das kümmert. Es sind ja nur Sachen.

Es ist der Satz des Generals, der, um seinen Sohn Disziplin zu lehren, diesen in ein Militärgefängnis bringen und über Nacht dort läßt; und am Morgen seine eigene Ohnmacht erkennt. Inbegriff des Ergreifenden, und er tut einem leid. Der Sohn sieht den Vater an und sagt nichts. Bist du hungrig, ist dir kalt?

Ich bin kein Geschäftsmann, denkt Walter. Gott sei Dank oder dem Himmel oder sonstwem. Meine Biologie ist seltsam: Ich zahle zurück, für meine räuberischen Vorfahren. Es ist Ehrensache für mich, volle Leistung zu erbringen, ohne Rücksicht darauf, was ich vielleicht zurückbekomme.

Er schaut. Das Kabel des Bang und Olufsen ist herausgerissen. Noch einmal zwanzigtausend Francs. Vielleicht mach' ich ein großes Geschäft, und dann kaufe ich alles neu. Und einen Porsche. Er kann es sich leisten zu lachen, weil der Junge ihm den Rücken zuwendet, während er seine Kommode durchsucht.

Die anderen beiden kamen schimpfend zurück.

»So'n Kunstscheiß. Bilder und solches Zeug. Überall die blöden Bücher. Dafür die Kerzenleuchter hier. Silber.«

Haben Sie eine Ahnung von Feingehaltsstempeln? Die Leuchter haben nur Silberauflage, aber von ausgezeichneter schwerer Qualität; degeneriertes viktorianisches Design.

»Auflage – aber doch ein paar Tausend wert«, sagte der Anführer.

»Wenn Sie die verschachern, bekommen Sie nicht den vollen Wert.« Ein Fehler von Walter, gesprochen zu haben, ein Fehler, auch nur einen Anflug von Ironie in der Stimme zu haben. Der Anführer sieht ihn an.

»Ach, jetzt meldet sich wohl der Geschäftssinn?«

Aber Walter ist getroffen. Schmerzlicher als alles andere, gleich, wie teuer, ist ihm der Anblick des Mädchens. Ihre diebischen kleinen Wühlfinger haben Sylvies Sachen durchgekramt. Sie hat nichts gefunden – da La Flamenca doppelt so groß ist wie sie, dieses knochige, wie abgenagte kleine Ding –, außer einem seidenen Schal. Schön und natürlich teuer. Kommt daher der Stich? Oder davon, ihn jetzt um ihren bestimmt schmutzigen Hals zu sehen? Oder daher, daß er ein Geburtstagsgeschenk von ihm war; jetzt eine Verletzung seiner Eitelkeit.

Kein nennenswerter Beutezug, diese paar silbernen Gegenstände und der Rest – er besitzt nicht einmal einen Fotoapparat –, so daß in ihm die Angst erwacht, sie könnten das Haus ernstlich beschädigen, aus reiner Bosheit; es vielleicht sogar in Brand stecken. In diesen anderen beiden erkennt er die Gewalttätigkeit der Dummheit, das Bedürfnis, alles zu zerstören, was sie nicht verstehen, woran sie sich selber nicht freuen können. Von dem Anführer ist zu hoffen, daß er professioneller ist. Er hat Walters Scheckbuch auf den Boden geworfen – solche Dinge führen zu leicht zur Identifizierung.

»Bringt die Sachen runter und packt sie ein. Ich schau' mich noch mal um, dann komm' ich nach.«

Stille; dieser hier bewegte sich auf Katzenpfoten, während die Stiefel der anderen auf der Treppe gepoltert hatten. Es waren keine Geräusche von Zerstörung mehr zu hören, aber fand eine andere Form der Schändung statt?

Doch er kam wieder; blieb ruhig stehen und sah Walter an. Enttäuscht?

»Ich habe es Ihnen gesagt«, sagte Walter traurig. »Keine erstrebenswerten Sachen, die leicht zu befördern sind. Hoffmann-Laroche-Aktien zum Beispiel, Schatzanleihen, die man in die Tasche stecken kann. Sowas besitze ich nicht.«

»Ein armer Kerl«, sagte der junge Mann. »Nicht mehr der Jüngste, schon angegraut und hat nichts. Was tun Sie eigentlich – schreiben? Damit?« Mit einer Geste zum Tisch. »Mensch Mann, die ist ja vierzig Jahre alt, eine Antiquität. Kaufen Sie sich einen Computer, gehen Sie in die Welt hinaus. Da hocken Sie hier in diesem Nest und erzählen sich selbst Geschichten.« Er schwang die Machete, schob die scharfe Spitze unter eine Ecke der Schreibmaschine und schleuderte sie zu Boden.

Keine Beleidigung, kein Schaden hätte Walter tiefer treffen können. Ein Schlag ins Gesicht hätte weniger geschmerzt, keinen außer dem Geber gedemütigt.

Die Übertreibung war geringfügig gewesen; die Maschine war dreißig Jahre alt; zusammen mit der kleinen Olivetti-Reiseschreibmaschine seiner Anfangszeit war sie sein Arbeitsleben. Schwerer zu ertragen als der Seidenschal. Eine Spur seiner Bemühung, nur ja keine Miene zu verziehen, wurde sichtbar, denn der junge Mann lächelte, endlich befriedigt.

»Na schön, dann sind Sie eben kein Verbrecher. Sie sind sich wohl zu fein, sich die Hände mit Geld schmutzig zu machen? Trekken lieber hinterher und heben die Krümel auf, weil man da nichts riskieren muß. Halbschlau. Er hält sich für clever. Ein Bourgeois sind Sie in Ihrem engen kleinen Herzen. Einen Kollaborateur nennen wir sowas.« Er lächelte; er hatte einen Einfall. »Was tun wir mit sowas? Wir skalpieren es ein bißchen.«

Er trat näher, packte das längere Haar über Walters Stirn; wie eine Sichel fuhr die Schneide der Machete hindurch.

»Kleines Andenken, Sportsfreund. Aber für Sie, nicht für mich«, wobei er ihm das Haar neckisch auf die Nase fallen ließ. »Damit Sie's nicht vergessen. Nur nichts überstürzen, nicht zu schnell zur Poo-lii-zei laufen.« Er zog die Silben mit geringschätziger Belustigung in die Länge. »Die werden Ihnen wenig helfen, wie Sie feststellen würden. Könnte sein, daß ich wiederkomme und das nächste Mal Ihre Ohren mitnehme. Denken Sie daran. Tschüs jetzt. Und seien Sie brav.« Wie man es vielleicht zu den Kindern sagen würde, bevor man abends ausgeht. Ihr könnt noch ein bißchen fernsehen, aber spätestens um halb neun seid ihr in den Betten.

An der Terrassentür ein langsamer Blick in die Runde, dann geht er. Eigentlich müßte es ein maskierter Kopf sein, der sich von einer Seite zur anderen dreht, mit kalt brennenden Augen in einem unsichtbaren Gesicht, einem lähmenden Atem von Eis und Entsetzen. Wie einer von Professor Tolkiens Schwarzen Reitern. Aber was für ein Unsinn! Dies war kein böser Geist. Dies war auch kein rüpelhafter Söldner, dem es auf nichts anderes als ordinäre Beute ankam. Etwas dazwischen. Wie er selbst, halbintelligent. Er hatte es gesagt – halbschlau. Selbsternannter Feind einer korrupten Gesellschaft; selbsternannte Geißel. Man braucht ihnen nur zuzuhören, wie sie alle von Recht und Unrecht reden – hören Sie, Sportsfreund, diese Begriffe gibt es nicht mehr. Hat es nie gegeben. Das sind Erfindungen vom Herrn Pfarrer, das ist Propaganda, die der Herr Pastor verbreitet hat. Eigentum ist Diebstahl, Freund, und Diebstahl ölt Maschinen. Was ich aus dem Supermarkt klaue, glauben Sie, das macht denen was aus? Glauben Sie, die hetzen mir die Polizei auf den Hals? Die tun was viel Gescheiteres, Freund. Die schlagen's auf den Preis, und schon zahlt's die dumme Herde, zu der Sie auch gehören.

Die Kopfhaut prickelte und kribbelte. Sie tat auch weh, brannte, obwohl kein Blut seine Stirn herabrann; die Nässe kam von weiter unten. Er hörte den Wagen anspringen, klang seinen geschärften Ohren näher als er tatsächlich war. Sie hatten sich nicht einmal die Mühe gemacht, ihm einen Knebel in den Mund zu stecken. Er war mit den Gardinenfetzen zwar gefesselt, aber schreien konnte er.

Würde er schreien? Er hatte eine schöne, tragende Stimme, und die Decke hier drinnen war ein guter Resonanzboden; der Raum hatte eine gute Akustik – würde man hier je wieder Musik hören? Geschrei würde schließlich die von der Fernsehberieselung abgestumpften Trommelfelle der Nachbarn durchdringen. Und würde ihm das helfen? Hatte dieser junge Mann – was für einen Sinn hatte es, ihn mit Adjektiven zu behängen wie einen Christbaum? Würden sie ihn weniger schrecklich, weniger beängstigend, weniger gemein machen? – hatte dieser junge Mann nicht sehr klar den Finger auf den schwachen Punkt der gutbürgerlichen Schutzmaßnahmen gelegt? Die Verletzung der Eitelkeit. Man würde ja den Nachbarn Grund zur Schadenfreude geben. Man müßte das wissende Grinsen und die halbherzigen Nachforschungen der Polizei hinnehmen; selber gute Bürger, für ein paar Goldbarren oder Gemälde von Meisterhand würden sie sich vielleicht bereitfinden, die Hände aus den Taschen zu nehmen. Für eine erbärmliche Handvoll Silber würden sie mit den Schultern zucken, der Form halber ein paar Formulare ausfüllen.

Da sie die kleine Uhr mitgenommen hatten, konnte er die Zeit nicht feststellen. Aber es war sicher noch nicht spät. Sylvie konnte noch Stunden auf sich warten lassen. Das Feuer war ausgebrannt, und der feuchte Aprilabend, schon rauh hier oben, wird langsam spürbar. Er hatte kein Gefühl mehr in Händen und Füßen; das Blut zirkulierte nicht. Es würde ein langer, schmerzhafter Abend werden.

Lang? Schmerzhaft? Du mußt es trotzdem schlucken, Freund. Darum brav kauen. Einspeicheln. Schön zerkleinern. Dein Geist ist frei, und du kannst ihn in den Dienst dieses dummen gefesselten und behinderten Körpers stellen. Dein Gewerbe ist es wahrzunehmen, zu erfassen. Und wenn das getan ist, zu erinnern. Jedes kleine Erlebnis hat seinen Wert, du bist noch nie zuvor befreit worden. Du bist als Kind nie in den Kohlenkeller gesperrt worden. Strafen dieser Art bekamst du nicht. Doch den Schmerz lerntest du kennen, da du von deiner wütenden Mama, manchmal höchst ungerechterweise, in heißestem Blut verhauen wurdest, und zwar mit jedem beliebigen Instrument, das gerade greifbar war; einem Regenschirm – untauglich – oder einem hölzernen Kochlöffel – schrecklich tauglich. Für ihre Zeit und ihre soziale Herkunft war Mama eine aufgeklärte Person. Man darf ein Kind nie in kaltem Blut bestrafen. Niemals durch Liebesentzug; diese bürgerliche Strafe.

Bürgerlich hat er mich genannt. Von dem Punkt aus, wo er steht, der Gesetzlose, bin ich das. Er schleudert einem dieses Klischee einer Beleidigung hin, die auf alles paßt, was sich von ihm unterscheidet. Daß auch ich ein Gesetzloser bin, der Gedanke würde ihm gar nicht kommen.

Und ist das nicht ein dummes, abgedroschenes Wort! Das Bürgertum ist ehrbar. Die Bürger von Carlisle – in unserer Kindheit vom roten Lichtschein von Skiddaw geweckt – waren wahrscheinlich kleinmütig, aber ehrlich; die Bürger von Calais, die ihr Leben opferten, um ihre Stadt zu retten, sind edel. Und wir haben kein besseres Wort für die Parasitenklasse gefunden, die nur ihre eigenen Interessen kennt, den Mächtigen gegenüber devot ist, den einfachen Leuten gegenüber immer arrogant. Es scheint unfair. Wir hätten neue Wörter finden sollen für die Unkreativen, die nichts schaffen, die billig kaufen und teuer verkaufen. Etwas Besseres als dieses abgenutzte marxistische Vokabular.

## 2

Tränen sind auf deinen Wangen getrocknet, ein salziges Meer wird zur sandigen Wüste; die Augen gehören einem, der die ganze Nacht in einem Dritter-Klasse-Abteil des Zuges Paris – Marseille wachgesessen hat, und das zu Zeiten der alten Dampflokomotiven. Das Gesicht ist eine Maske von Schmutz. Man mag die Nase krausen, sich schneuzen, Grimassen schneiden, den Kopf schütteln – das einzige, was man schütteln kann – soviel man will, das einzelne Haar auf der Nase wird man nicht los. Die Terrassentür hat die üble Angewohnheit, sich von selber wieder zu öffnen, wenn man sie nicht richtig zumacht; ein höchst ungemütlicher Zugwind umfächelt deinen Hals; und deine Beine auch, aber die spürst du ohnehin nicht. Um von Mut zusammenraffen zu sprechen, da gibt es nicht viel zusammenzuraffen. Wie die Geister aus der Tiefe – werden sie kommen, wenn du sie wirklich einmal rufst?

Walter hat versucht, zum Beispiel König Karl I. heraufzubeschwören. Er ist keinesfalls einer seiner Lieblingshelden, dieser eingefleischte Betrüger, der mit seinem Charme den Leuten ständig Geld abluchste, das er nie zurückzuzahlen beabsichtigte. Aber wie schon gesehen, zeigt Dumas' Genie ihn im besten Licht. Es war ein scharfer Januarmorgen – fiel Schnee? Karl zitterte ein wenig, nicht aus Furcht. »Ihr könntet mir meinen Morgenrock geben, ja?« Und: »Wird mein Haar Euch stören?« höflich an den Henker gerichtet. »Es könnte mit einem Band gebunden werden.«

Immerhin, sie hatten ihm gestattet, mit Würde zu sterben, wie ein Ehrenmann. Er konnte sich Zeit lassen, sich frei bewegen, ›ein Wort sprechen‹ – er war fähig, in normalem ruhigen Ton zu sprechen, ohne zu sabbern. Er sprach sein Gebet und gab das Zeichen, ihm den Kopf abzuhacken. Um gerecht zu sein, es wäre ihnen niemals eingefallen, es anders zu machen; er war immer noch der König. Im Angesicht des hölzernen Richtblocks und der scharfen Kante hatte sich der verschlagene, unehrliche, hinterhältige und selbstsüchtige Mann wie ein Krieger verhalten, als wäre sein ganzes Leben für diesen Augenblick aufgespart worden.

In der Tat, es gab Beispiele im Überfluß von schlechten und korrupten Männern, die die Hinrichtung mit nobler Gelassenheit hingenommen hatten. Dantons Scherz ließe sich auf alle anwenden: »Dieses Verb konjungiert man nicht im Passiv, da niemand sagt, ›ich bin guillotiniert worden‹.«

Es spielte offenbar keine Rolle, ob man gut oder böse gewesen war; man tat, was man konnte, mit Stil, wenn man ihn besaß. Die Karmeliterinnen waren singend, als befänden sie sich in ihrem Chor, die Stufen hinaufgestiegen; und obwohl die Stimmen eine nach der anderen verstummt waren, hatte sich an Lautstärke und Intonation der letzten Nonne nichts geändert, als sie im scharfen metallischen Geruch von Blut niederkniete. Was hatten sie gesungen? Den einfachen Gesang des monastischen Gottesdienstes für die entsprechende Stunde? Wer weiß etwas Besseres als den schönen Rhythmus des ›*Iam lucis orto sidere*‹, die Hymne an den frühen Morgen? Für sie war es ein Tag wie jeder andere. Oder zum Abend – welche Stunde war es gewesen, welche Jahreszeit? – der herrliche springende Rhythmus des ›*Salve Regina*‹.

Der Gedankengang war offenkundig, wurde erkannt, sobald er

sich öffnete. Ein Schuljunge, kaum zu unterscheiden von einer Menge ernster spanischer Schulkinder mit Brillantine im Haar, der ab und zu die Kirche der Mönche in der Nähe – in Valladolid herrscht kein Mangel an geistlichen Orden – besuchen durfte. Dort hatte er das ›*Salve Regina*‹ gesungen, dessen erste fünf Silben in einem Tenorsolo hinausgeschmettert wurden, so theatralisch wie Siegfrieds ›Neidliches Schwert!‹, worauf dann der tiefe Chor antwortete. Und noch ergreifender das Singen des Tenebrae in der Karwoche, für die von Jesuiten erzogenen Kinder eine Belohnung für gutes Benehmen. Dort hatte er die erste schreckliche langsame Zeile aus Jeremia gehört. ›*Quomodo sedet sola civitas plena populo*‹. Wie liegt die Stadt so verlassen, die voll Volkes war. Die letzten rotglühenden Buchenholzscheite waren längst zu staubiger Asche zerfallen. Sein Hund war tot. Er hatte sich einzureden versucht, daß es nicht so war, aber er wußte, daß sie ihn getötet hatten.

Um Mut zu finden, mußte Walter weiter zurückgehen. Die Uhr war fort, die kleine Messinguhr, die seiner Mutter gehört hatte und vor ihr ihrer Mutter: sie geht noch immer ganz genau. Von seiner Mutter ist nicht mehr viel da. Ihr Grab ist weit, und Gräber sind für Walter nicht unbedingt Brennpunkte von Kindesliebe, denn zu viele sind unbekannt und unbenannt, unter ihnen auch das seines Vaters. Aber die Uhr war einer der letzten symbolischen Anker gewesen. Wo immer sie auf ihren Wanderungen Rast machte, vollzog sie ein Ritual, und was auch immer sie wegwarf, um ›das Schiff zu erleichtern‹, wie ihr Lieblingsausdruck lautete, an diesem hielt sie fest. Wo ein Wohnzimmer war, gab es – für die Generation, die die Zentralheizung als eine vulgäre Erfindung betrachtete, die in Hotels gehörte – ein Kaminsims. In der Mitte hing ein hübscher italienisch anmutender Spiegel, davor stand die Uhr, und rund herum waren die ›Ahnen‹ gruppiert; vier kleine Porträts in leicht angeschlagenen vergoldeten Rahmen. Der Jugendliche spottete über diese atavistischen Gebräuche: der Erwachsene hatte sie – nachdem er neue Rekorde im Vagabundieren aufgestellt hatte – übernommen.

Wertlos? Wenn hundert oder mehr Jahre alt, gewinnt heute selbst ein häßlicher und wertloser Gegenstand kommerziellen

Wert. Walter ist nicht sicher, ob er sie nicht lieber für immer verschwunden wüßte, anstatt sie verunstaltet und zertrampelt zu finden. Dieser Gedanke schmerzt mehr: wie albern. Und Walter wendet sich von diesen Schmerzen weg wieder seinen körperlichen Beschwerden zu, die mittlerweile beträchtlich sind, und eine davon besonders dringend.

Es gibt da ein hübsches Beispiel ironischen Humors in den Erinnerungen einer Dame aus dem siebzehnten Jahrhundert: ist es Madame de Sévigné, die herzlich lacht über die Mißgeschicke einer Herzogin, für die sie nicht viel übrighat? Eingeladen – seltene und überaus hohe Ehre –, die Kutsche des Königs auf einer langen, ja endlosen Reise zu teilen. Es war allgemein bekannt, daß Ludwig XIV. – selber der beherrschteste Mann in seinem Königreich, und heute, so abscheulich wir ihn finden, haben wir davor Achtung, er ertrug die barbarischen Schmerzen mittelalterlicher Operationskunst ohne einen Laut oder eine Bewegung – an Damen seiner Bekanntschaft keine Schwäche duldete. Eine Herzogin, die aus dem Wagen gesprungen wäre, um sich in die Büsche zu setzen, hätte sich seine Gunst verscherzt. Ihre Bemühungen, höfische Konversation zu machen, während ihre Blase sie halb umbringt, werden mit Schadenfreude beschrieben; es könnte jedem von uns passieren.

Mir kann das nicht passieren, denkt Walter. Ich pinkle und fertig. Dies alles kann man nicht leiden nennen. Du bist nicht gefoltert worden. Du bist nicht einmal geschlagen worden. Du hast weder Frau noch Kind noch auch nur dein Heim verloren. Deine Ernte wurde nicht niedergebrannt. Du bist weder von Hunger, Seuche noch Exil bedroht. Du bist vorübergehend einiger Bequemlichkeiten beraubt, die dir selbstverständlich sind. Du hast eine Anzahl trivialer Besitztümer verloren, die dich weder nähren noch kleiden können. Du hast deinen Hund verloren. Gewiß, er steht hoch auf der Wertskala des nomadischen Menschen, ist aber weder Kuh noch Pferd.

Es ist an der Zeit, daß du dich als Krieger zeigst. ›Don Juan‹ oder ›Genaro‹, wenn sie hereinkämen und ihn so gefesselt vorfänden, würden sich krümmen vor Gelächter. Als Schriftsteller kann er Carlos Castanedas Festhalten am lebensrettenden Notizbuch nachvollziehen, das Bedürfnis, alles niederzuschreiben; die ernsthafte und humorlose Wichtigtuerei der ›Methodik‹.

Vielleicht könnte man versuchen, diesen infernalischen Plapperkasten, den inneren Dialog, abzustellen.

Das ist nicht einfach; Walter gelingt es nicht. Wie immer.

Von weither hörte er mit erstaunlicher Klarheit das zufriedene Schnurren des Motors eines kleinen Autos in feuchter Luft, und ein vertrautes Muster von Geräuschen entfaltete sich: das Knirschen von Reifen auf der Straße, das Wenden und Zurückrollen im struppigen Gras, das Quietschen der Handbremse, als der Motor abstirbt. La Flamenca. Seine liebe Gattin.

Eine längere Pause weiblicher Art: sie sucht Handtasche, Regenschirm, Korb mit hochhackigen Schuhen, Jacke, Kopftuch zusammen. Er sieht, wie auf einem Blitzlichtfoto, die Frau, wie sie kramt.

Ziemlich groß, in Harmonie mit flandrisch schwerem Knochenbau. Ihre Hände sind kurz und ziemlich häßlich, aber ihre Füße sind klein und wohlgeformt, und ihre Beine sind immer noch schön. Ihre Bewegungen sind klar und bestimmt – warum fällt Walter gerade in diesem Moment die unschuldige Linkischkeit von Manuelas Gestik ein?

Die Türen von kleinen billigen Autos müssen mit Wucht zugeschlagen werden, damit sie schließen, aber es ist nur ein Klicken, nicht mehr – Walter hätte sie zweimal zugeknallt, mit Nachdruck, ehe er gemerkt hätte, daß der Gurt eingeklemmt ist.

Leichte schnelle Schritte auf der Terrasse. Manuelas Schritt war schwerer und langsamer gewesen. Die Tür ist offen, das Licht brennt. Sylvies Verstand nimmt die Szene auf; sie hält schlagartig die Luft an, verschwendet keine Zeit.

»Kannst du sprechen?« flüsterte sie. »Ist dir etwas passiert? Hast du ein Messer in der Tasche?«

»Ja, nein, ja.« Mit zusammengebissenen Zähnen. Seine Stimme überrascht ihn. Sie klingt ganz normal.

»Ist noch jemand hier?«

»Nein.«

Die flinke Hand schiebt sich in seine Hosentasche. Sylvie spürt die Nässe, beachtet sie nicht, hat verstanden.

»Ich hab' dich gleich frei.« Sie geht geschickt mit dem Messer um; das richtige Maß an Kraft an der richtigen Stelle. »Kannst du stehen?«

»Nein.« Er rutscht hilflos auf Knie und Ellbogen.

»Ein heißes Bad? Oder würde das sehr weh tun? Soll ich dich ganz leicht massieren? Ein bißchen Kölnischwasser?«

Ihre Hände sind gewöhnlich sanft, immer geschickt. Manuelas Hände, lang und knochig, immer kalt, waren nicht geschickt gewesen. Sie hatten ein instinktives Verstehen besessen.

Abgesehen von anderen charakteristischen Merkmalen – der Tintenfleck an der Innenseite des Mittelfingers der rechten Hand würde jetzt als Museumsstück zählen – kann man Schriftsteller daran erkennen, daß sie mit kindlicher Freude Debatten über die Bedeutung von Wörtern führen, selbst wenn sie sich vor Schmerz krümmen. Kann eine Nuance nachgewiesen werden zwischen angeborenen Fähigkeiten und solchen, die durch Unterricht erworben werden?

Walter spürt, wie die warme Flut der Dankbarkeit sein Herz überschwemmt, während er gegen den Schmerz kämpft. Sylvie ist eine gute Pflegerin, flink und ruhig. Und sehr erfahren. Er hat sich offen und insgeheim zornig und bitterlich über ihre innere Kälte beschwert; aber jetzt ist sie spontan. Sie liebt ihn.

»Möchtest du einen Whisky oder sowas? Es heißt zwar immer, daß das nicht gut ist, aber wenn du glaubst, es würde dir guttun, dann tut es das auch.«

»Es sollte mich wundern, wenn noch welcher da wäre. Ich weiß nicht, ob sie überhaupt was übriggelassen haben. Warst du schon in der Küche?«

Sylvie bedeckt die Augen mit den Händen.

»Ich dachte, Tee wäre gut. Ich hab' den Kessel aufgesetzt. Aber ich hab' es nicht fertiggebracht, mich umzusehen.« Entschlossen nimmt sie die Hände vom Gesicht, kann aber nicht aufhören, nervös ihren Ring zu drehen. »Den Tee mach' ich aber.«

»Nein. Ich gehe.« Noch eine gewisse Taubheit, aber er kann stehen, Arme und Beine beugen.

»Wir müssen die Polizei anrufen.«

»Die Polizei – würden die um diese Zeit überhaupt kommen? Und wenn ja, was würde das nützen?«

»Vielleicht fassen sie die Verbrecher.«

»Und wenn, würde das was helfen?«

»Es würde vielleicht anderen helfen.« Aber nicht im Ton des Vorwurfs.

»Für die ist das ja doch nur eine weitere Zahl für die Statistik. Schlaf erst mal drüber – oder ist es schon morgen? Aber ich wische mein Erbrochenes selber auf. Und da ich nicht runtergehen will – ist jetzt der Moment.«

Sie faßt seinen Arm und hakt sich bei ihm ein; eine Geste körperlicher Solidarität, die ihn berührt.

Er hatte nicht geglaubt, daß er sich übergeben würde, doch er tat es. Einmal; dann hatte er sich wieder in der Gewalt. Während er sich kaltes Wasser vom Gesicht wischt, denkt er, daß jeder das Recht hat, sich einmal zu übergeben. Auch Polizeibeamte und Medizinstudenten. Sylvie übergibt sich nicht. Er erinnert sich an eine Nacht in der Vergangenheit. Sie waren arm, allein; ein schäbiges Zimmer in einem fremden Land; sie hatte eine Fehlgeburt. Damals waren sie auch ganz beieinander gewesen. Er hatte sie gepflegt. Auch eine Fehlgeburt ist Gewalt. Nur weniger willkürlich.

Der Hund war von einem Schlag mit der Machete auf den Kopf getötet worden, genau auf jene Stelle, wo er immer seine Hand hingelegt hatte, um ihn fest zu streicheln und ihm die Ohren zu kraulen, während der Hund dagegen drückte und voller Liebe und Vertrauen zu ihm aufblickte, daß man das Weiße seiner Augen sah. Man konnte nur hoffen, daß der eine Schlag ausgereicht hatte.

Der Mann – denn so mußte man ihn doch nennen, selbst wenn er einem unmenschlich schien – hatte dann die Klinge parallel zu den Rippen gelegt und mit ihrer Spitze aus reinem Mutwillen den Hundekörper durchstoßen. Professor Tolkien hat eine noble Passage geschrieben: Könnte man sie einen Syllogismus nennen? Viele leben, die den Tod verdienen; und viele sterben, die das Leben verdienen. Kann man es ihnen geben? Dann sei nicht begierig darauf, den Tod zur Strafe zu geben.

Sylvie war es, der die Unterlegplane von einem alten Zelt einfiel, das die Jungen gehabt hatten, als sie klein gewesen waren. Sie stieg in den Speicher hinauf, um sie zu holen. Walter geht in den Keller, um Spaten und Hacke zu holen. Er erwartet Blutpfützen auch hier aus den wenigen Flaschen teuren Weins, die er besitzt, und ist erstaunt, sie unversehrt vorzufinden. Als wäre die Tatsache von irgendeiner Bedeutung...

Sylvie überläßt es ihm allein, den zerstörten Körper, der jetzt kalt und klebrig ist, auf die Plane zu legen. Nicht aus Ekel tritt sie zurück, sondern aus Takt. Er rollt den Körper auf der Decke, auf der der Hund immer geschlafen hat, in Schlaflage.

»Ich möchte ihm etwas mitgeben.«

Sie nickt. Die Narzissen sind fast verblüht, aber im Licht der Taschenlampe findet er noch ein paar, und an der Terrassenrabatte knospen die ersten Iris. Er mäht sie mit seinem Messer ab. Sie hat sich nicht gerührt; nickt wieder, als sie sieht, was er hat. Zusammen tragen sie die Plane an den vier Zipfeln die Wiese hinunter zum Bach, wo die Erde weich und tief ist. Dennoch ist es Schwerarbeit. Er hat nie ein Grab ausgehoben. Am Ende erlebt man alles einmal. Sag dir, daß du einen Baum pflanzt. Ich werde im Herbst herkommen und einen Baum pflanzen, der dich beschattet.

Sylvie hält die Taschenlampe. Der beständige feine Regen ist unangenehm, man schwitzt unter Hut und Regenmantel. Die tieferliegende Erde ist steinig, aber man muß schon eine gute Tiefe haben. Es sollen keine Plünderer über diese letzte Unschuld herfallen. Er stößt auf einige große Steine; will sie schon in den Bach werfen, hält inne. Ein kleines Steingrab ist gut. Er ist müde und ringt um Atem.

»Laß mich mal.« Kräftig gebaute, zähe Frau. Warum nicht? Aber er schüttelt den Kopf, und sie besteht nicht darauf. Sie sind durch starke Bande miteinander verknüpft. Schläge mit der Machete oder Hacke – es gibt Schlimmeres, und beide haben sie sowohl empfangen als gegeben – können ebenso zusammenschweißen wie trennen. Gemeinsam haben sie einige hingenommen.

Sorgsam verteilt er die Rasenstücke mit dem Aprilgras, das schon lebendig, aber noch nicht gewachsen ist. Er spürt die Extreme der Erschöpfung, während er mit zitternden Knien zum Haus zurückwankt. Sylvie bugsiert ihn zum Bett und schaltet seine Heizdecke ein, hilft ihm beim Ausziehen. Passiv wie Pudding wälzt er sich schwerfällig herum und wartet auf Wärme und Versinken. Die Wärme kommt schnell, aber Versinken kann man nicht bestellen. Nicht einmal vom Elektrizitätswerk. Von unten hört er das Klirren von Glasscherben, die in den Mülleimer fallen. Ein Mann legt sich zu Bett, sagt, zum Teufel damit, der ganze Scheiß kann bis morgen warten; eine Frau sagt, tut mir leid, ich kann nicht schlafen, wenn da unten alles voller Blut ist. Kräfte noch zum Nachdenken. Ein Schritt stört seine Betäubtheit, eine Hand, die nach Desinfektionsmittel riecht, drückt ihm einen Becher in die schlaffen Finger, sorgt dafür, daß er die Wärme umfaßt, die glatte, feste Kontur. Tee. Er hat keine Schlaftabletten. Mit Mord hat er selten zu tun.

Aber dies ist nichts – in der ganzen Welt wüten Kriege. Keine Sekunde vergeht ohne Explosion, den Hagel von Schüssen; wieder liegt ein ausgezehrter alter Mann unter der Matratze und dem Kochgeschirr, mit denen er fliehen wollte; wieder ein Kind, dessen eiternde Augen und Lippen schwarz sind von Fliegen; wieder eine Frau mit aufgerissenem Leib. Wir könnten vom Kontingent sprechen; der Norm für die Zeit des Jahres. Wir gewöhnen uns sehr schnell. Blut und zersprungenes Glas, Alltäglichkeiten. Hamburger und Bohnen in Tomatensoße; Cornflakes und Fischstäbchen. So weit trägt der Klang nicht, bis in die schläfrige Trägheit Europas. Hier und dort gibt es vielleicht kleine Stellen; Nester der Infektion – lokale Schwierigkeiten. Der Fuchs ist in den Hühnerstall eingebrochen. Diese Leute sind ja sowieso wie die Tiere. Schnell, blättre zum Wirtschaftsteil. Da liegt vielleicht ein bißchen zerbrochenes Glas rum, aber das Blut sieht man nicht.

Wie die Tiere und, nun ja, mein Gott, sie bringen einander tatsächlich um. Das kann man nicht ändern. Natürliche Auslese, wissen Sie.

Die Generation vor der meinen, denkt Walter, hat ungewöhnliches Pech gehabt. Zwei europäische Kriege und dazwischen einer in Spanien. Ich habe Leute gekannt, die in allen dreien gekämpft und alle überlebt haben. Wogegen meine Generation ein unheimliches Glück hatte. Zu jung für Hitler und zu alt jetzt für irgendeine andere Emotion als Selbstzufriedenheit. Die gelegentliche Bombe hier und dort ist nur korsische Folklore. Europa ist zu einer monströsen Vorstadt geworden; Fuchs oder Habicht werden selten gesichtet. Nur die Ratten sind noch da.

Walter erinnert sich an den Vogel ... Jahre ist das her. Es war in dem Jahr, als sie die Scheune umbauen ließen. Die Kinder waren klein. Sie hatten die Abfälle von den Bauarbeitern aufgeräumt; Staub und Zement schwebten in den Strahlen der Abendsonne. Ein kleiner Junge brachte seinen Kanarienvogel im Käfig, stellte ihn aufs Fensterbrett und sagte: »Da gefällt es ihm sicher.« Sie hatten gelacht, waren zu Bett gegangen und hatten den Vogel vergessen, der im Sonnenuntergang hüpfte und tirilierte.

Walter war am nächsten Morgen früh aufgestanden; ein wunderschöner Sommermorgen, lautes Vogelgezwitscher; Drosseln und alles mögliche andere. Er hatte es genießerisch auf sich wirken lassen, während der Kaffee durch den Filter rann –

Der Käfig stand auf dem Sims, unberührt? – zumindest ungeöffnet. Es war kein Blut zu sehen. Und es war kein Vogel zu sehen. Ein paar kleine, zarte orangefarbene und gelbe Federn lagen noch da. Was nützte es, daß Walter sich Dummheit, Phantasielosigkeit, Mangel an Sensibilitat vorwarf? Wer denkt schon daran, daß bei einer Scheune, wo Heu gelagert wurde, unter der früher – auch wenn es schon lange her ist – ein Stall mit Tieren war, immer auch ein paar Ratten sind? Feldratten. Man hört ab und zu ihr Rascheln. Harmlose Tiere.

War der Vogel von dem feinen Geräusch erwacht, hatte den Kopf unter der Schwinge hervorgehoben – und die Augen am Gestänge gesehen? Diese kleinen Wesen sterben leicht an Schock; das Herz tut einen großmächtigen Schlag und zerspringt. Er hoffte, daß es so gewesen war. Denn das verzweifelte Flattern, im eigenen Käfig gefangen, in Fetzen gerissen – und wie waren diese Tiere überhaupt um die Stangen herumgekommen? Schlaue, intelligente Geschöpfe.

Was konnte man tun? Er machte den Käfig sauber und trug ihn auf den Speicher. Mein Vogel! rief das Kind entrüstet. Er ist leider gestorben, mein Junge; meine Schuld, ich muß ein Fenster offengelassen haben, und es gab Zugluft; sie bekommen so leicht Lungenentzündung, weißt du. Der Junge sagte nichts. Aber Kinder lassen sich von einer honigsüßen Stimme und einem heuchlerischen Gesicht nicht täuschen. Erwachsene kann man täuschen, weil sie sich gerne täuschen lassen wollen. Warum so tun, als bräche nie ein Fuchs in den Hühnerstall ein? Kinder sind nicht sentimental. Ein Jahr später ungefähr hatte ein Junge entzückt festgestellt, daß in einem tief liegenden Mauerspalt, wo man die Nestlinge genau beobachten konnte, ein Vogel genistet hatte. Guter Biologieunterricht; etwa zehn Tage später war er ihm begegnet, wie er das Nest voll toter junger Vögel weggetragen hatte. »Die Katze hat die Mutter erwischt«, erklärte der Junge kurz und bündig. Er hatte gerade eine weitere Lektion in Biologie erhalten.

Und er hat keinen Kratzer davongetragen. Ein Hund. Man hängt an einem Hund wie ein Kind an einem Kanarienvogel. Des Menschen bester Freund ist der Hund. Die frühesten Eroberungen des Menschen in einer feindseligen und bedrohlichen Umwelt wurden erst durch die Hilfe des Hundes möglich, und kein anderes Geschöpf hat sich so eindeutig auf die Seite des Menschen geschlagen, mit so rührender Treue schlichte, ungenierte Liebe gezeigt.

Wir mögen die Dinge gern einfach und offen, oder nicht? Und Frauen sind so kompliziert, oder nicht? Und wie! – es ist zu vermuten, daß so der von Herzen kommende Ruf der Menge lauten würde.

Sylvie kommt leise, obwohl sie weiß, daß er nicht schläft.

»Ich hab' mein Bestes getan. Die Küche ist wenigstens sauber. Für mehr hatte ich nicht den Sinn und den Mut.«

Sie hat geduscht, ist nackt unter ihrem Morgenrock. Ihre Haut ist kühl und noch feucht. Sie streckt ihre Beine aus, und er kann endlich seinen verkrampften Körper in ihren Armen entspannen. Ihr Körper fühlt sich jetzt brennend heiß an. Die Axtschläge, die Wandtäfelung und Kommode gespalten haben, sehen sie sich am nächsten Tag an; den Säbelschlitz in der Leinwand der Gemälde; sie sind dankbar für diese gemeinsamen Stunden, für das Leiden. Es gab sie früher schon. Die Jahre der Vergangenheit sind lang, hinter ihnen.

Walter war im Halbschlaf. Die Vergangenheit wurde lebendig. Er hockte auf dem Hügelkamm dem Haus gegenüber und sah ins Tal hinunter. Eine grasige Mulde dient als Sitzplatz; eine Böschung als Rückenlehne. Hinter ihm ziehen sich in ansteigender Kontur weitere Kämme hin, werden zu den Pyrenäen. Vor ihm liegt der Eselspfad, der am Bach entlangführt und im Lauf der Jahre zu einer Straße ausgetreten worden ist; mit Schlaglöchern, im Winter naß, im Sommer staubig und steinig. Zweihundert Meter entfernt schwebt wie von der Luft getragen sein Haus, das im klaren Licht unwirklich aussieht. Die Perspektive verleiht Distanz, Loslösung.

Er kam häufig hierher; an den langen sonnigen stillen Nachmittagen im Herbst stieg der Rauch seiner Zigarre ruhig in die Höhe, wie eine Nachahmung der Rauchfäden aus den Kaminen.

Wie Puppen bewegten sich langsam zwei oder drei Dorfbewohner auf der Straße. Der alte Julot, klein und knochig unter der grünlichen-schwarzen Mütze, wanderte mit seinem schwingenden, wogenden Gang dahin, vom Wind vorangetrieben, nur durch den Ballast seiner Gummistiefel am Boden festgehalten. Bruno unverkennbar betrunken; eine vierschrötige, grobschlächtige Masse, aus tiefer Erde herausgehoben, deren Farbtöne die alten Sandsteine aus Devon sind, und das dunkle durchschossene Purpur von Porphyr. Und Jesus, ein würdevolles, immer gemächliches Wandeln; seine Mütze, die er seit dreißig Jahren selbst im Bett nicht abgenommen hat, hat die Farbe von Staub und Asche, von Regenwolken, von prähistorischen Anfängen. Seine Hose scheint aus Kalkstein gehauen, seine Stiefel und sein Gesicht graniten – Bartstoppeln ein silbriges Glitzern wie von Quarzteilchen.

Walter dachte an die ›Oberklasse‹. Zu der er gehörte, wenn man es so nennen konnte; eine Tatsache, die ihren tragischen Aspekt wie auch ihren komischen hatte – ganz allgemein aber eine Farce.

Es war natürlich alles neunzehnhundertvierzehn fortgeschwemmt worden und war schon damals seit dem großen liberalen Jahr achtzehnhundertachtundvierzig passé gewesen. Selbst jetzt, dachte er, gab es sicher noch ein paar Überlebende. Bleich und anämisch, zu lange im reißenden Wasser, aber noch mit den zerschlissenen, verfärbten Etiketten, auf denen Graf oder Vicomte stand. Die meisten, wie er selber, jüngere Söhne oder geringgeschätzte Töchter, befreit vom Unsinn der Titel, wenn ihnen das auch manchmal schmerzhaft bewußt gemacht wurde. Immer peinlich diese Töchter, die die falschen Männer heirateten oder gar keine, und auf dem Festland häufig im Kloster landeten; in England bei Alkohol oder Drogen.

Wir erhielten nie eine richtige Ausbildung, hatten nie lange eine Arbeit, selbst dort nicht, wo Exzentrik und Untüchtigkeit noch geduldet und hochangesehen waren – in obskuren Ecken des Britischen Empire. In Europa waren die Schwierigkeiten größer: Jüngere Söhne des französischen und österreichischen Adels lungerten tatenlos herum, machten oft mit der Polizei Bekanntschaft. Aus kommerziellen Unternehmen hätte man uns inzwischen längst erbarmungslos ausgestoßen. Jahrhundertelange Inzucht hat unsere Kräfte ausgeblutet, und wann verstanden wir uns schon aufs Feilschen? Was die Länder angeht, die jetzt kommunistisch sind, so hat uns dort eine Überdosis Wodka, wenn nicht eine Überdosis Arbeitslager ausgemerzt.

Walter erinnerte sich der ein, zwei, die er gekannt hatte. Verschwunden – die Zeiten sind hart.

Er hatte überlebt; es mußte auch andere geben. In unserem Kern kann ein hartes Samenkorn des Talents verborgen sein, unerklärt und unvermutet. Und ein paar Gene ursprünglicher Kraft, die überlebt haben und über die Generationen weitergegeben wurden. Aber hätte er ohne seine Frau so lang bestehen können? La Flamenca war ein harter Brocken.

Die kraftvolle, unverwüstliche Frau – diese flämische Bourgeoisie; körperlich unzerstörbar, mit eisenhartem Kopf, zäher Willenskraft ... Ein bißchen was hatte er auch davon. Da steckte mehr dahinter als eine alte Familie. Ein Talent oder Instinkt, Frauen zu finden, war ererbt; häufig waren sie in der Ferne gesucht worden. Forestiers, Auswärtige, und nicht ohne Grund so genannt. In der Normandie hieß das der ›Horsain‹ – die Etymologie ist die gleiche.

Walters Vater war Engländer gewesen. Er hatte diese Ursprünge nie kennengelernt, seinen englischen Großvater nie gesehen. Die

Geschichten seiner Kindheit waren das einzige, was ihm als Anhaltspunkt dienen konnte; die ironischen Witze voll Selbstkleinmacherei, die der graue stille Mann erzählte, der neunzehnhundertneununddreißig starb und das als genau den richtigen Zeitpunkt betrachtete.

Ein Gutsbesitzer aus Norfolk, ein unglaublicher Mensch, selbst für diesen berüchtigt selbständigen Teil der Welt, nicht begeistert von ›unseren deutschen Nachbarn‹ – König Georg V. in Sandringham. Kein Titel; wer brauchte schon Titel. Sie saßen seit Jahrhunderten auf ihrem Land – wer konnte das sonst noch von sich behaupten. Die Howards? Die Erbherzöge von Norfolk wurden mit mehr Respekt behandelt als ›diese Deutschen‹ – aber nicht mit viel mehr.

Sachsen? Dänen? Sie hatten, dachte Walter, atavistische Erinnerungen oder Instinkte jener Zeit, als die Nordsee nicht gewesen war. Doch aus vollem Herzen spielten sie die Rolle des eingeschworenen Inselbewohners, und eine vielzitierte Redewendung hatte gelautet: »Im Ausland? – Ich *war* im Ausland!« Sie empfanden eine tiefe Sympathie zu Flandern, hatten sich oft ihre Ehefrauen dort geholt. Gute, solide Ehen.

Dickschädelig und klug wie sie waren, hatten sie die normannische Invasion willkommen geheißen und sogar Plantagenet Prinzessinnen geheiratet. »Die weibliche Linie, Junge, die weibliche Linie« – aber königliche Abkunft bis zu John of Gaunt (die Stadt Gand oder Gent in Flandern ...) »Kein lobenswerter Held, keiner, auf den man stolz sein kann« – immer diese Ironie. Sie hatten es verstanden, während der schlimmen Tudor-Zeit unauffällig zu bleiben und abzuwarten. Sie waren der Ermordung entgangen. »Die Walliser und die Schotten«, überdauernd – sie hatten natürlich gegen Karl I. gekämpft – »die Niederländer und die Deutschen« – mit steigender Verachtung. Eine ausgewogene Sicht der englischen Geschichte. Seit Richard III. haben wir unter Gaunern und der Canaille gelebt.

»Die einheimischen Schulen waren für uns gut genug« – Cresham's School, Holt und das King's College in Cambridge; wieder die Ironie.

Noch auf der Universität war er krank geworden, hatte rheumatisches Fieber bekommen, über das man damals kaum etwas wußte. Sein Herz hatte einen dauernden Schaden davongetragen, und bärtige Ärzte hatten die Köpfe geschüttelt. Fünf Jahre höchstens hatten sie prophezeit. Er hatte beinahe vierzig Jahre gelebt.

Weshalb sonst hätte er mit solchem Bedacht die Unerhörtheit begehen sollen, mit einer verheirateten Frau durchzubrennen, einer Katholikin, einer Ausländerin? Die dreifache Verdammung hatte ihm den Weg nach Hause versperrt. Bis zu diesem Tag war Walter nicht in Norfolk gewesen. Es wurde nie davon gesprochen, aber Walter vermutete, daß der Alte eiserne religiöse Prinzipien, protestantischer oder gar puritanischer Natur, gehabt hatte, und daß es eine ›Komm mir nie wieder unter die Augen‹ Szene gegeben hatte. Und so kam es zu der Situation (absurd), daß ein ›englischer‹ Walter, oder einer, der jedenfalls mehr englisch war als sonst etwas, nie in England gelebt hatte. Die ersten Jahre in Deutschland, dann in Frankreich, dann in Spanien ...

Seines Vaters erinnerte er sich aus der Zeit in Frankreich. Wie er den Siebenjährigen gelehrt hatte, die Karten zu halten – ein Mittel wie jedes andere, um Schmerz und Überdruß zu lindern. Altmodische Spiele, *piquet* und *bézique*, und selbst jenes alte, längstvergessene spanische Spiel, in dem die Trumpfkarte der Herzbube ist und Quinola genannt wird. Oder die viktorianischen Pokerwürfel – groß, aus vergilbtem Elfenbein: »Wir haben beide ein Full House, aber bei meinem ist der König hoch und bei deinem der Bube. Meines gewinnt.«

»Warum nennst du die Unter Buben?« fragten seine Kinder. Aber auch ein Akt der Pietät. Sentimentalität, zweifellos.

Ein Englischsein lang vergangener Zeit, vor dem ›Reich‹. Ein Abscheu vor Prahlerei und Selbstgefälligkeit, Heuchelei und Schwindel und Korruption, man brauchte nur seine spöttischen Zusammensetzungen mit dem Wort ›selbst‹ zu hören: Überhebung, Lob, Findung, Verwöhnung und Zufriedenheit.

Sein geistiger Snobismus war begrenzt, aber vernichtend. »Mit Leuten, die ihre Kinder nach Eton schicken oder ein Kindermädchen engagieren, sollte man zurückhaltend sein.«

Ein ausgeprägter Charakterzug war extreme Skepsis. Selbst Neslon, der Sohn des Pastors von Burnharm Thorpe – ein Nachbar und ein Freund –, wollte mit Vorsicht genossen sein. Wieder diese bittere Ironie – »Ich würde mir nicht einfallen lassen, ihn wegen Ehebruchs zu kritisieren.«

Die Franzosen mochte er, war aber enttäuscht von ihnen. Er genoß ihren Witz; erzählte gern die Geschichte von dem Richter – Engländer wie es der Zufall will –, der, als er von einer lästigen Person gefragt wurde, ob er verheiratet sei, antwortete: »Nein, Madame, aber ich halte mir in Edinburgh ein lockeres Mädchen.« Aber die Franzosen hatten keinen Humor; waren zu Humor gar nicht fähig. Für ihn mußte Humor immer eine selbstironische Note erhalten; Beispiel: der säumige Handwerker, der, als er wütend gefragt wird, ob es in seinem Vokabular ein Wort gäbe, das dem Spanischen *mañana* gleichzusetzen sei, träge sagte: »Gibt's, aber es vermittelt nicht ganz die gleiche Dringlichkeit.« Er könne, sagte er, französischen Geiz und französische Eitelkeit verstehen, aber ein Volk, das nicht über sich selbst lachen könne …

Kein Wunder, daß er Dickens' komische Figuren so liebte. Flora Finching und Mrs. Wilfer, Trabbs Jungen und Mr. Chadband – und von sich selbst pflegte er zu sagen, daß es ihm, wie Mr. Wopsles Großtante, noch nicht ganz gelungen sei, diese unselige Gewohnheit zu leben aufzugeben. Die Farce liebte er, je deftiger, desto besser, und den Amerikanern verzieh er vieles wegen des scharfen Humors von Sinclair Lewis. Doktor Almus Pickerbaugh, erklärte er, sei ein Meisterwerk. Für das Kino brachte er nie viel Begeisterung auf, nur die Marx Brothers sah er sich überall an.

Wogegen Walters Mutter leidenschaftlich gern ins Kino ging. *Sanders vom Fluß* sah sie sich fünfmal an, weil sie in Paul Robeson verliebt war, doch in *The Scarlet Pimpernel* ging sie neunmal, weil sie Leslie Howard anschwärmte … Eine schamlose Sentimentale. Keinen Humor? Nicht die Spur, hätte sein Vater wahrscheinlich geantwortet. Sinn für Spaß und die amüsanteste Frau, die man sich vorstellen kann, aber sie nimmt sich selbst zu ernst, um Humor zu besitzen. Eine unverbesserliche Romantikerin. Wenn sein Vater in die Comédie Française ging, um sich *Occupe-toi d'Amélie* anzusehen, ging Mama in *Cyrano de Bergerac*, und ihr größtes Erlebnis im Pensionat war es, Sarah Bernhardt in *L'Aiglon* zu sehen. Napoleon verehrte sie, ihrem deutschen Vater – schockiert – und ihrer spanischen Mutter – entsetzt – zum Trotz. »Sie muß ein Wechselbalg sein«, hatte er nachsichtig gesagt. Walter hatte seinen deutschen Großvater nie richtig kennengelernt, einen äußerst kultivierten Liberalen, der eines Tages im Jahre neunzehnhundertvierunddreißig in das Waffenzimmer seines Landguts an der Grenze zwischen Württemberg und Bayern ging und nicht wieder herauskam. Walter glaubt, daß er auch ein Romantiker war und seiner Tochter, die überhaupt keinen Wirklichkeitssinn besaß, ähnlicher war als er wahrhaben wollte.

Wenn seinem Vater die Vitalität fehlte, so hatte Mama, die Beste, davon für vier. Ihre Liebesaffären, ganz sicher alle platonisch, waren so bekannt wie ihre Pferde, ihre Leidenschaft für das Fahrradfahren, ihre verrückten Kleider: ihre Exzentrik war in ihrer ganzen Ungeheuerlichkeit und Extravaganz völlig englisch.

Keine Schönheit. Aber das kräftige entschlossene Gesicht, das flatternde jungenhaft geschnittene Haar, die blitzende Intelligenz und Verrücktheit, der Reichtum an Persönlichkeit machten sie zu einer Frau ohnegleichen. Sehr gebildet (auf einen deutschen Vater ist Verlaß) dank den heiligen Ursulinerinnen in München und Aufenthalten in höheren Töchterschulen in Lausanne und Paris, liebte sie Frankreich – Walter hat es nicht ganz geschafft, sich die Liebe zu Frankreich abzugewöhnen – und war hingerissen von Italien. »Oh, Italien ...« Robert Browning war ihr Lieblingsdichter. Sie sprach fließend Englisch, durchsetzt mit komischen Eigenerfindungen, und ihre Ausrufe, die zahlreich waren, hatten am Schluß Ausrufezeichen nach spanischer Art, nämlich auf dem Kopf stehend.

An seine Großmutter kann er sich erinnern, wie sie in den Kriegsjahren war, in fadenscheiniger Pracht, mit viel Humor, dem das Alter alle Spuren von Bissigkeit genommen hat; ihre Gesellschaft kann man genießen wie einen guten Wein. Silbrig, Spuren vergangener Schönheit; kerzengerade auf dem Sofa. Sie gehörte der Generation an, die mit einem Lineal im Rücken aufgezogen worden war, und sie hatte bemerkenswerte Ähnlichkeit mit ihrer Zeitgenossin, der Tänzerin Karsawina, so diszipliniert, daß sie nun frei ist von den schmutzigeren menschlichen Schwächen. Neid oder Eitelkeit können sie nicht berühren, und weder Groll noch Reue betreten das Zimmer, wo sie in einer schäbigen, hochräumigen Madrider Wohnung sitzt, das einzige, was ihr geblieben ist, denn sie hat kein Geld; ihre Verwandten haben dafür gesorgt, wegen ihrer sozialistischen Sympathien im Bürgerkrieg, die niemals ihren inbrünstigen katholischen Glauben beeinträchtigten, »aber die Kirche, die solche Dinge tut, hat Christus vergessen«. Ihre Tochter ist überzeugte Franco-Anhängerin, aber ihre Achtung vor der Mutter ist so groß, daß sie in Gegenwart der alten Dame ihre Zunge zähmt. Das einzige Mal, dachte Walter, wo Mama, die Beste, taktvoll war.

Es muß der Winter dreiundvierzig gewesen sein, als sie starb; an einer Lungenentzündung, die sie sich, wie es hieß, durch ihr eigensinniges Beharren darauf zuzog, ständig die Fenster zu öffnen. Und als das Kriegsende kam, war auch seine Mutter alt geworden.

Europa war voll von diesen alternden, abgehärmten Frauen. Düstere Wohnungen in zwanzig Städten – nur Dresden war ganz ausgelöscht –, mit Sprüngen in der Decke, ohne Gas und Wasser, die aber die Bombenangriffe überlebt hatten; und inmitten ihrer polierten schäbigen Möbel, mit den alten Pelzen über den immer noch unverwüstlichen Tweedkostümen, sprachen sie ihr klares altmodisches Englisch, das den Sergeant aus Wales und den Leutnant aus Amerika bezauberte. Sie klagten nie. »Zorn hat Stil, Gejammere nicht.« Ein Satz seines Vaters, nach den seltenen, aber heftigen Momenten, wo er die Beherrschung verloren hatte.

Sein Vater war zurückgeblieben. Wenn sie nach Spanien ging, so des Kindes wegen, ihrer Mutter wegen – auch, aus allen möglichen Gründen. Papa hatte es kürzer gesagt. »Das nennt man Flucht.« Und damit wollte er nichts zu tun haben. Das Gerücht – unzuverlässig allerdings – behauptete, er hätte im strengen Winter nach – oder war es vor dem heißen Sommer neunzehnhundertvierzig den Tod gefunden. Er war am lang vorhergesagten Herzversagen in einem Pariser Krankenhaus gestorben, aber man fand keine Spur von ihm, die Unterlagen fehlten oder waren durcheinandergeraten. Ein namenloses Grab im Exil, und Walter zog es jeder pompösen Gruft im Père Lachaise vor.

Eine Wohnung, eine ziemlich große Wohnung. »Das ist vernünftig, mein Junge, und wenn wir die Kosten teilen, ist die finanzielle Bürde nicht so schwer.« Mit der lieben Edith in Brüssel. Ausgerechnet.

Tante Edie starb neunzehnhundertfünfzig an Krebs. Mama lebte weitere zehn Jahre in der Wohnung – sorgenfrei, um der Wahrheit die Ehre zu geben und danach nochmals zehn Jahre in einem Heim, wo die ständige Fehde mit den heiligen Nonnen sie jung hielt: »Eine fromme Frau, aber aus beklagenswert kleiner Familie« und »Die Mutter Oberin hat alle Korridore beige streichen lassen, wirklich, sie ist eine unmögliche Person.« Getreulich beantwortete sie alle vierzehn Tage ihre Briefe mit ›allen Neuigkeiten‹. Sie starb schließlich sehr friedlich, konnte noch bis zum letzten Atemzug über das lachen, was der Kaplan zu den Kindern Marias gesagt hatte. »Gott sei Dank, mein Junge, ich bin nicht wirr; die meisten Alten hier sind total senil.« Immer noch verstand sie es, die Pflegerinnen zu umgarnen. »Ah, Sie sind wirklich lieb, vielen Dank, liebes Kind. Und wenn Sie das nächste Mal in den Garten kommen – dann stiebitzen Sie für mich ein paar Blumen, ja?« »Würden Sie mir meinen roten Schal geben, Kind, ich glaube fast, ich könnte ein bißchen Luft vertragen.« Und mit achtzig: »Geben Sie mir meine Blechbüchse« – die paar Münzen, um Briefmarken oder Umschläge zu kaufen. Mit so großer Geste entgegengenommen, als wäre die Blechbüchse das Bankhaus Rothschild.

Als er zur Straße kam, erreichte Jesus den gleichen Punkt. Man sah ihn niemals kommen; er besaß magische Kräfte unsichtbarer Fortbewegung über ziemlich weite Strecken. Diese Bemerkung könnte den Keim zu Mißverständnissen enthalten: es muß festgestellt werden, daß der Name in Spanien sehr oft den Kindern (angeblich) frommer Eltern gegeben wird. Oder aber, es ist ein gut entwickelter Sinn für das Ironische am Werk; in diesem Fall veranschaulicht durch seine Fähigkeit unvermuteten Auftauchens. Wie vorauszusehen, war er im Dorf äußerst unbeliebt, wegen seiner scharfen Zunge und seiner absoluten Unerschrockenheit gefürchtet, aber geschätzt. Vielleicht war man im Dorf heimlich stolz auf einen wahrscheinlichen Hexer, garantierten Besitzer des bösen Blicks, nützlichen Sündenbock im Falle widriger und unerwünschter Ereignisse wie plötzlicher Blitzschlag oder Fuchs im Hühnerstall; und ein Ausländer, beherrschbar, da arm und elend.

Ein hochgewachsener alter Mann mit einer ruhigen Eleganz der Bewegung, gute siebzig Jahre auf dem Buckel – aber er konnte mit einfachen Mitteln jung, klein oder linkisch erscheinen; ein anderer Hund, eine Wäsche, eine Anzahl von Zähnen, die von Tag zu Tag variierte. Er arbeitete nicht, übte kein Handwerk aus. Er wohnte in einem großen Haus, dessen Schönheit in den edlen Proportionen lag, aber noch mehr in einem Zustand leprösen Verfalls, mit großem Geschick von Flickwerk in jedem vorstellbaren Material jeglicher Farbe und Beschaffenheit aufgehalten. Ein Teil war eine Scheune – wie bei Walters Haus –, deren Balken verrottet waren, so daß das Dach einstürzte und nun in einer Wellenlinie erstaunliche rhythmische Schönheit bildete.

In diesem Haus, hieß es, hätte Jesus eine Ehefrau oder ausgehaltene Frau. Niemand hatte sie je gesehen – vielleicht war sie im Keller angekettet? Walter jedoch hatte sie gesehen. Aber davon erzählte er nichts. Man mußte die Herrlichkeit und die Würde Jesus' respektieren.

»Tardes, Don Suelto«, wobei er nach französischer Manier die Hand schüttelte, aber spanisch sprach. Dem alten Mann machte das spitzfindige Spiel mit Wortbedeutungen Spaß. Dieses Wort mit der Wurzel *soltar* hieß geschickt, und in manchen Zusammenhängen frei, wie beim Fliegen, im Freilauf oder ähnlichem. Ein Kompliment? – bei Jesus konnte man nie sicher sein. Vielleicht war dies seine Art, einen verwandten Geist zu begrüßen.

»Es geht – und alles nach Ihrem Wunsch?« erkundigte sich Walter höflich.

»Wie es Gott und der Republik gefällt. La Flamenca ist bei guter Gesundheit?«

»Soviel ich weiß, ja. Sie wird sich geehrt fühlen von Ihrer Nachfrage.«

Er war klug genug, nicht die Gegenfrage zu stellen; die Antwort hätte gelautet: »Welche Frau?« Deshalb fragte er statt dessen: »Was gibt es Neues?«

»Gutes. Das heißt, nur ein klein bißchen Gutes. Für die Republik ist selbst das kleinste Bißchen besser als nichts. Es heißt, daß Anarchisten einen *commissaire* der policia durch Bombenwurf getötet haben.«

»Es kommt häufig vor, ja, es ist normal, daß Bomben geworfen werden: Ich jedoch bedaure es.«

»Sie sind ein vornehmer Herr, Don Suelto. Dazu mit künstlerischem Talent. Dazu Wohlstand und Position. Das Verhalten der *commissaires* der Republik Ihnen gegenüber zeigt Abweichungen von ihrer Verhaltensweise, sollte ich das Unglück haben, mit ihnen zusammenzutreffen.«

»Das ist wahr. Aber haben wir das Recht davon auszugehen, daß der Ermordete tatsächlich von schlechter Veranlagung war, und uns daher zu freuen? Oder haben Sie schlechte Erinnerungen von früheren Bekanntschaften?«

»Nein, das nicht. Ich habe mich der Bosheit und der Ungerechtigkeit schuldig gemacht. Möge mir vergeben werden. Möge Gott mir meine Schlechtigkeit vergeben und die Seele dieses Beamten aufnehmen, wenn diese Leute tatsächlich Seelen haben. Aber es ist gute Nachricht für die Republik, denn werden jetzt nicht vielleicht andere *commissaires* von anderen Ämtern es mit der Angst zu tun bekommen und beschließen, sich zu bessern?«

»Ich denke, das dürfen wir bezweifeln. Außerdem sagen uns die Theologen, daß Schlechtes nicht Gutes nach sich zieht.«

»Sie haben sichere Stellungen, diese Theologen, und es wartet zweifellos ein üppiges Essen auf sie, das ihnen viele fromme, aber törichte Jungfrauen gekocht haben. Eine lange Siesta in ihren geistlichen Lehnstühlen. Ich halte nicht viel von ihren Reden.«

Und Jesus machte sich straßaufwärts auf den Weg, um dort zweifellos Meteore vorherzusagen.

Ihre Bekanntschaft war lange distanziert und förmlich gewesen. Walter hatte stets höflich gegrüßt und einen gleich höflichen Gruß zurückbekommen. Als er eines Tages mit Brot, Schnürsenkeln und Glühbirnen beladen vom Bäcker kam, grüßte er den Schmutzigen

Jesus – wie die Bäckersfrau ihn nannte – auf die gewohnte Art. Der alte Mann stand, wie seine Gewohnheit war, in der Morgensonne auf der Türschwelle seines Hauses und tat nichts. Statt des üblichen spanischen Gemeinplatzes sagte Jesus: »Würden Sie mir helfen?«

»Aber gewiß.« Bemüht, keine Verblüffung zu zeigen.

»Amtssachen – eine große Zahl von gedruckten Papieren. Es wäre Ihnen keine übermäßige Last, sich diese entsetzlichen Dinger einmal anzusehen?«

»Aber nein, mit Vergnügen.« Denn in der Tat bereitete es Walter diebische Freude, jegliche Art von Fachjargon zu übersetzen und sich an den absurden Äußerungen der Analphabeten mit Schulbildung zu weiden. Jesus konnte vielleicht nicht lesen und schreiben, aber er hatte mehr Bildung als die Gipsköpfe im Rathaus, ganz abgesehen davon, daß er bessere Manieren hatte. »Sie hätten nichts dagegen, einen Moment ins Haus zu kommen?«

»Es wäre mir eine Ehre«, versicherte Walter.

Die zweite Überraschung traf ihn körperlich. Der Gestank von vielen Ziegen, die mit vielen Füchsen zusammenhausten, war wie ein Schlag mit dem Holzhammer. In einem Bett hinten im Zimmer saß eine Frau, die einmal schön gewesen war. Große Augen brannten in einem verwüsteten Gesicht; langes Haar, halb schwarz, halb grau, hing ungepflegt vom Scheitel.

»Bitte verzeihen Sie die Störung, Madame.«

Jesus achtete nicht auf die Frau. Die Papiere lagen ordentlich auf dem Tisch; auf ihnen eine alte Hornbrille mit zerkratzten Gläsern. Natürlich kann er lesen; wie die meisten von uns, was lesbar ist.

Walter konnte sich jetzt nicht mehr erinnern, worum es gegangen war; unsinnige Komplikationen, die sich der von Kleinkrämerei verseuchte amtliche Verstand ausgedacht hatte. Er erteilte Ratschläge, hoffte, sie wären vernünftig, während er eigentlich nur bemüht war, höflich zu sein und nur wünschte, er könnte vermitteln, daß er gerührt war, wirklich geehrt, ausnahmsweise einmal frei von falschen Gefühlen.

Jesus nickte nur und streckte ihm seine alte Hand hin. Walter verbeugte sich zu der Frau im Bett.

*»Au revoir, Madame, et au plaisir.«*

Sie sah ihn an. Es war unmöglich festzustellen, wie weit ihre Lähmung fortgeschritten war – bis zum Verstand? Sie war vielleicht taubstumm. Doch als er die Tür erreichte, rief sie ihm mit klarer hoher Möwenstimme nach: »Danke, *Monsieur*. Sie sind ein wahrhaft feiner Herr.«

Alle heiligen Zeiten einmal vielleicht, dachte er, während er den Hügel hinaufeilte.

Er hat geschlafen: es ist Morgen.

Es ist ihm schwacher Trost, wenn er sich sagt, daß alles viel schlimmer sein könnte. Es könnte auch alles viel besser sein. Die vier Perserteppiche aus dem Wohnzimmer, abgetreten, aber schön, waren fort. Limoges Porzellan und Baccarat Glas waren Scherben. Und Walter hatte die Versicherung Jahre zuvor verfallen lassen. Das waren üblere Verbrecher als jeder Einbrecher; verlangten eine monströse Prämie, und fanden dann, wenn etwas passierte, im Kleingedruckten alle möglichen Vorwände, sich aus der Verantwortung zu drücken: sollte man behaupten, die Terrassentür wäre durch den Laden verschlossen gewesen? Falsche Spuren gewaltsamen Eindringens am Holz anbringen? Sich ihrem Beharren auf Ultraschall und solchem Quatsch beugen?

Ein Teil der Möbel hatte Schnitzer und Schrammen. Schade, jammerschade, aber bei antiken Stücken war das oft so. Wenn dir jemals Soldaten einquartiert wurden! Außerdem sind es ja rustikale Stücke: es ist eine Weisweiler Kommode, ein Riesener Schreibtisch, ein Oeben Toilettentisch? Ein bißchen feines Schmirgelpapier und Bienenwachs; es wird mit der Zeit eine gewisse Patina annehmen, und in einem Jahr wird man es kaum noch bemerken. Sicher, es ist gemein und häßlich, daß sie dein Teeporzellan zerschlagen haben, und ich kann nur hoffen, daß ich für das nächste Buch einen guten Vertrag in New York bekomme und der Dollar steigt wie verrückt, wenn das auch noch so unpatriotisch klingt; das Vaterland ist da, wo das Essen ist. Die Fressalien, mein Kind; *la bouffe*. Nein, da liegt kein Widerspruch. Angesichts materieller Gesichtspunkte werde ich materialistisch, und zwar sehr.

Die unmittelbare Sorge ist trivial – hoffen wir –, eine Irritation, die durch diese unglücklichen Geschehnisse zu einem Pflock im Fleisch wird, einem Dachschindel auf dem Kopf. Walter muß in die Stadt, zu einem Scharmützel mit dem Gesetz.

Ein förmlicher Brief vom *Tribunal d'Instance* – Zivilgericht – ist eingetroffen, in dem ihm mitgeteilt wird, daß man ihn wegen Nichtzahlung einer Rechnung verklagt hat. Verdammte bürgerliche Kaufleute, die bei aller Unfähigkeit auch noch unverschämt sind – er ist verdattert und wütend.

Er sei nicht verpflichtet, sich einen Anwalt zu nehmen, und könne, wenn er das wolle, sich selber verteidigen. Wenn er aber zu der Verhandlung nicht erscheinen sollte, so könne ein Versäumnisurteil gegen ihn ergehen.

Walter rast zu seinen Akten. Sie sind eine heilige Institution, wo er alle geschäftlichen Unterlagen des vergangenen Jahres aufbewahrt. Wie das mit Akten so ist, befindet sich das Dokument, das man gerade braucht, wenn man die Akten einmal zu Hilfe nehmen muß, entweder im falschen Hefter oder es fehlt ganz; diesmal aber ist Wotan mit uns. Vorgelegte Rechnung, Nachfrage, eine Korrespondenz, die erst höflich ist und dann kurz wird; alles da und nicht zu widerlegen. Walter gratuliert sich mit Selbstzufriedenheit zu seinen geschäftsmäßigen Methoden. Aber das war alles vor einem Monat, und heute ist der Tag. Sein Magen flattert.

Walter ist nicht mehr sehr reiselustig. Nach New York, Paris oder London, einmal im Jahr, ernsthaft aus geschäftlichen Gründen; diese Kultur- und Handelszentren bringen sein Blut nicht sonderlich in Wallung. Er tut so, als wäre er viel älter als er tatsächlich ist und bewegt sich auf ausgefahrenen Gleisen, beschwert sich über das Verschwinden vertrauter Orientierungspunkte – dort eine Fassade verändert, hier ein Oberkellner gegangen, – und während er durch Straßen geht, die er seit seiner Kindheit kennt, gibt er vor, sich nicht auszukennen. Als wäre es, wie seine alten Freunde bemerkten, seit vierzig Jahren sein erster Urlaub von einem Außenposten der Kolonial-Verwaltung. Wieder zu Hause, erzählt er, diese Städte seien sehr provinziell geworden.

Er mag kleinere Städte lieber, die noch nicht unter Losangelitis leiden und wo es noch einen historischen Mittelpunkt gibt; »wo man spazierengehen kann«. Amsterdam oder Edinburgh. »Also, Toulouse ist eine hübsche Stadt.« Und er fährt gern ein halbes dutzend Mal im Jahr hin, wenn er einen Angelpunkt hat, um den er sich drehen kann: ein Theaterstück oder einen Film, eine gute Oper oder ein Konzert. Das verbindet er mit einem Zusammensein mit den Kindern, man übernachtet in der Wohnung, ißt zwei richtige Mahlzeiten und kauft lustlos ein Hemd. Das alles ist schamlos provinziell, man ist, wie Walter zu sagen pflegt, »mal eben zur Blumenschau von Chelsea heraufgekommen«.

Nachdem er viele Jahre lang arm gewesen war – das erste Auto war ein Cirtoën *deux chevaux*, im Grund mehr Spaß als jedes andere –, hatte er eine bürgerliche Phase eleganter Wagen durchgemacht. Es gab sogar Jahre, da hatte man neben dem Familienwagen einen Zweitwagen für Sylvie. Eine lange Serie von Lancias war abgerissen, als ein funkelnagelneuer auf einer geraden, aber holprigen spanischen Straße zum Totalschaden geworden war, und er verspätet entdeckte, daß die Versicherung nur der lachende Dritte war. Aus dieser Episode hat er gelernt. Er betrachtet jetzt nichts mehr, was er auf der Straße sieht, mit neidischem Blick. Sie sind alle häßlich geworden. Motorisierte Einkaufswagen, durch die Bank.

Da es noch sehr früh am Morgen ist – Walter glaubt nämlich fest an das Gold im Mund der Morgenstund, gibt es hinter dem Justizpalast noch Parkplätze. Die einem großen Schild zufolge für Amtspersonen reserviert sind: Richter und Anwälte, von denen es viel zu viele gibt. Ich bin mein eigener Verteidiger, sagt sich Walter, daher bin ich ein Anwalt. Spezialisten in der unverfroreneren und frecheren Art rechtlicher Fiktion werden behaupten, daß ich ihnen das Brot stehle, obwohl sie, nach ihren Autos zu urteilen, nur von Kuchen recht gut leben. Er geht durch die Hintertür hinein und kommt am Umkleideraum der Anwälte vorbei, einem düsteren Ort voller Metallschränke. Ein großes Schild fordert die Benützer auf, sich zu vergewissern, daß die Tür ihres Schranks abgeschlossen ist. Daß der Umkleideraum voller Schurken sein soll, überrascht ihn gar nicht.

Es ist eine merkwürdige Tatsache, daß das dem juristischen Berufsstand am nächsten verwandte Tier ausgerechnet ein Wiesel ist, im Winter, wenn sein Fell weiß ist, als Hermelin bekannt. Die Rücken dieser Tiere – berühmt für ihren Hunger auf warmes Blut – geben hübsche Beffchen ab, die sich vom Schwarz der Roben freundlich abheben. Ihre niedlichen kleinen Schwänze zieren als fröhliche Quasten die Roben der Höherstehenden, und die höheren Richter und Staatsanwälte sind über und über mit Zeug behangen. Wo immer sich Roben versammeln, findet sich auch eine gewaltige Ansammlung von Wieseln. Wenn man den Justizpalast betritt, kommt man sich vor wie der kleine Wicht im wilden Wald, der bald hinter jedem Fliegenpilz boshaft grinsende Gesichter sieht.

Er ist früh dran, und bei Walter heißt das, viel zu früh; da er von einer zwanghaften Angst vor dem Zuspätkommen besessen ist, ist er immer eine dreiviertel Stunde vor dem Zug am Bahnhof. Der Gerichtssaal ist fast leer; nur auf einer hinteren Bank hocken drei schlafende Araber, vorn ein Gerichtsdiener; in einer Robe, aber ohne Hermelin, der Arme. Er hat nichts zu tun, erklärt sich aber freundlich bereit, sich Walters Vorladung anzusehen und seinen Namen auf einen Zettel zu schreiben.

»Monsieur Forestier, stimmt, Sie stehen auf der Liste – nein, nicht dahin setzen. Die ersten zwei Reihen sind für die Anwälte reserviert.«

Es hat keinen Sinn zu fragen, warum? Man könnte versucht sein zu fragen: ›Wer bestimmt das?‹ Aber Walter tut es nicht. Unterwürfigkeit oder Faulheit?

Der Name Forestier ist nicht ungewöhnlich; etymologisch klar. Förster; Waldbewohner. Ganz recht, kein Anlaß, im Lexikon nachzuschlagen. Wenn man es doch tut – wie Walter – tritt ein interessantes Wort zutage. *Foris* heißt in schlichtem Latein draußen. Im mittelalterlichen Küchenlatein wurde daraus *foranus*, von dem das französische ›*forain*‹ und das Englische ›*foreigner*‹ abstammen: einfach gesagt, ein Auswärtiger. In den Ländern rund um das Mittelmeer hat sich das Urwort nur wenig verwandelt – *forastero, forestiero*. ›Forst‹ begann als *silva forestis*, der Wald draußen. Der wilde

Wald, finster und unheimlich. Unsichtbare Baumstümpfe, glitschig, mit scharfen Kanten. Ein schlimmer Ort und voller Wiesel.

Jetzt treffen sie in Scharen ein; schlendern herein, als hätten sie nichts Besonderes zu tun. Die meisten stolzieren mit dem Selbstbewußtsein umher, das dem Wissen entspringt, daß man bezahlt wird, auch wenn man nichts tut; doch man nennt das ›sein Gesicht zeigen‹. Ein paar schleichen umher wie Tiere, die die Grenzen ihres Reviers beschnüffeln. Von ein oder zwei könnte man sagen, daß sie verstohlen herumstreichen.

Es gibt die Alten, gebeugt und mit runden Schultern, mit Roben, die nicht allzu sauber sind, und Aktentaschen wie sie selber, aus denen sie Papiere nehmen, die sie widerwillig und unlustig betrachten, während sie sich fragen, was das eigentlich alles soll, ehe sie unschlüssig wieder nach draußen gehen. Im falschen Saal, aber machte das überhaupt etwas aus? Einige lehnten mit den Händen in den Hosentaschen – diese flatternden Anzüge rochen aus der Nähe sicher unangenehm – an den Heizkörpern und machten zynische Gesichter.

Einer, der nicht ganz ›dicht‹ zu sein schien, schlich an der Wand entlang, als wolle er sich gleich an Walter heranpirschen und mit heiserem Flüstern fragen: »Sie haben nicht zufällig eine Zigarette bei sich?«

Auch die flotten Burschen sind vertreten; energisch, mit glänzenden Schuhen und Aktentaschen, studieren sie ihre Akten mit Konzentration und einer eindrucksvollen Vielfalt von Lesehilfen. Walter ist zuerst wie betäubt, dann angeregt von der Menge; wenn man die mitzählt, die wieder verschwunden sind, sind es bestimmt vierzig. Wogegen die Öffentlichkeit aus acht Personen besteht, die beiden schlafenden Araber und er selbst eingerechnet.

Mehr als die Hälfte der Anwälte sind Frauen; auch hier interessante Variationen vom dünnen grauen Haar, schnurgerade abgeschnitten, und vergrämten Gesicht – wie von einer frustrierten alten Lesbierin – zu seidig schimmernden, wie gemeißelt sitzenden blonden Frisuren; und ein Blick, als wäre man fest entschlossen, Perry Mason ins Bockshorn zu jagen. Viele sind jung und hübsch. Außer Aktentaschen haben sie große Handtaschen; tragen das alles samt ihren Roben mit eleganter Zwanglosigkeit. Sie stehen wie die Männer, mit gespreizten Beinen, tauschen den laschen Händedruck eines französischen Guten Morgen, oder sitzen, elegant seitlich gedreht, die Robe gekonnt gelupft, mit vorzeigbaren übereinandergeschlagenen Beinen, und zünden sich dem Rauchverbot zum Trotz Zigaretten an. Der Gerichtsdiener teilt zwei weiteren Arabern mit, daß die Hinterbank ihr Platz ist.

Allmählich kommen die Dinge ins Rollen; die Fachsimpelei wird inzwischen in Party-Lautstärke geführt, und der Gerichtsdiener hat seinen großen Auftritt.

»Das Hohe Gericht. Ich bitte um Ruhe.« Schwellendes Forte, von flatternden Ärmeln unterstrichen. »Bitte sich zu erheben!« Wobei er die Araber anfunkelt. Es ist nur ein einziger Richter – dies ist das einfachste der Zivilgerichte –, begleitet von seiner Protokollführerin, einer jungen Frau mit dem farblosen Haar und Gesicht, das alles sein kann und im allgemeinen Tüchtigkeit verrät. Sie setzen sich nebeneinander hinter einen einfachen Tisch auf einem niedrigen Podium; es ist alles ganz zwanglos.

Zwanzig Anwälte sind gemeinsam losgestürzt und drängen sich vor ihm wie Fleischfliegen auf angegangenem Schinken. Es gibt eine Liste der Fälle, aber jetzt wird die Tagesarbeit auf lässige französische Art aus dem Stegreif eingeteilt; *sotto voce*, aber man kann dem allgemeinen Gang der Dinge folgen. Erst Sie, da der andere Bursche noch nicht gekommen ist, und Ihre Geschichte hört sich kompliziert an, die sehen wir uns lieber später an; und was gibt's bei Ihnen? Müssen um zehn am *Grande Instance* sein? Gut, wir schieben Sie ein ...

Niemand achtet auf die Öffentlichkeit oder den Gerichtsdiener. Ich dachte immer, überlegt Walter ärgerlich, man müßte sehen und hören können, wie Gerechtigkeit geübt wird. Aber hier geht es zu wie bei einem Gesellschaftsspiel im Familienkreis. Wir wurden für neun Uhr vorgeladen, und wir werden zur Mittagszeit immer noch alle hier sein. Es würde die Dinge beschleunigen, wenn man neun von zehn Anwälten abservierte.

Doch er erhascht flüchtige Blicke auf den Richter, und was er sieht, gefällt ihm. Ein ruhiger, nicht im geringsten wichtigtuerischer

Mann, der in dem großen Lehnstuhl eher zierlich wirkt. Er sitzt seitlich, den Kopf geneigt, ein aufmerksamer Vogel. Aber besteht Gerechtigkeit darin, es den Anwälten recht zu machen?

Abrupt beginnt nun die Ausübung der Gerechtigkeit: Der Richter – der Gerichtsdiener bleibt unbeachtet – erhebt seine Stimme zu amtlicher Lautstärke, um ein Paar aufzurufen. Es ist ein hundearmes, hundetrauriges, hundegeduldiges Paar. Die Frau trägt ein Kind auf die Hüfte gestützt, da sie niemanden hat, der auf es aufpassen würde.

»Kommen Sie hierher«, sagt der Richter freundlich, und die Anwälte machen widerwillig Platz. Und Walter bewundert Gerechtigkeit aus nächster Nähe und zur rechten Zeit: es geht ruckzuck, aber das unartikulierte, abgerissene Gestammel wird geduldig angehört.

Alltäglich: sie sind arbeitslos, die Miete ist nicht bezahlt, und der Hauswirt möchte einen Räumungsbefehl.

»Tja, Sie möchten eine Frist, und ich bin bereit, Ihnen eine einzuräumen.« Väterlicher Ton, nichts Tyrannisches. Ein bissiger Anwalt wird auf Armeslänge gehalten. Ist dies typisch? fragt sich Walter – es könnte weit schlimmer sein. Als die beiden gehen, sehen sie nicht mehr ganz so jämmerlich aus. »Und machen Sie keine Schulden«, ruft der Richter ihren gekrümmten Rücken jovial nach.

Eine dicke dumme Frau drängt sich an ihnen vorbei durch die Tür – der Gerichtsdiener macht gerade eine Rauchpause – und ruft: »Wo ist einhundertvier?«

»Es steht nie auf der Innenseite der Tür«, bemerkte der Richter im Konversationston.

»Nun – die Herren Abdul, Said und Mohammed bitte sehr.« Peinlich darauf bedacht, nicht gönnerhaft zu wirken, obwohl die drei schlafenden Araber offensichtlich ein Komikertrio sind. Gemächlich erheben sie sich, trotten liebenswürdig und wie ohne Rückgrat nach vorn, bleiben in lässiger Haltung und völlig unbekümmert stehen. Sie sind piekfein angezogen, Blütenweiß und viele Farben, oben lockerer Sitz, im Schritt irre eng und unheimlich *macho*. Der Richter blickt in die Unterlagen, schneidet Gesichter, ist perplex. »Ich verstehe nicht, was diese Herren überhaupt hier tun.«

Eine hübsche Frau, die vor Lachen kaum sprechen kann, erklärt es ihm. Vermutlich war es zur betreffenden Zeit weniger komisch gewesen. Sie wurden von einem Strafgericht verurteilt, weil sie ohne Fahrschein in einen Bus gestiegen waren, die öffentliche Ordnung und Ruhe gestört, Krawall gemacht und einen Kontrolleur der Verkehrsbetriebe mit Schlägen malträtiert hatten. Zum Totlachen; die Anwälte kriegen sich gar nicht mehr ein. Der Richter hört sich alles an, die Araber vielleicht auch, und sie haben eines gemeinsam: sie können der Sache nichts Komisches abgewinnen. Eine lange Aufstellung darüber, auf welch unwahrscheinliche Art und Weise der Bus demoliert wurde: Die Verkehrsbetriebe, denen es an Humor mangelt, erheben nunmehr Schadenersatzklage vor einem Zivilgericht.

»Da kann ich gar nichts tun. Ich habe den Bericht vom anderen Gericht nicht.« Protokollführerin murmelt, Anwältin murmelt. »Das ist alles gut und schön, Sie hätten nicht vorgeladen werden sollen, wenn die Formalitäten noch gar nicht erledigt waren.« Er macht dem Hin und Her ein schnelles Ende.

»Tja, meine Herren, Sie müssen am – Augenblick –, am Fünfundzwanzigsten des nächsten Monats noch einmal kommen. Haben Sie das verstanden? – Am Fünfundzwanzigsten?«

Als Hilfe schreibt die Protokollführerin die Zahl 25 auf einen abgerissenen Zettel. Kein Wort, nicht einmal ein Nicken. Unerschüttert trotten sie hinaus; ihnen ist dies alles einerlei. Vielleicht reizt der Anblick der rückgratlosen Rücken den Richter ein wenig; jedenfalls ruft er dem retirierenden Bataillon nach: »Und sehen Sie zu, daß Sie kommen.«

»Gut – hm –, Monsieur Forestier bitte.«

Und Walter ist auf den Beinen, ihrer nicht ganz sicher.

Die Anwälte weichen, wie zuvor, gerade so weit zurück, daß er Platz hat. Diese Nähe macht ihm zu schaffen. Er würde den Richter am liebsten bitten, ihnen zu sagen, sie sollen sich entweder setzen oder ein großes Stück zurücktreten. Die Würde eines Menschen besteht vielleicht, mehr als man erwartet, aus dem freien Raum um ihn herum; um so mehr, wenn er ein Eindringen in seine Intimsphäre hinnehmen muß, wie er das vor Gericht immer muß. Ein Duft nach parfümierten Frauen, nach Männern, die ein allzu aufdringliches Rasierwasser benutzen, und viel zu viel Körperwärme.

Ein Anwalt spricht. Er hat ein ekelhaftes Gesicht und eine ekelhafte Stimme.

»Mein Mandant hat einen Anspruch auf achthundertfünfundzwanzig Francs für geleistete Dienste. Dieser Betrag wurde nicht bezahlt, trotz wiederholter Mahnungen und Zahlungserinnerungen. Daher verlangt mein Mandant weitere hundertfünfundsiebzig Francs an Unkosten und Zinsen und sieht keinen Grund, weshalb das Gericht dem nicht stattgeben sollte.«

Und das ist alles. Walter ist weniger verzagt angesichts der Ekligkeit, mehr angesichts der Kürze. Er fühlt sich eingeengt.

»Nun, Monsieur Forestier?« Der Richter lehnt sich zurück und hat die Augen geschlossen.

»Äh – darf ich ein Wort der Erklärung sagen?«

»Dazu sind Sie ja hier.« Schläfrig belustigt.

»Das ist lächerlich – es gibt überhaupt keinen Fall. Ich bin ein ehrlicher Mensch.«

»Eine Universalbehauptung.« Jetzt gelangweilt.

O Gott, das geht schief. Aber der winzige Funke Sarkasmus genügt, den Gaul in Gang zu bringen. Der Richter ist nur durch die Breite des Tisches von ihm getrennt. Darauf muß er sich konzentrieren und die Anwälte einfach vergessen. Man mußte im Konversationston sprechen, ruhig und klar. Er hat sich ja alles aufgeschrieben. Aber das war eine Rede – dies ist nicht der Platz für eine Rede.

»Wenn das Gericht gestattet!« Die förmliche Wendung gibt ihm den letzten Ruck. »Ich kann es mühelos in aller Kürze darlegen. Ich habe hier die Korrespondenz – unter anderem das Original eines Briefs vom Mandanten des Herrn Rechtsanwalts, in dem dieser zugibt, sich im Betrag geirrt zu haben. Dreihundert und etwas, und nicht achthundert. Und hier ist der Durchschlag meiner Antwort, in der ich mich leicht ironisch zu dem Fehler äußere und meinen beigefügten Scheck avisiere.«

»Nichts«, wirft der Anwalt grimmig ein, »beweist mir das Vorhandensein dieser Papiere.«

Eine Idiotie, die das Pferd zum Galopp anstacheln wird. Walter dreht sich nach dem Mann um.

»Bei allem Respekt Herr Rechtsanwalt, das ist lächerlich. Der Brief existiert, und der Scheck wurde eingelöst, wie die Bank bestätigen wird.«

Der Richter greift ein, höflich und mit ruhiger Stimme.

»Sie haben die Unterlagen da? Darf ich sie sehen? Und was ist das hier?«

Walter ist verwirrt. Das Konzept seiner ›Rede‹ – so schwülstig und rhetorisch; anderthalbzeilig geschrieben …

»Und kann ich sie eine Weile behalten? Wir lassen sie fotokopieren. *Greffier* – wieder auf der Toilette!«

»Ich kümmere mich darum und schicke sie Ihnen dann zurück, ja?« schlägt die Protokollführerin mit ihrer weichen Stimme vor.

»Ich muß um eine Vertagung bitten«, knirscht der Anwalt. »Ich weiß nichts von diesen Behauptungen. Sie müssen untersucht und verifiziert werden.«

»Unsinn, Maître.« Angenehm warm jetzt. »Das hier sind Tatsachen. Die Behauptungen stellen Sie auf. Sie kommen mit einer nicht stichhaltigen Klage vor Gericht und sind dazu noch schlecht vorbereitet.«

Der Richter liest gerade Walters Erwiderung auf eine Drohung, ihm ›den Gerichtsvollzieher zur Eintreibung der Schuld zu schikken‹.

»›Bitte schicken Sie den Gerichtsvollzieher nicht. Ich kenne ihn nämlich, und er hat entsetzlichen Mundgeruch. Bitten Sie ihn lieber, einen guten Zahnarzt aufzusuchen.‹« Der Richter verzieht keine Miene, aber eine Kräuselwelle von Gelächter von seiten der Anwaltschaft sagt Walter, daß er gewonnen hat.

»Ich verlange eine Vertagung.«

»Vernebelungstaktik«, blafft Walter.

»Er muß mit seinem Mandanten sprechen«, sagt der Richter milde. »Es liegt ein Mißverständnis vor.«

»Wenn Sie gestatten, *Monsieur le Juge*, damit wird doch nur unter lächerlichem Vorwand die Zeit des Gerichts verschwendet.«

»Wir erleben noch viel Trivialeres; Sie würden sich wundern.«

»Aber –« er ist sich plötzlich seiner nicht mehr ganz so sicher – »mir wird Unehrlichkeit vorgeworfen. Ich habe eine Menge Zeit dafür aufgewendet, mich auf diese Sache vorzubereiten und hierher zu kommen. Meine Zeit ist so viel wert wie die des Herrn Rechtsanwalt oder seines Mandanten, der sich nicht einmal die Mühe macht, hier zu erscheinen. Er bedient sich eines Rechtsanwalts; ich tue das nicht, weil ich die Notwendigkeit dazu nicht sehe.« Zu sehr förmliche Rede.

»Monsieur Forestier, auch Sie können Schadenersatz verlangen; zu gegebener Zeit und wenn Sie es für angebracht halten.«

»Das wollte ich nicht. Ich bin es gewöhnt, von Mensch zu Mensch zu reden, und zwar ehrlich. Diese Schikane! Und wie ich es für angebracht halte!«

»Gut, dann geben wir Ihnen Bescheid.«

Walter hat das Gefühl von Antiklimax. Was hatte er falsch gemacht! Wie! Ein Ehrenmann gibt einem Winkeladvokaten einen Tritt in den Hintern, und der Richter fällt ihm in den Rücken! Während Walter wutschnaubend zu seinem Wagen hinausläuft, entwirft er folgende Szene: »So geht das nicht, Herr Rechtsanwalt; der simplen Sachlage zufolge muß Ihr Antrag auf eine Vertagung abgelehnt werden, und es gibt auch keine Begründung für weitere Beratung. Es ergeht Urteil zugunsten des Beklagten, die Kosten und einen Schadenersatz, der der Einkommenseinbuße des Beklagten angemessen ist, trägt der Kläger.«

Das war prompte Gerechtigkeit! Walter sitzt in seinem Wagen, die Hand zum Zündschlüssel ausgestreckt, als ihm ein Gedanke kommt, der ihn in dieser Haltung erstarren läßt, leicht vorgebeugt, den Schlüssel unter dem Armaturenbrett umfaßt, das Gesicht, dem der halb geöffnete Mund einen Ausdruck von Dümmlichkeit verleiht, so nahe an der Windschutzscheibe, daß er sie beinahe berührt, so daß er einem Fisch in einem Aquarium gleicht, der reglos am Glas hängt, während seine großen schlaffen Lippen ausdrücken, was nur tiefempfundener Widerwille gegen dieses merkwürdige gaffende Wesen auf der anderen Seite sein kann.

Der Gedanke ist folgender: Wollte ein Richter seine Entscheidung aufgrund der ›simplen Sachlage‹ treffen, so hätte er dem Hauswirt einen Räumungsbefehl gegen das unglückliche Ehepaar gegeben, das seine Miete nicht bezahlen kann. ›Sie sind einen Vertrag eingegangen und sind vor dem Gesetz verpflichtet, sich an die darin enthaltenen Bedingungen zu halten – zahlen Sie oder packen Sie Ihre Sachen.‹ Ein ähnliches Urteil wäre zugunsten der Verkehrsbetriebe und gegen die Araber ergangen. Was? – ein klarer Fall vor dem Strafgericht, und das Zivilgericht zögert mit der Zuweisung der Verantwortung – unerhört! Wahrscheinlich schlägt in diesem Moment jemand mit hochrotem Gesicht brüllend auf den Tisch. Die Richter in diesem gottverdammten Land sind auf seiten der Nigger.

Walters Entrüstung entbehrt somit nicht einer gewissen Komik, und er muß lachen: Wie oft hat man gegen die schmutzigen kleinen Bürgerseelen gewütet! Den kleinlichen Geiz, den nackten Eigennutz, mit dem sie ihre widerlichen Privilegien verteidigen und bis auf den letzten Tropfen Raupenblut dafür kämpfen, sich die erworbenen Vorteile zu erhalten ... Und nun sich selbst in diesen Schuhen zu sehen ...

Er hatte diese Episode als lästig und irrelevant im Vergleich zu der Sache gesehen, die ihn beschäftigte. Und dabei spielte sie in seiner Entscheidung eine zentrale Rolle. Er hat seine Antwort. Durch direkte Selbsterfahrung.

*Dura lex, sed lex;* das Gesetz ist hart, aber es ist das Gesetz. Eines der natürlichen Gesetze, die diesen Planeten regieren, ist, daß das von Menschen geschaffene Gesetz mit Gerechtigkeit nichts zu tun hat.

Und noch weniger mit Ehre. Ehre ist etwas zwischen mir und mir selbst. – Walter manövriert den Esel durch den Stadtverkehr und hält nicht immer gewissenhaft bei Gelb. ›Wettlauf mit Rot‹ ist wahrscheinlich der populärste französische Teilnehmersport. Andere können mich in meiner Ehre nicht kränken, sondern nur in meiner Eigenliebe und meiner Eitelkeit – *dura veritas, sed veritas.*

Das Austragen von Duellen war nicht intelligent. Eine Demütigung, im allgemeinen eine imaginäre, die durch angekratzte Selbstachtung zustande kam, wurde durch eine Demonstration von Mut – im allgemeinen imaginär – weggewaschen. Rechtsstreite überläßt man den Bürgerlichen; Gerechtigkeit übt man selber.

Auf jeden Fall tauscht man weder Schläge noch persönliche Angriffe mit Kaufleuten und Rechtsanwälten. Man läßt sie von den Dienstboten abservieren und in die Gosse werfen. In moderneren – aufgeklärten – Zeiten kann man subtilere Rache üben, wie sie von Jeeves erdacht wurde: Es geht dabei um eine massive Dosis cascara-sagrada im Frühstückskaffee. – Als er die Schnellstraße erreicht, die ihn beinahe die halbe Strecke bringen wird, lehnt er sich bequem zurück und tritt das Gaspedal durch. Der Esel ist ein Pferd, galoppiert wie der Wind an diesen langen schwerfälligen Maultierkolonnen vorüber. – Die Vorstellung, mit der Pferdepeitsche zuzuschlagen, ist verlockend. Verträgt sich nur leider schlecht mit pazifistischen Prinzipien. Walter zwängt sich zwischen zwei dicke Mulikarren auf der langsamen Spur, um einem größeren vulgären bürgerlichen Gespann zu erlauben, in schnellem Tempo vorüberzurattern.

Aber wo sind die Dienstboten überhaupt?

Er ist es gewöhnt, immer an der falschen Stelle zu stehen, ganz gleich, was er tut; die Folge davon, an der falschen Stelle geboren zu sein. Dennoch kann man täglich neue Aspekte dieser Welt entdecken, die es schafft, Kothaufen und Diamant zugleich zu sein. Während er auf diesen gewundenen Straßen in die Berge fährt, die er kennt, lächelt er vor sich hin. Onkel Pumblechook ist ihm eingefallen, für dessen Schandtaten Dickens auf charakteristische Weise Rache übt: Verbrecher brechen in sein Haus ein und – Walter gab den Text aus dem Gedächtnis frei wieder – ›sie aßen seine Speisen und tranken seinen Wein, und sie fesselten ihn, und sie schlugen ihm ins Gesicht und – die besondere Note, die keinem anderen Schriftsteller der Welt eigen ist – sie stopften ihm blühende Pflanzen in den Mund, um ihn am Schreien zu hindern‹.

Er hat seinen Entschluß gefaßt; keinem etwas von seinem Erlebnis zu erzählen, schon gar nicht der Polizei.

## 3

Walter, bei der Arbeit und angeblich nicht zu stören, wurde auf ein Geräusch aufmerksam, das noch in der Ferne war, aber stetig näher kam. Mann und Frau stehen hier an entgegengesetzten Polen: Der Mann hört, wenn er sich auf eine Tätigkeit konzentriert, das störende Geräusch oft überhaupt nicht. Es wird physiologisch registriert, aber die weitere Verbindung ist unterbrochen; eine Frau hingegen bleibt zu allen Zeiten wach für die Signale der Außenwelt.

Auf Läuten hat Sylvie zu öffnen, die perfekte Schriftstellersgattin. Walter ist gezwungen nachzusehen, da er weiß, daß Sylvie um diese Stunde duscht. Und ein Blick aus einem Seitenfenster sagt ihm, daß es zum Schlimmsten gekommen ist. Draußen nämlich steht ziemlich aggressiv und aufdringlich mitten vor der Haustür ein dunkelblauer Wagen vertrauter Art. ›Es läutete‹ ist sowieso eine Wendung, bei der man an das FBI denkt.

Normalerweise hat Walter zur örtlichen Polizei ein höfliches, aber distanziertes Verhältnis: Angesichts der jüngsten Geschehnisse verspürt er Schuldbewußtsein, Furcht und Ängstlichkeit. Außerdem haben sie ihn gleich auf dem falschen Fuß erwischt: Daß er sie warten ließ, wird ihnen den Eindruck vermitteln – völlig berechtigt im übrigen, aber aus dem falschen Grund –, daß er ihnen aus dem Weg gehen möchte. Verdammt. Es ist sinnlos, Sylvie zu verfluchen, deren genüßliche Reinlichkeitsgewohnheiten ihm seit nahezu dreißig Jahren bekannt sind. Zu jeder anderen Zeit wäre das ›verdammt‹ ein harmloser Reflex, wie zum Beispiel, wenn einem unter der Dusche die Seife aus der Hand rutscht. Jetzt aber kommt es aus einem unteren Kreis der Hölle, weil er selber der Verdammte ist.

Hastig reißt er das Fenster auf, gerät mit dem Riegel aneinander, der ihm wohlbekannt ist und bei dem er jedesmal Schwierigkeiten hat: Der Augenblick ist ungünstig gewählt.

»Tut mir leid, ich war ganz vertieft, als Sie das erstemal läuteten, und habe nichts gehört. Komme sofort.« Hör auf, so viel zu quasseln.

»Tut mir leid, ich dachte, meine Frau würde aufmachen, aber sie scheint nicht da zu sein. Warten Sie schon lange?« Dieses gräßliche Sich-Entschuldigen, diese überflüssigen Erklärungen und Rechtfertigungen. »Guten Morgen, was kann ich für Sie tun?« Überhöflich. An sich würde das nichts ausmachen, denn das ist er immer, und sie wissen es wahrscheinlich, jetzt aber ist es ein weiterer verdächtiger Umstand; dem hinzuzufügen, was sie schon gegen ihn haben.

Zwei Paare seelenruhiger, friedlicher Augen sehen ihn an; zwei Hände skizzieren einen flüchtigen Gruß.

»Ah, Monsieur Forestier, *bon jour*, entschuldigen Sie die Störung, aber wir hätten Sie gern einen Moment gesprochen, wenn es nicht zu ungelegen kommt.«

Auch das ist überhöflich und zweifellos ein schlechtes Zeichen. »Kommen Sie herein, kommen Sie herein.«

Eine übertriebene zuckersüße Zuvorkommenheit ist zu jeder Zeit charakteristisch für Walter als Gastgeber; sein Unbehagen ist immer da. Das umständliche Gebaren der Polizisten, wie sie ihre Mützen abnehmen und sich demonstrativ an der Matte die Stiefel abtreten, gehört einfach zum Beruf. ›Geben Sie der Öffentlichkeit keinen Anlaß zur Beschwerde‹ steht im Handbuch. Sie erwarten nicht, daß man sie weiter als bis zur Küche führt. Sichert man sich einen kleinen psychologischen Vorteil, indem man sie ins Wohnzimmer führt, mit großzügiger Geste eintreten läßt, ihnen die schönen, etwas unbequemen Sessel anbietet? Verspätet erinnert sich Walter der Narben. Aber Sylvie, die hart und unermüdlich gearbeitet hat, hat den Schaden so weit ausgebessert, daß man ihn wirklich kaum noch erkennt.

»Was darf ich Ihnen anbieten? – nein, nein, nein«, auf die protestierend erhobenen Hände. In Frankreich auf dem Land erwartet jeder, daß ihm das klassische *›petit verre‹* angeboten wird; wenigstens wird dieser Quatsch die Räder schmieren. Und Zeit gewinnen. Und abkühlend wirken.

Warum zum Beispiel hat die Gendarmerie für jeden, der seine Kindheit im England der Vorkriegszeit verbracht hat, literarische Assoziationen? Es liegt an der adretten blau-schwarzen Uniform mit den weißen Aufschlägen. Früher hing auf den Bahnsteigen der englischen Bahnhöfe ein Reklameplakat, ein lackiertes Schild, das einen herrlichen großen Tintenklecks darstellte und nur die Worte trug: ›Stephens Ink‹. Es wäre Energieverschwendung, Walter Tintenkleckstests zu unterziehen, vorausgesetzt, man tut das überhaupt noch: Die Antwort wäre Bahnhöfe. Er hantiert klirrend mit Gläsern und Flaschen, holt einen Aschenbecher.

»Nur einen kleinen Tropfen.« Der Polizist spielt das bescheidene Veilchen. Und wie würde man seine eigene Nummer nennen?

Der Ältere hat die Streifen des Sergeants, ein glänzend glatt rasiertes Kinn, das massig zu werden droht; trägt eine schwarze lederne Aktentasche bei sich, zu seinen Gamaschen passend, aus der er Dokumente herausgezogen hat. Die liegen jetzt auf dem runden Tisch, fächerförmig wie ein Pokerblatt. Die amtlichen und gewissenhaft ausgestellten Dokumente französischer Paragraphenreiterei. Neben dem Gefühl, daß ihm das Gesetz in letzter Zeit ein bißchen dick kommt, hat Walter den entmutigenden Eindruck, nicht eine Karte in der Hand zu haben. In dieser kleinen Zivilsache war er es, der all die tadellosen Unterlagen parat hatte. Sitzt der wohlpolierte Stiefel jetzt am anderen Fuß? Der jüngere Polizist sitzt da und bewundert seine Stiefel. Beide haben einen militärischen Haarschnitt, der irgendwie obszön wirkt (irgendwie beschnitten?), wenn die Mütze abgenommen ist.

»Ich bin ganz Ohr«, sagt Walter, zieht sich einen Sessel heran, schlägt die Beine übereinander, rutscht unruhig hin und her – er gehört zu den Leuten, für die ›Immer bereit‹ bedeutet, daß man zu jeder beliebigen Zeit mindestens drei oder vier Feuerzeuge in der Tasche haben muß. Er ist außerdem ziemlich ungepflegt und offensichtlich unrasiert.

»Prost«, sagte der Stephens-Ink-Mann. »Mhm, gut. Also, wir arbeiten hier an ziemlich schwierigen Ermittlungen. Im Augenblick versuchen wir, möglichst viele Lücken zu füllen. Vielleicht können Sie uns helfen, da, wo bei uns jetzt noch ein Fragezeichen steht, uns eine eindeutige Auskunft zu geben, meine ich.« Auch wenn die Syntax etwas verworren ist, die Augen blicken klar und unverwandt.

»Eingegangenen Beschwerden und Informationen zufolge...« Ein Dokument in vielen Kopien. Unterschrift und Stempel eines *Procureur de la République.* Ebenso eines Untersuchungsrichters. Räder, die sonst sechs Monate brauchen, sich in Bewegung zu setzen – diese Verkehrsgeschichte hatte man freundlicherweise vergessen –, hatten sich blitzschnell gedreht. Hier handelt es sich nicht um eine kleine Zivilsache, um Gewinsel vor dem *Tribunal d'Instance.* Dies ist, und damit werden Walters letzte noch bestehende Zweifel behoben, das Strafgericht, und zwar vermutlich das Schwurgericht... Der Staatsanwalt sah sich das vorliegende Beweismaterial an und beschloß kräftig zuzuschlagen. Verstoß, Vergehen, Verbrechen – ähnlich wie die Richterskala für Erdbeben.

»Spuren einer Bande. Mit Bande meine ich drei oder vier, wir glauben, es handelt sich nur um drei, die hier die Gegend unsicher gemacht haben. Vielleicht auch nur vorübergehend, auf der Durchreise gewissermaßen. Da sind wir noch nicht ganz sicher. Sie haben Landhäuser geplündert. Größtenteils solche, die leerstanden. Aber es kann auch Ausnahmen geben.« Er läßt Walter genüßlich schmoren, wendet ihn nur ab und zu mit der Gabel. »Ihnen ist in dieser Richtung nichts untergekommen, Monsieur Forestier? Es könnte eine Beschädigung an der Haustür, ein zerschlagenes Fenster, ein Versuch ein Schloß aufzubrechen sein.«

Was wissen sie?

»Hm. Es heißt, daß das fast gang und gäbe ist, nicht wahr? – Hier oben bei uns ist es ziemlich friedlich, würde ich meinen...«

Der Sergeant ist eine Spur zu dick; nicht schlimm. Er kratzt sich am Ohr.

»Es gibt Hinweise – also, Sie haben hier oben ein sehr hübsches Anwesen.«

Offensichtlich wußte er es. Der Bursche hatte ganz vorsichtig seine Angel ausgelegt – mit Takt. Aber nun krümmte er – Walter – sich am Haken. War vielleicht nicht klug, das Hinhaltemanöver zu übertreiben. Da konnten sie ekelhaft werden. Wenn sie etwas Konkretes hatten. Wenn. Walter ist im Kartenspielen keine Größe und ist vernünftig genug, nicht um Geld zu spielen. Er entscheidet sich ohne weitere Verzögerung für Offenheit.

»Tja. Das ist sehr gute Arbeit. Wenn ich nicht zu Ihnen gekommen bin, dann, weil die Sache wirklich sehr trivial war. Jetzt natürlich, da Sie sich die Mühe machen, mich aufzusuchen ...«

Der Sergeant hat einen Zettel zur Hand und einen Kugelschreiber, um seine Worte aufzunehmen; den Kugelschreiber hat er in einem Ausdruck absoluter Ungläubigkeit in den Mund gesteckt.

»Sie waren hier. Wahrscheinlich in aller Eile, nur für den Fall, verstehen Sie, daß es hier ohne viel Mühe etwas zu holen geben sollte, was sich leicht befördern läßt. Aber Sie sehen ja selbst – Sie brauchen sich nur umzuschauen –, ich besitze nicht viel. Sie sagen, es ist ein hübsches Anwesen, aber ich bin beileibe kein reicher Mann ...« Er merkt selbst, daß er ins Stocken gerät, als würde ihm nicht geglaubt. Nimmt einen Schluck von seinem Drink. Nicht gut, auffällig, aber er kann es nicht ändern. »Nun, ich habe nichts zu verbergen. Ich bin leider etwas lässig und häufig sogar unachtsam, und ich hatte offenbar einen Laden nicht verriegelt. Bis zu einem gewissen Grad meine eigene Schuld, wissen Sie. Aber – äh – das, was ich habe und schätze, die Bücher und so, meine ich, besitzt für diese Herren wenig Attraktivität.«

»Vielleicht möchten Sie mir sagen, was genau gestohlen wurde.«

»Ein paar Sachen, die Erinnerungswert hatten – eine kleine Uhr. An sich kein großer Wert. Zwei Kerzenleuchter, die aussahen wie Silber, aber nur versilbert sind. Goldmünzen und solche Dinge besitze ich nicht.«

Der Sergeant wartete mit unendlicher Geduld das Ende jeder langen, stolpernden Geschichte ab.

»Wurde etwas beschädigt?«

»Verschiedenes, ja«, als wäre ihm das jetzt erst aufgefallen. »Aber die Polizei, das wissen Sie ja, interessiert sich nicht sonderlich für solche Dinge – da besteht eine Neigung zu sagen, nun, Sie können nicht erwarten, daß wir Sie beschützen, wenn Sie selbst nicht die entsprechenden Maßnahmen getroffen haben.«

»Und Sie meldeten die Sache der Versicherung?«

»Ehrlich gesagt, ich habe keine. Die Prämien sind zu hoch.«

Der Eindruck eklatanter Armut, der so vermittelt wird, kommt nicht allzu gut an.

»Sie verstehen, Monsieur Forestier, daß man die Pflicht hat, solche Dinge zu melden, um andere Hausbesitzer zu schützen. Wenn wir die Angaben nicht haben, ist das für uns ein zusätzliches Hindernis.«

»Das sehe ich natürlich ein und bitte um Entschuldigung; es war nachlässig von mir.«

»Und Sie waren während dieser Zeit nicht da?«

»Zum Glück hat meine Frau nicht viel Schmuck, und das meiste davon trug sie.«

Geschickter Einsatz von Halbwahrheit, zu dem er sich selbst beglückwünschte.

»Sie haben nichts dagegen, mir zu sagen, wo Sie waren?« Die Glückwünsche waren offenbar übereilt.

Die Tür öffnete sich, und Sylvie kam herein. Rauschte ist nicht ganz das richtige Wort. Sie wirkt majestätisch und sieht gut aus in einem Kleid, das aufgrund seiner Betagtheit und zahlreicher Reinigungsgänge zum Hauskleid degradiert wurde, aber ihre immer noch bewundernswerte Figur gut kleidet. An der Tür gelauscht hat sie nicht; nicht nötig. Die polternde Stimme des Sergeants trägt weniger weit als die seine, über deren Lautstärke sie sich beschwert, wenn er in der Öffentlichkeit unvorsichtige Bemerkungen macht. ›Diese gräßliche Vornehmtuerei‹ ... Hereinrauschen ist doch das richtige Wort; besitzt sie nicht die Vernunft, draußen zu bleiben?

»Ich störe ja nicht gern«, nachsichtig und ironisch, »aber ich halte es wirklich für meine Pflicht – bitte, nehmen Sie doch Platz –, einiges klarzustellen. Aus Treue zu seinen Prinzipien, ich weiß, Sie werden das respektieren, hat mein Mann Ihnen etwas irreführende Angaben gemacht. Die Sache hat für ihn keine große Bedeutung, für mich hingegen schon; dies ist mein Haus.«

Die Polizisten sind begeistert. Was Walter angeht, so hat er da, wo eigentlich seine Augäpfel sein müßten, den roten Planeten Mars. Er packt die Flasche, um wieder Haltung zu gewinnen. Sie zittert beim Einschenken am Rand des Glases. Es gibt keine Möglichkeit, sie zum Schweigen zu bringen, höchstens mit einer Kugel.

»Sie haben hier eingebrochen, diese Schweine, und ich meine Schweine, das will ich ganz deutlich sagen. Ich kann wenigstens offen sprechen. Mein Mann ist Künstler und möchte nicht zu den Heuchlern gehören, die liberale Meinungen über das Unglück anderer haben und nach Rache schreien, wenn es ihnen selbst passiert. Er wird Ihnen deshalb nicht erzählen, was geschehen ist; er steht zu seinen Überzeugungen. Ich hingegen habe Ansichten, die ich gleichermaßen konsequent verfechte, und deren ich mich nicht schäme.

Er war eingenickt und hatte ein Tor offen gelassen für den Fall, daß ich meine Schlüssel vergessen haben sollte, wie mir das oft passiert. Nur deshalb konnten sie sich hereinschleichen und ihn überfallen. Er hatte gar keine Möglichkeit, sich zu wehren.

Das Haus zu schützen. Ja, ich hätte gar nicht überlegt, ich hätte einfach um mich geschlagen. Und wenn ich die Möglichkeit gehabt hätte, eine Schußwaffe zu gebrauchen, dann hätte ich das getan. Die Pistole haben sie gar nicht gefunden. Aber sie liegt auch nicht an irgendeinem naheliegenden Versteck wie unter der Matratze. Hm, ich weiß selber nicht mehr genau, wo sie eigentlich ist...«

Unfähig, sich das auch nur eine Sekunde länger anzuhören, rannte er unter dem Vorwand, die Flasche sei leer, davon.

»Mein Hund!« sagt Sylvie in aufgebrachtem Ton, und welchen Sinn hätte es bitte, zu sagen, daß es gar nicht ihr Hund war, sondern seiner? Er holt die neue Flasche und füllt mit höflicher Aufmerksamkeit die Gläser auf, ist sich völlig klar darüber, daß er binnen kurzem betrunken sein wird. Der Sergeant, mit seinen Notizen beschäftigt, bemerkt es nicht einmal. Was den jungen angeht, so ist er hocherfreut, das ist ja rundherum hervorragend.

»Menschen, die einen Hund so kaltblütig umbringen, würden auch nicht zögern, einen Menschen zu töten.«

O ja, der Untersuchungsrichter wird interessiert sein, der Staatsanwalt äußerst zufrieden.

Die Polizeibeamten sind Profis. Sie haben eine ziemlich klare Ahnung von den schmutzigen dunklen Ecken im Privatleben der Bürger. Sie hatten weder die Zeit noch die Neigung zu gefühlsmäßigen Regungen. Sie gestatteten sich weder Mitleid noch Anteilnahme – noch Verachtung. Das ginge wirklich nicht. Walter – seine eigenen Parallelen zu Onkel Pumblechook müssen es sein, die ihn wieder zu diesem Buch führen – erinnert sich, wie der Rechtsanwalt, Mr. Jaggers, sagt: »Jetzt verschwinden Sie – in diesem Büro habe ich keine Gefühle!« Er sitzt also still und gefaßt da und zeigt keine verdammten Gefühle. So sehr es ihn drängt, Sylvie mit wuchtiger Faust ein Veilchen aufs Auge zu verpassen.

»Unser einziges Interesse ist es, dem Gesetz Geltung zu verschaffen«, sagt der Sergeant und läßt die Schlösser seiner Aktentasche zuschnappen.

Man kann ›ein Mann sein und sie windelweich prügeln‹. Oder ein Mann sein und nichts tun. Oder ist man Pumblechook? – so ungeheuer kühn mit Worten wie mit Taten feige?

Meine Frau seit dreißig Jahren.

Ein Gedicht ist ihm eingefallen. Als Kind in Deutschland gelernt. Ein deutsches Kind. Neunzehnhundertvierunddreißig – sein deutscher Großvater noch am Leben ... Ein deutsches Gedicht des siebzehnten Jahrhunderts.

›Ännchen von Tharau ist's, die mir gefällt,
Sie ist mein Leben, mein Gut und mein Geld ...‹

Die Polizeibeamten sind aufgestanden und ziehen ihre Uniformjacken glatt.

»Gut. Das wäre soweit klar. Wenn wir bei Gericht einen Zeugen brauchen sollten, Madame ...?«

»Auf mich können Sie zählen«, antwortet Sylvie entschlossen.

Keine Vorwürfe.

»*Au revoir, M-sieur-dame*, und einen schönen Tag noch.«

»Ich bringe Sie hinaus«, sagt Walter in seinem höflichsten Ton.

Was gibt es schon zu sagen? Wie förmlich kann man einer Frau gegenüber sein, die alles teilt, was man ist und was man hat? Er kehrt zum Sessel zurück und setzt sich. Sieht sie schweigend an. Nimmt umständlich eine Zigarette aus einer zerdrückten Packung, streicht sie glatt – sie ist ziemlich verbogen –, steckt sie sich zwischen die Lippen, nimmt sie wieder in die Hand, um eine Tabakfaser auszuspeien, befeuchtet seine Lippen, zündet den verdammten Stengel an. Ray Chandler beschreibt es gut. »Startklar?« fragte Marlowe. »Puls und Atmung normal? Sie möchten nicht vielleicht ein nasses Handtuch um den Kopf?«

Sylvie ist ohne ein Wort aufgestanden, hebt den Aschenbecher hoch, den er benutzt hat, und bläst ein Stäubchen vom polierten Tisch.

Als Kind konnte er immer ganze Gedichte auswendig hersagen, ohne hängenzubleiben, während die anderen schon über den ersten Vers stolperten. Dafür war ihm die Mathematik ein Buch mit sieben Siegeln.

*»Parloir, vous!«*

*Parloir,* der Ort, wo man spricht. Ein nüchterner kleiner Raum im Gefängnis.

Nur zwei Arten von Menschen sind daran interessiert, mit Gefängnisinsassen zu sprechen: Die Polizei, denn die Nachforschungen gehen weiter, auch nach den Verhaftungen, und der Verteidiger, denn das Gesetz bestimmt, daß einem Inhaftierten vor dem Prozeß ungehinderter Kontakt mit seinem Rechtsbeistand gewährt werden muß. Der Durchschnittshäftling ist in der Regel ziemlich gleichgültig. Die Polizei gibt sich zwar locker und im allgemeinen freundlich, aber es geht ihr nur darum, einen noch tiefer hineinzureiten. Die Haltung des Anwalts ist die berufsmäßige Kompetenz und Hilfsbereitschaft, aber meist recht desinteressierter Art. Er ›fühlt mit‹, doch es ist das oberflächliche Mitgefühl mit Leuten, die zu seiner täglichen Arbeit gehören und diese erst möglich machen. Im Grunde ist der Inhaftierte nur an einer Unterbrechung der Monotonie interessiert. Das klassische Beispiel ist die Geschichte von dem Häftling, der, auf die Mitteilung hin, daß man ihn zur Folter führe, bemerkte: »Gut, da vergeht die Zeit ein bißchen schneller.«

Der Wärter hätte vielleicht sagen können: »Netten Besuch haben Sie. Und sieht auch noch gut aus.« Aber die Wärter finden Fernand trotzig und verstockt. Der braucht keine Aufmunterung, sondern einen Tritt in den Hintern, so meinen sie.

Ein ziemlich großgewachsener junger Mann, langgliedrig und leichtgebaut, aber mit der Muskulatur, die die ländlichen Vorfahren verrät. Der Körper ist weder vierschrötig noch grobknochig, aber er wirkt zäh und ist es auch. Die Gesichtsknochen sind kantig, hervorspringend. Leute, die länger im Gefängnis sitzen, fangen an, abzunehmen oder zuzunehmen; sie strahlen entweder passive Resignation aus oder aggressive Bitterkeit. Aber Fernand ist erst seit wenigen Wochen im Gefängnis; gerade lang genug, um sich mit dieser neuen Situation auseinanderzusetzen und nicht mehr darüber zu wüten, daß er so dumm war, sich schnappen zu lassen. Er sieht noch so aus, wie er draußen aussah: wachsam, einer, der weiß, was er tut. Die Langeweile gewinnt an Boden, aber seine Reaktionszeit hat noch nicht gelitten.

Er hat gute weiße Zähne; in Frankreich überall eine Seltenheit. Das glatte Haar des Nordfranzosen. Scharfe, spitzige Nase; ausgeprägten Unterkiefer; ›gutaussehend‹ ist er nicht, aber die Mädchen sind angetan. Er geht schlaksig, mit hängenden Schultern, aber das kommt nur daher, daß er nichts zu tun hat. Er spreizt die Beine und hebt die Arme, um die vorgeschriebene Leibesvisitation über sich ergehen zu lassen. Wenn einen der Anwalt besucht, hat man ein Recht auf Ungestörtheit.

Eine Überraschung: Es ist nicht der gewohnte Anwalt.

Man hat das Recht, sich seinen Anwalt selbst zu wählen. Man kann einen berühmten Anwalt verlangen. Selbstverständlich muß die Vorbereitungsarbeit, die Basisarbeit von einem der jungen Anwälte geleistet werden, die ihr Einkommen aufbessern, indem sie für einen der Berühmten schuften – so daß das Endergebnis im großen und ganzen das gleiche ist. Alle Anwälte mit großen Namen haben ihre Kontaktleute bei den Provinzgerichten. Und die jüngeren aufgehenden Sterne am juristischen Firmament, die zufällig bei einem dieser Gerichte einen Fall zu bearbeiten haben, verfolgen aufmerksam alles im Vorbereitungsstadium, was von Interesse sein könnte. Fernand, der sich am Prozeß desinteressiert gibt, hat nur einmal mit seinem Anwalt gesprochen, und das war lediglich eine einleitende Formalität gewesen. Er hatte dessen Gesicht dümmlich gefunden. Wer, zum Teufel, war das hier nun? Wenigstens kein dümmliches Gesicht. Jung und dazu eine Frau. Nun, Fernand hatte nichts gegen Frauen. Das hier war eine, mit der man sich nicht ungern eingelassen hätte, intim am besten. Langes dunkles Haar. Unbestreitbar hübsch. Die Stimme ist allerdings ein bißchen kühl.

Sein Eindruck trifft ziemlich genau. Miriam Lebreton wird in

Paris als eine Senkrechtstarterin angesehen, ein kommender Star, mit einem Talent, vor Gericht scharf und originell zu plädieren. Sie paukt einen nicht mit spektakulärer Rhetorik heraus; diese Art des Freispruchs allen Erwartungen zum Trotz ist ein Mythos. Aber sie ist sowohl phantasiebegabt als auch hartnäckig und baut sich langsam den Ruf auf, Strafurteile zu erwirken, die weitaus härter hätten ausfallen können. Sie hat eine Vorliebe für üble Fälle, Vergewaltigung zum Beispiel. Sie gehört keiner der großen Kanzleien an, sondern ist selbständig. Unter den Kollegen ist sie teils beliebt, teils unbeliebt, beides jedoch mit mehr Intensität als im allgemeinen üblich.

Sie hatte zufällig hier unten zu tun. Sah die Fallnotizen eines Kollegen. Interessierte sich. Dem ortsansässigen Anwalt ist es einerlei, ob sie den Fall übernimmt oder nicht. Das Honorar wird ohnehin geteilt.

»Maître Lebreton.« Sie gibt sich den Titel nur, weil sie keine Robe trägt; das erspart lange Erklärungen. »Ich wollte mich einmal mit Ihnen unterhalten. Ich bin aus Paris. Ihr Anwalt ist bereit, mir den Fall zu übergeben, wenn wir uns einigen sollten. Sie können aber auch ihn behalten, wenn Ihnen das lieber ist. Es liegt ganz bei Ihnen.«

Fernand zuckt gleichmütig mit den Schultern.

»Ein bißchen Schwung, Mann«, sagt Miriam kurz angebunden, und er öffnet die Augen ein bißchen weiter.

Es ist eine Herausforderung; mehr nicht. Nichts Persönliches. Gewiß nichts Erotisches; er ist ein Mann, sie ist eine Frau; na und? Tja, es besteht eine stärkere Spannung, ein gewisses Knistern könnte man es vielleicht nennen; in der Beziehung zum anderen Geschlecht, selbst in der Beziehung zwischen Anwalt und Mandant. Im Grund ist es einfach so, daß das Leben, das für eine bisher noch unbestimmte Zeitspanne äußerst langweilig zu werden drohte, plötzlich weniger eintönig ist. Und das tut einem im Knast ganz gut, stimmt's?

»Sie investieren also ein bißchen Zeit«, sagt Lebreton und nimmt ein Zigarettenetui aus ihrer Handtasche, das sie ihm dann anbietet, »und ich investiere ein bißchen, und beide geben wir uns ein bißchen Mühe, wenn es Ihnen recht ist. Und wenn es Ihnen nicht recht ist, haben wir jeder fünf Minuten vertan, und die Sache ist erledigt. Also, wie hätten Sie's gern?«

»D'accord.«

»Einverstanden? Gut. Und es macht Ihnen keine Schwierigkeiten, sich von einer Frau vertreten zu lassen?«

»Ich wüßte nicht, was mir daran Schwierigkeiten machen sollte«, antwortet Fernand mit einem ersten Anzeichen von Lebhaftigkeit.

»Gut.« Sie verzieht das Gesicht zu einem Lächeln, das lebendig ist und das schmutzige kleine Sprechzimmer geradezu erhellt. »Dann ran an die Sache.«

Aus der Aktentasche Stenoblock, silbernen Füllfederhalter, ein Feuerzeug für zwei Zigaretten. Eine Tüte Karamellen. Alle Gefangenen mögen Süßigkeiten; sie hat immer welche für ›ihre‹ Häftlinge bei sich.

»Hier, der Wärter beläßt sie Ihnen, wenn Sie nicht gerade auf der schwarzen Liste stehen. Wenn doch, dann versuchen Sie, da runterzukommen. Und zeigen Sie ein bißchen mehr Zuversicht. Ich möchte keine schlappen Jammerlappen vertreten. Das ist Lektion Nummer eins. Man muß so etwas wie elektrische Spannung erzeugen. Wenn wir vor Gericht gehen und Sie aussehen wie ein frisch geschossenes Karnickel, das gehäutet und mit schlaffen Gliedern am Haken hängt, dann werfen die Richter nur einen Blick auf uns und verlieren jedes Interesse. Und das heißt, erledigt. Das aber laß ich mir nicht gefallen. ›Unschuldig, schuldig‹, das alles interessiert mich nicht so sehr. Daß dies ein Mensch ist, daß Menschen wichtig sind, nicht nur essen, trinken und schlafen. Sie denken und sie fühlen. Sie sind wertvoll.« Mit Nachdruck. »Aber es ist sinnlos, wenn ich das sage; der Richter muß es bemerken, gleich von Anfang an. Ich mach' Ihnen Feuer unterm Hintern, mein Junge, und Sie mir desgleichen. Wir sind nicht Anwältin und Mandant, wir sind zwei lebendige Menschen. Jeder Richter, der Sie nur als Routinesache sieht, einen Fall, durch den er sich durchackern muß, damit er ihn abhaken kann, wird sein blaues Wunder erleben. In Ordnung?«

O ja. Die Kaffeemaschine sprudelt schon. Fernand sitzt bereits aufgerichtet.

»Okay, jetzt zu Lektion Nummer zwei. Wir haben es mit dem Schwurgericht zu tun. Eine alte Regel in der Strafverteidigung lautet: Je besser die Tat, desto besser der Tag. So ein kleiner Gauner, der Spielautomaten ausräumt, bringt einen nur zum Gähnen. Wenn schon ein Verbrechen, dann ein richtiges, großes; und wenn schon nichts Großes, dann wenigstens was Interessantes, Spannendes, damit das Adrenalin ein bißchen in Wallung kommt. Wir haben drei Richter und eine Reihe von Geschworenen. Wenn die sich langweilen, können wir einpacken. Wenn sie uns feindselig gestimmt sind, macht mir das nichts aus; nur gleichgültig dürfen sie nicht sein.

Ich weiß noch nicht genau, was man Ihnen eigentlich vorwirft. Wenn es nur um den Einbruch im Juwelierladen geht – das war eine verdammte Dummheit –, ist das eine schlechte Nachricht, weil das ein Vergehen ist, das kaum Spielraum für eine Interpretation läßt, und das Angenehme beim Schwurgericht ist gerade, daß es dort einen breiten Spielraum geben sollte, und häufig auch gibt. Sie könnten drei, fünf, acht Jahre kassieren, aber wir haben eine Chance auf achtzehn Monate, das heißt, weniger als ein Jahr, wenn Sie nicht den wilden Mann spielen.

Aber wenn man Sie mit diesen Einbrüchen in Privathäuser in Verbindung bringt, und das ist eine Abmachung, die ich vielleicht mit dem Staatsanwalt treffen kann, dann ist das eine größere Sache, oder sieht jedenfalls so aus, aber wir haben besseres Material, mehr Spielraum. Nächtliche Einbrüche und Fassadenkletterei, tätliche Angriffe, jetzt haben wir etwas, wo sie anfangen, die Ohren zu spitzen. Das könnte ihnen ja selber passieren. Wen interessiert schon ein lumpiger kleiner Juwelier? Wir werden sehen. Viel hängt davon ab, welche Zeugen gegen Sie aufgerufen werden. Wenn es nur Polizisten und technische Experten sind, dann gibt uns das kaum Möglichkeiten, etwas daraus zu machen. Wir können sie höchstens mit ganz trivialen Argumentationen erschüttern, kleinen Ungereimtheiten, einem Irrtum von zehn Minuten, einem Verfahrensfehler – schwach. Aber wenn sie erboste Hausbesitzer vorladen, die schniefend erzählen, wie Sie ihnen das Brillantkollier vom Hals gerissen haben, dann wird's emotional, und dann schlagen wir zu.

Lektion drei, und damit reicht's für heute. Ich vermute, denn das entspräche der üblichen Verfahrensweise, man hat Ihnen alles Geld, das Sie eventuell haben, mit der Begründung gesperrt, es stamme aus verdächtiger Quelle, und Sie sollten erst einmal das Gegenteil beweisen, was Ihnen ziemlich schwerfallen dürfte? Stimmt's? Ja, das ist ein richtiger Gummiparagraph. Und Sie haben keine Angehörigen? Keine Freunde? Niemanden, der Ihnen was pumpen würde? Nein? Das dachte ich mir fast. Na schön, mein Junge. Wie heißen Sie? Fernand? Sie brauchen kein so verlegenes Gesicht zu machen. Ich bin weder eine Armenküche noch ein weiches Kissen, auf dem Sie sich ruhig niederlassen können. Aber wir werden sehen, ob wir nicht ein bißchen Geld für Sie auftreiben können, sagen wir, ein Darlehen auf zukünftige Einkünfte. Ich kann Ihnen nichts leihen, das verstößt gegen die Vorschriften. Wir brauchen einen Dritten als Mittelsmann.«

Sie hat es gar zu eilig, denkt Maître Bastien Piontek, sagt es aber nicht. Denn wenn man das zu ihr sagte, käme die Antwort bissig und schnell: Sie sind nicht dazu da, mich zu bremsen, ist das klar? Sie hat noch nicht den Unterschied zwischen schnell und übereilt gelernt. Was braucht es dazu? Eine Panne?

Er ist ihr Partner, der Mitarbeiter, der mit zwei Schreibkräften die Kanzlei führt, und wenn die Lebreton unterwegs ist, was seiner Meinung nach zu häufig der Fall ist, dann ist es der ›gute Bas‹, der Verwandte verhört, unwahrscheinliche Geschichten überprüft und im allgemeinen in den Sprechzimmern von Fresnes, La Santé und Fleury-Mérogis gesehen wird; den großen Gefängnissen im Umkreis von Paris, die so merkwürdig viel mit großen Universitätskliniken gemein haben. Er ist sehr *›parisien‹*, abgesehen davon, daß er beinahe sechzig ist und, wie er behauptet, ›faul‹, und keine zehn Pferde bringen ihn auch nur bis, nun, sagen wir Soissons oder Melun. In Amiens oder Nancy zu plädieren, ist nicht nach seinem Geschmack; ja, er plädiert überhaupt nicht gern, und wenn, so tut er es in trockenem, gleichbleibendem Tonfall, und nur, wenn es unumgänglich ist. Ehe er sich auf diese berufliche Partnerschaft einließ, die noch ziemlich jung ist, hatte er eine solide, aber keineswegs spektakuläre Karriere hinter sich. Fragt man ihn, ob es ihm paßt, mit einer Frau zusammenzuarbeiten, die halb so alt ist wie er, so pflegt er zu sagen, daß ihm das Geld paßt; er mag seinen eleganten Wagen – englisches Fabrikat mit viel Leder und einer leichtgängigen Schaltung –, der ihn ruhig und bequem zum Justizpalast bringt; sagt, den könnte er sich sonst nicht leisten. Vielen Dank, der rote Ferrari, oder was das sonst ist, dieses neumodische Ding, in dem Miriam umhersaust, das ist nichts für ihn.

›Die Reichen fahren mit Stil vor
Und im Rolls-Royce, soweit das in Anbetracht des Verkehrs rund um die Ile de la Cité möglich ist.
Sie sprechen von ihren Geschäften
Mit lauten, schrillen Stimmen.‹

»Und das gehört nicht zu den *Canterbury Tales*, sondern zu den *Cautionary Tales*, den Warngeschichten«, sagt dieser lockere Anglophile. Er bezeichnet sich selbst als das Schwungrad. »Ich sorge dafür, daß sie ihre Lager nicht verbrennt, oder wie sonst der technische Ausdruck heißt.« Mechaniker wäre passender, wenn die Lebreton die Fahrerin ist; denn, wenn sie wohlvorbereitet in den Gerichtssaal tritt, hat sie dies größtenteils Onkel Bas zu verdanken.

Sie ist der geborene Komet; sie hat ein Riesentempo drauf. Ihr Ehrgeiz ist es, in den exklusiven Klub der Formel-Eins-Fahrer einzudringen: ja, sie steht schon auf der Schwelle. Kometen treten in flammendem Lichtschein auf – »entschuldigen Sie diese gleichnishafte Ausdrucksweise, mein Freund –, und vielleicht, ich bin kein Astronom, kollidieren sie auch mit anderen Meteoren und explodieren in einem Regen von Funken und Staub und verschwinden in einem Schwarzen Loch oder sowas.«

Und Bas, wenn Sie nicht der Mann in Miriams Leben sind, dann muß es einen anderen geben. Wer ist es?

»Mir dürfen Sie diese Frage nicht stellen. Sie ist der Typ von Frau, der durchaus in der Lage ist, drei Ehemänner zu begraben.« Zweifellos würde ein Mann einen beruhigenden Einfluß auf sie ausüben, meint Maître Piontek, aber das hat nichts mit mir zu tun. Im Augenblick ist ihre Arbeit ihr Motor und wird es wahrscheinlich immer sein. Der Mann, der einen beherrschenden Einfluß auf

Miriams Leben ausüben wollte, müßte schon bemerkenswert sein. Ich weiß nichts darüber, könnte mir aber vorstellen, daß Männer bisher eine Annehmlichkeit waren, ein Amüsement, eine Abwechslung oder Entspannung; aber nichts, was sie tiefer berührt hätte.

»Ich habe in Toulouse eine Sache aufgetan, die eventuell interessant werden kann«, sagt sie, als sie in die Kanzlei kommt, ihren Hut aufhängt – sie hat in letzter Zeit eine Begeisterung für verrückte Hüte entwickelt und schafft es irgendwie, in diesen Wagen zu kriechen, ohne sie vom Kopf zu stoßen.

»Ach, du meine Güte.«

»Nein, die Sache hat Charakter.«

»Bestimmt einen üblen.«

»Ein ziemlich merkwürdiger Junge – haben wir noch eine Tasse Kaffee in der kleinen *macchina*, Jeanne? –, auf den ersten Blick der übliche Typ, muffig und verstockt, aber er hat etwas Besonderes an sich, auch wenn ich mir noch nicht ganz sicher bin, was es ist.«

»Ach, er hat wohl dein weiches Herz gerührt, wie?«

»Ich habe kein Herz, wie du weißt; aber dafür besitze ich ein Talent dafür, interessante Menschen aufzuspüren, und ich glaube, der hier wird keine Ausnahme sein. Ein Junge, aus dem, denke ich, ein interessanter Mann werden könnte. Vielleicht ist das nur mein Mutterinstinkt, du lieber Gott. Darf ich mich hier am Ofen einen Augenblick aufwärmen, Jeanne, während Sie mir vorlesen, was in meinem Terminkalender steht?«

»Um zehn beim Untersuchungsrichter. Sie sollten pünktlich sein, denn es ist Alain Verneuil.«

»Oh! Hilfe! Und geht es um diese unmögliche Frau, die mit ihrem Bruder schläft? – Fragen Sie Bas, ob er das übernimmt.«

»Kommt nicht in Frage«, erklärte Maître Piontek mit Nachdruck. »Du hast dir die Suppe eingebrockt, du löffelst sie aus. Ich habe sowieso einen viel schlimmeren Tag vor mir; ich soll nach Versailles fahren – wo liegt Versailles?«

Das ist kein Getue; sein Ortssinn reicht nicht weiter als bis zum Bois de Boulogne, ›und außerdem ändern sie dauernd die Einbahnstraßen‹. »Ist es dieser gräßliche Tunnel unter Saint Cloud?«

Walters Arbeitstisch, groß, rechteckig, streng wirkend, ist mit den zufälligen Ansammlungen von Papieren und Unterlagen bedeckt, in denen ein Schriftsteller lebt und glücklich ist. Das saubere und wohlgebaute Nest, von auserlesener Art, zugluftfrei und luxuriös mit Moos ausgepolstert, ist nichts für den Schriftsteller. Eher ähnelt er den Störchen, die unbequeme, windige Höhen wählen, ein paar Äste zusammenfügen und mit Lehm und Abfällen verkleistern, die man sich wahrlich nicht aus der Nähe ansehen möchte. Und daraus entspringt ein Bild häuslichen Glücks und liebevoller Mutterschaft; merkwürdig.

Walter hackt lustlos auf der neuen, ungeliebten Schreibmaschine, kramt nach einem Notizbuch, wählt einen Bleistift aus dem Marmeladenglas, das als Bleistifthalter dient.

›Der Metaphysiker, etwa ein Deutscher oder Skandinavier, möglicherweise auch ein Spanier, ganz sicher aber ein Indianer, wählt seine Position innerhalb des ihm gegebenen Raums unter sorgsamer Berücksichtigung der Erdströme, kosmischen Kräfte, der Harmonie des Universums. Er sucht Freiheit von technischer Spielerei, vom Unwesentlichen – denkt nicht einmal an einen Tisch. Wogegen der Techniker größten Wert auf gute Beleuchtung legt, Winkel und Entfernungen mißt, ein kunstvolles und rigides Muster konstruiert, sich in Materie einbindet und verschlingt. Könnten sie je dieselbe Stelle wählen?‹

Jetzt klingelt es schon wieder, und Sylvie ist zum Einkaufen gefahren. Walter trottet zum Ausguck, wobei er über ein Kabel stolpert und alle Nabelschnüre verflucht. Unten steht der kleine gelbe Postwagen. Was will er?

»Einschreiben für Sie, Monsieur Forestier – *bonjour* –, da brauch' ich Ihre Unterschrift.«

Inhalt unweigerlich unerfreulich, Empfang muß per Unterschrift bestätigt werden, da die Franzosen sonst Stein und Bein schwören, das Schreiben nie gesehen zu haben. Verwundertes Stirnrunzeln, denn es sind zwei, und auf beiden steht ›*Palais de Justice*‹. Dreht sie erst einmal gründlich in den Händen, was steht hinten drauf? Nichts. Briefbomben.

Mach sie auf und lies, würde Sylvie mit offenkundiger Ungeduld, wenn nicht unverhohlenem Sarkasmus sagen. Gewiß, Walter hat einen merkwürdigen Widerwillen dagegen, Briefe zu öffnen, selbst die unverfänglichsten, ›solange ich nicht in der richtigen Stimmung bin – und das kann einen ganzen Monat dauern‹.

Dies jedoch ist die Amtsgewalt, das heißt die Langeweile, der Überdruß, aber es ist besser, man sieht ihr ins Auge – wo ist denn unser Geist von Dünkirchen geblieben? Es wird wieder dieses lästige Verfahren sein; er wird wieder für einen Tag lang der Konfusion und Verzögerung ins *Tribunal d'Instance* müssen. Aber warum ist der Brief so dick?

Seiten wohlgesetzter Worte, säuberlich in Absätze unterteilt. Eine Überschrift in auffälligen Lettern: *Au Nom du Peuple Français.* Bei Gott, ein Urteil. Schnell überfliegen zum letzten Satz.

›Die Klage wird aus diesen Gründen abgewiesen. Die Gerichtskosten und alle sonstigen Kosten sind vom Kläger zu tragen.‹ Walter weiß plötzlich nicht mehr recht, wer eigentlich wer ist, hat eine Heidenangst vor einer Panne des Gesetzes, die Recht zu Unrecht verkehrt haben könnte, blättert nach vorn, vergewissert sich sorgsam, daß Soundso, hier vertreten von Maître Sowieso, der Kläger ist, und Sieur Forestier Gauthier, erschienen in eigener Sache, der Beklagte – ha, ein Sieg *per baccho* und für ihn!

Champagner! In seinem Überschwang findet der Sieur Gauthier, dies wäre genau der richtige Moment zur Versöhnung. Sylvie ist scheußlich, mürrisch und pausbäckig im Regenmantel zurückgekommen, niedergeschlagen und niedergezogen von Einkaufstüten.

»Sylvie!« brüllt Walter. Sie sieht erschreckt und geistesabwesend auf, in Gedanken auf Schweinekotelettes fixiert. Er hat plötzlich nichts zu sagen. (Dai-and-Shoni machten eine Ballonfahrt und nahmen zwei Frauen mit.) Es braucht wirklich kaum etwas gesagt zu werden (und der Ballon wurde undicht), aber er findet keine Worte (deshalb sagte Dai, Spring, schnell!).

»Sylvie, hol eine Flasche Champagner.« (Und Shoni sagte, was ist mit den Frauen, und Dai sagte, ach, piß auf die Frauen, und Shoni sagte, ja, aber haben wir dazu noch Zeit?) »Und zieh dich aus.«

Sylvie hat die Schweinekotelettes im Eisschrank verschwinden lassen und sagt durchaus vernünftig: »Ja, aber erst brauch' ich eine Menge Champagner.« (Ja, aber haben wir dazu die Zeit?)

»Gut, dann im Namen des Volkes, beeil dich.«

Ah, und was steht dann wohl in dem anderen Brief vom Justizpalast, wo dem Wagen der Zeit die Flügel fehlen. Na, dann mach ihn schon auf, du Kretin. Keine Zeit.

»Gut«, sagte Sylvie beim Lesen und schon beim zweiten Glas angelangt, »da ist dir sicher eine Last von der Seele.«

»Ja, und dir in ungefähr vier Sekunden von jetzt an eine Last auf etwas anderem.«

»Immer sachte, und was ist mit den Schweinekotelettes?« Doch sie akzeptiert dankbar eine Détente und ist bereit, ihr Gesicht zu zeigen.

»– aber gib mir die Zeit, meine Haare in Ordnung zu bringen.« Und Walter muß an den hervorragenden viktorianischen Arzt denken, der zu einem anämischen Kind gerufen wurde und sagte: »Geben Sie die Arznei den Hunden. Was der Junge braucht, ist ein Glas Champagner und ein Hammelkotelette.« Dies letztere kaum ein Vergleich, der Sylvie gefallen wird, darum sagte er lieber nichts davon.

»Ich kann mir nicht denken, was in dem anderen Brief steht.«

»Warum machst du ihn nicht auf und siehst nach?«

»Soll ich es wagen?«

Monsieur Forestier, Gauthier, wurde dringend gebeten, sich im Büro des Untersuchungsrichters einzufinden. In einem Fall nächtlichen Einbruchs und bewaffneten Raubüberfalls, der sich angeblich ereignet hatte.

Durchaus keine angenehme Nachricht. Warum hat er nur die Naivität besessen zu glauben, er würde nie wieder von dieser Geschichte hören? Nichterscheinen ist nach Paragraph Sowieso des Strafgesetzbuchs strafbar.

Es wäre angebracht, vielleicht lobenswert, zu sagen, piß auf die Untersuchungsrichterin. Eine gewisse Madame Claudine Rivière, die vielleicht sogar jung und hübsch war. Aber haben wir die Zeit dazu?

Höchstwahrscheinlich war sie eine schnaubende alte Dampfwalze mit fünfzehn Kilo Übergewicht und einem Rock, der schon seit Monaten zur Reinigung müßte.

Da saß nun der Sieur Forestier, in tiefer Depression auf einer Bank, die wohlpoliert war, aber nur von sergebekleideten Gesäßen. In einem breiten Korridor, spärlich erleuchtet und unfreundlich, einer langen Reihe von Büros gegenüber, in denen die Untersuchungsrichter saßen.

Dieses Luder von einer Untersuchungsrichterin ließ ihn warten. Die Gesellschaft war nicht sonderlich anregend: die unvermeidliche Frau, die sich dringend die Nase schneuzen mußte; der übliche niedergeschlagene Verhaftete, mit Handschellen an einen mürrischen und einen gelangweilten Polizisten gefesselt; der übliche Geschäftsmann, giftig und sorgfältig vorbereitet. Und wie wirkte er auf die anderen? Er hat das Gefühl von öligem Stahl auf seinen Handgelenken und strahlt sicher etwas aus, das sagt, daß er nichts Besseres verdient hat.

Endlich streckt eine Schreibkraft den Kopf aus einem Büro heraus. Ein kleines, verständnisinniges Lächeln. Walter hat einen raschen, flüchtigen Eindruck von einem unerwartet freundlichen und dekorativen Büro.

»Oh!« Er sprudelt heraus, ohne es zu wollen. »Die schönen Blumen! Entschuldigen Sie – guten Morgen, *Madame le Juge.*«

Ein leichtes, belustigtes Heraufziehen der Mundwinkel. Und hübsch ist sie. Es ist keine Einladung zur Annäherung.

»Nehmen Sie Platz, Monsieur.«

Die Sekretärin am Seitentisch ist auch nicht ohne; duftig und blumig mit muschelrosa Brille; blondes, lockiges Haar. Lächelt breiter als ihre Chefin.

»Wir bemühen uns, nicht wahr, Geneviève? Die Blumen verhindern, daß wir allzusehr verknöchern. Hm, ich will gleich zur Sache kommen, Monsieur Forestier. Ich habe hier einen Bericht von Ihrer zuständigen Polizeidienststelle, der besagt, daß Sie, als Sie zur Sache vernommen wurden, sich als widerwilliger und ausweichender Zeuge erwiesen. Was haben Sie dazu zu sagen?«

»Das wird wohl stimmen.«

»Sehr ehrlich. Sie wissen wohl, daß ich kein gegnerischer Anwalt bin.« Gespielt: »›Oho, das geben Sie also zu.‹ Ich bitte Sie, Ihre Haltung zu erläutern.«

»Ich habe keine. Ich bin einfach nicht willens, als Zeuge auszusagen.«

»Das wundert mich nicht. Aber ich möchte es gern verstehen.«

»Die Polizei schien Beweismaterial genug zu haben. Sonst wäre sie nicht zu mir gekommen.«

»Der Sergeant erklärte sicher, daß ein Augenzeuge selbstverständlich besonderes Gewicht hat? Bei einem Untersuchungsrichter – wie ich einer bin; und später vor Gericht.«

»Er setzte mich nicht unter Druck.«

»Widerwillige Zeugen haben im allgemeinen zwei Motive für ihr Widerstreben. Das eine ist Scham; sie genieren sich, für sie nachteilige oder demütigende Details zu erzählen. Sie haben vielleicht das Gefühl, nicht gut da zu stehen. Könnte das die Erklärung für Ihren Standpunkt sein?«

»Es ist wahr, ich spreche nicht gern über die Geschichte.«

»Ein zweites Motiv ist Angst. Natürlich haben viele Leute Angst vor der Polizei und den Gerichten. Einfach vor langen Verhören, endlosen Verfahren. Das können wir beiseite lassen? Gut: Dann Angst davor, in etwas verwickelt zu werden; Angst vor der Macht des Gesetzes, einen zu zwingen, zu nötigen, sogar zu bestrafen? Ich akzeptiere Ihr Nein. Oder schließlich, bei Fällen von Gewaltanwendung nicht selten, Angst vor Repressalien. Vor irgendeiner Art von Rache von seiten der Leute, die es übelnehmen, daß man dazu beigetragen hat, einen Missetäter hinter Gitter zu bringen.«

»Nein, ich – das ist nicht – entschuldigen Sie, ich will nur sagen, daß das nicht meine Argumente sind.«

Lächelnd. »Ich warte geduldig darauf, Ihre Argumente zu hören. Wenn wir Ihre Einwände oder Ihr Zögern besprochen haben, machen Sie eine Aussage, meine Sekretärin nimmt sie auf, und damit ist die Sache wahrscheinlich erledigt. Ist das so schlimm?«

Es geht alles zu schnell, und Walter ›denkt‹ nicht. Später wird er denken, daß Rechtsanwälte, genau wie Ärzte, wie Ingenieure, so an ihre intellektuelle Überlegenheit gewöhnt sind, daß sie als erste und am leichtesten die Beute – das ist klassisch – von Betrügern, Schwindlern und Spekulanten selbst der primitivsten Sorte werden.

»Ich habe leider keine Aussage zu machen. Über das hinaus, was Sie bereits wissen. Ich wurde von einer Gruppe junger Leute überrascht, die Wertsachen suchten und zornig wurden, als sie keine fanden, und deshalb einigen Schaden anrichteten. Ich erstattete damals keine Anzeige; ich tue es auch jetzt nicht. Was gibt es noch mehr zu sagen?«

Sie zog sich einen Aschenbecher heran, nahm gemächlich eine Zigarette aus einem Etui; zündete sie an; ließ sich etwas durch den Kopf gehen; das war offensichtlich.

»Die Leute erzählen der Polizei alle möglichen Geschichten. Widerspruch und Halbwahrheiten sind die Regel, Lügen kommen häufig vor. Das ist selbstverständlich ein strafbares Vergehen, aber es ist menschlich und wird daher nicht geahndet. Die Beziehung zwischen Öffentlichkeit und Polizei ist weit davon entfernt, vollkommen zu sein. Jeder Richter akzeptiert das. Es ist meine Aufgabe, in einer Atmosphäre der Ruhe und des Vertrauens die Wahrheit ans Licht zu bringen. Und das verstehen Sie doch.

Eines der Risiken ist, daß die Geschichten, die erzählt werden, von Böswilligkeit motiviert sind. Und die Polizei weiß das; sie macht einen simplen Test, der auf Wissen und Erfahrung beruht, und er leistet recht gute Dienste. Sie können auf Schwierigkeiten stoßen, weil andere Motive als primitive Böswilligkeit dahinter stecken, und es ist die Pflicht des Untersuchungsrichters, diese Motive herauszufiltern. Eines dieser Motive, dem wir häufig begegnen, ist häuslicher Zwist in den verschiedensten Formen.« Sie bläst eine Rauchwolke in die Luft. »Deshalb kann ein Ehemann nicht gegen seine Frau aussagen – zum Beispiel. Wir hüten uns vor Vettern und Schwägern.

Sie gehen keinerlei Risiko ein. Sie stehen ja nicht unter Anklage. Sie haben nicht das Gefühl, einen Anwalt zu brauchen, obwohl sie das Recht hätten, auf einem zu bestehen, während Sie von mir vernommen werden. Sie hätten auch das Recht, sich unter vier Augen mit Ihrem Rechtsbeistand zu beraten. Das ist nicht der Fall hier. Aber in irgendeiner Weise fühlen Sie sich doch gefährdet. Jedenfalls ist das mein Eindruck.«

»Ich werde eine Aussage machen.«

Die Richterin gab ihrer Sekretärin, die hinter der Schreibmaschine bereit saß, ein Zeichen.

»Frage: Würden Sie mir die Gründe für Ihren offenkundigen Widerwillen, eine Aussage zu machen, erklären?«

»Ich bemühe mich, konsequent zu handeln.« Langsam, mehr für sich als für die Sekretärin, die so schnell schreiben konnte, wie er sprach. »Ich verabscheue Gewalt; man muß bei sich selber anfangen. Ich wurde überrascht, und von dem Moment an war ich ein passiver Zuschauer. Jetzt bin ich wieder frei, und ich möchte die Gewalt nicht verlängern. Sie endet doch nur in einem weiteren Akt der Gewalt, wahrscheinlich in ihrer Verurteilung zu einer Gefängnisstrafe, wovon ich nichts halte und was ich nicht gutheißen kann. Es liegt mir fern, die Gerechtigkeit zu behindern, besser gesagt, die gegenwärtige Auffassung der Gesellschaft von Gerechtigkeit, aber ich halte das alles für falsch und bin nicht bereit, da mitzumachen.«

»Sie vertreten also, wie ich es verstehe, einen ethischen Standpunkt, und dies ist ein Ausdruck davon?«

»Teilweise. Mangelhaft. Ich könnte versuchen, es besser zu machen.«

»Ein abstrakter, intellektueller Ausdruck?«

»Was sonst?« Darauf fällt Walter herein. »So spricht man nicht in der emotionalen Hitze des Augenblicks. Es sei denn, man wäre ein Heiliger, und an Heiligen haben wir ziemlichen Mangel.«

Die Richterin verständigt sich mit einfachen Handzeichen mit ihrer Sekretärin darüber, was aufgenommen werden soll und was nicht.

»Ganz recht.« Sie blättert in ihrer Akte zurück. »Sie reagierten nicht so, als sie feststellten, daß Bilder, die Sie schätzten, mutwillig zerstört worden waren.«

»Nein. Ich war außer mir.«

»Oder als Sie sahen, daß Ihr Hund tot war?«

»Es hat meinen Hund nicht zum Leben erweckt.« Ärgerlich.

»Schauen Sie, Madame, wenn ich den Militärdienst aus Gewissensgründen verweigere, und man mir sagt, hören Sie, die Russen haben eben Ihren Vater getötet und Ihre Mutter vergewaltigt, dann werde ich wahrscheinlich völlig in Raserei geraten und schreien, gebt mir ein Bajonett, ich will die Russen umbringen. Dummsein ist menschlich. Sicher, hier in der Stille Ihres Büros habe ich leicht reden. Ich muß Ihrem Argument zustimmen, aber es ist dennoch armselig.«

»Es ist interessant«, lächelnd – eine unangenehm intelligente junge Frau –, »einen abstrakten Gedanken, philosophische Zwischentöne, soziologische Tragweite zu diskutieren. Aber dieses Büro ist nicht mein Wohnzimmer. Ich bin – lesen Sie mir den ersten Absatz noch einmal vor, Geneviève –, also, ich bin wieder frei, lautete der Satz. Ich bin hier nicht frei. Ich bin eine bezahlte Vertreterin der Gesellschaft, ein Instrument des Schutzes und unweigerlich auch der Repression. Ich stehe unter der Verpflichtung meiner Funktion und meines Berufs. Die ich freiwillig auf mich genommen habe, und die danach bindend ist. Und auch Sie sind nicht frei, lieber Herr. Regierung ohne Verpflichtung gibt es nicht. Sie unterliegen dem Zwang der Vollmacht, die mir anvertraut ist, der Verantwortung, die mir übergeben wurde. So bindend wie die Schnur, der Strick oder womit sonst diese jungen Leute Sie fesselten.«

Er darf vor dieser Frau, die ihn beobachtet, ihm seine Schwächen und seine Verletzlichkeit vom Gesicht abliest, keinesfalls die Beherrschung verlieren.

»Sie erinnern mich an die Macht eines Richters zur Nötigung.«

»Es wäre mir sehr unsympathisch, das tun zu müssen.«

»Sie können mich sogar ins Gefängnis stecken.«

»Das wäre eine extreme Maßnahme.«

»Man verfährt so mit Wehrdienstverweigerern. Ich könnte Sie nicht daran hindern.«

»Ganz recht. Sie würden es vielleicht sogar begrüßen.« Trocken. »Ich sehe, daß Sie von Beruf Schriftsteller sind.«

Und jetzt hat sie sich verraten. Jetzt kann Walter es sich leisten zu lächeln. Sie ist mir nur intellektuell ebenbürtig; sie ist – und bei dem Gedanken grinst er – mir in sozialer Hinsicht unterlegen. Eine Frau aus dem Bürgertum, in dieser Mentalität steckengeblieben.

»Romanschriftsteller, Madame, und ich sehe schon, was Ihnen durch den Kopf geht: daß ich es darauf anlegen könnte, mich in die Position des Märtyrers zu manövrieren, um einen schönen polemischen Artikel zu schreiben und alle meine Freunde in Paris aufzuwiegeln, mir die Publicity zuteil werden zu lassen, die willkommen wäre. Und auch Ihnen, obwohl sie Ihnen weniger willkommen wäre. Ein schlauer Schachzug. Habe ich recht?«

»So etwas soll schon vorgekommen sein«, sagte die Richterin und nahm sich eine neue Zigarette.

»Ich werde Ihnen zweierlei geben: die Feststellung einer Tatsache und ein Glaubensbekenntnis. Erstens, ich habe keine einflußreichen Freunde. Und wenig Beziehungen. Zweitens, Schriftsteller, die für sich selbst die Werbetrommel schlagen, haben von mir nur Verachtung zu erwarten.«

»Zur Kenntnis genommen«, sagte sie und drückte die Zigarette aus, die sie eben erst angezündet hatte. »Ich will Ihnen als Gegenleistung ebenfalls zwei Dinge sagen, und nehmen Sie sie auch zur Kenntnis. Erstens, die Gelassenheit der Gerechtigkeit beruht zu einem gewissen Grad auf dem Wissen, wann und wie man Zeit verstreichen lassen darf. Das ist eine Tatsachenfeststellung. Als Glaubensbekenntnis könnte ich vielleicht folgendes sagen: Man könnte sagen, Ihre etwas hochfliegenden Vorstellungen von persönlicher Ehre verdienen Anerkennung; man könnte sie aber auch als einen Ausdruck von Eitelkeit auslegen ... Sie können jederzeit gehen, Monsieur Forestier. Wir haben im Augenblick nichts mehr zu besprechen. Es ist natürlich möglich, daß ich Sie noch einmal vorladen werde. Ich darf Sie jetzt nur noch bitten, Genevièves Protokoll zu unterschreiben. Nur auf der einen Seite«, freundlich, »die mit der üblichen Floskel schließt, daß dies eine sinnentsprechende Wiedergabe Ihrer Worte und Ansichten ist. Vielen Dank. Guten Morgen.« Sie stand höflich auf und bot ihm die Hand.

Sie war nicht, wie sie hätte sein können, unterhalb der Taille zwei Nummern größer. Eine schlanke, elegante und attraktive junge Frau. Und etwa halb so alt wie er.

Draußen auf dem Gang wimmelte es von Rechtsanwälten, die sich mit ihren Mandanten besprachen und Verteidigungstaktiken entwarfen. »Also, wir geben ihr das, verstehen Sie, was wir sowieso nicht bestreiten können, und dann stellen wir uns bei diesem anderen Punkt auf die Hinterbeine und bringen sie durcheinander.«

Bessere Strategien als Walter zweifellos. Eine Bande von Wieseln größtenteils, allerdings weniger satt aussehend – weniger selbstzufrieden vielleicht – als die Kollegen drüben bei den Zivilgerichten. Viel zu holen gab es wahrscheinlich bei den Strafsachen nicht, wo die Verteidigung, wenn der Untersuchungsrichter erst fertig ist und der Fall zum Prozeß kommt, ziemlich harte Arbeit ist und man sich vom Ankläger einiges gefallen lassen muß.

Er hatte das unangenehme Gefühl, das alles schon einmal erlebt zu haben – den gleichen Eindruck, daß man ihn hatte auflaufen lassen, den er nach der Verhandlung vor dem Zivilgericht einige Wochen zuvor gehabt hatte.

Doch die Verhandlung damals hatte mit einem Sieg geendet, und es waren erst zwei Tage vergangen, seit er in seiner Euphorie Champagner getrunken und sich wie ein Narr benommen hatte – und diese Geschichte hier konnte mit dem genauen Gegenteil enden.

Walter, mein Junge, sei kein Dummkopf. Ein Richter ist dir allemal gewachsen. Fünf Minuten Verhandlung, und sie haben dich im Sack. Du magst dich für einen tollen Burschen halten; für die bist du genau wie alle anderen, ein kleiner Fisch.

Ein kluger Hieb, diese Unterstellung, daß seine Ehre nicht mehr als Eitelkeit sein könnte? Alles ist Eitelkeit, und besonders zu behaupten, man sei frei davon.

Er fühlt sich ausgelaugt, mitgenommen. Die Spannung, die Notwendigkeit, sich zu konzentrieren – und sei nur ehrlich, die Angst –, haben viel nervöse Energie verbraucht. Setz dich ins nächste Gasthaus – *A L'Ecoute du Palais* –, wo alle hingehen, um sich nach einem Schlagabtausch mit dem Gesetz ein bißchen die Wunden zu lecken.

»Ein Viertel Roten – irgendeinen, nur keinen Bourdeaux.«

Im roten Wein spiegelt sich wieder seine rote Zornesvision von Sylvie. Jetzt nach Hause fahren und sie prügeln, da du eine hübsche junge Untersuchungsrichterin weder zusammenschlagen noch mit ihr schlafen kannst? Eine schöne Demonstration gekränkter Eitelkeit wäre das. Sie hat ihm das Messer in den Rücken gestoßen, aber das ist natürlich. Auch ihr Hund, auch ihre Bilder, auch ihr Heim. Sylvie gibt sich knallhart, aber sie ist ein verwundbares Wesen, ihre scheinbare Unempfindlichkeit Täuschung, ihre ausgelassene Kontaktfreudigkeit ein – aber ich bin kein Analytiker, sagt Walter sich ärgerlich und leert die kleine Karaffe. Es ist nur, daß – ach, warum muß sie nur immer Mensch, hör auf zu stottern. Hör auf zu wüten. Reg dich ab. Trink noch ein Viertel.

Nein, tu das nicht; dann machst du höchstens noch eine Dummheit; benütze lieber deine Umsicht, solange sie noch vorhanden ist. Und er spaziert statt dessen in der Mailuft am Flußufer entlang. Es ist heiß, aber die Kastanien spenden Schatten.

In den letzten zehn Jahren ist eine gewisse Stabilität in ihrer Beziehung eingekehrt. Gewitter hat es gegeben, aber von den Kindern heraufbeschworen; jugendlicher Aufruhr. Die lange Folge im allgemeinen häßlicher Wohnungen, notwendig wegen der Nähe von Schulen und Konzertsälen; die ewigen Kämpfe und Scharmützel mit Verlegern und Agenten; vor allem die erbarmungslos gierige Jagd nach Liebhabern. Bei jedem Wohnungswechsel hatte Sylvie dem Ehebruch abgeschworen; viele, viele Male. Es kam dann nicht zu einem dramatischen Schlußpunkt, sondern verlief sachte im Sand. Es schien nicht mehr notwendig.

Man mußte annehmen, daß eine gewisse Unsicherheit weiterhin vorhanden war, trotz der äußeren Gelassenheit. Warum sonst diese Sache so tragisch nehmen, warum zulassen, daß sie zum Drama wurde? War denn in ihnen beiden so viel unerledigte Gewalt? Walter bleibt vor einer Bank stehen, betrachtet die satte Langweiligkeit der Fassade, die so glatt und grau die riesige Zahl diskret selbstzufriedener Geldsäcke im Inneren proklamiert, und wünscht verzweifelt, es würden maskierte Gangster herausstürzen – viele schwere Geldsäcke mit sich schleppend – und all die blökenden Schafe, auch ihn, mit knatternden Pistolenschüssen auseinanderscheuchen; da ihr ja alle Gewalt wollt, wollen wir doch mal sehen, was sie wirklich ist.

Nicht zwei junge Burschen, die einen alten Hammel fesselten

und seine Schreibmaschine auf den Boden warfen. Sollen sich all die gräßlichen grimassenschneidenden Leute, die winselnd nach Sicherheit und Schutzmaßnahmen schreien (mehr und größere Gefängnisse), hier versammeln und gaffen. Hat irgend jemand je wahrhaft die erstaunliche Macht und magnetische Anziehungskraft begriffen, die eine Szene der Gewalt ausübt? Und wenn sie alle versammelt sind und in sexueller Ekstase erschauern, dann soll ein verrückter Ayatollah mit einem Auto mitten durchfahren, das bis zu den Kotflügeln mit Sprengstoff beladen ist.

Na, geht's dir jetzt besser, lieber Junge? Dann fahr schön brav nach Hause zum kleinen Frauchen. Und fang keinen Streit mit ihr an. Sie hat nur für sich selbst gesorgt. Sie hat ihr Geplapper mit den Polizisten nie als einen Angriff auf dich angesehen. Noch weniger einen Dolchstoß in den Rücken.

Alle Gerichte verfolgen die gleiche Taktik, ganz gleich, wohin man sieht. Man vergißt die ganze Sache und sagt sich, daß sie sie auch vergessen haben. Diese sorgfältige, würdevolle, so vernünftige Erklärung, die man gegeben hat über diese kleinen Ungereimtheiten in der Steuererklärung von vor sechs Jahren, hat sie zweifellos zufriedengestellt. Und sie müssen sich mit so vielen anderen, so vielen wichtigeren Dingen befassen. Die Erinnerung, daß sie weder vergeben noch vergessen, ist unangenehm.

»Es hat keinen Sinn, Monsieur Forestier, wenn Sie jetzt Wirbel machen«, sagt die Untersuchungsrichterin.

»Ja, hm, aber mich bezahlt keiner für meine Zeit und Mühe.«

Sie sah ihn nur an ...

»Und hier«, in ungerührtem Ton, »ist Maître Cordery.« Ein jüngerer Anwalt mit milder Miene. Weder Gesicht noch Name sagen Walter etwas.

»Ich darf Sie mit Monsieur Forestier bekanntmachen«, fuhr Madame Rivière fort. »Unserem Augenzeugen.« Nachsichtig.

Keine der beiden Parteien, die einander vorgestellt wurden, war erfreut, aber sie behaupteten es.

»Vielleicht könnten Sie einmal nachsehen, Geneviève, was unseren *détenu* aufhält.«

»Ach, dieses lästige Getue mit den Handschellen«, sagte das blumige Mädchen entschuldigend.

»Es hat in letzter Zeit zu viele dramatische Befreiungsversuche in diesem Bereich gegeben«, bemerkte die Richterin. »Man faßt jetzt eine Sicherheitstür zwischen uns und dem übrigen Gebäude ins Auge.«

»Bedauerlich«, sagte Walter, dem klargeworden war, daß ihm eine Gegenüberstellung bevorstand und er versuchen mußte, das Beste daraus zu machen.

»Ja. Uns wird damit noch mehr verfahrensrechtlicher Kleinkram aufgebürdet. Der unserer Tradition der Menschlichkeit entgegenwirkt. Ich freue mich nicht darauf, ständig einen Leibwächter im Schlepptau zu haben. Sie werden sich erinnern, daß Richter Michel ermordet wurde. Auf seinem Motorrad; auf dem Heimweg. Er war Kommilitone von mir, ein Kollege und Freund. Wir mußten die Lage überdenken. Ich hoffe, daß Sie, als Intellektueller, das auch tun.«

Diese Diskussion, die vielleicht scharf geworden wäre, wurde vom Eintritt eines Häftlings unter Bewachung unterbrochen. Seltsam, dachte Walter, was für Streiche einem Gedächtnis und Phantasie spielen. Ich kann mich nicht erinnern, daß er auch nur im entferntesten so aussah. Ich verspüre keine rachsüchtige Befriedigung, ihn so gedemütigt zwischen zwei Polizeibeamten zu sehen.

»Das«, wobei sie sich in ihrem Sessel zurücklehnte, »ist Monsieur Domergue. Monsieur Forestier, ein Hausbesitzer aus der Gegend hier. Aber ich glaube, Sie kennen sich schon.«

»Sie sind nicht aufgefordert«, Cordery, rasch und gewandt, »zu irgendeiner Bemerkung von Madame le Juge einen Kommentar abzugeben. Sondern nur, ihre Fragen zu beantworten, mit Bedacht und ernsthaft. Daran wollte ich Sie nur erinnern.«

»Kein Versuch, Sie in eine Falle zu locken. Ich glaube nicht, daß die Tatsache zur Debatte steht.«

»Wie lautet die Frage?« meinte der junge Mann. Eine leise, ungezwungene Stimme.

»Ob Sie den Herren wiedererkennen.«

»Kann ich nicht sagen. Man begegnet so vielen Leuten.«

»Ich habe hier« – sie setzt ihre Brille auf – »eine Anzahl von Aussagen, die Sie und Ihre Freunde zu verschiedenen Zeiten nach Ihrer Verhaftung gemacht haben. Außerdem Berichte und Schlußfolgerungen der Ermittlungsbeamten. Sie stecken voller Ungereimtheiten und Widersprüche. Das ist die übliche Form –«

»Mit Respekt, Madame –«

»Ich bin noch nicht fertig, Maître. Sie sind ein intelligenter Mann, Monsieur Domergue. Ich schlage Ihnen vor, wir machen reinen Tisch. Wenn wir uns darüber einigen, daß ein großer Teil von alledem natürlich Ausflüchte aus Zweifel und Furcht sind, kommen wir schneller vorwärts. Sie können genau wie ich akzeptieren, daß dieses ›nein, niemals‹ und ›ich war nicht mal dort‹ kindisch ist, daß es sich hier um Automatismen handelt, um Barrikaden, die hastig aufgestellt werden, um die Dinge zu verzögern. Ich bin bereit, das alles unter den Tisch fallen zu lassen.«

»Solange von den sogenannten Komplicen Aussagen gemacht werden – eindeutig unzulässig, Madame. Wir kennen doch alle die Taktik der Polizei: Man versucht, die angeblichen Missetäter gegeneinander auszuspielen. Die Behauptung, daß eine dritte Person nachteilige Geständnisse gemacht hat –«

»Lassen Sie ihn doch für sich selber antworten, Maître.«

»Ich laß gern mit mir reden«, sagte der junge Mann. »Jeder will hier mitmischen. Ob ich ihn kenne? Keine Ahnung. Fragen Sie doch ihn!«

Er weiß nicht, dachte Walter, ob ich mit Feuereifer hier angesaust kam.

»Gut, mit Ihrer Erlaubnis werde ich das tun.«

»Eindeutig parteiisch«, sagte Cordery. »Der Zeuge wird aufgefordert, meinen Mandanten zu identifizieren, nachdem ihm von den Vorwürfen gegen ihn Mitteilung gemacht wurde. Hat eine förmliche Gegenüberstellung stattgefunden? Die polizeiliche Handhabung war schändlich nachlässig.«

»Das ist unredlich von Ihnen«, entgegnete die Richterin. »Wie Sie genau wissen, stützt die Polizei sich im Verfahren gegen Ihren Mandanten auf die Sache mit dem Juweliergeschäft. Hinsichtlich dieser Behauptungen wurde keine Anklage erhoben. Es liegt in meinem Ermessen, darüber zu entscheiden, ob solche Behauptungen aufrechterhalten werden können, und wenn ja, ob nicht im Fall eines Prozesses die verschiedenen Klagen untereinander verbunden werden sollten. Die Frage ist in Ordnung. Behauptet Monsieur Forestier, die fragliche Person bei früherer Gelegenheit einmal gesehen zu haben? Wenn ja, wann und wo?«

»Sie haben die Aussage meiner Frau zu dieser Sache«, sagte Walter.

»Soviel ich weiß, traf sie erst später dazu.«

»Das stimmt. Dann bin ich also der einzige, der etwas weiß?«

»Es scheint so.«

»Nun, zunächst einmal war die Beleuchtung anders.«

»Das ist klar. Ich habe meinen kleinen Vortrag über Ausflüchte bereits gehalten.«

»Es ist deshalb schwer zu sagen.«

»Und über kindische Ausweichmanöver auch. Sie können Ihre Interpretation auf Gesichtszüge, Bewegungen, typische Merkmale von Sprechweise und Stimme stützen. Auf die Qualität Ihrer Erinnerungen. Die Monsieur Domergue jederzeit anfechten kann. Sie sollen hier völlig unparteiisch aussagen. Und ganz gleich, was Sie sagen, Ihre Glaubwürdigkeit kann Gegenstand weiterer Untersuchungen sein.« Sie zündete sich eine Zigarette an.

»Um also ehrlich zu sein«, erwiderte Walter, »ich halte es für möglich, daß der hier anwesende Herr eines Abends in mein Haus kam. Eindeutiger möchte ich mich nicht ausdrücken.«

»Gut«, sagte die Richterin milde. »Wir haben viel Zeit. Wir bemühen uns, Sie richtig zu verstehen. Ein Mann, der Monsieur Domerque gewesen sein kann oder auch nicht, kam eines Abends in Ihr Haus.« Ohne Sarkasmus. »Auf eine Tasse Schokolade?«

»Ich meine, ganz gleich, wer es war, es war kein Einbruch. Die Tür war offen. Ich glaube, er war hungrig, ja, und durstig. Ich glaube, er hatte sich in den Bergen verfahren.«

»Sonst noch etwas?« Im Tonfall naiven Staunens.

»Wie der Herr Rechtsanwalt bemerkte, möchte ich jeden Kommentar vermeiden. Stellen Sie Ihre Fragen, Madame, und ich werde mich bemühen, sie ehrlich zu beantworten.«

»Und der Mann, der zu Ihnen ins Haus kam, war der allein?«

»Ich dachte, wir hätten uns darauf geeinigt, sogenannte Komplicen beiseite zu lassen.«

»Ein Ja oder Nein reicht.«

»Er hatte zwei Begleiter, soweit ich sah. Ich bin nicht sicher, daß ich sie wiedererkennen könnte.«

»Waren sie – oder er – Ihnen gegenüber gewalttätig?«

»Nicht übermäßig, im Verhältnis gesehen. Ich wurde gefesselt. Ich bin froh, daß Sie fragen, weil ich nicht sicher bin, wieviel Gewalt eigentlich dabei war. Menschen, die oft gedemütigt worden sind, benutzen gern die Gelegenheit, ihrerseits andere zu demütigen.«

»Psychologie wird von Ihnen nicht verlangt; nur Tatsachen. Ihr Hund wurde getötet?«

»Jemand tötete meinen Hund, das stimmt.«

»Das Haus ausgeräumt?«

»Ja.«

»Möbel und andere Gegenstände beschädigt?«

»Ich habe in der Wut selber schon Dinge zertrümmert.«

»In anderer Leute Häuser?« fragte sie höflich.

»Ich habe mich nie in so einer Lage befunden, wie wir sie beschreiben.«

»Wenn ich recht verstehe, versuchen Sie, Emotionalität zu vermeiden.«

»Ich bin Ihnen dankbar, daß Sie es verstehen.«

»Sie wurden gefesselt. Ein Hund wurde getötet. Es wurden Dinge zerstört, andere gestohlen. Während der – nennen wir es Besetzung Ihres Hauses. Ist das eine angemessene Rekapitulation?«

»Unter Vermeidung von Sentimentalität, ja.«

»Im Augenblick des Eindringens hatten Sie den Eindruck, es handle sich um Leute, die nach dem richtigen Weg fragen und um etwas zu essen bitten wollten?«

»Ich weiß nicht, ob das eine faire Frage ist, Madame, in der Rückschau.«

»Verlangt eine Schlußfolgerung des Zeugen«, warf Cordery ein. »Er konnte über die Absichten nichts wissen.«

»Ein Eindruck, Maître, keine Schlußfolgerung hinsichtlich irgendeiner Absicht.«

»Eine Versuchung zu stehlen kann sich aus einer Gelegenheit ergeben«, sagte Walter. »Ich habe selbst solche Gelegenheiten erlebt.«

»Ja«, antwortete die Richterin. »Lassen Sie es mich anders formulieren. Wurden Sie in Furcht versetzt?«

»Ich war erschrocken. Ich hatte Angst – ja, ich muß das Wort gebrauchen.«

»Unbestimmte Angst – vor der Dunkelheit, der Einsamkeit, oder merkwürdigen Geräuschen –, wollen Sie mir das damit sagen?«

»Die Phantasie löst leicht Angst aus.«

»Ich möchte eine klare Antwort, Monsieur Forestier. Hatten Sie selber Angst, oder wurde Ihnen Angst gemacht?«

»Ich glaube, ich muß beides bejahen.«

»Meine letzte Frage: Während Sie sprachen, haben Sie die ganze Zeit Monsieur Domerque angesehen. Können Sie jetzt zur Frage der Identität eine bestimmtere Antwort geben?«

»Ich kann es nicht mit Gewißheit sagen; ich muß es mit wahrscheinlich ausdrücken.«

»Ich glaube, Sie haben Ihre Zuhörer mit Ihrem Bemühen, unparteiisch zu sein, beeindruckt. Sie stimmen mir zu, Maître?«

»Ich sitze nicht auf der Geschworenenbank, Madame.«

»Ich auch nicht. Ich frage Sie, ob Sie diesen Bericht der Ereignisse parteiisch oder präjudizierend für Ihren Mandanten empfinden.«

»Ich denke, wenn man ihn so hört«, er wußte genau, daß er hart am Wind segelte, »würde man sagen, daß Monsieur den Eindruck vermittelt, es gehe ihm um Gerechtigkeit.«

»Und Sie, Monsieur Domergue, macht er auf Sie den Eindruck der Wahrhaftigkeit?«

»Eindeutig unzulässig, Madame!«

»Lassen Sie es mich aus seinem Mund hören, und bitte soufflieren Sie Ihrem Mandanten nicht. Stimmt der Bericht, den Sie gehört haben, mit Ihrer Erinnerung an den Gang der Ereignisse überein?«

»Kann ich eine Zigarette haben?« fragte Fernand.

»Gewiß«, sagte die Richterin und bot ihm von ihren an.

»Eine von denen wäre mir lieber«, wobei er auf Walter deutet. »Ich brauche nichts zu sagen, stimmt's?«

»Stimmt genau«, bestätigte Madame Rivière. »Ihre Weigerung, sich zu äußern, darf nicht als Grund zu einer Schuldvermutung angesehen werden. Ich bin keine Prozeßrichterin. Meine Aufgabe ist es nicht, über Schuld oder Unschuld zu befinden; das ist dem Gericht vorbehalten. Habe ich mich klar ausgedrückt? Ihr Anwalt hat Ihnen das gesagt; ich wiederhole es. Meine Aufgabe ist es, Informationen zu sammeln und Klarheit in das Beweismaterial zu bringen, das eventuell dem Gericht unterbreitet wird, während ich darüber entscheide, ob Sie überhaupt vor Gericht gestellt werden sollen, ob es triftige Gründe dafür gibt.

So wie die Dinge gegenwärtig liegen, bin ich der Meinung, daß das der Fall ist. Ihr Schweigen wird vom Gesetz als eine Zurückhaltung von Argumenten interpretiert, die Ihre Anwälte dem Gericht vorlegen würden.

Sie können es sich anders überlegen und eine Erklärung abgeben. Ihre Aussage könnte meine Meinung ändern oder modifizieren. Gut. Ich muß dem Material, das ich besitze, Gewicht geben. Sie verstehen? Monsieur Forestiers Aussage bleibt unangefochten. *Prima facie*, im Licht der nunmehr bekannten Tatsachen heißt das, muß ich zu dem Schluß kommen, daß Sie vor ein ordentliches Gericht gestellt werden sollten. Der Staatsanwalt wird es angesichts dieses Gutachtens vielleicht für gerechtfertigt halten, vor dem Schwurgericht Anklage gegen Sie zu erheben.

Sie bleiben bei Ihrer Entscheidung? Gut, dann geben wir Ihnen Bescheid, Maître. Geneviève, würden Sie Monsieur Forestier das Protokoll reichen, damit er unterschreiben kann? Und dann denke ich, werden wir ihn kaum weiter belästigen müssen.«

Ihr Lächeln war ohne Bosheit. Wie konnte ich mir nur einbilden, dachte Walter, daß ich es mit einem Profi wie ihr aufnehmen kann? Sie hat mich mühelos k. o. geschlagen.

Ein häßliches Bild vom Schwurgericht. Ein Vorsitzender. Ein Staatsanwalt. Nicht dasselbe wie das kleine Zivilgericht, das darüber entscheidet, wer die Miete zahlt.

Glocken aller Art sind Walter ein Greuel. Kein Geräusch stößt ihn mehr ab als das Läuten von Kirchenglocken: in Flandern und in England, Glockenspiel dort, schlichtes Bim-bam hier: blechernes Gebimmel des Angelus in einem französischen Dorf, oder düstere Schläge über einem spanischen Sterbebett.

›I've heard bells tolling.
Old Adrian's mole in (was, zum Teufel, soll das heißen?)
And cymbals glorious
Swinging uproarious (Teufeln ein!)
In the gorgeous turrets of Notre Dame
Bells of Shandon
That sound so grand on ...‹ Gab es irgendeinen, der Reime fand wie der Reverend Prout?

Es hat sich schon gezeigt, daß das Läuten der Türglocke wie das Klopfen in *Macbeth* ein Vorbote schwärzesten Unheils ist. Und diesmal ist es das Telefon; wir nennen es ein Läuten, obwohl es in manchen Ländern ein Brummen oder Summen ist, in Frankreich ein Tsingg, das ungemein durchdringend ist. Bei dieser infernalischen Erfindung ist eines so ungut wie das andere – lieber in der Nähe und leise? oder weiter weg und lauter?

»Syl-viiie! Telefoooon! – Sylviiiie – Ach, verdammt!«

Das Ding hörte garantiert in dem Moment zu läuten auf, in dem man es erreichte. Und wenn man rannte und völlig außer Atem abhob, fragte einen wahrscheinlich eine frischfröhliche Stimme, ob man zum Frühstück Crispys oder Crunchys bevorzugte. Schokolade oder Zyankali. Beides zweifellos, da die Erfindung sowohl genial als auch tödlich war.

»Forestier«, meldete sich Walter mit abweisender Stimme.

»Lebreton«, antwortete eine Frau, die es mit drei Silben schafft, aufgeweckt und interessant zu klingen. »Rechtsanwältin.«

»Lieber Gott, schon wieder!« In der Absicht abzuschrecken.

»Haben Sie schon mit so vielen zu tun gehabt?« Gelächter in der Stimme. Die Franzosen sind oft unglaublich intelligent, aber nur selten haben sie auch nur eine Spur von Humor; er ist entwaffnet.

»Nein. Aber es wimmelt überall von ihnen.«

»Ich verstehe. Könnten Sie noch einen ertragen? Eine halbe Stunde, vielleicht? Luzifer, den Lichtbringer.«

»Mit anderen Worten, Sie wollen vorbeikommen?«

»Richtig. Darf ich? Nur, wenn es nicht schrecklich ungelegen ist, natürlich.«

»Welche Zeit?«

»Oh, ich bin ungefähr eine halbe Stunde Wegs entfernt, schätze ich. Ich kann direkt hinüberkommen. Wenn ich darf.«

Walter ist so völlig entwaffnet, daß er statt eines unwirschen »Und was ist der Grund Ihres Besuches« nur verdattert murmelt: »Ja, gut, kommen Sie.« Er hat allerdings auch das Gefühl, daß sie sich so leicht nicht abwimmeln ließe.

»Muß ich nach dem Weg fragen, wie ich dorthin komme? Das weiße Haus mit den grünen Läden?«

»Durch das Dorf und weiter bergauf. Rote Läden.«

»Ich werd's schon finden.« Und legte ohne weitere Floskeln auf.

Sie hat Walter keine Zeit gelassen, es sich anders zu überlegen. Ein aktiver Geist. Ein Ariel. Eine Schauspielerstimme, die angenehm das Ohr berührt, gekonnt moduliert. Sie hatte ihn in die Tasche gesteckt. Für sie wahrscheinlich ganz alltäglich.

Sylvie – wo steckt sie eigentlich?

»Ach, da bist du.« Sie kommt gerade aus dem Bad, zum Ausgehen gekleidet.

»Tut mir leid, ich hab' mich eben geschminkt. War der Anruf für mich? Ich habe Janine versprochen, sie auf eine Tasse Kaffee zu besuchen.«

Sylvie, die Kontaktfreudige, kennt ein paar Leute, wo sie immer mal ›auf einen Sprung vorbeigeht‹, vage ›Freunde‹ genannt; Walter, der Ungesellige, nennt sie Bekannte und sieht sie ganz gern, wenn er in der richtigen Stimmung ist, was allerdings nur gelegentlich vorkommt.

»Nein, für mich«, pedantisch Ordnung schaffend. »Geschäftlich, nichts Interessantes. Ja, geh nur. Wenn du bis zum Mittagessen nicht zurück bist, denk dir nichts, ich komm schon zurecht. Gruß an Janine, sag ihr, sie und Alain sollen mal abends auf ein Glas herüberkommen.« Im Grund ist er nicht sonderlich scharf darauf, wie Sylvie sehr wohl weiß, aber es schadet nichts. Wenn sie wirklich kommen, ist er anfangs brummig, und dann wird er sich ganz unlogischerweise freuen, sie zu sehen.

Und auf seiner Seite – natürlich wird sie zu spät kommen. Alain ist zur Arbeit, da wird die Zeit munter dahinsprudeln. Und ist das weiter schlimm? Sie werden am Küchentisch eine Sardine essen.

Walters Haus ist bescheiden. Ein bißchen größer als die meisten im Dorf. Viele haben einen Holzbalkon oder eine auf Pfählen errichtete Veranda. Die meisten sind weiß getüncht. Das Rot der Läden und der Fensterrahmen ist ein indianisches Braunrot; man sieht es viel im Baskenland.

Walter selbst ist auch nicht prätentiös, in den Augen der Einheimischen. Man sieht ihn gelegentlich, wenn er etwas im Dorf zu tun hat oder in seinem Garten arbeitet, oft im Overall, sogar in Holzschuhen, wenn es draußen naß und morastig ist, und im allgemeinen unrasiert. Er hat natürlich einen ›gebildeten‹ Akzent, aber keineswegs einen ›ausländischen‹ (den größten Teil seiner Kindheit verbrachte er in diesem Land), und wenn er auch weder das Patois spricht noch das Navarresische, so kann und spricht er doch ›kastilisch‹ – kurz, er paßt hinein. Komischer Kerl und ziemlich zugeknöpft – aber von der Sorte gibt's viele. Bißchen apartes Getue, aber ein Schriftsteller eben, harmlos. Hält sich jedenfalls nicht für besser als alle anderen.

Kaum etwas Affektiertes. In einer Hinsicht allerdings ist er leicht snobistisch. Es tut dem Dorf nichts, wenn teure Autos oder welche mit exotischen Nummernschildern vor seinem Haus gesehen werden. So eine exotische, vielleicht sogar leicht magische Ausstrahlung macht sich gut. Walter ist erfreut und erheitert, als ein knallroter Porsche, gefolgt von einer Staubwolke und ein bißchen zu lautem Motorengeheul auftaucht. Sexy. Wie von einem anderen Stern. Der Gast selbst ist auch nicht übel, Jeans, eine kurze Jacke. Hübscher Popo, als sie sich umdreht, um eine ziemlich große Aktentasche vom Rücksitz zu nehmen, das einzige, was auf den Rechtsanwalt schließen läßt.

»Miriam Lebreton.« Eine kräftige, muskulöse Hand. Klare

braune Haut, gut durchblutet. Braune Augen. Eine schöne Stirn. Hübsches Haar, braune, schwarze, bronzefarbene und rötliche Glanzlichter. Ein Mädchen des Südens. Wie lächerlich, da Le Breton zu heißen. Er sagt es. Sie lacht.

»Das Witzige ist, daß mein Vater tatsächlich Bretone war. Jedoch ...« Rascher Blick auf die Umgebung. Scheint um die Dreißig zu sein.

Er führt sie in das Studio, und es gefällt ihr, auch wenn sie nichts sagt, nicht einmal die übliche Phrase wie: ›Hübsch haben Sie es hier‹. Wenn eine starke und auffallende Persönlichkeit ein Zimmer betritt, sieht das Zimmer besser aus, so als richte es sich auf und werde wach.

»Etwas zu trinken?«

»Etwas Reines. Wasser vielleicht.«

Sie nimmt eine kleine Zigarre an, dreht sie in den Fingern und begutachtet sie aufmerksam. Manche schmecken ausgesprochen scheußlich, man muß vorsichtig sein. Alles an ihr ist nähere Betrachtung wert. Die Hände sind nicht die blassen, kraftlos schmalen Lilienfinger, die man erwartet und im allgemeinen sieht. Die Beine sind makellos und elastisch wie die einer Antilope. Sie wäre ein gutes Modell für eine Statue gesunder Körperkraft. Walter zieht sie im Geist aus und schämt sich nicht; er denkt nicht an Sex, sondern an Speerwurf.

Sie ist es gewöhnt, gemustert zu werden.

»Ich bin Strafverteidigerin. Sie brauchen nichts von mir gehört zu haben. Aber ich weiß, wo es lang geht.«

»Das sehe ich«, und er denkt nicht nur an den knallroten Porsche. Eine vulgäre Bemerkung, aber sie nimmt sie nicht übel.

Brennende, leidenschaftliche Augen. Sie fassen das Objekt hart an. Er muß an die langarmige Zange denken, mit der ein Stahlarbeiter, mit Gesichtsschutz und Lederschürze, einen glühenden Barren faßt.

»Ich verteidige diese Bande. Die Sache interessiert mich, weil sie nicht einfach Galgenstricke sind. Sie hat ein, zwei ungewöhnliche Elemente, unter anderem Sie.

Sie haben also nicht gespurt, wie? Haben keine Anzeige erstattet, waren der Polizei gegenüber unzugänglich, sogar der Richterin gegenüber widerspenstig – sie ist geteilter Meinung über Sie. Der Ankläger könnte den Juwelenraub allein behandeln und hätte die Sache schon in der Tasche. Er würde gern die Einbrüche in Privathäuser dazunehmen und den jungen Leuten eine schwere Strafe aufbrummen – und deswegen bin ich da. Sie hätten gern einen Augenzeugen. Als deshalb Ihre Frau mit ihrem Knüller auf der Bildfläche erschien, wie man Sie gefesselt hat, ihren Hund getötet hat...

Wir haben uns miteinander unterhalten und ich hörte, daß Sie nichts davon wissen wollen. Der Untersuchungsrichterin ist das ziemlich gleichgültig. Sie ist, wie Sie vermutlich bemerkt haben werden, unbeteiligt.

Aber dem Ankläger könnte es einfallen, Sie aus Ihrer Ruhe aufzustöbern, Sie als Zeugen vorzuladen, ob Ihnen das nun paßt oder nicht. Die Sache kommt vor ein Schwurgericht, da die Anklage auf gewalttätigen Raubüberfall lautet. Das heißt, es wurde dem Schaufenster des Juweliers gewissermaßen Gewalt angetan, es wurde Ihnen Gewalt angetan.

Wenn Sie sich weigern zu erscheinen, kann der Ankläger den Gerichtsvorsitzenden bitten, Sie zu zwingen. Ich sage nicht, daß es so kommen wird; ich sage nur, daß er entsprechende Schritte unternehmen kann.

Mich interessierte das alles nicht, weil ich, offen gesagt, dachte, Sie wären der übliche fade Kerl. Die Rivière belehrte mich eines anderen, und jetzt, da ich hier bin, sehe ich, daß ich mich wirklich getäuscht hatte.

Wenn Sie den Märtyrer im brennenden Hemd spielen wollen, aus irgendwelchen Gründen oder Prinzipien – ich will keineswegs sagen, daß es Ihnen um die Publicity geht oder so etwas –, so ist das nicht meine Sache. Ich habe mir einfach gedacht, ich komme mal her und seh' mir Sie mal an. Und jetzt sehe ich. Was steckt dahinter? Strafreform, Howard-Liga? Oder Greenpeace, Amnesty?«

»Nur ich. Und meine kleinen, verschrobenen Ideen«, antwortete Walter milde.

»Nun, bevor ich darauf eingehe, möchte ich eine Hypothese aufstellen. Ich kann Ihnen aus der Patsche helfen, vorausgesetzt, es gibt da eine Patsche, aber es ist eine eindeutige Möglichkeit. Ich kann Sie als Zeugen der Verteidigung benennen, und wenn dem Staatsanwalt das nicht gefällt, dann hat er Pech gehabt.«

»Und was bedeutet das?«

»Was Sie erwarten würden. Daß ich Sie vor Gericht vernehme, die andere Seite Sie in die Zange nehmen kann. Sie würden es darauf anlegen, Sie lächerlich zu machen. Sie werden Sie vielleicht mit einem Achselzucken als harmlosen Irren abtun, Sie können aber auch ekelhaft werden. Sie brauchen es mir vorher nicht zu sagen, und ich habe keine Garantien. Angesichts dieser Hypothese habe ich zunächst einmal folgende Frage: Haben Sie davor Angst? Widerstrebt es Ihnen, vor Gericht zu erscheinen?«

Die klare, fixe Darlegung wirkt wie ein frischer Wind. Weg mit den Spinnweben, Walter.

Er ruft sich noch einmal das Zivilgericht ins Gedächtnis; die Menge tuschelnder Anwälte, die Feindseligkeit des Gegners, die Schärfe des Richters. Ein läppisches kleines Gericht für triviale Angelegenheiten. Aber gibt es da wirklich einen Unterschied im Ansatz? Die ›Majestät‹ des Schwurgerichts besteht darin, daß dort einst Todesurteile ausgesprochen wurden. Drei Richter. Geschworene. Und dann?

»Das macht mir nicht die geringste Sorge.«

»Ich muß Sie warnen, es kann hart sein. Die Presse kann eine unangenehme Haltung einnehmen. Ebenso die Anwälte der Zivilkläger, die Schadenersatz verlangen. Denken Sie daran, daß sie es ausschließlich darauf anlegen werden, Ihre Glaubwürdigkeit zu erschüttern, durch Mißbrauch Ihres Vertrauens, durch Innuendo und wahrscheinlich durch Spott. Da die Selbstbeherrschung zu behalten und sich nicht zu Sarkasmen oder persönlichen Angriffen hinreißen zu lassen – ich sage nicht, daß Sie das nicht fertigbringen würden, ich will nur sagen, daß es schwieriger ist, als Sie vielleicht glauben.«

»Das ist es nicht.«

»Nun, Sie müssen sich selbst kennen.«

Walter wählt einen charakteristischen Einstieg.

»Haben Sie Zeit, mit mir zusammen zu Mittag zu essen? Wo wohnen Sie – im Hotel?«

Sie entschließt sich schnell, und zweifellos ist das ebenso charakteristisch.

»Ich fachsimple nicht gern beim Essen. Das habe ich in Paris oft genug. Für mich muß das Essen eine entspannende Abwechslung sein – auf dieser Basis nehme ich mit Vergnügen an.«

»Ich nehme nur noch schnell eine Dusche und rasiere mich, ja. Zwanzig Minuten etwa. An Lesestoff mangelt es ja hier nicht. Ich fahre mit Ihnen, wenn ich darf. Ich habe heute morgen keinen Wagen.«

Ein sommerlicher Tag, nicht zu heiß; sie haben Glück. Und nur eine Viertelstunde talabwärts entdecken sie ein Lokal, das ideal scheint und wo Walter nie gewesen ist, weil es relativ neu ist. Eine alte Mühle, man kann draußen sitzen, am Wasser. Eine Trauerweide, ein paar Arten von Insekten und so früh kaum Leute. Angenehm zwanglos. »Ja, bitte, Sie können Platz nehmen, wo Sie möchten.« Das richtige Terrain für Walter. Er ist kein besonders genußsüchtiger Mensch, aber er ißt gern. Er trinkt auch gern, aber kein Mensch würde ihn als Alkoholiker bezeichnen. Sein Leben lang hat er eine Vorliebe für Restaurants gehabt. Das stammt aus seiner frühen Kindheit, als sein Vater ihn nach Paris mitnahm und ihm seine Stammlokale zeigte: Larue – längst nicht mehr da, leider – und Lapérouse mit den schönen Räumen. Momente des Glücks, und jetzt zieht er die Luft ein wie ein Schlachtroß.

Es war ein guter Anlaß, weil schlechtes Essen in Frankreich schlechter ist als sonstwo, und dies hier war unbeschreiblich, und nach fünf Minuten konnten sie sich beide vor Lachen kaum noch halten.

»O nein! Sollen wir einfach hocherhobenen Hauptes hinausrauschen? Ich weiß eines, das durchaus passabel ist. Nur eine Viertelstunde von hier.«

»Kommt nicht in Frage, ich amüsiere mich königlich. Ist doch gleich. Hauptsache, es ist ruhig und idyllisch.«

»Ja, und jetzt wissen wir, warum es das ist – wenn Sie die ersten akuten Symptome spüren, springen wir ins Wasser.« Und nach einer halben Flasche gibt es so etwas wie konventionelles Schamgefühl nicht mehr. Er zeigt die ersten akuten Symptome. Allerdings spürt nur er sie; seiner Begleiterin sind sie nicht erkennbar. Es ist ja eine Kolik.

»Was haben Sie heute nachmittag zu tun?«

»Ich muß meine Verteidigungstaktik planen. Gefängnisse sind wie Klöster. Unterhaltungen mit den Häftlingen finden im sogenannten Sprechzimmer statt – und seit dieses dumme Ding, die Freundin eines Häftlings, eine Pistole einzuschmuggeln versucht hat, würden sie mich am liebsten splitternackt ausziehen, ehe sie mich hineinlassen. Aber es ist nichts Eiliges. Das ist das Gute an Gefängnissen, man weiß genau, daß sie noch da sein werden, wenn man kommt. Wird sich allerdings in die Länge ziehen. Morgen dann ein Gespräch mit dem Richter über den allgemeinen Hintergrund, auch langwierig. Und am folgenden Tag vertrete ich in Poitiers eine Frau, die möglicherweise ihren Mann umgebracht hat, vielleicht aber auch nicht. Darüber muß ich mir morgen abend schlüssig werden. Wenn sie's nämlich getan hat, dann ist sie nicht zurechnungsfähig: gegenwärtig behauptet sie, sie hätte es nicht getan, wäre es aber. Das alles liegt gut verschlossen in einer Schublade meines Hirns. Morgen darf ich nichts trinken, obwohl Poitiers – also wirklich, der Salat war wohl in der Waschmaschine und ist nicht geschleudert worden! Wollen wir eine Tasse Kaffee riskieren?«

»Ich hole Sie in der Stadt ab, und wir essen zusammen zu Abend, um das hier wieder gutzumachen. Das war zwar ganz lustig, aber es reicht.«

»Geben Sie mir eine von Ihren kleinen Zigarren«, bat Miriam Lebreton und raucht sie, ehe sie sagt: »Gut. Bis dahin weiß ich mehr über die Verteidigungsstrategie.«

»Ist das nicht Fachsimpelei?«

»Fachsimpelei«, nüchtern, »ist die Diskussion darüber, wieviel man aus einem Dummen rausholen kann. ›Fünfzig meinst du? Ach was, ich würde sagen, Siebzig ist das Mindeste‹; und dann widmet man sich beim Mittagessen dem prekären Manöver, den Gewinn zu teilen. Und weil wir gerade davon sprechen, würde es Ihre männliche Eitelkeit verletzen, wenn ich sage, daß Rechtsanwälte bei weitem überbezahlt sind? Ich glaube, ich kann es mir leisten, Sie zum Abendessen einzuladen.«

»Es ist mir bisher gelungen, gut zu leben, ohne das Prinzip von Großvater Smallweed zu übernehmen, welches darin bestand, sicherzugehen, daß beim Essen jeder für sich selbst bezahlt.«

Sie hat nie von Großvater Smallweed gehört, und er schildert ihr mit Wonne Mr. Guppys Mittagessen in der Stadt. Einer der Lieblingshelden meines Vaters, denkt Walter, und wieder etwas, was ich ihm schulde.

Die Symptome werden noch akuter, während sie ihn in dem schnittigen knallroten Porsche nach Hause fährt, sehr schnell auf der Bergstraße, so daß Walter, nach außen hin zwar lässig und locker, ständig mit einem Fuß auf einer imaginären Bremse steht.

»Gegen sieben?« Und schon ist sie abgebraust und läßt ihn in einem Luftwirbel zurück. Sylvie ist noch nicht wieder da. Und er arbeitet den ganzen Nachmittag im Garten, schwitzt fürchterlich, aber er ist ja reich; er kann es sich leisten, zweimal am Tag zu duschen.

»So, da sind wir; Mr. Guppy und – wie heißt er gleich?«

»Bart Smallweed. Ich bin mit den Büchern von Dickens aufgewachsen, wissen Sie. Lektionen in Sozialismus. Sie wurden mir als Kind vorgelesen. Bei den langweiligen Stellen konnte man immer ein bißchen schlafen. Es war sehr, äh –« Seine Hände machen eine plastische Bewegung, als bearbeiteten sie Ton.

»Bereichernd?«

»Richtig, bereichernd und lebendig.« Seine Hände, gut modelliert, verwischt jetzt vom Alter und von der Gartenarbeit, waren ihr aufgefallen. »Natürlich bei weitem nicht alle – am Ende waren es eigentlich nur vier; als er durch seinen ungeheuren Erfolg zu verstehen begann – sie handeln von Verbrechen und Leiden. In einem von ihnen spielt ein Junge, der im Haus eines Dorfschmieds großgezogen wird, Karten mit einem snobistischen und arroganten kleinen Mädchen, das er verzweifelt unglücklich liebt. Es demütigt ihn auf grausame Weise, indem es sagt: ›Er nennt die Buben Unter, dieser Junge‹, so daß er sich so total tolpatschig und tölpelhaft vorkommt, und das verändert sein ganzes Leben – zum Schlechten. Für mich war es umgekehrt. Ich wurde gewissermaßen in den letzten Wehen der alten feudalen Oberschicht aufgezogen und lernte ihr Vokabular. Es war mir mein Leben lang ein großes Handicap«, lachend, »daß ich die Unter Buben nannte.«

Ein Kellner erschien und bedeutete ihnen mit leisem Gemurmel, daß ihr Tisch bereit sei.

Mit einer Akribie, die einen ganz kribbelig macht, hat er sie in ein elegantes Restaurant in einer ländlichen Ortschaft abseits der Stadt geführt, ›damit wir zur Abwechslung auch einmal gut essen‹, bestellt leichtsinnig den teuersten Wein, und zum Teufel mit den Konsequenzen. Er ist so närrisch verliebt in sie wie Pip in Estrella. Und weiß genau, daß es ihm gar nicht guttun wird. Was soll er von dieser Frau halten? Liebe, soll man es so nennen? Liebe machen vielleicht, mit ihr. Das wäre ein natürlicher Ausdruck von etwas, das gegenwärtig schrecklich schmerzhaft ist; eine Erleichterung, wenn nicht Erlösung. Liebe ist nicht das richtige Wort. Aber Ehebruch auch nicht. Adultery, wie es im Englischen heißt. Er hat es im Oxford Dictionary nachgeschlagen. Da steht: Illegal, unerlaubt. Und unter *adulterated*: verfälscht durch die Beigabe niederer Elemente. Das ist ausgezeichnet und akkurat, wenn wir von Liebe sprechen. Es beschreibt jedoch das Leben, wie er es kennt, nicht treffend. In all diesen Jahren, überlegt er einigermaßen erstaunt, hat er Sylvie nie betrogen. Wie Jennet in *The Lady's not for Burning* sagt: ›Ich bin ein solches Gewohnheitstier; ich bin dem Leben richtig im Weg gestanden.‹ Was Sylvie angeht, deren lebenslange Gewohnheit genau gegenteilig war – haben ihre Seitensprünge wirklich die Liebe verflacht und untergraben? Er ist nicht bereit, das zu behaupten. Und er hat auch nie das Gefühl gehabt, ›Gleiches mit Gleichem vergelten‹ zu müssen. Bestimmt ist das jetzt nicht Liebe. Diese Empfindungen, die er spürt – sie sind stark, aber sicher sind sie absurd.

Sie haben gut und relativ wenig gegessen. Sie haben zusammen eine Flasche Corton Charlemagne getrunken, sehr großartig; dann, wenn möglich noch großartiger, eine Flasche Bonnes Mares; in keinem Punkt, erklärt er ihr, sei er so snobistisch wie beim Wein. Danke, den Bordeaux überlassen wir mit Freuden den Engländern; unverschämt von diesen Gierhälsen, den Bourgognes auch noch zu trinken. Das sollte man ihnen verbieten. Champagner ist genug da, und den verbietet man nur den Japanern.

»Wollen wir hier übernachten?«

Miriams Lachen ist gewinnend.

»Mein lieber Freund, Sie können mich nicht verführen. Ich bin Ihre Rechtsanwältin.« Die Worte haben eine bestechende Ähnlichkeit mit einer Bemerkung, die eine seiner früheren Freundinnen gemacht hatte. ›Du kannst mich nicht verführen, ich bin deine Cousine.‹ Als er ihr das erzählte, lachte sie ein bißchen lauter auf.

»Außerdem erinnert es mich an Madame de Chevreuse. Oh, sie ist eine Heldin bei Dumas. Liebesaffären sind ihre Spezialität.«

»Ach, ich muß zu meiner Schande gestehen, daß ich mich in juristischen Kommentaren besser auskenne als bei Ihren klassischen Autoren – na ja, ich sollte eben nicht mit einem Schriftsteller ausgehen –, geschieht mir ganz recht. Also, erzählen Sie.«

»Sie muß Hals über Kopf fliehen, weil sie in eine politische Verschwörung verwickelt war und die Polizei hinter ihr her ist. Sie verkleidet sich also als Mann und verschwindet, und im Dorfgasthaus sagt man ihr, man habe kein Bett mehr frei, aber sie könne eines mit einem anderen Gast teilen. Es stellt sich heraus, daß der andere Gast ein Dorfpfarrer ist. ›Da kam ihr der Gedanke, welch wonnevolle Erinnerung es ihr im Alter sein würde, einen Geistlichen verführt zu haben.‹ Ich meine ernsthaft, bevor ich ins Greisenalter eintrete, sollte mir die Gelegenheit gegeben werden, eine Rechtsanwältin zu verführen.«

Miriam lacht, so daß zwei ältliche Spießbürger am Nebentisch mißbilligend von ihrer Ente auf dem Teller aufsehen.

»Gehen wir draußen noch ein bißchen spazieren. Es ist ein schöner Abend.«

Sie hakt sich bei ihm ein, als er es ihr anbietet, und antwortet mit einem leichten Druck ihres Ellbogens.

Walter ist im Ehebruch so unerfahren, daß ihm, obwohl in einem

Restaurant nichts passieren kann, was ihn auch nur einen Augenblick aus der Fassung bringen würde, davor graut, in einem Landgasthof nach einem Zimmer zu fragen, daß er Angst hat vor schmierig wissendem Augenzwinkern. Statt dessen gibt man ihm einen Schlüssel, ohne auch nur den Blick zu heben. Aber es ist kein Ehebruch. Nichts geschieht, was auch nur im entferntesten der Beimischung niederer Elemente gleicht. Miriam hat nicht im geringsten das anzügliche Gebaren des gekitzelten Bürgermädchens. Sie ist nicht schamhaft, und sie ist nicht aufdringlich. Man könnte vielleicht sagen, daß sie bemüht ist, aber das klingt so nach Leistung. Sie kann ihrem Beruf nicht ganz entkommen; so wenig, wie man von Walter erwarten kann, daß er alle literarischen Attitüden, Bezüge und Phantasien ablegt. Es ist daher unvermeidlich, daß der Vergleich mit einem Rechtsanwalt sich ergibt, der gebeten wird, kurzfristig einen Kollegen, der an Laryngisis erkrankt ist, zu vertreten: und eine halbe Stunde Zeit hat, sich in den Fall einzuarbeiten. Als Stegreifübung ehrenwert. Sie hatte sogar eine Zahnbürste in der Handtasche, die sie ihm galanterweise zu leihen bereit war.

Was Walter angeht, so erinnert er sich einer Bemerkung, die Jacques Brel einem Journalisten gegenüber machte: Wenn man nicht absolut alles gegeben hat, was man hat, dann hat man nicht Liebe gemacht, das ist alles. Beispiel einer Kindheitsmanie: Über Land mit dem Fahrrad zu fahren, bis er vor reiner Erschöpfung vom Sattel fiel.

»Verstehst du etwas von Fahrrädern – Rennrädern?« fragt er. »Nein.« Verwundert. Sie sitzen im Bett, das Licht eingeschaltet.

»Definitionsgemäß etwas für die Armen; nicht wie Tennis oder Porschefahren.«

»Spürbarer Treffer, aber sprich weiter.«

»Die Armut ist hier kein Hemmnis. Das Gerät kostet nicht viel. Eine Landstraße ist frei. Ein Beruf, in dem Talent eine Chance hat, was man nur von wenigen Karrieren behaupten kann. Vielleicht liegt hier eine Parallele zum Verbrechen?«

»Ich fange langsam an, dir zu folgen.«

»Ein begabter Junge entschließt sich also, Profi zu werden. In der Regel springt nicht viel dabei heraus; meist nur ein Mindestlohn. Wenn der talentierte Junge intelligent ist, fällt ihm auf, daß Intelligenz genauso entscheidend sein kann wie Kraft und Geschwindigkeit, da die meisten Profis zwar kraftvoll und schnell sind, aber nicht sehr helle.«

»Sprichst du jetzt von deinem nächtlichen Besucher?«

»Ich weiß es nicht, ich habe ihn eigentlich gar nicht deutlich wahrgenommen. Es ist möglich. Ich frage mich, wie so ein Junge räsoniert. Er hatte keine sozialen Privilegien, nicht viele Berufe stehen ihm offen. Er kann seine geistigen Fähigkeiten einsetzen. Es ist vielleicht so ähnlich, als ob man Schriftsteller ist. Er muß Beharrlichkeit lernen und leiden. Mir fallen da zwei Beispiele ein, die vielleicht hierher passen. Da war ein Junge aus typisch kleinbürgerlicher Familie, las gern, baute Modellboote, radelte viel in seiner freien Zeit. Intelligent, gut in der Schule. Baccalaouréat, Studium der Naturwissenschaften. Er besitzt den Charakter, in diesem Moment zu sagen: ›Aber das ist ja lächerlich; ich werde Biochemiker oder sonstwas, bekomme eine halbwegs gute Anstellung – und werde damit brav und fügsam zum konventionellen Kanonenfutter. Ich habe mir selbst die Ketten geschmiedet, und sie werden mich für den Rest meines Lebens fesseln.‹ Dieser Junge merkte, daß er ein guter Radfahrer war, nahm sein Rad und ging unter die Profis. Die Universität ließ er sausen. Falls es dich interessiert, wie es weiterging: Er landete gleich beim ersten Mal einen Volltreffer und ist jetzt ein Star; das bringt viel ein.«

Miriam schweigt, sie merkt, daß Walter, überdreht wie er ist, kaum zu halten ist. Außerdem interessiert es sie, was er sagt.

»Mit dem Verbrechen ist es ähnlich, glaube ich. Es zieht Jungen an, die sonst ein trostloses Leben führen müßten. Man bleibt nicht lange im Geschäft, aber das ist bei den meisten Sportarten so. Es kann ja sein, daß man ein paar große Preise gewinnt und mit fünfunddreißig ausgesorgt hat. Es ist interessant. Man kommt herum. Viel frische Luft und alle Arten von Amüsement. Und die ganze Zeit muß man etwas riskieren, manchmal sehr viel. Der andere Junge, von dem ich sprach – er hatte eine gute Stellung inne. Programmierer. Ein moderner Beruf und gut bezahlt. Er entschied sich dafür, Profifahrer zu werden, einfach weil es mehr Spaß machte; da sind keine zwei Tage gleich. Sicher ein hartes Leben und ein ewiges Glücksspiel, aber Computer sind so verdammt langweilig. Er war sehr erfolgreich. Eines Tages erlitt er auf einer Betonbahn einen schweren Sturz. Brach sich den Oberschenkel und hatte auch sonst allerhand abbekommen. Aber er bedauerte nichts – im Krankenwagen sagte er, ›ja, es wäre ein ziemlich hartes Geschäft, aber er hinge dennoch daran‹. Gefängnisse, nehme ich an, könnten einem als ein Risiko ähnlicher Art erscheinen.«

Es muß den Eindruck erwecken, als sei Walter grauenvoll geschwätzig für einen Mann, der mit einer erfolgreichen und attraktiven Frau im Bett ist. Gewiß, würde er traurig sagen – wenn man ihn fragte. Alle Schriftsteller leiden an monströser Ichsucht. Aber bedenken Sie auch, daß der Schriftsteller, abgesehen von denen, die diktieren, wahrscheinlich eine kleine Minderheit, seine Arbeit absolut schweigend tut. Kein Schwatz. Hören Sie sich dagegen einmal Geschäftsleute an: Da geht es den ganzen Tag zu wie im Papageienhaus, und was meinen Sie wohl, was die tun würden, wenn es kein Telefon gäbe?

»Liebste«, sagte er, und dann fehlten ihm die Worte.

Ungefähr eine Flasche jeder – das ist nicht übermäßig viel. Beide hatten sie keine Nachspeise zu sich genommen, nicht mal Käse. Beide schliefen sie gut.

»Erzähl mir etwas über Schriftsteller«, bittet Miriam, mit klaren Augen beim Frühstück.

»Ja, nun, über Schriftsteller ist vor allem zu sagen, daß sie eine schlechte Blutzirkulation haben, weil sie den ganzen Tag am Schreibtisch sitzen, und selbst in einem überheizten Zimmer leiden sie chronisch an kalten Füßen.«

»Also gut«, lächelnd. »Erzähl mir von dir.«

»Das würde sich direkt an mein ganzes Gebabbel von gestern abend anschließen.« Ohne zu lächeln.

»Dagegen habe ich nichts einzuwenden.«

»Spielt da das Berufliche ein wenig mit? ›Verteidigungsstrategie‹?«

»Das Berufliche und das Persönliche«, sanft, »scheinen mir hier bis zu einem gewissen Grad Hand in Hand zu gehen.«

»Dann schenk mir noch eine Tasse Kaffee ein, denn es wird eine kleine Ansprache... Wir befinden uns in unterschiedlichen Entwicklungsstadien, du, ich, der Kellner, der Tellerwäscher. Wo wir gerade sind, hängt stark davon ab, wie lange es her ist, seit unsere Familie sich aus dem Schmutz gezogen hat. Ich meine, daß wir das sind, was wir selbst aus uns machen, daß wir aber auch das Produkt einer langen Folge von Generationen sind. Wir wurden geformt, als wir noch Kinder waren und formbar, aber auch schon lange davor. Durch unser Erbe und unsere Umwelt.

Ich bin ein Extremfall, und ich muß mir dessen bewußt bleiben. Denn ich stehe am Ende einer langen Reihe adeliger Vorfahren. Sieht man sich die Ursprünge einer solchen Familie an, was häufig gar nicht so schwierig ist, da Ereignisse und Persönlichkeiten in die Geschichte eingegangen sind, und man stößt auf einen erfolgreichen Verbrecher.

Gemeiner Art im allgemeinen. Ein bißchen Kuppelei, eine Schwester oder Tochter, die an Fürst oder König verschachert wurde, oder einer, der hochkam, weil er zur rechten Zeit sein Fähnchen nach dem Wind drehte, oder einen vorteilhaften Mord verübte. Oder durch Erpressung. Oder weil er einer Söldnerbande angehörte, mit der er das Land plünderte, bis man ihn mit Land oder einem Titel kaufte.

Drei Generationen später war das alles ausgelöscht, man nannte sich Adel und behauptete, kultiviert zu sein. Aber was war denn am Anfang eigentlich da? Persönlicher Mut, Schläue, Raubgier, Intelligenz. Und die Belohnung dafür ein Wappen.«

Miriam zündet sich eine Zigarette an.

»Die Zahl der Versager war immer hoch, was aber war die Strafe? Schmerz – der Galgen, der Richtblock. Dem muß man mit stoischer Ruhe ins Auge sehen. Wir haben alle gelernt, wie Ehrenmänner zu sterben. Oft landete man auch im Gefängnis. Aber wenn schon, man kam immer wieder heraus. Nicht nötig, darüber sentimental zu werden. Gewöhnliche Leute kamen nicht oft ins Gefängnis; es gab genug andere Arten von Strafe. Ja, heute, da wir endlich die Todesstrafe abgeschafft haben, ist die Gefängnishaft so ziemlich die letzte der alten mittelalterlichen Barbareien, die überlebt hat.

Immer noch sind die Gefängnisse wie Festungen gebaut, wie Klöster, aber wir sind heute unehrlich, wir legen eine widerlich zimperliche Heuchelei an den Tag. Wir wollen nicht wissen, was drinnen vorgeht. Und die Reaktionäre schreien nach mehr und größeren Gefängnissen; dabei sind sie praktisch alle selbst Diebe und häufig auch Mörder. Das darf man natürlich nicht sagen. Aber ich kann es sagen.«

»Es geht auf keinen Fall«, wirft Miriam nüchtern ein, »daß du das alles dem Vorsitzenden des Schwurgerichts erzählst.«

»Es geht doch auf keinen Fall, daß ein Schriftsteller so etwas erzählt. Wenn man moralisiert, wird man schnellstens in der Luft zerrissen.«

»Und man verschafft seinem Mandanten eine saftige Strafe. Trotzdem – ich habe gewisse Elemente gefunden. Entschuldigst du mich? Ich will nur einen Moment nach oben.«

Und Walter muß telefonieren. Lügen und Heuchelei, ja, das ist leider der Lauf der Dinge. Tut mir leid, aber diese Sache zog sich in die Länge und endete schließlich beim Abendessen, wie das so häufig vorkommt, und dann wollte ich nicht mehr fahren, weil ich ziemlich viel getrunken hatte.

Unsere Vorfahren hatten ähnliche Ausreden parat. Schändliches zu verbrämen, gehörte zu ihren Künsten. So ziemlich das einzige, was sich zu Walters Gunsten sagen ließe, war, daß er nicht sehr glücklich mit sich selbst war.

Aber eine Entschuldigung ist das nicht, wie, *Monsieur de Président?*

Am Telefon meldet sich niemand. Na ja . . .

Miriam kommt in ihre Jacke gekleidet herunter und sieht ihn an, sieht ihm direkt in die Augen. Er weiß natürlich, was sie gleich sagen wird. ›Maître‹, der Titel, der allen Rechtsanwälten gegeben wird, nicht zu verwechseln mit ›maîtresse‹; schon gar nicht, wenn die Anwälte weiblichen Geschlechts sind.

»Niemand soll mir sagen, daß solche Dinge nicht passieren sollten. Aber ich möchte doch klar und deutlich feststellen, daß sie nicht wieder passieren werden. So, und darf ich dir jetzt, nachdem das heraus ist, für ein paar sehr schöne Stunden danken? Und dafür, daß du das Vergnügen mit der Belehrung verbunden hast? Aber jetzt muß ich los, die Untersuchungsrichterin wird sich schon wundern, wo, zum Teufel, ich bleibe. Wegen des Prozesses setze ich mich mit dir in Verbindung, ja? Fährst du mich?«

Er tut es, und dann muß er nach Hause. Du, meine liebe Sylvie, hast mir das oft und oft angetan und warst nie um eine raffinierte Geschichte verlegen, die ich nicht anzweifeln konnte, ohne meine Demütigung und deine noch schlimmer zu machen. Darum ließ ich es stets dabei bewenden. Ich hoffe, du hast jetzt die Vernunft, das gleiche zu tun.

»Du hättest mich wenigstens anrufen können! Ich war die ganze Nacht allein im Haus, und du weißt, daß ich das nicht mag. Und jetzt haben wir nicht einmal mehr den Hund.«

Richtig, ich werde einen anderen Hund kaufen müssen.

Auf der Heimfahrt hat Walter sich gut vorbereitet. Nur nicht auf das, was geschieht. Die Haustür ist verriegelt; der Laden an der Seitentür ist noch geschlossen. Das ist nicht weiter überraschend. Er geht zur Terrasse und öffnet die Tür dort. Im Studio ist es dunkel, weil die Vorhänge noch zugezogen sind. Wo ist Sylvie? Und während er sich diese Frage stellt, trifft ihn ein Schlag auf den Kopf, der ihn betäubt.

Es ist keine Traumfolge. Er hat eine Neigung, Tagträumen nachzuhängen, gewiß; aber er würde zustimmen: Der Augenblick, wenn einem der Schädel von dem wuchtigen Schlag mit einem harten Gegenstand brummt, ist nicht die Zeit, sich Tagträumen hinzugeben. Da neigen die Gedanken eher zum Wandern.

Ein Moment, da die Zeit sonderbare Sachen unternimmt. Ein Phänomen, das, nicht richtig begriffen, von Romanschreibern als Kunstgriff eingesetzt wird. Als Beispiel könnte das Ereignis an der Owl Street Brücke dienen: Der Spion, oder war es nur ein Deserteur, wurde mit einem Strick um den Hals hinuntergestoßen; vor seinem geistigen Auge zieht eine lange, detaillierte Bildfolge seiner Flucht vorüber, und zwar in dem Augenblick, ehe die Schlinge ... Wir haben vielleicht alle schon einmal so etwas erlebt? Eine Vision kommender Dinge durch einen Sprung der Phantasie – häufiger wahrscheinlich eine plötzliche Konzentration der Erinnerung. Ein großes, ungewöhnliches Glücksgefühl oder sein Gegenteil. Das kann ein und dasselbe sein.

Jahr der Adoleszenz. Jahr kurz nach dem Krieg. Brüssel, die düstere Stadt im Norden. Winter. Das ist nicht Madrid und auch nicht Valladolid, Schauplatz einer Schulzeit, die von Jesuiten bevölkert war, der eine Joycesche Atmosphäre eigen war; der Schnee ist hier schmutziger.

Er hat die Adoleszenz hinter sich. Er wohnt noch immer in der muffigen, dunklen, schäbigen Wohnung, in der es nach Gummischuhen und nassen Regenschirmen riecht, die er mit Mama und Tante Edie teilt – und das ist immer noch die Kindheit. Er hat seinen Militärdienst abgeleistet; hat sich unschlüssigen Schritts daran gewagt, die ersten Vorstellungen davon, was er mit seinem Leben anfangen will, zu verwirklichen; traurig banal – Schule für Dekorationsmalerei, die Hintertüren und Hinterzimmer von Theatern. Dann ein Ereignis jener Art, die einen plötzlichen Kurswechsel auslösen: ein Brief von einem alten Mann in Paris, Freund und Vertrauter seines Vaters aus längst vergangener Zeit. Er hat ihm, wie man ihm mitteilt, eine kleine, aber nützliche Summe Geldes vermacht. Für Walter ist es eine Menge. Sie wird ihm die Freiheit kaufen. Das Papierboot, das auf seichtem, unruhigem Wasser schaukelt, kann weiter hinausgetrieben werden, auf unbekanntes Gewässer. Aber zuerst denkt Walter an Vergnügen. Er scheint bis jetzt wenig davon gehabt zu haben.

Der Frühling in jenem Jahr war schön, der Sommer gut, und es gab eine hervorragende Ernte; die Weine waren edel und hatten *›charpente‹*, und man erinnerte sich ihrer lange. Und auch Walter produzierte einen guten Jahrgang; seinen ersten. Sonne und der richtige Boden und ›Heiliges Wasser‹ braucht es für den Wein: und den Menschen, der ihn macht.

Die vornehmen Badeorte des neunzehnten Jahrhunderts am Ärmelkanal und an der Nordsee sind alle noch da und haben sich nicht einmal sehr verändert, selbst die nördlichen nicht, wo die breiten Strände sich zu niedrigen, sanftgewellten Sanddünen erstrecken und Hitler große häßliche Blöcke aus Beton erbaute –

manche stehen heute noch, wenn auch vom gütigen Sand beinahe zugeschüttet. Und wenn auch einige Hotels gesprengt wurden, so blieben doch die meisten stehen. Ein wenig mitgenommen vielleicht von Jahren der Vernachlässigung und von der Besetzung durch die Soldaten, doch es waren wuchtige Bauten. Die fleißige Bevölkerung hat Glassplitter und Regen, die durch die Dächer drangen, sprießendes Unkraut auf den Terrassen und Flakgeschütze auf den Golfplätzen entfernt, die Schäden ausgebessert. Die Menschen brauchten Urlaub, jetzt mehr denn je. Die Einheimischen mußten ihr Jahreseinkommen in der Sommersaison verdienen, jetzt mehr denn je. Es hatten Zerstörung und Kummer gewütet, aber die Sonne geht jeden Tag auf, Ebbe und Flut hören nie auf. Es sah in jenem Jahr die erste echte Nachkriegssaison, man war froh und guter Dinge.

Im Sommer ist der Strand eine florierende Grenzstadt aus Holz und Feldbahn, voll von lauten, schwitzenden Menschen. Und es muß Schutz vor Wind und Regen geben, vor Sonne und Salz, und immer muß Spaß und Unterhaltung geboten werden. Der Plankenweg – weniger mühsam zu gehen als weicher Sand – erstreckte sich zwei Kilometer vom ›bürgerlichen Ende‹ – Kasino, schicke Hotels, ›amerikanische Bars‹ mit hochtrabenden Namen – zum alten Fischerdorf, wo die Einheimischen wohnen; und gesäumt ist er von hundert Buden und Jahrmarktszelten, wo man Hunger, Durst und vor allem die Langeweile vertreiben kann. Nach sechs Jahren Hunger und chronischer Angst waren diese Menschen versessen auf Fröhlichkeit. Alles, was sie wollen, ist ein Tag am Strand, eine pralle Tüte voll Krabben und Chips, ein Abend ernsthaften Zechens und Flirtens.

Walter suchte sich ein kleines Hotel; Zimmer mit Bad zum Sonderpreis für die ganze Saison. Er war allein, ungebunden und hatte Geld. Die Hotelpaläste, wo das Essen teuer, großartig aufgemacht, aber phantasielos war, langweilten ihn rasch. Auch die Spielsäle ödeten ihn an und die schummrigen, muffigen Bars, wo man in der Gesellschaft von drei Geschäftsleuten und ein oder zwei lustlosen Huren mürrisch irgend etwas trank. Er entdeckte andere Attraktionen.

Ein kleines Bistro, das Bar Mimosa hieß, aber häufiger Chez

Cri-Cri genannt wurde. Er war aus der Gegend – hieß eigentlich Christian –, hatte aber sein Geld vor dem Krieg in den Palästen von Nizza und Cannes verdient und sich die ›provencial‹ in Gestalt eines Mädchens aus Antibes erworben, die La Maria genannt wurde, und mittlerweile eine reife Frau mit üppigem Busen war. Cri-Cri ist klein, dick, glatzköpfig, faul. Maria ist nur klein und dick, und die Bar Mimosa würde bankrott im Dreck stecken, wenn nicht ihre Küche wäre. Statt der öligen Muscheln und Pommes frites, der faden Seezunge in Weißwein serviert sie den einheimischen Fisch mit südlichem Brio. Natürlich zuviel Tomate, zuviel Oliven; Maria ist zu verschwenderisch mit dem Zitronensaft, aber der Knoblauch macht die Mayonnaise verdaulich, im großen und ganzen hat sie eine leichte Hand, und sie hat ehrliche, schlichte Gerichte zubereiten gelernt, um ihren belgischen Mann zufriedenzustellen; geschmortes Kaninchen und Karbonade, gibelote und matelote und waterzooi. Man wollte ja nicht jeden Tag Fisch essen. Nicht einmal Walter. Und neben gutem Bier gibt es guten Côtes-de-Provence rot, weiß oder rosé, gerade wie man will. Kein Vergleich mit dem belgischen Beaujolais in anderen Lokalen, dem gepanschten Bordeaux, dem ewigen Muscadet, den es an jeder Flußmündung von der Schelde bis zur Loire gibt. Der Boden ist gefliest, unter der Markise ist es auch an den heißesten Tagen frisch, und ein kräftiges Mädchen, das l'Ostendaise genannt wird, spült mit vielen Eimern Wasser die Gerüche weg.

Cri-Cri arbeitet abends, erscheint um die Mittagszeit und verdirbt einem mit seinem widerlich süßen Rasierwasser den Appetit, und am Tag steht Jan an der Bar, ein Flame, grobknochig, mit scharfen Zügen, metallisch glänzendem Haar, aber einfallsreich, intelligent. Seine Spezialität ist es, sämtliche Sprachen Europas zu sprechen und jede einzelne zu einem gräßlichen Kauderwelsch zu verstümmeln wie eine Antwerpener Hure, die von Norwegen bis Argentinien überall zu Hause ist. Er mag Walter, der diese Kunst parodieren kann. Zusammen sprechen sie Flämisch, wobei Walters höfliches, gestelztes Holländisch in komischem Kontrast zum schrecklichen Westflandrischen Patois steht.

Es war ein heißer Morgen, alle Welt am Strand, und Jan trank

Kaffee; er trank zu Marias Ärger riesige Mengen davon. Und das Radio plärrte natürlich. An diesem Morgen war die große Neuigkeit, daß der Große Claus, ein Kellner im Bristol, volltrunken und splitternackt mit seinem Roller – die Vespa hatte Europa erobert – den Plankenweg hinuntergefahren war; und Il Cuocco vom Isola Bella hatte ein Fischmesser nach einem Zimmermädchen geworfen.

»Du hättest dabeisein sollen, Walter – ich sag' dir, sogar la bella iocchi lachte Tränen, als sie den Claus die Fahnenstange raufklettern sah.«

Er hat von ›la bella iocchi‹ gehört, eine Kellnerin mit – angeblich – wunderschönen Augen und bemerkenswert ob ihrer Tugend, die vom Großen und vom Kleinen Claus vergeblich bestürmt wurde.

»Komm doch heute abend mit, hm?«

»Ja, vielleicht. Warum eigentlich nicht?«

»Gut, dann im Delphin. So gegen neun?«

»Vielleicht. Kann mir die Mädchen ja mal anschauen.«

Für Sauftouren hatte er nie viel übrig gehabt. Wenn er betrunken war, wurde ihm übel, und das haßte er. Aber manchmal braucht es flämische Sinnlichkeit, um Jesuiten zu desinfizieren, Brüssler Mief zu vertreiben.

Das Delphin war ein ziemlich billiges Hotel am ›miesen Ende‹ des bürgerlichen Viertels und wäre gar nichts ohne seine besondere Attraktion, einen großen Garten hinter dem Haus, in dessen Mitte ein mächtiger, schöner Baum steht, eine Seltenheit so nahe am Meer; er muß im Schutz der Häuser gewachsen sein. Der Wirt erkannte, daß der Baum ein wertvoller Besitz war, umgab ihn mit einer runden Bank und hängte Lämpchen in die Zweige, die ein grünlich gesprenkeltes Licht verbreiten. Die einfachen Tische unterscheiden sich nicht von denen in anderen Biergärten, aber auf der Hotelseite überspannt eine Markise ein Stück Garten, und zwei oder drei Tische werden von einer Kellnerin der Bar drinnen bedient, und diese Kellnerin ist la bella iocchi, mit richtigem Namen Manuela, ein Mädchen aus dem Dorf.

Der Platz ist etwas Besonderes – Mitternachtsgarten genannt –, denn nicht nur kann man hier selbst bei Regen draußen sitzen, sondern der Raum zwischen diesen Tischen und dem Baum wird als Tanzfläche freigehalten; in den Ästen sind Lautsprecher angebracht, und der Barkeeper legt Platten auf – vor allem Glenn Miller. Auf den Tischen der anderen Seite sammeln sich klebrige Flecken, die allzu selten von einer schlampigen Kellnerin mit einem schmutzigen Lappen weggewischt werden, Manuela jedoch ist ein fleißiges Mädchen, die ihren Bereich blitzsauber hält, blühende Pflanzen auf der Terrasse zieht und den Staub bei Trockenheit mit einem Rasensprenger bändigt. Sie arbeitet für einen Hungerlohn, bekommt aber gute Trinkgelder. Der Tisch unter dem Baum auf ihrer Seite ist der beste. Es fallen vielleicht Blätter oder Vogelkot ins Bier, aber dafür wird man von ihr bedient und kommt in den Genuß ihres Lächelns. Sie hat keinen freien Tag, denn die Saison an der Nordsee ist kurz, und wie jeder am Strand muß sie von ihren Ersparnissen das ganze Jahr leben. Ihre Schürzentasche ist schwer von Silber und Kupfer, aber auch von Sorge, denn ihre Eltern sind arm, sie muß den größten Teil ihres verdienten Geldes abgeben, und wenn die Saison schlecht ist, gibt es im Winter keinen neuen Mantel und keine neuen Schuhe. Aber man sieht ihr weder Sorge noch Müdigkeit an, denn sie ist jung und gesund.

An ihrem Standplatz an der Ecke der Terrasse sieht sie größer aus, als sie ist, denn sie hat lange Beine und hält sich sehr gerade. In diesem Licht sieht man, daß ihre Kleider sauber sind, man sieht nicht, daß sie abgetragen sind: ein alter schwarzer Rock und eine weiße Bluse, hochgeschlossen, mit ellbogenlangen Ärmeln. Schweißfeuchte Brüste oder Achselhöhlen bekommt man selbst am heißesten Abend nicht zu sehen. O ja, Walters Erinnerungen, die in vielem so verschwommen und irreführend sind, da sind sie richtig, genau bis ins kleinste Detail. Manuela. Ichabod. Vorbei. Aber er kann die Erinnerung nicht daran hindern, zu sprechen.

Sie hat den gesunden Teint eines Mädchens, das am Meer lebt und viel im Freien ist, aber sie ist nicht braungebrannt, denn sie hat eine helle Haut und im Sommer wenig Zeit, sich an den Strand zu legen. Sie hat die breiten Wangenknochen, die für viele Mädchen an dieser Küste charakteristisch sind; der Unterkiefer hat einen vollen, sanften Bogen, während die Stirn oft schmal ist, die Augen ziemlich klein zwischen den kräftigen Knochenkanten, die dem

Gesicht einen fremdländisch slawischen Zug verleihen, der oft sehr hübsch ist.

Es wird wahrscheinlich nur wenige geben, die Manuela je als sehr hübsch bezeichnen. Sie ist ansehnlich, gewiß, und sie hat schöne Augen. Wenn man unter dem Baum sitzt und Zeit hat, sich umzusehen – Walter ist früh gekommen, gegen acht, um vor dem Eintreffen von Jan oder den anderen diskret verschwinden zu können, falls ihm die Kneipe nicht gefallen sollte –, kann man sie genau betrachten. Sie ist seit sieben im Dienst, hat ihr ›mise-en-place‹ fertig, aber der Abend hat gerade erst begonnen, und sie steht in lockerer Unbefangenheit da, während sie zerstreut mit dem Kleingeld in der Tasche unter ihrer Schürze spielt. Sie denkt an gar nichts.

Ja, ihre Augen sind wirklich schön. Sie sind groß, liegen in noch größeren Höhlen unter einer schön modellierten Stirn, und die Brauen – ungezupft; sie schminkt sich nicht – haben einen natürlichen Schwung. Die Lider, cremig wie die Blütenblätter der Magnolie, liegen tief. Ihr Blick hat die Schönheit stiller Heiterkeit, Ausgeglichenheit, Unschuld. Ihre Nase ist gerade, nicht auffallend, ihr Mund gut geschnitten, die Lippen fein gezeichnet. Der unsentimentale Beobachter, und Walter ist das nicht, wird vielleicht denken, daß die Sorge diesen Mund verkniffen machen wird. Er ist schmal an den Winkeln.

In jenen Tagen trugen nur wenige Sonnenbrillen. Das Licht auf der Nordsee ist hart, der Wind tiefgrimmig; die Augen werden schmal und gerade, auch die Manuelas. Mit zwanzig hat sie Strahlenfältchen an den Schläfen. Die Augen haben die Farbe des Meeres; oft blau, häufiger ein erstaunliches Grün, meist aber leuchten sie in einem Nordseegrau. Walter wird es verstehen, wenn er ihre Eltern kennengelernt hat. Ihr Vater hat diese Augen, die in übergroßen Höhlen liegen, aber die seinen sind von einem strahlenden Blau, um so tiefer in dem geröteten Gesicht – an den Augenwinkeln fast scharlachrot. Und der Mund ihrer Mutter hat auf beiden Seiten senkrechte Fältchen, erinnert an eine ausgediente Handtasche, deren Metallbügel durch das abgewetzte Leder sticht. Ihre graugrünen Augen hatten früher einmal aufgeleuchtet und im heiteren Sonnenlicht einen blauen Schimmer bekommen, jetzt aber waren sie seit vielen Jahren von Spinnweben verhangen, tote, ausgetrocknete Schmetterlinge.

Die Ehefrauen von Kolonialbeamten, die in heißen Zonen stationiert waren, pflegten Neuankömmlinge darauf hinzuweisen, daß die Männer eine Neigung hatten, nach zuviel Bier und Curry in Hitze zu geraten, aber ›wenn sie übertreiben, dann gibt man ihnen einfach einen Klaps mit einem feuchten Handtuch‹. Manuela hat eine ähnliche Einstellung, ohne darüber nachgedacht zu haben. Aber es gibt wenig Gelegenheit, jemandem einen Klaps mit dem feuchten Handtuch zu verpassen, und zwar aus den einfachsten Gründen: Während der Arbeit hat man zuviel zu tun, nach der Arbeit ist man zu müde, und man bietet zu keiner Zeit die geringste Provokation. Tut mir leid, aber das mitternächtliche Nacktbad findet nicht statt. Jan und Claus sind weder die Schurken, die sie zu sein vorgeben, noch die tollen Kerle, die sie gern sein würden – ihre heimlichen Rendezvous mit ehrbaren Ehefrauen, die Geschichten von mitternächtlicher Fassadenkletterei, Versteckspiel in Schränken und heimlichem Lauern auf Balkonen sind hauptsächlich Phantasie; sie renommieren mit ihrem französischen *patois* mit italienischem Anklang und geben sich ein Flair kosmopolitischer Weltgewandtheit, wenn sie von der Côte d'Azur, von Antibes und Saint Trop' reden, aber sie sind schlicht und einfach die Dorfburschen, wie sie sie ihr Leben lang gekannt hat.

Da man, wie Walter entdeckte, nicht den ganzen Tag tatenlos herumlungern kann, in einem Ort, wo jeder sonst arbeitet, wo die Kameradschaft die geteilte Arbeit ist, suchte er sich eine Arbeit, und sie machte ihm Spaß. Und nicht nur ein jugendlicher Sinn für Romantik war daran schuld, daß er sich in Manuela verliebte. Mit einundzwanzig hatte er nie zuvor die Kameradschaft eines Mädchens gekannt. Manuelas Qualität, ihr Wert waren nicht zu übersehen. Sie war durchsichtig und strahlte mit einem klaren Licht. Nicht ein einziges Mal kommt Walter der Gedanke in den Sinn – und das ist nicht sein Verdienst, er wurde einfach so erzogen –, daß sie aus der Arbeiterklasse kommt, ein ›einfaches Mädchen‹ ist. Hätte er darüber nachgedacht – er tat es nicht –, so hätte er sich wahrscheinlich gesagt, daß er genug Bildung für sie beide besaß. Ghandi ging im dhoti zum Tee mit König Georg V. ›War es Ihnen nicht peinlich‹, wurde er gefragt, ›daß Sie nicht richtig angezogen waren?‹

›Seine Majestät hatte für uns beide genug an.‹ Was beweist, daß ein lockerer Umgang mit gesellschaftlichen Formen und ein Gefühl für echte Werte Hand in Hand gehen. Ein bißchen Humor hilft weiter. Winston Churchill beweist nur seine eigene Vulgarität, wenn er von dem ›halbnackten Fakir‹ spricht.

Natürlich gibt es am Ende der Saison ein Fest, und Walter tanzt mit Manuela, und das Lied ist ›Perfidia‹, und das sind nicht Humphrey Bogart und Ingrid Bergman; es ist echter und ist kein romantisches Klischee, weil Romantik existiert und niemals ein Gemeinplatz ist. Und hinterher gehen sie alle im Mondschein schwimmen. Walter, der zusieht, wie sie ihr Kleid aufknöpft, gibt sich vielleicht flüchtigen Vorstellungen von Nacktbaden hin, aber sie hat ein Badekostüm darunter, wie man das damals noch nannte, einteilig, absolut züchtig. Sie gräbt ihre nackten Füße in den kühlen Sand und sagt »Das ist gut« und dann, »lauf«.

Walter hatte sich vorgenommen, nach der Saison an ein Theater zu gehen und diesmal wirklich zu arbeiten, weil er langsam begreift, was Arbeit ist. Und wenn man etwas ernsthaft genug will, dann schafft man es auch. Der erste dieser guten Vorsätze wird vom zweiten verdrängt. Stärker als sein Wunsch, Maler, Bühnenbildner oder Schauspieler zu werden – wie es das Schicksal will, hat er sich noch nicht für das eine oder andere entschieden –, ist sein Begehren nach dem Mädchen. Und wie es das Schicksal will, nimmt er an einem stillen nebligen Herbsttag den Zug.

In Erinnerung an alte Zeiten geht er natürlich zum Essen zu Maria, findet es öde und schmutzig, die Zubereitung lieblos, und mit Cri-Cri hat er sich nichts zu sagen. Jan und die Ostendaise sind nach Hause gegangen. Die Zelte sind geschlossen. Im Garten des Delphin stapeln sich zerbrochene Stühle und Bierkisten – die Winterarbeit an der Küste besteht größtenteils aus Schreiner- und Malerarbeit. Die Leute aus der Gastronomie sind nach Süden gezogen, Wirte nach Mallorca und Madeira, um ›ein bißchen Sonne zu tanken‹, Angestellte über den Winter in die Hotels größerer Städte oder in die Wintersportorte in den Alpen. Die Einheimischen, denen man begegnet, sind merkwürdig mürrisch, gönnen einem kaum ein Nicken oder ein Brummen – Walter weiß noch nicht, wie so ein arbeitsloser Winter an der Nordsee aussieht, wo es keine Industrie gibt. Fisch? Man bringt sich halb um, ihn zu fangen, und wenn man ihn hat, will ihn keiner haben. Mann, ist das kalt da draußen und stürmisch. Wenn man die Krone für den Winter bezahlt hat, kann man schon von Glück reden. Nach einer Stunde unschlüssigen Herumlungerns raffte er seinen Mut zusammen und klopfte an die Tür des kleinen Holzschindelhauses in einer der winkligen Straßen des alten Dorfes.

Er wurde höflich empfangen; zum Abendessen eingeladen. Niemand fragte nach seinen Absichten. Manuela nähte, auf einem wackligen alten Stuhl sitzend, zu nahe an einem Ofen, den er viel zu heiß fand für das kleine, enge Zimmer. Sie lächelte, als sie ihn sah, sagte aber wenig; augenscheinlich ganz auf den angefeuchteten Faden und die Öse der Nadel konzentriert. Er bekam Kaffee in einer großen geblümten Tasse; stark, süß, milchig. Er brachte ihre Eltern mit Brüssler Witzen zum Lachen: Wenn ihr Vater die Zigarre aus dem Mund nimmt, und die großen blauen Augen sich vor Erheiterung zusammenziehen, ist er hingerissen. Als ihm der Gesprächsstoff ausging, sagte er: »Hast du Lust auf einen Spaziergang?« Und sie sagte: »Ich hole nur meinen Mantel«, und das unerwartet laute Geräusch der Klosettspülung in dem dünnwandigen kleinen Haus war ihm peinlich; wie bürgerlich er geworden ist! Ein Spaziergang mit einem Dorfmädchen!

Es war der erste von vielen. Auch er lernte den kalten Wind am Strand, die schmalen Pfade durch die Dünen lieben. Worüber, fragt sich Walter jetzt, haben sie sich unterhalten. Sie waren glücklich.

Er begehrte sie. Ihr Widerstand gegen jedes Anzeichen von Leidenschaft war sanft, aber unnachgiebig. Und selbst wenn sie zusammen hätten schlafen wollen, wohin hätten sie gehen sollen? Die Nordseeküste im Winter ist nicht einladend. Er darf sie küssen.

Eines der großen Hotels ist noch geöffnet. Viel war nicht mehr los, höchstens am Wochenende, wenn das Kasino aufmachte; alte Damen und pensionierte Obersten. Zwei Kellner und ein Koch; der Klavierspieler in der Bar, weil er billig ist, alt, verkrüppelt. Nicht wie der in *Casablanca*, aber er spielt das Lied für sie.

Als er sie zum ersten Mal zum Essen ausführte, war sie entsetzt darüber, daß er soviel Geld ausgab; scheu; von ruhiger Ausgeglichenheit. Manchmal nahmen sie den Zug in die Stadt: Kino, Restaurant, Café. Ein richtiges Fest. Die Kindheit hatten sie gemeinsam: die dreißiger Jahre, Depression. Aber Gespräche von Armut in der Touraine waren nicht das gleiche wie Armut in Belgien. Woran hatte es ihm je gemangelt? Das Brot mit Margarine bestrichen und dazu Kakao, Kleider, die gewendet und wieder gewendet wurden: Das waren Walters erste Lektionen in Sozialismus. Eine sentimentale Erziehung.

Sie trinkt in einem Restaurant gern ein oder zwei Gläser Wein; ein Bier in einem Café; in den versnobten Bars entwickelt sie eine begeisterte Vorliebe für Pastis und Cognac. Ein-, zweimal versucht er – ziemlich schändlich –, sie betrunken zu machen; sie wird nie betrunken. Und wenn er sich aus purer Frustration betrinkt, bleibt sie die gleiche, sanft und geduldig.

Er redet. Wahrscheinlich, denkt Walter, habe ich nie aufgehört. Babbelt über Kunst oder Musik. Sie weiß weder über das eine noch über das andere etwas. Hörte sich strahlend den Unsinn an, den er von sich gab; vielleicht war es unterhaltsam. Sie hat nie ein Buch gelesen. Aber mit Büchern ist es anders. Er gibt ihr Bücher, und sie liest sie der Reihe nach, aufmerksam und ernsthaft; und sagt naiv ihre Meinung, aber es lohnt sich, sie zu hören: mit viel gesundem Menschenverstand bedacht. Sie würde eine gute Ärztin abgeben oder auch eine gute Richterin. Ihre Urteile, ob über Dinge oder Menschen, sind sicher.

Als er sie eines Tages abholen wollte, fand er ihren Vater allein vor, er ›hütete das Haus‹. Impulsiv lädt er ihn zu einem Glas ein. Der Alte wird ziemlich kurzgehalten und nimmt bereitwillig an, lebt auf in der Männerwelt eines kleinen altmodischen Cafés im

Dorf. Nach einem Gin verstanden sie sich prächtig, Papa fing an, mit seinen englischen Sprachkenntnissen zu prahlen, sagte *»Down the hatch«*, würde gleich sagen: *It's a long way to Tipperary*. Der Gin löste Walter die Zunge so sehr, daß er abrupt sagte: »Ich möchte Manuela heiraten.«

»Jetzt bin ich dran«, sagte ihr Vater und winkte mit dem Finger. Gluckgluckgluck machte die Flasche blubbernd. Das dicke kleine Glas, randvoll, verströmte den öligen aromatischen Duft. An einem anderen Tisch wurden Karten gemischt, mit krachendem Faustschlag hingeworfen.

»Warum nicht?« Die leuchtend blauen, rotgeränderten Augen blicken ruhig und klug. Er leckt den Gin vom Glasrand. »Aber da brauchen Sie eine Arbeit. Stimmt's? – Auf mich können Sie nicht zählen. Auf dieser Welt kann man sich auf niemanden verlassen ... Im übrigen – ein sehr entschlossenes Mädchen ist das. Wenn sie einmal einen Entschluß gefaßt hat, kann sie keiner mehr davon abbringen – ich glaube, ich mach' mich besser auf den Heimweg. Sonst kommt meine Frau noch reingeschneit. Riecht meine Fahne ... Suchen Sie sich eine Arbeit«, sagte er auf der Straße noch einmal. »Es gibt hier schon genug Leute, die keine haben.«

Es war spät im Jahr. Noch eine Woche etwa bis Weihnachten – er hatte ein schlechtes Gewissen, erinnert sich Walter, weil er lange nicht ›zu Hause‹ gewesen war; arme alte Mama; Weihnachten wenigstens mußte er sich bemühen.

Sie war im ›Victoria‹ gewesen – sie hatte sich inzwischen daran gewöhnt, war nicht mehr eingeschüchtert, scherzte mit dem alten Klavierspieler, wenn er sie neckte – *›I can't get started.‹* Und der Barkeeper kennt sie auch schon; läßt sie in Frieden. Es war spätabends, und sie hatten eine ganze Menge getrunken; sie war wie immer, aber Walter schwankte vorübergehend, als er in die frische Luft kam, und sie kicherte. Es war ziemlich kalt und klar, Sterne am Himmel, und der Wind wehte aus Westen. Sie gingen nicht den kurzen Weg durch das Dorf, sondern wie immer am Strand entlang und durch die Dünen.

Er kuschelte sich an sie, und um seine Hand zu wärmen schob

er sie in ihren Mantel – sie hatte den neuen Wintermantel gekauft, einen guten; es war eine gute Saison gewesen. Er küßte sie hinter dem Ohr, und sie lachte und sagte: »Kitzel mich nicht so.«

Nie war ihm auch nur der Gedanke gekommen, ihr das Kleid aufzuknöpfen – dunkelrote Wolle mit kleinen, runden, stoffüberzogenen Knöpfen. Rührend, nicht wahr, daß dies die Einzelheiten sind, die sich seinem Gedächtnis eingeprägt haben, und nicht der elektronische Code zu einem Bankkonto? Andererseits – meint Walter – das ›Vernaschen‹ von Mädchen – mhm, es ist zu hoffen, das wird etwas weniger enttäuschend und etwas weniger fade als das Verspeisen eines Hamburgers vor dem Museum für Moderne Kunst. Der weiße Baumwollbüstenhalter ist vertraut, von der Wäscheleine her. Nicht jedoch unter diesen Umständen.

Da dies alles Macht der Gewohnheit war, war er verblüfft, als die Polizistenhand sich nicht rührte. Noch verblüffter, als die Hand sich dann doch rührte, denn sie öffnete noch mehr Knöpfe, griff hinein und schob den Träger von der Schulter.

»Das willst du doch«, sagte eine Stimme äußerst sachlich. Und es ist an der Zeit, Walter, diesen scherzhaft erklärten Tonfall aufzugeben. Befangen? Bewußt ist vor allem die Erinnerung an Schmerz.

Die grobe Wolle des Mantels, ausgekühlt, von Meeresfeuchtigkeit klamm und unangenehm zu berühren, würde noch heute einen scharfen Kontrast abgeben zu der lebendigen, seidigen Weichheit ihrer Haut darunter. Kann irgend jemand auch nur versuchen, die schneidende Qual, die prickelnd vibrierende Wonne dessen zu beschreiben, was zum alltäglichen Ereignis jeden Strands geworden ist? Welch ein Glück für uns Männer jeden Alters, mit dieser primitiven biologischen Konstitution ausgestattet zu sein, die verhindert, daß ein Mädchen mit nackten Brüsten langweilt.

Walter liegt auf kaltem trockenen Sand, rutschig und unsicher. Er schmeckt das Innere von Manuelas Mund. Ihre Zähne stoßen gegen seine. Es ist ein köstlicher Schmerz.

Er drückt sich an sie, bemüht sich, nicht so hölzern zu sein; sie sagt ihm oft, er solle nicht so hölzern sein. Sie ist schmiegsam und ergeben und denkt nur daran zu geben. Es muß seltsam sein zu entdecken, daß ein erwachsener Mann mit kräftigen Knochen und kräftigen Muskeln, mit hartem, kratzigem Unterkiefer, geheimnisvollem Geruch und wildem Atem so wieder zum kleinen Kind werden und wünschen soll, an ihrer Brust zu liegen. Manuelas Unschuld mit Unwissenheit gleichzusetzen, wäre lächerlich; abgesehen von Bullen und Ziegenböcken kennt sie homosexuelle Jungen und Mädchen, und sie würde allenfalls darüber sagen, daß sie weder das eine noch das andere in Begeisterung versetzen konnte. Manuelas Reinheit zu unterschätzen, wäre obszön.

»Da«, sagte sie sanft. Die Brust ist für Säuglinge. Sie schämt sich ihres eigenen Busens nicht. Er ist attraktiv. Er ist gelegentlich im Weg. Es ist lästig, daß die Jungen von ihm besessen sind. Ihre Brustwarzen sind klein, zart und können sich aufrichten. Das nun ist Anlaß zu einem gewissen Stolz.

Walter ist einundzwanzig. Er hat mit vielleicht einem Dutzend Frauen geschlafen. Er hat noch nicht erfahren, welch ein schmerzlicher Zustand der Friede ist. Der Schmerz war heftig; er umfaßte zornig ihre Taille, so daß sie nach Luft rang. Als er zum Saum ihres Kleides griff, packte ihn etwas wie Angst. Zustimmung ist beängstigender als Ablehnung. Vergessen ist jetzt auch – vergessen? – die komplizierte Geometrie: die Horizontalen der Strumpfbänder, die Vertikalen des Strapsgürtels, dieses lächerliche Ding aus Metallspange und Gummiknopf. Blütenblätter gibt es immer noch, und die Textur der Innenseite eines weiblichen Oberschenkels.

Manuelas abrupte Bewegung war für sie unnatürlich linkisch. Sie stieß ihn heftig von sich und sprang mit demselben Ruck auf, blieb stehen, die Füße auf den Boden gestemmt, beschämt, nicht wissend, was sie tun sollte. Walter blieb in innerem Aufruhr auf dem Boden hocken. Sie stand verwirrt, zerzaust, mit nackten Brüsten im blassen Licht, das auf dem silbernen Strand und einer dunklen unbekannten See lag. Ihr Gesicht weiß und angespannt. Vielleicht murmelte er etwas. Er hob verzweifelt die Arme, legte seine Hände auf ihre

Hüften, auf ihr Gesäß, machte eine riesige Anstrengung und zerrte an all diesem blöden Gummi. Sie legte ihre Hände auf die seinen, aber nur, um Ordnung zu schaffen. Der Hausfraueninstinkt ist am stärksten ausgeprägt; es war ihr einziges gutes Paar Strümpfe. Sie blieb einen Moment stehen, um sich bewundern zu lassen, legte sich aber sofort wieder hin. Dummes Ding. Idiotisches Dreieck.

»Jetzt hast du es bequemer«, sagte sie törichterweise.

Diese Rundung, die vollendet in der Hand liegt. Handpoliert, seidenglatt – Axtstiel, Gewehrkolben, Bogen. Erste Linie, die gesehen, erste, die je gezeichnet wurde. Zauberische und heilige Rundung.

Aber, und das ist das Schlimme, denn Manuela kann es nicht, sie weiß nicht wie, das elende Gefummel mit den Knöpfen; absurde und demütigende Tatsache, daß er mit dem Höschen des Mädchens leichter zurechtkommt als mit seiner eigenen Hose; eine Ungeheuerlichkeit.

Zu viel für ihn. Walter, der am Hang liegt, spürt unter seinen Fingerspitzen die Schmerzempfindlichkeit in seinen Schläfen. Er bemüht sich, behutsam zu sein; er kann den Gedanken nicht ertragen, sie mit Gewalt zu nehmen. Er war zu verkrampft, er verlor es. Ein heiserer, rauher Schrei, und er preßte sich an sie, aber zu spät. Wut und brennende Scham versengten ihn. Ist man denn niemals frei von Schmerz?

Manuela blieb still; fest, geerdet.

»Mein Liebster«, sagte sie leise. Sie legte ihre Hände auf seinen Nacken, auf die Nerven; ihre Finger drücken und lassen wieder los. »Ich bin hier.« Er liegt da und zittert unkontrollierbar.

Im Leben jeden Mannes gibt es – aber das läßt sich nicht erzählen; das muß jeder selbst beurteilen. Der Hang mit Gras und Unkraut und Feldblumen bewachsen – klein, köstlich – ist unverändert; der Rauch aus den Kaminen steigt gerade auf. In seinem eigenen Leben kann Walter drei, vier solche Momente schrecklichen Selbstekels entdecken. Man kann den Geist nicht bremsen, wenn er sich einmal in Gang setzt. Man muß weitergehen, den ganzen Weg.

Aber dies ist kein solcher Moment, bei dem es ihn in tiefster

Seele schaudert. Hier gibt es nichts Würdeloses. Ein alltägliches Geschehen zwischen Jungen und Mädchen, Folge von Unerfahrenheit und übergroßer Spannung. Das ›Fiasko‹; wir kennen es alle.

Für ihn ein Moment, dessen Erinnerung bitter ist, weil eine Wende übersehen wurde. Ein Weg, der hätte eingeschlagen werden können, aber nicht eingeschlagen wurde; eine Möglichkeit, die vergeudet, ein wunderbares Geschenk, das weggeworfen wurde. Die Narbe schmerzt noch, und der Schmerz reicht nach all diesen Jahren des Erwachsenseins bis ins Mark. Man muß stillhalten, langsam atmen, in Resignation warten, daß der Schmerz nachläßt.

Manuela schob ihn sachte von sich. Gekrümmt blieb er im Sand liegen – wie ein Körper, von einem Feuer versengt, das eine Kontraktion der Seele verursacht: der Pathologe nennt das Abwehrhaltung. Langsam stand sie auf.

»Ich darf kein Kind bekommen«, sagte sie, ihre Lenden klebrig, feucht von ihm.

Der Schmerz läßt nach, und er erinnert sich der vielen Frauen, die er beim Waschen gesehen hat: einen Augenblick großer Schönheit, ein von jedem Maler geliebtes Sujet. Noch immer ist dieser Moment lebendiger als die meisten, wenn die Pupille die Iris verschluckt hat und nicht mehr dunkel ist, sondern Rauch aus Perlmutt und Opal. Die den Wogen entsteigende Aphrodite wird Anadyomene genannt; wie wird sie genannt, wenn sie in die Wellen hineinwatet? Es sind keine richtigen Wogen da; eine gezähmte und besänftigende Nordsee umspült Manuelas Knöchel. In hausfräulicher Angst vor Salzwasser auf der Wolle hat sie ihren Rock gerafft. Ein rundes Gesäß, lange, wohlgeformte Schenkel, die gespreizt sind, damit sie sich leichter bücken und mit ihren Händen Wasser aufnehmen kann. Eine biblische Haltung und ein biblischer Akt. Vergossener Samen. Eine Rembrandt-Zeichnung.

Der Schmerz ist vergangen , und nichts ist jetzt mehr übrig als die beißende Bitterkeit des Bedauerns. Ichabod. Vorbei. Kein Zurück. Dabei hätte er so leicht zurückkehren können. während der Rekonvaleszenz, der Schmerz kindischer Demütigung war so trivial. Ein Bienenstich, einige Gekränktheit über einen eingebildeten Verlust an Selbstrepsekt. Manuela hätte überhaupt nichts dabei gefunden. Für ihn war es so, als hätte er ihre Ehre gestohlen, seine eigene. So viel Torheit. Ein winziger Schritt, und er hätte sie glücklich gemacht; und sich selbst auch.

Eine oder zwei Jahre danach schrieb Jacques Brel ein Gedicht über das gleiche bittere Bedauern, das an ein anderes flämisches Mädchen gerichtet war.

›Ay, Marieke, Marieke – *le ciel flamand* ...‹

Sechs Wochen waren vergangen. Jungenhaft hatte er seinen Schmerz ertränkt, sich kopfüber in eine neue Faszination gestürzt, eine neue Leidenschaft, um diese kleine, einfache, unschuldige Stimme zum Schweigen zu bringen. Ihr Name ist Sylvie. Sie ist ein Mädchen aus dem Bürgertum. So viel einfacher zu erkennen, ihre Reaktionen so viel leichter vorherzusagen. Sie besitzt Aufrichtigkeit und Ehre. Aber sie weiß, wie man mit Männern umgehen muß.

Er ist bis zum Wahnsinn verliebt, befindet sich in einem rasenden Zustand reizbarer Erregbarkeit. Er wäre zu allem fähig; ganz gleich, wie idiotisch. Er tut Dinge, die schlimmer sind als idiotisch. Unter anderem begeht er ein übles Verbrechen.

Er ist am Hauptbahnhof von Brüssel. Wohin wollen Sie, und was wollen Sie tun? Er hat nicht mehr die leiseste Erinnerung daran. Und was spielt es schon für eine Rolle? Sylvie hatte sich wieder einmal verspätet. Sie kommt immer zu spät. Bis zum heutigen Tag, und ihr Zuspätkommen wird sie eines Tages teuer zu stehen kommen. Aber noch nicht.

Er marschiert voll nervöser Spannung auf und ab. Zwischen den Bahnsteigen ist eine Passage mit einem schmutzigen kleinen Café, wo es nach abgestandenem Kaffee und stinkenden Aufnehmern riecht, wo die Tische fleckig sind und die Wände beschmiert. Weil er nichts Besseres zu tun hat, sieht er durch die Schwingtür.

Dort sitzt Manuela, kerzengerade auf dem schäbigen Stuhl, eine noble Gestalt vor einer kackebraunen Wand. Vor ihr steht eine halb geleerte Tasse Kaffee. Sie sitzt ganz still, die Hände im Schoß gefaltet; sie blickt vor sich hin, aber was ist in ihren Augen und in ihrem Gesicht? Man kann es nicht sagen. Man kann nur das freie, reine Profil sehen.

Walter steht draußen vor der Tür. Und wie einfach wäre es,

hineinzugehen, sich ihr gegenüber zu setzen, die Hände hinzustrekken. Nichts brauchte gesagt zu werden. Kein Drama, keine Sentimentalitäten sind erforderlich. Ich habe keine Arbeit. Aber heirate mich.

Der, welcher zögert. Der, welcher den Feigling spielt, spielt die Hure. Sylvie ist es schnuppe, ob er eine Arbeit hat! Eine bürgerliche Familie. Tja, man riskiert etwas. Es geht hinauf und hinunter. Man ist reich, man ist arm. Arbeit? Ach, zum Teufel, eine Arbeit findet man immer; das ist gar nichts!

Das Klappern hochhackiger Absätze, das tatsächlich entrüstet klingt.

»Ach, *da* bist du!« sagte Sylvie, baß erstaunt über seine Dummheit; als habe er sie warten lassen ...

Ay, Marieke. Und wo bist du?

Was für die Touraine gilt, gilt auch für die Küste im Norden. Es gibt kein Zurück. Zu viele Rechnungen sind unbezahlt geblieben. Von Zoppot oder Norderney auf deutscher Seite bis Deauville oder Cabourg auf der französischen Kanalseite gibt es zu viele aufblühende junge Mädchen.

Das Erwachen – wie aus einer Narkose: Augenblick der Unwirklichkeit, verschwommen; das riesige verwischte Etwas, das drohend über einem hängt, klärt sich langsam zu einem Gesicht, das zunächst monströs ist, dann flüchtig als das von Sylvie erkennbar, ehe es wieder verwischt; die normale Sprechstimme, die ein gewaltiges, dröhnendes Brüllen ist und augenblicklich ein fernes dünnes Flüstern. Warum, um alles in der Welt, liege ich auf dem Boden? Die Bewußtlosigkeit ist ein toxischer Zustand und gefährlich. Schüttelt mich nicht; bitte laßt mich schlafen.

Ein Traum von Amsterdam. Eine Stadt, die Walter mag, wie man eben einen Ort mag, den man an die vierzig Jahre kennt, wo man die Veränderungen erlebt und die Unveränderlichkeit, und beides genießt, immer noch eine Stadt der Canaille und *cattiva*.

Aber es ist noch so, wie es damals war? Hat er das nicht alles bereinigt? So, wie er es bisher mit allem gemacht hat? Er würde doch gewiß heute nicht mehr schaudern, sich zu gewissen Zeiten des Tages voll Unbehagen umschauen aus Furcht, eine Drehung der Schraube könnte ihm etwas zeigen, was er lieber nicht sehen würde. Irgend etwas war mit der Zeit geschehen: war er eben an einen anderen Ort versetzt worden, der in jene fernen Zeiten gehörte? War es vielleicht Le Touquet gewesen?

Lärm ist um ihn herum; die Stimmen der Leute von Amsterdam. Widerspenstige Leute, die dem Gesetz mit Trotz und der Vorschrift mit Verachtung begegnen, ungestüm und redselig und immer laut. Lärm wurde an anderen Maßstäben gemessen. Gewiß, in den engen Straßen widerhallte es vom Klingeln der Straßenbahnen und vom Poltern der Mülltonnen, von ewigem Klatsch und Schwatz, aber es gab weder die behäbige Boeing in der Höhe, noch den behäbigen Diesel in der Tiefe. Es gab kaum Autos, komische kleine kartoffelförmige Tuckerautos aus der Zeit vor der Flut. Wenn die Minister der Krone, im grauen Anzug mit Krawatte und dunklem Hut, in ihren Ministerien ankamen, schnallten sie ihre Aktentaschen ab, die an der Querstange hingen, und bückten sich, um die Klammern aus der Hose zu nehmen. Im Hof eines großen Hotels in der Stadt standen drei Autos. Das eine gehörte dem Geschäftsführer, und er lebte außerhalb und war zudem Schweizer. Eines war der VW-Käfer des Oberkellners, und jeder wußte ja, daß diese Burschen an Schmiergeldern reich wurden. Und eines war Walters Deuxchevaux, der ein gewisses Prestige verlieh, aber weniger als seine bekannten Marotten, von denen dies nur eine war. Er hätte leicht mit dem Rad fahren können und tat es auch häufig, denn Sylvie nahm gern den Wagen – eine Frau am Steuer zog die Blicke auf sich, aber Sylvie zog sie ohnehin auf sich. Er hatte es nicht weit. Sie wohnten wie alle anderen im Labyrinth der Altstadt, in einem der schmalen, hohen, storchenhaften Häuser, die so steile, enge Treppen hatten, wie es sie sonst nirgends in Europa gab. Wenn man schwere Möbel besaß, wurden sie an einem Seil von außen hochgezogen und durch das Fenster befördert.

Sylvie und Walter wohnten im dritten Stock nach vornhinaus; billig – der Deuxchevaux hatte seinen Platz auf der Straße zwischen Fahrrädern und Handkarren. Sie hatten ein großes Wohnzimmer, mit Binsenmatten ausgelegt und rohen Möbeln – wie die meisten

Holländer –, das von einem schmiedeeisernen Kanonenofen gewärmt wurde. Handlungsreisende besaßen Autos, aber selbst das wohlhabende Bürgertum verfügte nicht über eine Zentralheizung. Sie hatten eine winzige Küche, ein noch winzigeres Bad – eine Seltenheit – und zwei kleine Schlafzimmer, die sie beheizten, indem sie die Türen offenließen. Es war ziemlich hoch oben, wenn auch keineswegs unter dem Dach, aber das war man gewöhnt. Vor dem Fenster war ein ›*spionnetje*‹, dem Rückspiegel eines Autos ähnlich, am Fensterrahmen festgemacht und so gedreht, daß man die Straße überblicken konnte. Jeder hatte einen. Auf diese Weise konnte man sehen, wer läutete, konnte den Bäcker und den Milchmann auf ihren Dreirädern erwischen – und alles sehen, was sich sonst noch tat.

Walter hatte wie jeder in dieser verdammten Branche eine unmenschlich lange Arbeitszeit, von zehn Uhr morgens bis zehn Uhr abends mit einer dreistündigen Pause am Nachmittag, und Sylvie war viel allein, aber die beiden kleinen Kinder hielten sie auf Trab. Sie hielt nichts von allzu enger nachbarlicher Gemeinschaft, von spontanen Besuchen und Kaffeeklatsch, die ein Charakteristikum holländischen Lebens waren, aber die Tatsache, daß sie beide ›Fremde‹ waren, bildete sowieso eine Barriere: Jemand, der die Verhältnisse nicht kennt, würde vielleicht meinen, eine holländisch sprechende Flämin würde doch in Holland nicht als Fremde gelten, aber er würde sich wundern. Schon der ›komische Akzent‹, aber auch ihre besondere Persönlichkeit, ihr individueller Stil: ihre exotischen Kleider, die ausgefallene Art, wie sie sich frisierte, ihre auffallende Blondheit; beinahe ordinär, wenn auch durch damenhaftes Benehmen in der Öffentlichkeit wettgemacht.

Amsterdam jedoch, die kosmopolitische Stadt, war zu Ausländern tolerant, zu Künstlern nachsichtig, und Sylvie bekämpfte Einsamkeit und Langeweile mit vielen Freunden. Walter war schon damals nicht gesellig, außer während der Arbeit, und seine vielen Bekannten unter französischen Köchen, italienischen Kellnern, Zuhältern und anderen unerwünschten Elementen wurden in seinem Haus nicht gesehen, Sylvie jedoch strampelte vergnügt in intellektuellen Randgewässern, und da die Kinder sie viel ans Haus fesselten, hatte sie immer Leute da, die Tee tranken und Bier mitbrachten, Bücher und Schallplatten mit ihr tauschten, mit den Kindern spielten und für die gelegentliche Mahlzeit ›bezahlten‹, indem sie den Aufwasch erledigten. Walter hatte nachmittags gern ein bißchen Ruhe, um die Füße hochzulegen und herumzupuzzeln, und auf stillschweigende Vereinbarung ließen sich um diese Zeit selten Gäste sehen, doch an seinem freien Abend waren – es war direkt Tradition – im allgemeinen drei oder vier von der Clique da, häufig mit ihren Frauen oder der gerade aktuellen Freundin. Die engsten Freunde blieben dann manchmal zum Abendessen, und wenn sie gut bei Kasse waren, gingen sie vielleicht alle zusammen auf eine Stunde in die Kneipe, während einer mit einem Buch und bei leiser Radiomusik bei den Kindern blieb.

Sie brauchten keine Konversation zu machen. Manche waren zwanghafte Redner – wie Walter – und konnten endlos über alle möglichen Themen diskutieren; manche mochten die Stille und schrieben vielleicht an einem Artikel, beschäftigten sich schweigend mit irgendeiner Sache, während Sylvie strickte und eine Tasse Tee nach der anderen trank – sie mochten die Wärme – die kühle Sylvie läßt den Ofen immer bullern –, den Frieden, die Häuslichkeit, die Kinder mit ihrem Spielzeug auf dem Boden. Und sie fühlte sich wohl in der Gesellschaft.

Dieser oder jener, denn sie hatten beide eine Schwäche für Maler, pflegte oft ein Blatt Papier zu nehmen und zu zeichnen – ein ins Spiel vertieftes Kind, eine Frau beim Maschenzählen, oder die Katze. Die meisten Skizzen wurden hinterher als schlecht zerrissen, aber viele Blätter linierten Papiers, Brief- oder sogar Packpapiers mit hingeworfenen Bleistift-, Kreide- oder Rötelstiftzeichnungen überlebten, und einige hängen noch heute in irgendeiner Ecke von Walters Haus: Eine Kohlezeichnung von einem hübschen Kind mit ungebärdigem Haar, eine gekonnte, wenn auch ziemlich manierierte Tuschezeichnung von Barbara, elegant und priesterlich – sie hatte eine leichte Ähnlichkeit mit Nofretete, hier beim Stillen –, ein freundliches Stilleben an einem sonnigen Nachmittag, das an Bonnard erinnerte, und Sylvie in zahlreichen Posen, in Gedanken vertieft oder bei der Arbeit.

Ein eifriges Mitglied der Clique war Jan, Jan aus Polen, genannt, weil es so viele holländische Jans gab; gutaussehend, groß, immerfort lächelnd, so daß es unaufrichtig wirkte, bis man sah, daß er an der Lippe eine Narbe hatte, die ihr einen leicht sardonischen Zug verlieh. Er war kein besonders guter Maler, obwohl er zweifellos Talent besaß und unbestritten großes Geschick darin, seine Arbeiten zu verkaufen – und wie üblich, war das, was sich am leichtesten verkaufen läßt, das Unechteste. Der konnte gut reden, mit einem weit komischeren Akzent als Sylvie oder Walter, aber er war sowieso komisch, mit einem Sinn für das Lächerliche, der ihn zum Wahlamsterdamer machte. Noch besser verstand er sich darauf, nicht zu reden, nichts zu tun, doch seine handwerklich begabten Hände konnten geschickt mit mechanischen Dingen umgehen, und immer sah man ihn zum Beispiel mit dem Reparieren eines Weckers oder beim Auseinandernehmen eines verrosteten Schlosses beschäftigt. Die Dinge wurden zerlegt, sorgfältig untersucht, besonders kleine durch eine Juwelierlupe, die er stets in der Tasche hatte und sich ins Auge steckte, begutachtet; einzelne Teile wurden mit einem der kleinen Werkzeuge bearbeitet, die er stets in seiner Jacke trug; Öl und winzige Metallspäne sammelten sich unter seinen Fingernägeln, und Sylvie sagte: »Du mußt mir eine neue Nagelbürste kaufen.« Es wurde ein Spiel daraus, denn Walter, seit der frühesten Kindheit von seinem Vater gedrillt, steht selber auf Kriegsfuß mit der Reinlichkeit und hat stets Haare auf dem Kragen und ungeputzte Schuhe: Jeder ist sein eigener Diener, war einer der Sprüche des alten Herrn gewesen. Kleiderbürste und Schuhbürste sind deshalb heilig, und Jan leiht sich dauernd das eine oder das andere aus, und man weiß nicht, ob man sich darüber freuen oder ärgern soll. Ja, wenn es dabei bliebe – aber Sylvie, die keine Holländerin ist, hat für Hausarbeit nicht viel übrig und achtet nicht auf Zigarettenasche. Man muß Jan nie darum bitten – ganz im Gegenteil –, Besen und Schaufel aus der Küche zu holen und vor dem Ofen zu kehren. Und als sie bis in das geheiligte Atelier vordringen – doch es ist nichts dergleichen; Jan wohnt in einer spießigen kleinen Wohnung in einer unverkennbar bürgerlichen Gegend; im Hausflur liegen drei Abtreter, und es riecht nach

Bohnerwachs – ja, sämtliche Pinsel sind gewissenhaft saubergemacht und stehen in peinlich sauberen Marmeladengläsern.

Er trinkt gern etwas, und immer steht irgendwo ein kleines Glas Gin, an dem er sich laben kann. Er liebt Kinder, und aus kleinen runden Holzklötzchen hat er einen Zug gebaut; eine prächtige Lokomotive mit einem großen Heizkessel und drei wunderschöne Güterwagen, alles von Hand geschmirgelt und dann dreimal hell lackiert. Mit Zügen hat er es in der Tat, malt viele Bilder von sich kreuzenden, miteinander verschmelzenden Schienen und spinnwebähnlichen Mustern von elektrischen Leitungen darüber. Verlassene Bahnhöfe mit leeren Bahnsteigen – warum sind da keine Menschen, wohin fahren die Züge, und woher kommen sie? Ein seltsamer, zwanghafter und geheimniskrämerischer Mensch. Er hat eine Freundin, eigentlich ganz nett, mit einem schwarzen Lockenkopf. Gypsy – Zigeunerin – wird sie genannt, aber man sieht sie selten – »liegt wahrscheinlich den ganzen Tag auf den Knien und wachst den Boden«, sagt Walter.

Im Jahr vor seiner Heirat mit Sylvie hatte Walter sein Bankkonto überprüft, etwas, was er so selten wie möglich tat, und festgestellt, daß das kleine Vermögen unangenehm schnell schrumpfte. Man mußte sich eine Arbeit suchen.

Er war an der Küste gewesen, in Cannes. Sentimentale Erinnerungen an einen anderen Jan hatten sich gemeldet, an den Großen Claus, den cuocco vom Isola Bella. Nein, vage eigentlich. Ein Landstrich, der von Geschäften mit Touristen lebte, und das meiste superchic, warum sollte er nicht einmal sein Glück versuchen? Sylvie ermutigte ihn. »Ich sehe dich gern im Anzug.« Ja, dachte er im stillen, ich sehe ganz gut aus und bin halbwegs gebildet, auch wenn ich nicht addieren kann. Er hatte ein gutes Auftreten und beherrschte die Sprachen – und er fühlte sich in dieser Welt wohl; sie paßte ihm. Warum also nicht? Was braucht man schon, um ein Hotel zu führen; was ist dazu nötig? Man braucht nur seinen guten Anzug anzuziehen, die Schuhe zu putzen, dafür zu sorgen, daß man saubere Fingernägel hat, losgehen und fragen. Paläste überall – das Ruhl und das Negresco auf der einen Seite, das Hôtel de Paris auf der anderen, das Carlton und das Martinez gleich über der Straße. Und überall die gleiche Antwort.

»Kein Problem, es gibt da zwei Möglichkeiten. Die Hotelfachschule in Lausanne – ach, das geht nicht? – zu teuer? – nun, Sie können sich auch hochdienen. Ich kann Sie als Volontär einstellen, ohne Bezahlung natürlich, aber Sie bekommen Ihr Essen und auch Unterkunft, wenn Sie das wollen, nach einiger Zeit ein Taschengeld für Kleidung. Aber die Arbeit ist hart. Ein Jahr in der Küche, ein Jahr im Speisesaal, dann Haushaltung, Kasse, Conciergerie, Empfang, Bar, das letzte Jahr im Direktionsbüro. Es hat für mich nicht viel Sinn, Sie zu fragen, ob Sie das Talent dafür haben. Es sind fünf Jahre harte Arbeit. Mich kostet es nichts, Sie auf einen Monat probeweise einzustellen; Sie können morgen anfangen, wenn Sie wollen. Gut« – während er ein paar Worte auf ein Blatt Papier schrieb und mit den Anfangsbuchstaben seines Namens unterzeichnete –, »gehen Sie damit zum Küchenchef, ein Page führt Sie hin – holen Sie einen Pagen«, zu einem blassen, stummen Untergebenen im dunklen Anzug. Würde er in vier Jahren auch so aussehen?

Und Walter hatte Glück mit seinem ersten Chef, natürlich nicht dem Küchenchef, der hochbefähigt und unnahbar war und nach Meinung aller ein absolutes Ekel, sondern mit seinem ›chef de partie‹, dem Abteilungsleiter, einem Mann, der seine Arbeit liebte und dem es Freude machte, sein Wissen an andere weiterzugeben. Und so aufreibend die Arbeit in der Küche war, Walter stellte fest, daß sie ihm behagte. Selbst wenn es in den ersten Monaten herging wie auf dem Exerzierplatz – machen Sie das fünfzigmal, und zwar ein bißchen dalli –, und es ihn nicht im geringsten gewundert hätte, angewiesen zu werden, den Boden mit einer Zahnbürste zu schrubben ... Es kann sich nur noch um Tage handeln, bis Jan sich auch unsere Zahnbürsten leiht. Hängt der in letzter Zeit nicht ein bißchen viel bei uns herum ...?

Aber da er einen flinken Schüler fand, flink wie Johnny, der Lehrling, wesentlich flinker als der vertrottelte Danny, ein Piccolo, aufgeweckter als beide, rundherum besser als Gerald – Volontär aus Lausanne –, begann er Walter ernst zu nehmen. Und er war ein guter Mann; einer der besten, die ich je hatte, denkt Walter jetzt, und ich habe viele erlebt.

Kellner mochte er nicht, die Servilität noch weniger als die Arroganz. Er hatte Ludwig Bemelmans' klassischen Satz noch nicht gehört – ›alle Köche hassen alle Kellner‹ (und umgekehrt) –, aber er merkte rasch, daß er das Restaurant nur als Gast ertragen konnte. In der Küche mochte es primitiver, härter, heißer und hitziger zugehen, aber nicht qualvoller. Und nach seinem ersten Jahr beschloß er weiterzumachen. Im Grunde mußte er das auch. Er war inzwischen verheiratet. Er mußte Geld verdienen. Sylvie hätte gearbeitet – aber mit einem Säugling – nicht das richtige. Der hohe Herr, pflegte sie in späteren Jahren zu sagen, und zwar nicht im Scherz, war viel zu hochmächtig und erhaben, um sich wegen einer Kleinigkeit wie einer Schwangerschaft Gedanken zu machen.

Er hatte eine gute Ausbildung genossen, und diese ersten vier Jahre in guten Häusern hatten dem kleinen Boot einen Stoß in tiefere Gewässer versetzt; und als ihm eine verheißungsvolle Stellung in Amsterdam angeboten wurde – eine schöne Stadt, sie sprachen ja beide Holländisch –, hatte er sich beworben und sie bekommen.

So gut, wie sie geklungen hatte, war sie nicht, bei weitem nicht. Zu viele Intrigen, zu viele Eifersüchteleien; er war nicht erfahren genug im Umgang mit Menschen. Walter war ein guter Mechaniker, hatte zu seiner eigenen Überraschung entdeckt, daß er die richtige Hand dafür besaß, und er war ein äußerst gewissenhafter, vielleicht übertrieben gewissenhafter Arbeiter, angespannt und verkrampft. Zu ängstlich. Diese neue, zusätzliche Angst hätte er wirklich nicht gebraucht.

Schon damals galt eine Tatsache, die noch heute gilt und die der ehrgeizige junge Mann, der in seinem Beruf vorwärtskommen will, außer acht läßt. Wenn die Truppen krank sind – und auch wenn sie einfach faul sind –, bleiben sie der Arbeit fern; der Offizier, der für diese Arbeit zuständig ist, muß die Lücke füllen und entdeckt, daß er selbst kein Recht darauf hat, krank zu sein. Die Geschäftsleitung wird für seine kleinen Wehwehchen keine Anteilnahme aufbringen.

Das Hotel oder Restaurant ist eine viktorianische Erfindung. Vor dem neunzehnten Jahrhundert gab es nur Gasthäuser, manche gut, manche schlecht, alle ungezwungen. Das Gewerbe ist bis auf den heutigen Tag von den moralischen Überzeugungen – an harte Arbeit, Hingabe an die Sache – und den puritanischen Maßstäben – Arbeit ist ihre eigene Belohnung – jener Zeit geprägt. Eine evangelische Mentalität. Der junge Mann von heute, der nach fünf mehr oder weniger mühsamen Jahren in der Hotelfachschule von Lausanne, während der ihn die religiöse Überzeugung trägt, daß dies ein Camino Real ist, eine königliche Straße zur Spitze seines Berufs, der also nach dieser Zeit in das delikate und interessante Geschäft eintritt, entdeckt zu seiner Verblüffung, daß dort oben, an der Spitze, die Luft sehr dünn ist, und man von ihm erwartet, daß er mindestens zwanzig Jahre lang unermüdlich schuftet, besonders, wenn alle anderen auf Urlaub oder beim Feiern sind, und daß siebzig Stunden die Woche die Norm sind. Walter, der nur Koch war, hat nie in seinem Leben weniger als sechzig gearbeitet. Es ist hintergründige Ironie, daß jetzt, da er ein distinguierter älterer Herr mit liberalen Ansichten ist, ein Linker natürlich, das Gerede der Gewerkschaften von einer Fünfunddreißigstundenwoche zu sarkastischem Prusten Anlaß gibt. Denn jeder Staatsbeamte, der in Seelenruhe das Pensionsalter erwartet, kann mit Gelassenheit dreißig weiteren Jahren reinen Gewissens entgegensehen. Man braucht sich nicht zu wundern, daß die Händler und Kaufleute, die in Angst vor dem Morgen leben, zu extrem rechten Ansichten neigen: wenn der Firmencomputer niest, bekommen sie Lungenentzündung. Walter, der sich aus persönlichen Gründen dringend einen Tag Indisponiertheit wünschte, fand es äußerst schwierig, das zu bewerkstelligen. Ein leichter Fall von Afterjucken kam nicht in Frage. Wenn man im Beruf vorwärtskommen wollte, durfte man keinen Verdacht erregen.

Ein akuter Anfall von Hexenschuß wäre nützlich. Walter wußte genau, wie er einen überkommt. Den größten Teil des Nachmittags blieb er in der Küche, wo er aus Hühnerbrühe *poulet velouté* bereitete und daraus wiederum *sauce suprême*, während er inbrünstig hoffte, daß er sich alles nur einbildete. Um halb sechs an einem nebligen Abend, nachdem er einem der Köche gesagt hatte, nun gäbe es nichts mehr zu tun, als den Gästen beim Essen zuzusehen, machte er, in einem Winkel von fünfundsiebzig Grad gekrümmt, würdevoll seinen Abgang. Der Wächter an der Hintertür konnte verstehen, daß es unter diesen Umständen schwierig war, sich hinter das Steuer eines Deuxchevaux zu quälen, und bedauerte ihn.

Es ist ein merkwürdiges Gefühl für einen Koch, sich mitten im Gewühl heimkehrender Büroangestellter ebenfalls auf der Fahrt nach Hause zu befinden. Es war das klassische Bild: Straßen voller holländischer Fahrräder, deren eigenartige hochrädrige und gravitätische Bauweise bewirkte, daß das Spektakel sowohl komisch als auch eindrucksvoll war; energisches Treten der Pedale in dieser Haltung war mit einer wippenden, schwankenden Körperbewegung verbunden – ein Weizenfeld, das vom ewigen Westwind gekräuselt wird. Aber Walter hatte nicht weit – nur bis zu jener markanten Stelle in der Altstadt, wo die Brouwersgracht mit der Lijnbaangracht zusammentrifft. Er parkte einen Katzensprung entfernt; weit genug weg, daß das laute, unverkennbare Geräusch des Wagens im Straßenlärm unterging. Er ging leise nach oben, obwohl er nicht erwartete, daß jemand zu Hause sein würde; er tat es vorsichtshalber, wie sich das für einen umsichtigen Hausvater gehört.

Nein, es ist niemand da. Er hatte im Lebensmittelgeschäft an der Ecke telefonisch eine Nachricht hinterlassen. Wie man das aufmerksamerweise zu tun pflegte, wenn man länger arbeiten mußte. Jetzt fragte er sich nur, wie lange es dauern würde, bis jemand nach Hause kam. Allzu lange sicher nicht, wegen der Kinder.

Sehr viel hat sich in dieser Gegend nicht verändert. Es gibt mehr Autos und mehr Ampeln an den Kreuzungen. Aber das Problem ist das gleiche geblieben. Wenn man hier wohnt, befindet man sich immer noch in der Altstadt, und zwar an einer ihrer ungünstigsten Ecken. Um das Zentrum zu durchqueren, gibt es zwei Möglichkeiten, die bis auf diesen Tag beinahe die gleichen Nachteile haben. Man kann den Ring nehmen, der über die langweilige Marnixstraat und die breite, boulevardähnliche, aber immer verstopfte Stadthouderskade führt. Oder man sagt sich, daß die gerade Linie kürzer ist, und dann stößt man auf dreißig bucklige kleine Brücken und ebenso viele schmale Gassen, wo einem schon ein nachlässig abgestelltes Fahrrad den Weg versperren kann. Und man muß sämtliche Hauptstraßen überqueren, die vor dem Hauptbahnhof, wo alle Straßenbahnen halten, auseinanderlaufen. Denn Jan – der nicht schlecht verdient – wohnte auf der anderen Seite der Amstel, jenseits der Waterlooplein, in der wohlhabenden Gegend rund um den Artis-Park. Auf beiden Wegen braucht man ziemlich lange.

Walter war den ganzen Tag wie im Fieber. Einem törichten Fieber. Hätte er nicht besser daran getan, zu Hause zu bleiben? Der Augenblick, in dem man am dringlichsten wünscht, die Wahrheit zu wissen, ist das nicht der Moment, da man sie bereits weiß? Dem Prinzip des ›Goldenen Mittelwegs‹ folgend, entschied er sich für die Prinsengracht und sah oft hinüber auf die andere Seite des Kanals, wo der Verkehr sich in entgegengesetzter Richtung bewegte, daß er dreimal beinahe harmlose Passanten überfahren hätte – eine alte Frau, eine adrette Stenotypistin und einen Mann, der Bretter trug. Was hatten diese Dummköpfe aber auch auf der Fahrbahn zu suchen?

Ruhig und behäbig, arrogant und schamlos steht da der grüne Volkswagen. Unten am Chassis ziemlich angerostet. Aber darum wird Jan sich kümmern, sobald er ein bißchen Zeit erübrigen kann. Vom Ehebruch.

Walter wollte nicht auf dieser Straße warten, wo tausend Augen hinter Spitzenvorhängen lauerten. Doch mit jedem Augenblick, der verstrich, verringerten sich seine Wahlmöglichkeiten.

Und er wußte, daß die Wartezeit nicht lang sein konnte. Sylvie behielt immer klaren Kopf, hatte ihren Tageslauf gut eingeteilt. Man mochte sagen oder denken, was man wollte, eine hervorragende Mutter, deren Verantwortungsgefühl für die Kinder zu allen Zeiten wach war; ob bei Tag oder Nacht, sie war immer bereit, aus dem Bett zu springen, um nachzusehen. Die Szene bekam jetzt etwas Unruhiges, als sie halb laufend auf die Straße herauskam, leicht und geschmeidig und doch auch mit einer gewissen Schwerfälligkeit – oder war das Einbildung, dieser zugleich lockere und schwere Gang, wie der einer Katze, die sich vom leergeleckten Teller abwendet?

Der Verkehr hatte sich beruhigt. Statt über die schmale Brücke über die Blaue Brücke nach Hause und dann den Singel hinunter. Walter den ganzen Weg dicht dahinter. Er konnte allerdings die beiden anklagenden Augen des Deuxchevaux nicht ständig drohend auf das klapprige Heck des Volkswagens gerichtet halten. Dazu war die Straße zu uneben. Aber er bemerkte mit Genugtuung, daß Sylvie sich häufig umdrehte, um zuerst verwundert und bald mit Furcht nach dem Spürhund zu sehen. Der grelle Glanz der Scheinwerfer in der feuchten, dunstigen Luft blendete sie, die Ungewißheit verstärkte die Furcht, so daß sie erregt auf den Fahrer einsprach, der ganz gelassen neben ihr saß. Der zuckte mit den Schultern: wozu der Wirbel? Es ist wahrscheinlich nicht anders als mit der Polizei. Kann sein, daß sie was wissen. Aber können sie etwas beweisen? Am besten, du hältst den Mund und regst dich nicht auf.

Walter hat diese Fahrt nie vergessen. Erst kam Betäubung. Dann Zorn. Er hob die Hand, um sich die Lippen zu reiben; ein Gefühl, als wären sie ihm eingeschlafen, Folge eines starren Grinsens der Rachsucht und der Grausamkeit. Doch schon ehe sie Muntplein erreicht hatten, war nichts mehr davon übrig. Er hatte kein Talent dafür – war nicht geschickt genug für das hinterhältige Geschäft von Grausamkeit und Rache. Er hätte schnell genug zum Messer greifen können da draußen auf dem Bürgersteig, hätte er nicht im Wagen gesessen, sondern dort bereitgestanden – warum hatte er nur daran nicht gedacht? Immer schon hat er sich allzu schnell die Folgen einer Tat vorgestellt, und auch in diesem Fall fesselt ihn die Vorstellungskraft den ohnehin schon bleiernen Arm. Er mochte Messer nicht; hatte während der Arbeit zuviel mit ihnen zu tun. Ein Koch fürchtet ein Messer nicht, doch er hat gelernt, es zu respektieren, und zwar durch Schmerz.

Dies hier, das wußte er lange bevor er die Brouwersgracht erreichte, war kein schnellbrennender Schmerz wie der von einem Messerstich. Es war ein lähmender, bohrender Schmerz. Ein Hexenschuß, der mit Hexenschuß nichts zu tun hat. Eine Lähmung des Solarplexus, der Nervenzentren durch Curare oder ein ähnliches Gift. Große Mühe beim Atmen; wahnsinnige Schmerzen im Bauch. Und das Gefühl eines Absterbens, das zum Herzen aufsteigt, den Mund austrocknet. Wie bei Sokrates, nachdem er den

Schierlingsbecher getrunken hatte? Aber es hieß ja, es sei schmerzlos. Dies hier ist es nicht.

Walter nahm sich zusammen, bevor er langsam aus dem Wagen stieg. Ganz gleich, was das war – er hatte inzwischen Angst bekommen –, man zeigte es nicht. Der Adrenalinstrom machte es einem sogar möglich, sich ganz normal zu verhalten.

Sylvie verbarg ihre Verwirrung hinter viel schwatzhafter Besorgnis. »Ach Liebling, wie dumm – es geht dir nicht gut – ja, ich sehe es dir an, du bist überarbeitet – und du hast mich gesucht – ach Gott, und ich hatte keine Ahnung – ich hatte mich angeboten, beim Streichen der Wohnung zu helfen – das ist vielleicht eine Drecksarbeit – das ganze Terpentin – geht es, schaffst du die Treppe? – Warte, ich helfe dir ...« Das Gebabbel versiegte. Es hatte jetzt zweifellos ein merkwürdiger Ausdruck auf Walters Gesicht gelegen.

»Ich brauche keine Hilfe.« Die Stimme spröde, aber ganz beherrscht. »Ja, es geht mir nicht gut. Ich möchte mich hinlegen. Nein, ich brauche keinen Arzt. Ich möchte alleingelassen werden.«

Er sah den Mann nicht an, der mit ernsthafter Miene die Rostflekken an dem Volkswagen studierte, aber die Botschaft kam an. Ein intelligenter Bursche. Außerdem ein äußerst selbstsüchtiger Mensch, der sehr auf seine eigene Sicherheit bedacht war. Unerfreulichen Zusammenstößen mit wütenden Ehemännern durchaus abgeneigt.

Die Ironie kam Walter zu Hilfe. Ein hübscher Satz aus dem Gerichtssaal fiel ihm ein – soll besagtes Ereignis amtlich zur Kenntnis genommen werden? Der Marquis von Montespan beschwor in Versailles einen unerhörten Skandal herauf, indem er an seinem Wagen vorn zwei riesige Hörner anbringen ließ (gut würden die sich zwischen den Scheinwerfern des Deuxchevaux ausnehmen) – und er war sicherlich der, der zuletzt am besten lachte.

Aber man sagte nichts. Er sah von einem sich verlegen windenden Sünder zum anderen. O ja, sie hatten Kenntnis genommen. Er zog seinen Schlüssel heraus, stieg langsam die steile, schmale Treppe des Amsterdamer Hauses hinauf. Der Schmerz hing wie ein Zentnergewicht an ihm.

Er kroch ins Bett und lag zusammengekrümmt da, bis Wärme sich um ihn sammelte, und er sich allmählich, Glied um Glied ausstreckend, der Verletzung ins Auge sehen konnte. Der Schmerz war nicht mehr stärker als er, er drückte ihn nicht mehr; er konnte schließlich auf eigenen Füßen stehen. Langsam ebbte er abwärts, vom Herzen weg.

Durch die dünne Wand konnte er die tröstlichen, vertrauten häuslichen Geräusche hören – wie Sylvie den Kindern das Abendessen machte, wie sie sie wusch und zu Bett brachte, hinterher abspülte und saubermachte; die raschen leichten Schritte der guten Mutter und gewissenhaften Hausfrau. Er nahm sie in dem kleinen Zimmer zur Kenntnis. Geräusche von der Straße wehten herauf, ebenfalls vertraut und freundlich.

Herzschmerzen. Ein Herzanfall. Warum nicht? Die Vorstellung ist physiologisch so exakt wie jede beliebige Herzklappendysfunktion. Der Ausdruck ›gebrochenes Herz‹ gehört hierher, aber nur im Kitschroman; ein alberner Ausdruck. Es kann hier nicht die Rede sein von irgend etwas in der Art eines Bruchs; gewiß nicht eines ›Bruchs‹ des stärksten Muskels in meinem Körper. Irgendwo drüben in der Altstadt gab es ein Gasthaus mit dem Namen ›Das gebrochene Herz‹. Oder hatte es gegeben. Ein guter Name für ein Gasthaus. Aber nicht für mich, und auch nicht für mein Haus. Wir werden jetzt schlafen, ganz ruhig. Friedlich? Wäre das ein zulässiges Wort? – Hm. Ja, vermutlich.

Zwei oder drei Stunden später erwachte er flüchtig, sah einen dünnen Lichtschimmer, hörte das feine Rascheln, als Sylvie in ihr Nachthemd schlüpfte, spürte die leichte Bewegung, als sie in das schmale Bett glitt, sich klein machte, versuchte, sich nicht zu bewegen, geräuschlos zu atmen. Er lächelte ein wenig, und nur einen Herzschlag lang kehrte der Schmerz wieder, fein und leicht kontrollierbar. Warum sollten Huren nicht ebenso friedlich schlafen wie jeder andere?

Schlaf! Morgen mußt du arbeiten.

Die Geschichte, denkt Walter, ist hauptsächlich deshalb erinnerungswert, weil sie einen wahrhaft ironischen Schluß hat. Etwa zehn Tage später nämlich bekam er tatsächlich einen Hexenschuß höchst unangenehmer Art, der ihn ausgerechnet bei der Arbeit erwischte, als er sich in aller Unschuld zum Boden bückte, um einen Topf hochzunehmen. Er war völlig hilflos. Und am nächsten Morgen erklärte ihm der Direktor mit langem Gesicht, man habe wirklich viel Verständnis, aber dies ginge denn doch ein wenig zu weit. Die Kündigung. Eiskalt. Sie traf ihm damals ziemlich hart. Aber es gab ja andere Arbeitsmöglichkeiten. Andere Städte, andere Länder. Man hatte eine Menge Mut damals.

Sylvie murrte nicht, zögerte nicht eine Sekunde, war immer resolut und würde es immer sein. War er nicht ihr Mann? Ganz gleich, wohin er ging, was er tat, sie würde sich nicht beklagen, sondern sie würde folgen. Ein Moment der Trauer um ihre Grünpflanzen. Ähnlich wie Walters Klage darüber, wie schwer Bücher waren, wenn man sie regalweise sah, und wie schade es war, sie wegzuwerfen.

# Zweiter Teil

## *Erster Tag*

Walter, der aus dem Schlaf emportauchte, fühlte sich in den Fängen der Desorientierung, die einen Morgen danach begleitet; ein fremdes Bett; alptraumhaftes Ende eines Tages seelischer Belastung, Anstrengung und Bewegung; zeitliche ebenso wie räumliche Distanzierung. Seine Augen nahmen die Morgendämmerung auf, die sich zum Tageslicht erhellte; wo, zum Teufel, bin ich? Er war in Amsterdam gewesen, mit Sylvie im Bett. Er setzte sich auf, um eine in Decken gewickelte schlafende Gestalt zu betrachten. Richtige Frau, falsches Bett.

Regentropfen rannen an den Scheiben eines halbgeöffneten Fensters herunter; durch den Fensterspalt drang ein kräftiger, angenehmer Geruch nach feuchtem Laub herein. Er hatte zu tief geschlafen; er hatte geträumt. Der König war betrunken gewesen und hatte einen goldenen Becher aus dem Fenster geworfen. Er war hinuntergelaufen, um unter regenschweren Büschen danach zu suchen. Nacht: Die Prinzessin liest im Bett, eine traurige Geschichte, die ihr die Tränen in die Augen treibt. Und der Bube schleicht sich durch den Gang, schiebt den Schlüssel zu ihrem Zimmer ins Schloß.

Das ist kein Traum, sondern eine Erinnerung; das ist der Dichter Conrad Aiken. Es hat sich mit einer anderen Erinnerung vermischt, einer Erinnerung an das Prasseln des Regens auf die Fenster seiner Kindheit: Wie sein Vater ihn ein altes spanisches Kartenspiel lehrt. Oberste Karte ist der Herz Bube – Quinola.

Quinola hatte ihm einen Schlag auf den Kopf versetzt. Nichts Schlimmes, er war wahrscheinlich höchstens ein paar Sekunden lang betäubt, bewußtlos gewesen. Er erinnerte sich an ein Gefühl von Übelkeit und an Sylvies Gesicht, das sich, hager vor Besorgnis, über das seine neigte, sehr groß ... Und dann das bleiche, schlaue

Gesicht des Buben, schmal geworden und fahl von einigen Wochen im Gefängnis.

Walter legte sich wieder nieder, ruhiger jetzt, denn er begann den Prozeß zu begreifen, durch den diese Ereignisse in wirrem Durcheinander in seinen Zustand schläfriger Halbbewußtheit eingedrungen waren.

Dies war nicht der erste Tag. Dies war der Morgen des zweiten Tages! Der erste Tag war von verblüffenden Ereignissen angefüllt gewesen, und für ihn kam es darauf an, seine fünf Sinne beisammenzuhaben.

Mit Miriam Lebreton im Bett hatte der Tag angefangen. Vielleicht hatte das eine Erinnerung geweckt, die er jetzt entschlossen in die hintersten Kammern seines Gedächtnisses zurückstieß; die schneidende, brennende Erinnerung daran, wie er am Strand versucht hatte, mit Manuela zu schlafen ... Eine Nacht in einem Landgasthaus, und nun war er schon wieder in einem anderen Haus, ungefähr zweihundert Meilen entfernt. Sie waren in Landes. Und genaugenommen hatte der Tag mit dem Buben angefangen. Was hatte der Bube angestellt? Er hatte es ihnen erzählt. Fand es einen guten Witz.

Für den Buben hatte der Tag im Gegensatz zu anderen eine Abwechslung in der Gefängnisroutine gebracht. »Los, du da. Mach dich ein bißchen anständig zurecht heute; du mußt zum Untersuchungsrichter. Sauberes Hemd und saubere Socken. Hier ist dein Rasierapparat, beeil dich.« Und nach dem ganzen umständlichen Theater mit Schlössern und Schlüsseln und Leibesvisitation standen die drei – das Mädchen war aus dem Frauentrakt geholt worden – unten im Hof und wurden hinten in einen blauen Polizeiwagen hineinbugsiert.

Eine kurze Fahrt zum Justizpalast. Als man sie im Vorhof hinaustrieb und das Ritual mit den Handschellen begann, ehe man sie die Treppe hinaufführte, stellte er fest – nicht schläfrig, nicht apathisch, er nicht! –, daß sie zu dritt waren und die Polizisten nur zu zweit. Die anderen beiden waren mit ihren Handschellen zu zweit an einen Beamten gefesselt – jeder an einen Arm –, während er den zweiten Beamten sozusagen für sich allein hatte. Während sie herumgestoßen und vorwärtsgeschoben wurden, fiel dem einen Beamten der Schlüssel hinunter, und er bückte sich schimpfend. Dabei wurde er herumgezogen, so daß sein Mund dem Ohr des Mädchens nahekam, und er flüsterte hastig: »Ich sag', ich muß pinkeln, du sagst, du mußt kacken, okay?«

»Nicht soviel quasseln.« Wobei der Beamte drohend die Kette schüttelte.

»Wollte nur meine Freundin begrüßen.« Unterwürfig.

»Okay«, sagte sie und zwinkerte zum Zeichen ihres Verständnisses, während sie die Treppe hinaufgeschubst wurde, unter einem pompösen Torbogen hindurch, den steinernen, hallenden Gang entlang, wieder eine Treppe hinauf, den Korridor hinunter, wo die Büros der Untersuchungsrichter sich befanden. Dort ließen sie sich alle auf die hölzerne Bank fallen, um zu warten, bis es ihrem Anwalt beliebte zu kommen und dem Richter, sie zu empfangen. Die Lebreton hatte gesagt, daß sie zwei Tage nicht kommen könne, da sie irgendwo anders vor Gericht erscheinen mußte, aber ihr örtlicher Stellvertreter würde für sie einspringen. Sie waren inzwischen mit der Routine vertraut, obwohl man sie das erste Mal alle drei zusammen vorführte. Endlose Wartezeiten, endloses Gähnen, aber alles war der Langeweile des Gefängnisses vorzuziehen.

»Äh, Monsieur. Monsieur, ich muß mal pinkeln, sonst platz ich.«

»Warum hast du das nicht vorher erledigt?«

»Dazu hab' ich in der Eile keine Zeit gehabt.«

»Ich muß auch mal raus«, meldete sich Jo sofort. »Ich hab' einen Mordsdurchfall von den verdammten Bohnen jeden Tag.«

»Ja, ja.« Gereizt. »Begleit du sie beide, Max.«

Hin und Her mit dem Schlüssel – und er behielt ihn in der Hand. Der Anstand verlangte, daß Jo freigelassen wurde, so daß sie in eine der Kabinen stürzen konnte, während er selbst vor das Becken gestellt wurde. Der gähnende Beamte betrachtete gelangweilt die Graffiti an der Wand über den alten grauen Kacheln – und sie waren allein, allein. Er fing umständlich an, seine Hose zu öffnen, plagte sich scheinbar mit einem verklemmten Reißverschluß ab und erwischte den Polizeibeamten mit dem Knie zwischen den Beinen, als er gerade herzhaft gähnte. Als er schlaff zusammensackte, riß er die Hände hoch und drückte ihm die Daumen auf die Halsschlagadern.

»Jo – Jo!« flüsterte er gehetzt, und dann schleppten sie den halb bewußtlosen Mann in die Kabine, verriegelten die Tür, hockten ihn auf den Sitz, zogen ihm Schuhe und Socken aus, fesselten ihn, stopften ihm seine Socken als Knebel in den Mund – gut, die Schuhe waren ein bißchen weit, aber sie paßten, besser als seine Sandalen. Keine Pistole im Holster, verdammt noch mal.

»Pscht – ich steh' Schmiere – bind du ihm noch den Gürtel um den Hals.« Damit schlüpfte er lautlos hinaus.

Aber er stand nicht Schmiere – er türmte. Jo konnte für sich selbst sorgen. Er brauchte sie nicht mehr. Und sie war unzuverlässig – zu gewalttätig und brutal; war nicht fähig, klaren Kopf zu behalten. Er ging leise, musterte die Türen, als suche er nach der rechten Nummer, bog um die Ecke; ein endlos langer Gang, vorüber an Gerichtssälen, Richterzimmern, Sekretariaten, Warteräumen für die Zeugen; endlich wieder eine Ecke, eine Hintertreppe nach unten, kein Mensch, er konnte rennen. Dann die Tür zum hinteren Parkplatz, und innerhalb von Augenblicken hatte er sich in der Menge verloren, die sich durch die Straßen der Stadt wälzte, einer von vielen anonymen, schäbig aussehenden jungen Männern, ohne einen besonderen Gedanken im Kopf, in schmutzigen Jeans und einem ausgewaschenen Pullover, die Brieftasche des Polizeibeamten in der Tasche, aber mit herzlich wenig Geld. Er mußte schnell aus dieser Stadt verschwinden, wollte weder Straßenbahn noch Bus nehmen. Ich kenn' mich nicht besonders gut aus hier, aber – ein Wegweiser an einem Lichtmasten mit der Aufschrift ›Gare SNCF‹ – der Bahnhof. Er hatte nicht viel Zeit. Die Entdeckung würde innerhalb von Sekunden erfolgen. Dank der Behinderung durch einen Gefangenen und einen benommenen Wärter und eine richtige Panik dazu, würde es fünf Minuten dauern, ehe Alarm geschlagen wurde, weitere zehn, bis er weitergegeben wurde; er hatte also eine Viertelstunde. Herrgott, diese Straße war ja endlos. Er fiel in Laufschritt, verlangsamte ihn zu zielstrebigem Gang, konnte nicht umhin, von neuem in laufender Bewegung vorwärts zu hasten – drei Schritte schnell, vier Schritte langsam –, aber dort am Ende konnte er endlich den Bahnhof sehen. Da stehen immer Bullen; sei vorsichtig. Wohin fuhr der nächste Zug? Foix. Wo, zum Teufel, war Foix? Aber nimm dir lieber einen Fahrschein, Junge, wär blöd, wenn du ohne erwischt werden würdest, du würdest auffallen, man würde sich deiner erinnern.

»Einmal einfach Foix«, während er im stillen betete, daß er genug Geld hatte. Doch er glaubte, es wäre ganz nahe, irgendwo in Richtung zu den Pyrenäen.

Nicht einmal ein richtiger Zug – ein Vorortzug, eine Bummelbahn, aber er hatte es geschafft, er war raus aus dieser stinkenden Stadt, und jetzt hatte er Zeit zum Nachdenken. Die Pyrenäen – konnte er es über die Grenze schaffen? Ja, wenn er eine Karte gehabt hätte! Und da kam ihm plötzlich ein Gedanke.

»Idiot!« schrie der Sergeant der Gendarmerie. »Im Scheißhaus übertölpelt wie ein Anfänger! Sie haben wohl geschlafen, den Schlüssel in der einen Hand, Ihren Schwanz in der anderen? Was ist eigentlich los mit Ihnen?! Das ist doch der älteste Trick der Welt. Recht geschieht es Ihnen, daß er Sie halb erwürgt hat. Ich wollte, er hätte Ihnen den Kopf in die Schüssel gesteckt und die Spülung gezogen. Na ja, ist ja nur ein Halbstarker.«

»Ein Halbstarker mehr oder weniger, oder auch zwei«, sagte der Leutnant düster. »Keine Großfahndung, kommt nicht in Frage, da stünden wir ja noch dümmer da; Hilfe, Hilfe, wir sind im Klo überfallen worden, würden Sie uns bitte auf der Suche nach dem bösen Mann helfen, der uns irgendwie abhanden gekommen ist. Meinetwegen kann er bleiben, wo der Pfeffer wächst, geben Sie das Übliche an die Streifen durch, auf der Autobahn und den Landstraßen soll man auf Anhalter achten, aber das ist ja sowieso hoffnungslos. Kommt aus Paris. Da wird er natürlich auch wieder hin wollen. Schicken Sie denen ein Fernschreiben, und basta.«

»Was ist denn das für ein Krach?« fragte Madame Claudine Rivière ungeduldig. Ihre Sekretärin ging hinaus, um nachzusehen, kam kichernd zurück.

»Ein Häftling hat in der Toilette einen Wärter überwältigt und ist getürmt – einer von unseren; der Junge und das Mädchen, die das Juwelengeschäft überfallen haben und die Landhäuser ...«

»Nun, wir haben auch so Arbeit genug, können froh sein, daß sie uns das abgenommen haben. Eine lästige Angelegenheit. Da können wir gleich zur nächsten Sache übergehen und Zeit sparen.«

Dennoch spukte ihr den ganzen Tag irgend etwas im Kopf herum; aber erst am Abend bekam sie es zu fassen – es hatte mit Miriam Lebreton zu tun; eine Frau, die ... Mit der war sicher nicht gut Kirschen essen –

»Geneviève, verbinden Sie mich mit der Gendarmerie, ja, Hauptmann Cardenal. – Danke. – Hauptmann? Rivière hier, Justizpalast – es handelt sich um den Jungen, der geflohen ist. Ich bin die Untersuchungsrichterin in der Sache – ja, direkt vor meiner Tür. Sie verstehen Ihr Geschäft, ich brauche Ihnen dazu nichts zu sagen. Aber ich habe eine kleine Information für Sie, und wenn Sie es für wahrscheinlich halten – die Beurteilung, ob es sich lohnt, der Sache nachzugehen, überlasse ich ganz Ihnen. Unter anderem haben diese jungen Leute auch ein Haus in den Bergen überfallen – ja, ganz recht, es gehört diesem Mann, der eine ziemlich amüsante Einstellung an den Tag legte – Sie haben es wahrscheinlich gelesen ...«

Hauptmann Cardenal war verärgert. Das Mädchen hatten sie ziemlich schnell in der Stadt aufgegriffen, wo es ziellos umhergelaufen war, weil es nicht wußte, was es anfangen sollte. Das Mädchen war wütend gewesen, daß sein verflossener Freund es so hereingelegt hatte, aber eine Hilfe war ihnen das nicht gewesen, im Gegenteil, eher eine hinderliche Ablenkung; der Junge war der Intelligente, wahrscheinlich war er gefährlich, er war es, den sie fassen wollten. Er hörte sich an, was Madame Rivière zu sagen hatte.

Walter betastete die empfindliche Stelle auf seinem Kopf mit vorsichtiger Fingerspitze und kam zu dem Schluß, daß nicht allzu viel Schaden angerichtet worden war. Körperlicher Schaden jedenfalls. Er setzte sich in einen Sessel, als sei er eben von einem langen Spaziergang zurückgekehrt und habe nur den Wunsch, seine Stiefel auszuziehen. Ob man nun Kopfweh hat, oder ob die Füße schmerzen – was spielt das schon für eine Rolle? Er verspürte keinen Zorn und keine Furcht. Es war das Eintreffen von etwas lange Gewußtem, lange Erwartetem. Früher bekam man Angst, wie immer von der eigenen Phantasie ausgelöst. Dieser Schmerz, der einen nun schon so beunruhigend lange plagt, kann das vielleicht Krebs sein? Und wenn man sich dann hinreichend hineingesteigert hat, um einen Arzt aufzusuchen, wird einem die Beruhigung, die man natürlich gesucht hat, unter Gelächter zuteil. Mein lieber Mann, so sind wir alle; eine kleine Verdauungsstörung, und wir denken, wir sterben, hahaha! Na, wir können ja ein paar Tests machen, um ganz sicherzugehen, hm?

Wenn der dumme Kerl dann anruft, um einem zu sagen, daß die Tests eine kleine Anomalie aufzeigen, bei der er nicht recht weiß, was er von ihr halten soll, und daß es vielleicht gut wäre, einen Spezialisten hinzuzuziehen – aha! Wir verstehen einander, nicht wahr?

Etwas ist zu Ende gegangen, und das ist dieses Leben, das einem Bankdirektor im Ruhestand angemessen wäre. Jeden Nachmittag mache ich einen schönen Spaziergang mit meinem Hund. Walter war sich oft bewußt gewesen, daß er komisch wirkte; Kinder lachten über so etwas. Der komische Gegensatz zwischen dem würdevollen, aber hölzernen, um nicht zu sagen wichtigtuerischen Herrn und dem lockeren, leichten Trott seines Hundes. Als ich meinen Hund verlor, hätte ich schneller begreifen sollen.

Als er den Finger vom Kopf nahm, sah er einen winzigen Blutfleck daran. Ein schwerer Gegenstand aus Metall, mit abgerundeten Ecken – aber Ecken. Wie ein Schraubenschlüssel. Er sah sich um, um eventuell herauszufinden, womit er geschlagen worden war. Und da war es wieder – er hatte es bereits gewußt. Daß es schlimmer war als ein Fehler, hatte er immer gewußt, und warum er das Ding nicht längst weggeworfen hatte, hatte er sich oft gefragt. Man konnte beinahe sagen, er hätte es genau für diesen Augenblick aufgehoben. Die ganzen Jahre. Vor langer Zeit gekauft; als er jung und dumm gewesen war; vielleicht ein bißchen angetrunken. Diese alberne konventionelle Einstellung, man müsse für Sicherheit sorgen, wenn man in einem abgelegenen Haus auf dem Land wohnt.

Und er hatte seine Albernheit damit bemäntelt, daß er sich einredete, im Grunde täte er es für Sylvie; zu ihrer Beruhigung, wenn sie gelegentlich allein im Haus sein mußte und nervös war. Sylvie hatte das Ding nie angerührt, hatte sich, vernünftige Frau, die sie war, geweigert, es in die Hand zu nehmen. »Wozu ist sowas denn schon nütze?« Leicht gekränkt, hatte er es an sicherem Ort eingeschlossen und, typisch für ihn, bald vergessen, wo dieser sichere Ort war. Einmal im Jahr pflegte es aufzutauchen, im allgemeinen, wenn einer der Jungen kramte, wenn sie es zum Spielen nahmen und ihn erschreckten; so daß er es, sobald sie von ihrem Spiel genug hatten, schleunigst an einem anderen sicheren Ort wieder verwahrte.

Die Polizei hatte damals solche Dinge ziemlich locker gehandhabt, soweit es sich um ehrbare Bürger handelte. Und er hatte einer Laune nachgegeben, wie Männer das zu tun pflegen, wenn sie ein Spielzeug sehen, das ihnen gefällt.

»Zur Selbstverteidigung?« fragte der Waffenhändler gleichgültig, gab sich kaum Mühe, so zu tun, als wüßte er nicht, warum die Leute Waffen kaufen. »Zeigen Sie mal Ihre Hand.« Erfahrener Daumen und Zeigefinger betasteten seinen Unterarm durch den Ärmel. »Sie sind schmächtig gebaut – ungefähr fünfundsiebzig Kilo?«

»Ja, ungefähr«, murmelte Walter und schämte sich, daß er so schmächtig war, schämte sich der fünf Pfund zu viel um die Mitte. Der Mann mit der Priestermiene zog eine Schublade auf, nahm den Inhalt in Augenschein.

»Die Amateure machen alle den gleichen Fehler, wollen eine viel zu schwere Waffe.« Er genoß sichtlich seine eigene Sachkundigkeit. »Heutzutage will keiner mehr was Kleines. Sogar die Frauen wollen etwas, das was her macht – ja, schließlich müssen *sie* es ja in der Handtasche schleppen, sag' ich mir. Um ganz ehrlich zu sein, alles unter einer Siebenfünfundsechziger, amerikanische Zweiunddreißiger, ist nicht ernst, aber wenn man's schon ernst meint, dann ist eine zu schwere Waffe genauso nutzlos wie eine zu kleine, sag' ich Ihnen. Ich sag's Ihnen, wie es ist, Monsieur« – ein routinierter Verkäufer –, »wenn hier so ein Dickwanst reinmarschiert und eine große Magnum haben will, dann sag' ich ihm klipp und klar, worauf es ankommt, auch auf das Risiko hin, daß mir das Geschäft entgeht. Aber das gebietet mir mein Gewissen als Fachmann.«

Wenigstens, dachte Walter, hat er mich nicht in die Kategorie der Dickwänste eingeordnet.

»Revolver oder Automatik? – Das überlassen Sie mir? Gut. – Also die hier, die wäre das Richtige für Sie. Gutes deutsches Modell, einfach, gut gebaut, nichts Raffiniertes oder Umständliches, nichts, was einem im entscheidenden Moment Schwierigkeiten machen kann. Gesamtlänge fünfzehn Zentimeter, Höhe elf. Schön flach, am Kolben drei Zentimeter breit und zwei am Lauf. Eine durchaus zufriedenstellende Waffe. Acht Millimeter Kaliber, acht Kugeln im Magazin, Gesamtgewicht, wenn geladen, sechshundert Gramm. Liegt gut in der Hand, nehmen Sie sie mal, Monsieur. Paßt gut, nicht? – Ah, Sie sind Linkshänder, aber das spielt eigentlich keine Rolle.«

»Wie?« Er verstand nichts.

»Der Auswerfer ist rechts«, geduldig mit soviel Dummheit, »die Sicherung links unter dem rechten Daumen. Da kann nichts passieren. Halbautomatik, absichtlich etwas steif im Abzug. Genau, Monsieur, sehen Sie es sich im Spiegel an – kommen Sie, kommen Sie, jetzt bedrohen Sie aber den Mann im Mond; Sie haben amerikanische Fernsehfilme gesehen, wie? Das Handgelenk locker, richten Sie es auf Ihr Ziel, als wollten Sie mit dem Finger zeigen, ruhig, aber nicht verkrampft – ja, so geht es schon eher.«

»Ich bin hierhergekommen, um zu lernen.« Demütig. Und Walter fragte sich jetzt, ob dieser junge Mann nicht beim Waffenhändler in die Lehre gehen sollte. Sie war nicht geladen gewesen – war es aber jetzt gewiß ...

»So ist es recht, Monsieur, nur Cowboys bilden sich ein, sie wüßten alles. Also, Sie machen sich schußbereit – legen Sie die Finger da in die Ausbuchtungen am Schloß, entsichern Sie die Waffe, spannen Sie den Hahn. Wenn Sie eine Patrone im Lauf einer Pistole mit gespanntem Hahn haben, ist das der sichere Tod. Seien Sie so nett, Monsieur, richten Sie sie nicht auf Menschen, auch nicht auf mich, haha!

Sehr gut, Monsieur, ich bin zufrieden, wenn Sie es auch sind. Drücken Sie noch einmal ab, dann wird die Patrone ausgeworfen; machen Sie weiter, bis Sie sicher sind, daß Ihr Magazin leer ist. Hier haben Sie eine Schachtel Platzpatronen, zum Üben. Und das hier sind die echten. Gehen Sie damit zu einem Schießstand, Monsieur, und schießen Sie sie ein, sehen Sie zu, daß Sie sie gut in die Hand bekommen. Sie haben da eine tödliche Waffe«, in väterlichem Ton. »Acht-Millimeter-Lauf, genau auf, sagen wir, zwanzig Schritte, ganz normal für eine Zivilistenwaffe, um so mehr Grund nicht zu vergessen, daß eine Kugel immer ein Ziel findet. Und jetzt, Zeugnis, Garantie, Mündungspropfen, meine Unterschrift auf Ihrem Waffenschein – das macht dreißig, fünfzig, hundert – vielen Dank und guten Morgen, Monsieur.«

Walter war mit einer kleinen Pappschachtel wieder draußen auf der Straße. Acht-Millimeter-Commander, sechshundert Gramm schwer, blauer Stahl, Walnußgriff. Hübsch hätte er sie nicht genannt. Aber harmonisch; gut proportioniert und ausgewogen. Einfach, wirksam. Und nützlich, würden wir sagen.

Nützlich, wozu?

Tödliche Waffe. Wir sprechen von einer tödlichen Dosis, einem tödlichen Aufprall, und von nun an wird jeder, der den dicken harmlosen Walter überfällt, einen tödlichen Fehler gemacht haben.

Er erinnerte sich: Er blieb wie angewurzelt auf der Straße stehen; ein Mann stieß mit ihm zusammen; gereizter Blick, gereiztes Wort; weiß deine Mutter, daß du draußen bist? Vorsichtig, Bursche, sonst brenn' ich dir eins auf den Pelz.

Um ein Haar wäre er umgekehrt, hätte das Ding auf die Theke geknallt und sein Geld zurückverlangt. Er war beschwatzt worden. – Zu spät jetzt. Niemals soll man von einem Mann verlangen, daß er sich in kaltem Blut zum Narren macht.

Und jetzt habe ich mich noch viel mehr zum Narren gemacht. Und es ist noch viel, viel mehr zu spät.

Er warf Sylvie einen bekümmerten Blick zu; sie breitete in verzweifelter Ohnmacht die Hände aus. Der Junge fing den Blick auf und grinste.

»Sie hatte sie versteckt. Aber sie hat mir gesagt, wo, als ich sie nett darum bat.«

Ich möchte es lieber nicht wissen, dachte Walter. Und du warst derweilen behaglich im Bett mit Miriam Lebreton. Geschieht dir recht . . .

»Hören Sie doch auf, mit dem Ding herumzufuchteln.«

Es war eine ganz neue Stimme, gereizt und unangenehm, mit dem schrillen Unterton einer Säge, Sylvie und den Kindern vertraut, außer Haus jedoch nicht häufig gehört; es war der Ton, mit dem man sich bei den Dienstboten beschwert, daß der kleine Hund sein Geschäft schon wieder in der Zimmerecke gemacht hat, und er schreckte den Jungen auf.

»Stecken Sie sie doch ein, in die Tasche, wenn Sie sie schon unbedingt haben müssen. Aber ich lasse mir nicht mit Pistolen vor der Nase herumfuchteln, schon gar nicht in meinem eigenen Haus.«

»Sie scheinen vergessen zu haben. Die Befehle gebe ich.«

»Sie tun nichts dergleichen«, entgegnete Walter bissig. »Sie sind tot, eine tote Ente, oder bestenfalls eine lahme Ente, die hier herumhockt und darauf wartet, daß der Hund sie aufstöbert. Sie sind aus dem Gefängnis ausgebrochen, vermute ich, und die Polizei ist hinter Ihnen her, und da fällt Ihnen nichts Besseres ein, als sich hier in dieses Nest zu setzen, aus dem es keinen Ausweg gibt, wo man wahrscheinlich mit zuerst nach Ihnen suchen wird, Sie Schwachkopf.«

Er hatte die Genugtuung zu sehen, daß der Junge erschrak. Der morgendliche Walter war ein ganz anderer als der matte, ausgelaugte Schatten des späten Abends. Es gibt außerdem Morgen, die jeder kennt, an denen alles schiefgeht. Man bekommt Seife ins Auge, läßt das Handtuch ins Waschbecken fallen, verschüttet den Kaffee, der sowieso gräßlich schmeckt; und wenn man das Unglück hat, das eigene Gesicht im Spiegel zu sehen, verschlechtert sich die Stimmung noch mehr. Dies war nicht einer jener Tage. Er hatte gut geschlafen, fühlte sich wohl in seiner Haut, mit sich selbst im reinen.

Jetzt, da das Schlimmste, Langerwartete eingetreten war, wußte er, wo er stand; es gab nur einen Weg, aufwärts.

»Sie sind allein? Wo ist denn der andere Kerl und diese gräßliche Göre, mit denen Sie sonst rumziehen? Ich weiß zwar nicht genau, was für einen Plan Sie haben, aber er ist auf jeden Fall dumm. Wollen Sie ewig mit dieser albernen Pistole da stehenbleiben und warten, daß fünfzig Polizisten mit Karabinern und Tränengas anrücken? Das Haus hier ist von allen Seiten zugänglich – hat ungefähr fünf Türen –, und hinten gibt es Deckung genug. Wie sind Sie überhaupt hierhergekommen? Wahrscheinlich hat das halbe Dorf Sie schon gesehen.«

»Erst mit dem Zug, dann per Anhalter.« Mürrisch.

»Na, da ist der Fahrer bestimmt schon bei der Gendarmerie und erzählt ihnen alles brühwarm.«

»Ist er nicht.« Gereizt. »Weil er aus dem anderen Dorf ist und dachte, ich wäre einer von Ihren Söhnen, wie er sagte.«

»Der Himmel bewahre mich.« Vergessen, daß er selbst einmal das gleiche gedacht hatte.

»Und ich hab' schon aufgepaßt, daß ich hier oben nicht gesehen werde – ich bin durch den Wald gekommen, ganz leise; Ihre Frau war platt, als sie mich sah« – boshaft –, »wenn Sie glauben, daß ich ein bißchen beschränkt bin, steht Ihnen noch was bevor. Aber das sowieso.« Dabei tippte er sich an die Stirn. *»Capito?«*

»Ja, das denke ich mir«, antwortete Walter in gleichmütigem Ton, setzte sich, machte es sich bequem, schlug die Beine übereinander, kramte eine Zigarette aus einer Packung, klopfte sich auf die Tasche, um zu sehen, wo sein Feuerzeug war – das Adrenalin floß nur so. »Sie haben ungefähr so viel Freiheit wie eine Fliege in einem Spinnennetz; Sie können sich winden und strampeln, aber das ist auch alles. Sie haben genau zwei Möglichkeiten: Wenn Sie mich erschießen, dann sind Sie noch schlechter dran; neben allem übrigen auch noch eine Anklage wegen Mord, und nicht einmal ich bin mehr da, um Ihnen zu helfen. Meine Frau ist ich, verstehen Sie? Ich bin mit ihr solidarisch. Oder Sie können mir vertrauen, und das heißt auch ihr. Dann ist es vielleicht möglich, daß ich etwas tun kann, um Ihnen aus der Patsche zu helfen. Höchst problematisch, aber denkbar, vielleicht; kommt darauf an, wieviel Zeit wir haben.«

»Ja, sich einbuchten zu lassen.«

»Hören Sie mir erst mal zu. Ich möchte Sie nicht Junge oder Freundchen nennen oder sonst irgendwie, um Sie kleiner zu machen. Wie heißen Sie also?«

»Fernand.« Verdrossen, neuerlich verblüfft, sagte er die Wahrheit.

»Fernand!«

Das ist der erste kleine Hinweis auf die Persönlichkeit dieses Menschen. Dieser altmodische, aufrechte bäuerliche Name. Er schämt sich seiner, hätte lieber einen Namen, den er scharf findet, nach Popsängermanier. Johnny Rotten und Sid Vicions. Etwas in dieser Art.

»Hören Sie mir zu, Fernand.« Ruhig. »Machen Sie einen Moment lang den Mund zu und die Ohren auf. Sie auszuliefern, wäre das Letzte, was mir in den Sinn käme. Sie haben mich gefesselt, gewiß, und wollten mir mit Drohungen Angst machen, gaben vor, mich mit einem Feuerzeug zu verbrennen. Sie haben mir ein paar Sachen gestohlen und eine ganze Menge kaputtgemacht. Soll ich Ihnen sagen, was mich am meisten ärgerte? Eine alte Uhr, die meiner Großmutter gehörte, und eine alte Schreibmaschine, auf der ich seit mehr als zwanzig Jahren gearbeitet hatte. Ich bin ziemlich schnell darüber hinweggekommen. Meine Frau blieb viel länger verbittert, weil dieses hier ihr Heim ist, und das ist Teil vom Wesen einer Frau. Und Sie haben meinen Hund getötet, das war das Schlimmste. Folgen Sie mir, wenn ich sage, daß ich gerade wegen alledem, ebenso wie trotz alledem Ihnen – gut, ich werde nicht so arrogant sein zu sagen, daß ich Ihnen helfen werde. Ich weiß ja gar nicht, ob ich das kann; ich bezweifle es eigentlich. Am schwierigsten wird wahrscheinlich sein, Sie davon zu überzeugen, daß Sie mir vertrauen können.

Behalten Sie die Pistole; ich schenke sie Ihnen. Ich hoffe, Sie werden eines Tages einsehen, daß man mit so einer Waffe am besten eines tut, nämlich sie wegzuwerfen. Aber behalten Sie sie so lange, wie Sie glauben, daß sie Ihnen nützt.«

Der Bursche sitzt mit gekrauster Stirn da; neuer Versuch.

»Haben Sie oder haben wir überhaupt eine Chance, hier herauszukommen? Was haben Sie vor? Vielleicht sollten wir damit anfangen. Möchte jemand eine Tasse Kaffee? Haben Sie Hunger? Wollen Sie etwas essen? Es wäre vielleicht das beste, wenn Sie erst einmal duschen. Sie sehen ziemlich dreckig aus. Meine Sachen passen Ihnen nicht, aber vielleicht finden wir bei den Jungen etwas; wir können es ja einmal versuchen.«

»Sehr geschickt, wie Sie das machen, versuchen, mich in den Sack zu stecken. Aber merken Sie sich eines, ich bin nicht wie ein Würfelzucker, der in einer Tasse Kaffee zergeht. Wenn ich essen will, dann esse ich, da brauch' ich keine höfliche Einladung, und das sag' ich Ihnen, Sportsfreund, wann und wie ich hier abhaue, entscheide ich, und wenn es soweit ist, dann gehen Sie schön brav vor mir her und tun, was ich sage, weil hinter Ihnen nämlich die Kanone ist. Jetzt haben Sie die große Klappe, aber wenn Sie eine Kugel in der Kniescheibe oder im Arsch haben, werden Sie schon kleinlaut werden. Den Kaffee könnt' ich jetzt gebrauchen, darum geht Ihr beide jetzt in die Küche, und zwar Tempo. Ihr könnt selber auch welchen trinken, da hab' ich nichts dagegen. Aber merken Sie sich ein für allemal, ich laß mich nicht beschwatzen, sparen Sie sich also Ihren Dampf, und wenn ich was wissen will, dann frage ich. Höflich, wie ich das immer tue, aber denken Sie dann daran, daß ich ekelhaft werde, wenn Sie zuviel quasseln.«

»Wir haben jetzt Mittag, und wir verschwenden Zeit, obwohl wir wahrhaftig nicht viel Zeit haben. Sie sitzen hier und reden von durchschossenen Kniescheiben, als gehörten Sie zur IRA. Aber die sind viele, und Sie sind nur einer, junger Freund. Wissen Sie, wo ich gestern war? Ich hab' mich mit Ihrer Anwältin unterhalten. Sie hat ein kluges Köpfchen und hat sofort erkannt, was Sie offenbar nicht sehen können, daß ich alles mir Mögliche tun würde, um Ihnen aus der Patsche zu helfen. Wir könnten Sie vielleicht nicht ganz herauspauken, aber bei Sturm ist jeder Hafen recht. Sie haben wohl überhaupt nicht auf sie gehört? Wahrscheinlich nicht; Sie hören nur auf sich selbst und das ist nicht klug – damit graben Sie sich die eigene Grube nur noch tiefer. Ich frage Sie noch einmal, was glauben Sie tun zu können?«

»Ich hau' nach Spanien ab und nehm' euch beide mit, da können sie mich nicht aufhalten, und hinterher setz' ich euch vielleicht irgendwo in den Bergen ab, vielleicht aber auch nicht. Wenn ihr eure Haut retten wollt, macht ihr euch am besten ganz klein, und jetzt halten Sie die Klappe und machen den Kaffee. Alkohol trinke ich nicht, Sie können mich also nicht blau machen.«

»Fernand, begreifen Sie doch endlich schlichte bestehende Tatsachen. Wir sind zwar nicht weit von der Grenze entfernt, aber was Sie vorhaben, ist in dieser Gegend so naheliegend, daß man genau das erwarten wird. Ja, daran denkt die Polizei bestimmt zuallererst, und Sie haben überhaupt keine Chance. Zweitens sind Sie Franzose, und auch wenn ich es nicht bin, sehen sie mich als Franzosen, ich spreche jetzt von den Spaniern. Ist Ihnen klar, daß fünfundsiebzig Prozent der Spanier uns hassen wie die Pest? Sie würden nach spätestens einer halben Stunde geschnappt.

Und in einem spanischen Gefängnis würden Sie die hiesigen fast als Luxushotels ansehen, wo einem das Frühstück ans Bett gebracht wird.«

Sylvie hatte noch immer kein Wort gesagt. Sie nahm sich eine von Walters Zigaretten, verzog das Gesicht, ehe sie sie in den Mund steckte. Er starrte sie an, als sähe er sie zum ersten Mal. Ihr Pullover, locker gestrickt aus einer unregelmäßigen, vielleicht handgesponnenen Wolle, hatte einen hohen, weiten Kragen, der ihrer Figur schmeichelte, da er von einer gewissen Schwere der Hüften und der unteren Gesichtshälfte ablenkte. Am Morgen hatte sie das lange Haar ausgebürstet, das immer noch aschblond war wie früher, und es in einem altmodischen Knoten hochgesteckt, der bald auseinanderzufallen drohte, aber hübsch aussah, solange er hielt. Der Pullover war von einem Grünbraun, sehr ähnlich der Farbe einer Havannazigarre und beinahe wie die Farbe ihrer Augen.

Der junge Mann spielte mit der Automatik, fing geschickt die mit Kupfer ummantelten Patronen, die ausgeworfen wurden, in der Luft auf. Er nahm das Magazin heraus, legte die Patronen wieder ein, mit einer Bewegung der Finger, die an einen Mann beim Stopfen seiner Pfeife erinnerte. Große Hände, kräftig und gut geformt.

Die Stille wurde bedrückend und schien ihn zu irritieren. Mit einem leisen metallischen Klicken schob er das Magazin wieder ein. »Also schön, Sportsfreund – wer nicht hören will, muß fühlen – vielleicht fesseln wir dich am besten wieder. Steht dir gut. Und mit dem kleinen Frauchen machen wir ein bißchen Körperarbeit. Das gefällt ihr vielleicht.«

Sie drückte langsam ihre Zigarette aus, den Kopf gesenkt, den Blick auf ihre eigene Hand gerichtet. Walter fühlte sich in seiner neu gefundenen Gelassenheit bestärkt.

»Sie brauchen das nicht weiter auszuführen.« Da von ihm erwartet wurde, daß er etwas sagte. »Mich könnten Sie umbringen. Sie könnten sie vergewaltigen. Das liegt auf der Hand. In diesem Alter gibt es nicht mehr viele Überraschungen, seien sie nun gut oder schlecht. Es würde Sie aber nervöser machen. Wie Alkohol. Würde schneller dazu führen, daß Sie geschnappt oder getötet werden, da Sie immer leichtsinniger werden würden.

Wir haben drei Söhne. Sie sind etwa in Ihrem Alter. Ich fühle mich in vieler Hinsicht verantwortlich. Ich mußte lernen, den Mund zu halten. Es fällt einem schwer, es zu akzeptieren: Aber sie rudern ihr eigenes Kanu. Man darf ihnen nicht ständig Ratschläge geben, die sie gar nicht haben wollen. Den gleichen Fehler habe ich mit Ihnen gemacht. Tun Sie, was Sie für richtig halten. Tun Sie, was Sie wollen. Lernen Sie aus eigener Erfahrung. Es ist Ihr Boot – steuern Sie es.«

Sylvie hatte drei Kinder geboren. Lauter Jungen, was für sie irgendwie typisch war. Schade, nie eine Tochter gehabt zu haben, ›es hätte allerdings passieren können, daß sie wie ich wird‹, wie sie einmal mit einer Ironie bemerkt hatte, die der seinen durchaus standhielt. Einer wenigstens war der seine – deutlich sichtbare ererbte Züge der Großeltern – und zwei gleichermaßen auffallend die ihren, obwohl einer sagte, wie man mit Erleichterung zugeben mußte, daß er ihre Eltern gar nicht gut gekannt hatte und sich bereitwillig auf ihr Wort verlassen würde, wenn sie Ähnlichkeiten entdeckte; zwei andere Großelternpaare hatte man überhaupt nicht gekannt, aber diese Information störte niemanden.

Dieses Getue nämlich um ›die eigenen Kinder‹ konnte übertrieben werden. Sie gehörten einem nicht wie gut verpackte Gegenstände. Dieser Umgang mit dem Possesivpronomen war entsetzlich bürgerlich. Meine Nagelbürste und unser Päckchen Seifenflocken, alles wurde behandelt, als wäre es bewegliches Eigentum. Der ausgeprägte Familiensinn, der einfache Leute veranlaßte, von ›unserem Jack‹ und ›unserer Lucy‹ ebenso wie von ›unserer Mutter‹ zu sprechen – das war ganz in Ordnung. Aber die ›eigenen‹ Kinder gibt es nicht; man hat kein Eigentumsrecht an ihnen. Ebensowenig irgendeine Regierung. Kein Kriegsminister, feiger Fahnenschwinger, wird je mit dem Finger auf die unseren zeigen und sagen, kommt, sterbt für euer Vaterland.

Die Kinder fehlten ihm. Alle erwachsen und ausgeflogen. Er war, vermutete er, ein ebenso tyrannischer, unsensibler und strenger Vater gewesen wie jeder andere. Und eine Freude war ihm beschert worden, leicht wie der Same von Löwenzahn, der auf dem Wind treibt, eine Freude, durchdringender und schmerzhafter als jede, die er je gekannt hatte. Vielleicht das schönste Geschenk, das er je bekommen hatte. Erst neulich ...

Ein Anruf. Der Jüngste – bei weitem der heftigste und schwierigste der drei. Ein großer, ungelenker Bursche, gebaut wie ein Rugbystürmer, mit großem kantigen Schädel, ein typischer Flame; Sylvies Vater war eine weltmännische, geschliffene Ausgabe desselben Typs gewesen, mit silbergrauem Haar und dunklen Anzügen und einer allzu ausgeprägten Vorliebe für goldenen Schmuck und große amerikanische Wagen. Sylvies ewiger Geliebter war ein amüsanter Mensch, ein guter Zechbruder, wenn auch zweifellos ein Schurke, so daß man sich ihn als einen Geschäftsmann zwielichtiger Natur vorstellte, der in Bars hockte und streng auf die Mädchen achtete, die für ihn auf den Strich gingen, hinter den humorvollen Augen eine Rechenmaschine, die jede ›Nummer‹ aufaddierte. Unter diesem Einfluß lernte Sylvie, sich die Dinge zum Selbstkostenpreis zu beschaffen, keine Einkommensteuer zu bezahlen und – aber nein, das alles spiegelte ein viel zu simples und oberflächliches Bild. Er hatte Seiten, bei denen man die Gänsehaut bekommen konnte, ein Snob, der mit allen Mitteln gesellschaftlich emporkommen wollte, ein Schlitzohr, der den vulgären Luxus liebte – er hatte eine kleine Werkstatt für Metallarbeiten, die nachgemachte antike

Münzen und falsche Orden, Hakenkreuzabzeichen und SS-Dolche herstellte –, aber er war zu sensibel, um es zu zeigen, und zu taktvoll, um sich ihnen aufzudrängen. Und seine guten Witze und Anekdoten waren die, die sich gegen ihn selbst richteten. Er war auch ein einfacher Mensch, bewunderte und beneidete Walter um die ererbte Ungezwungenheit Kellnern gegenüber und konnte ernsthaft sagen: »Sag mal, macht man die Bauchbinde bei der Zigarre eigentlich ab, oder läßt man sie dran?«; oder er holte sich mit einer Aufrichtigkeit, die sowohl echt als auch vorgegeben war, Rat bei irgendwelchen kniffligen Problemen, zum Beispiel wie man einen Viscount richtig betitelte. Kurz, er war wie alle vielschichtigen Menschen interessant und nicht nur ein Heuchler.

Und war der Junge erst komplex: ein wahres Bündel unkontrollierbarer Heftigkeit, Überempfindlichkeit, unerhörter Kleinlichkeit in Kleinigkeiten – er haßte es, ein Streichholz anzureißen oder einen Briefumschlag mit der Zunge anzufeuchten – und dabei von einer noch viel unerhörteren Großzügigkeit in allem, was wirklich wichtig war. Walter haßte, liebte und schätzte dieses Kuckuckskind. Was sollte man von einem Ungeheuer halten, das Blumen liebte und winzige Vögel, jedoch ohne mit der Wimper zu zucken ein Schwein töten konnte und zusammen mit ein paar zwielichtigen Freunden einen Gebrauchtwagenhandel betrieb – mit einer mittelalterlichen Ehrenhaftigkeit.

»Papa?«

»Ja, ich bin selbst dran. Das ist aber eine nette Überraschung.« Seit Monaten hatte man von dem Jungen nichts gesehen und gehört. »Wie ist das Leben?«

»Ach – okay.« Ausweichend – was für ein langweiliges Thema! »Geht es dir gut? Bist du gesund? Mama auch? Oh, das ist gut, gut. Nein, nichts Besonderes, ich wollte nur mal anrufen. Den Puls fühlen, verstehst du?«

»Tja, hier ist nicht viel los.« Beinahe die ganze Wahrheit. »Die Arbeit, der Garten, hin und wieder abends eine gute Zigarre.« Dieser hier war der einzige seiner Söhne, der plötzlich sagen konnte: »Kann ich eine Zigarre haben?«; im allgemeinen zu den ungewöhnlichsten Zeiten.

»Mir fiel vorhin gerade ein, daß du mal von diesem Pianisten erzählt hast, den du magst. Der, der ein paar Jahre im Gefängnis war.«

»Ach ja, weil es den Generälen nicht recht war, daß er den Eingeborenen Bach predigte.«

»Ich hab' zufällig gesehen, daß er in der Stadt ein Konzert gibt, und dachte, du hättest vielleicht Lust hinzugehen.«

»Vielen Dank; ich werde darauf achten.«

»Es findet schon heute abend statt.«

»Ach!«

»Ich – äh – ich hab' auf jeden Fall zwei Karten gekauft. Ich möchte dich gern einladen. Natürlich nur, wenn du nichts Besseres zu tun hast; sonst werd' ich sie bestimmt ohne Schwierigkeiten wieder los.«

»Nein, nein, lieber Himmel, ich meine natürlich Ja. Ich meine, das ist eine prachtvolle Idee von dir. Wo denn? – In der großen Halle. Können wir uns davor treffen?«

»Hol mich doch in meiner Wohnung ab, so gegen acht, nein, lieber ein Viertel vor, dann können wir noch ein Glas trinken, und hinterher können wir vielleicht essen gehen – wenn du Lust hast?«

»Ich bin entzückt«, sagte Walter und verfluchte sich sogleich dafür, daß er ein Wort gebraucht hatte, das niemals aufrichtig klingt. »Gut, dann warte auf mich. *Tot ziens!*« Es war eine Art Code, mit diesem Jungen holländisch zu sprechen. »Wolltest du Mama noch sprechen?«

»Nein, nein, grüß sie von mir. Bis heute abend dann.« Schluß – Kinder! Wie alt war der Junge jetzt – zwanzig? Zweiundzwanzig schon, nach einiger umständlicher Rechnerei, tja, das war unerwartet gewesen.

Kinder, die seinen oder die anderer Leute, waren eine Lektion; die beste und vielleicht die einzig gute Lektion im Umgang mit einer Minderheit, ob Araber, Türken oder sonstwas. Da ja ein Kind immer eine Minderheit ist.

Alle drei waren sie vom Moment ihrer Geburt an seine Kinder gewesen, denn bei allen dreien war er bei der Geburt dabeigewesen. Man konnte zwar nicht gerade behaupten, daß er irgendwie nützlich gewesen war, doch er hatte immerhin moralische Unterstützung geleistet, während Sylvie geboren hatte, etwas, das sie gut macht und ohne Theater.

»Mir scheint, da kommt ein Stückchen Kopf jetzt.«

»Oh, gut. Au! Ein Riesenkopf. Lieber Gott.«

»Nein, nicht der liebe Gott.« Wobei er ihr Gesicht mit einem feuchten Taschentuch wischte.

»Wenn ich noch stärker presse, dann zerreißt es mich. Da – ist es besser so?«

»Du sitzt gut im Sattel.«

»Du meinst, ich bin eine gute flämische Zuchtstute, eine gute flämische Kuh. Nichts stimmt sonst, aber die Hüften sind in Ordnung. Ach, ist das eine Arbeit; Schufterei ist das richtige Wort.«

»Wieder ein Junge – hier, sieh ihn dir an.«

»Ach du lieber Gott, der ist ja riesig. Hör dir doch nur mal die schreckliche Stimme an. Gib ihn der Schwester und drück mir den Bauch. Das ganze andere Zeug muß noch raus.« Die harte Arbeiterin und der gute Handwerker.

Er war ein rechter, ein gefälliger Ehemann, hoffentlich kein selbstzufriedener. Dieses Kind, das du mir gegeben hast. Ich übernehme die Verantwortung. Es kommt von draußen – wieder ein *horsain*, wieder ein *forestiero*.

»Ich würde diesen Jungen gern Manuel nennen«, sagte er zu Sylvie.

Punkt Viertel vor acht läutete er. Immer pünktlich war Walter. Der Junge war genauso.

»Möchtest du ein Bier oder sowas?« Rührenderweise hatte er eine halbe Flasche Champagner auf dem Tisch stehen.

»Wunderbar«, womit er auch den Abend meinte.

Allein der Name dieses Pianisten sagt einem, daß er gut sein wird. Er heißt Estrella. Schlägt man wegen der Bedeutung im Lexikon nach, dann liest man, daß das Stern heißt, Geschick oder Schicksal; er ist das alles. Seine Vornamen sind Miguel, Angel. Es ist höchst erfreulich, denkt sich Walter, in ein Konzert zu gehen, das von Michelangelo Stern gegeben wird. Er ist ein kleiner Mann mit einem äußerst sanften und schönen Gesicht und einem komischen Watschelgang, so daß er sinnigerweise einen Smoking trägt. Wenn er sich niedersetzt und konzentriert, leuchtet er gewissermaßen auf: er ist zu allen Zeiten ein Stern, und wenn er spielt, wird das Licht transparent.

Ein schönes Programm: Mozart und Bartók, Beethoven und Liszt. Für Mozart ist er vielleicht nicht ganz der richtige Interpret; aber man versteht nicht genug, um zu wissen, warum, und bei den anderen stimmt alles, und er ist großzügig mit Zugaben. Es folgt ein Chopin Impromptu, das verzaubert, und ein Stück Schubert, das direkt zum Himmel aufsteigt; und am Ende, zum Spaß und weil das Publikum keine Ruhe gibt, lächelt er sein Heiligenlächeln und spielt den kleinen argentinischen Tango, der größer und größer und größer wird.

»Hast du Hunger?« brummte Manuel.

»Und wie. War das nicht wunderbar?«

»Ja, ja.« Ohne weiter darauf einzugehen.

Walter, für den ein Konzert der reine Rausch war, und der dazu neigte, sentimental zu werden, hatte vergessen, daß man mit zwanzig lieber tot umfallen würde als Emotionen zu zeigen. Und mußte hastig mit belanglosem Geplauder über andere Pianisten mit einem komischen Gang ablenken und einem ›wo sollen wir essen, ich überlaß es ganz dir‹.

»Ich kenn' ein ganz gutes Lokal. Will sagen, ich kenn' eine Menge, die viel schlechter sind.«

Er fuhr den Wagen, einen heruntergekommenen Alfa Romeo, mit halsbrecherischer Geschwindigkeit durch die schmalen Straßen der Altstadt, so daß Walter höchst geängstigt und ganz entspannt zugleich war; es wäre kein schlechter Moment zum Sterben gewesen, falls es das Schicksal so wollen sollte. Sie starben nicht.

Manuels verdächtige Freunde waren Italiener, und bald verspeiste Walter eine Pizza, die sehr gut war, wurde von einer hübschen Kellnerin aufmerksam bedient und merkte ziemlich schnell, daß es nicht um seiner schönen Augen willen war, und trank den Rioja, den Manuel bestellt hatte und der ihm schmeckte.

Nichts ist schwieriger, im Leben ebenso wie im Roman, als einfache Gefühle unbefangen und einfach auszudrücken. Der

Schriftsteller, der versucht, die körperliche Liebe zu beschreiben und dabei entdeckt, wie er kunstvoll Kränze aus Gänseblümchen windet, um damit Constance Chatterleys zitternde Möse zu schmücken, wirft wie Byrons Engel angewidert die Feder weg; Mord und Totschlag sind auf Papier viel leichter zu bewältigen als Sex. Und dabei ist das nur Sex. Da muß man erst einmal versuchen, eine Vater-Sohn-Szene zu schreiben – Walter schoß der Gedanke durch den Kopf, daß es ihm, obwohl er sein Leben lang Romane gelesen hatte (er war ein schrecklich frühreifer Junge gewesen) schwerfallen würde, eine gute zu erfinden.

Um völlig unbefangen sein zu können, hätte er der Exzentrizität die Zügel schießen lassen – da Zügel nur Pferden angelegt werden –, was alle Welt für geistigen Exhibitionismus hielt, obwohl es nicht mehr ist als ein Sichgehenlassen. Wird meist dort gefunden, wo sie am ehesten erwartet wird, an den bevorzugten Aufenthaltsorten der Engländer, und zwar jenen, die von den arroganteren Vertretern dieses überaus prahlerischen Volkes heimgesucht werden. Solches Verhalten, charakterisiert durch die dröhnende Stimme, das gräßlich laute Lachen und einen merkwürdigen Mangel an Körperkoordination, macht sich vielleicht in einem englischen Club ganz gut, aber in die Pizzeria paßt es nun wirklich nicht. Sylvie, die ein solches Verhalten gewöhnt war, hätte es mit freundlicher Toleranz übergangen. Walters Londoner Verleger, wohlbekannt für seine selbstdarstellerischen Tendenzen, hätte es, von der Konkurrenz stimuliert, ganz schamlos ermutigt. Jeden sonst langweilt es, außer die Jugendlichen zwischen zwölf und vierundzwanzig, die vor Scham und Verlegenheit am liebsten in den Boden versinken würden. Bei seinen beiden älteren Söhnen, die er recht gut kannte und zu denen er ein hinlänglich zwangloses Verhältnis gegenseitigen Respekts und ironischer Achtung hatte, pflegte er seine Zuneigung hinter Gelächter zu verbergen. Manuel fehlte es nicht an Humor, aber einem ernsthaften jungen Mann in einem ernstzunehmenden Alter mußte man auch so begegnen. Manuel besaß jedoch eine Gabe, die bei langweiligen gesellschaftlichen Anlässen wie hochoffiziellen Abendessen von unschätzbarem Wert war: er verstand es, sich selbst mit dem ermüdendsten Partner locker zu unterhalten.

Manuel würde niemals ermüdend sein – schließlich trug er nicht umsonst einen Namen, der Geschenk Gottes bedeutete –, aber er empfand dieses Tête-à-tête nicht gerade als leichte Abendunterhaltung.

»Nein, danke, nichts mehr. Die Pizza war sehr gut. Aber trinken kann ich noch etwas. Und du möchtest sicher eine Zigarre.« Sagt Walter.

»Du langweilst dich nicht?«

»Mach dich nicht lächerlich. Das Lokal ist wirklich nett, aber ganz abgesehen davon, bin ich vollkommen aufrichtig – und du kennst mich gut genug, um zu merken, wenn ich lüge –, wenn ich sage, daß ich mich nie in angenehmerer Gesellschaft befunden habe.«

»Ja, hm, ich bin eben ein bißchen nervös.«

»Du bist nervös, weil ich ein Mensch bin, der schwer zufriedenzustellen ist und ständig etwas auszusetzen hat. Ich bin ein alter Sauertopf geworden, weil ich mit mir selbst nicht zufrieden bin.«

»Wie kannst du so etwas Dummes sagen!«

»Das klingt wie Selbstmitleid, nicht wahr, aber in meinem Alter kommt der Moment, in dem man Bilanz zieht, und sie ist nicht sehr ermutigend. Ich hatte mir etwas Besseres erhofft.«

»Es geht mir, ehrlich gesagt, ein bißchen auf die Nerven, wenn ich dich so reden höre. Ich weiß nichts über deine Bücher, da ich sie nicht lesen kann.«

»Natürlich nicht; sei nicht albern.«

»Aber wenn du so vor dich hinnörgelst, als wärst du irgendein armer Irrer, werde ich ärgerlich. Es deprimiert dich, wenn es nicht so gut wird, wie du es möchtest, es geht mir genauso. Alle Welt erzählt mir, daß ich ein Verrückter bin, aber das ist mir gleich. Du bist ein riesengroßer Egoist, aber das sind wir ja alle, und am schlimmsten bist du, wenn du meinst, du wärst keiner.«

»Bin ich es jetzt?«

»Nein. Ich bin sehr gern mit dir zusammen. Aber es geht mir auf den Docht, wenn du davon anfängst, daß du ein Versager bist.«

»Verletzte Eitelkeit.«

»Wahrscheinlich.« Er bezahlte die Rechnung. »Aber ich sag' dir was, kann sein, daß du alles mögliche nicht geschafft hast, aber mit deinen Kindern hast du es großartig gemacht.«

»Vergessen Sie Spanien«, sagte Walter vernünftig. »Das ist ein Wespennest. Sehen Sie es doch mal vom Standpunkt der Polizei; Sie müssen versuchen, sich in diese Leute hineinzudenken. Weshalb hat man Sie ursprünglich festgehalten? Sie wissen so gut wie ich, daß die Polizei an dieser Sache kein großes Interesse hat. Sie haben weiß Gott wie lange ungeschoren Ihre Dinger gedreht und hätten wahrscheinlich noch ewig weitermachen können, wenn nicht die Sache mit dem Juweliergeschäft gewesen wäre. Gut, ein Überfall, aber Überfälle gibt es unzählige! Wenn die Polizei jetzt scharf ist, dann wegen des Überfalls auf den Wärter, weil Sie ihn einfach im Klo gefesselt haben; das finden sie dreist, deshalb wollen sie Ihnen an den Kragen. Aber wie lange hält das an? Hier in der Gegend vielleicht drei, vier Tage, solange die Sache noch aktuell ist; in den anderen Provinzen sind Sie nicht mehr als ein Telex im Ablagekorb. Verschwinden Sie also aus diesem Département, verschwinden Sie am besten aus Frankreich, bis Gras über die Sache gewachsen ist. Vielleicht nach Italien, aber Sie fallen zu sehr auf – das ist zu riskant. Belgien würde ich sagen. Sie sprechen die Sprache, Sie haben das entsprechende Aussehen – und quer durch Frankreich in dieser Richtung, das erwarten die bestimmt nicht. Es sind noch genug Touristen von da oben im Land, die auch Richtung Norden fahren; es würde also ganz natürlich wirken, und wenn man sich halbwegs natürlich benimmt, schenkt einem die Polizei keinerlei Beachtung.«

Wenigstens hatte er jetzt die Aufmerksamkeit des Jungen gewonnen. Man mußte ihm Selbstvertrauen geben. Schüsse und Vergewaltigung und Schlägerei und Vandalismus ... Ein Moment der Ruhe erheiterte selbst Walter: ich werde richtig warm. Es ist der technische Aspekt der Sache, der einen interessiert. Frauen sehen die Dinge nicht so.

»Ein holländischer Tourist«, sagte Walter und sah sich als holländischen Touristen. Eine Rolle, die er spielen konnte – und auch Sylvie würde sie keine Schwierigkeiten machen. Und solange er nicht starr vor Spannung im Auto hockt und mit Pistolen herumfuchtelt (was holländischen Touristen normalerweise niemals einfallen würde) – aber er könnte natürlich als mein Sohn gelten. Warum nicht? Bei den anderen hat man es mir ja auch immer geglaubt.

»Ein kleines Auto mit holländischer Nummer, irgendwas ganz Gewöhnliches. Mein eigener Wagen ginge, wenn er ein holländisches Nummernschild hätte.« Der Junge sah ihn jetzt an. »Das ist der Haken. Man müßte das französische Nummernschild austauschen, ich bin überzeugt, da kennen Sie sich aus. Aber holländische Nummernschilder sind gelb – und die Buchstaben – die haben ein ganz anderes System. Nein, ich weiß nicht, wie wir das bewerkstelligen sollen. Es muß doch ein französischer Wagen sein, und meiner wäre zu leicht zu identifizieren. Hm – ich frage mich ... Eine Erklärung für plötzliche Abwesenheit; das ist nicht schwierig. Ich verreise häufig und verkriech' mich für ein paar Tage in irgendeinen Winkel, wenn ich das Gefühl habe, ich muß mal wieder auftanken.«

Die Bemerkung, ob sie nun verstanden wurde oder nicht, blieb ohne Kommentar. Fernand – ein angemessen lächerlicher Name für eine lächerliche Persönlichkeit – wollte von Schriftstellern und ihren kleinen Marotten nichts wissen; er hatte eine neue Perspektive.

»Sie haben eine blühende Phantasie, was? Passen Sie nur auf, daß sie nicht mit Ihnen durchgeht.«

»Ja, tut mir leid«, antwortete Walter. »Eine Berufskrankheit. Aber es ist nicht dumm, zu planen. Ich stelle eine Hypothese auf, entwerfe einen Plan, wenn Sie so wollen oder – ach, nennen Sie es, wie Sie wollen – wenn er Ihnen nicht gefällt, stoßen Sie ihn um. Unvorhergesehenes gibt es immer. Aber gerade deswegen sollte man versuchen, vorherzusehen, was möglich ist. Auf die Art und Weise senkt man die Temperatur. Es ist alles nicht mehr so fieberhaft.«

»Jetzt halten Sie endlich mal die Klappe.«

Richtig. Gebabbel; Erklärungen; Wiederholungen. Zuviel. Sein Leben lang hatte er zuviel geredet, während er gezögert und dann entweder gar nicht oder falsch gehandelt hatte.

Gibt Zeit, Fernand zu beobachten, der die Pistole weggesteckt hat. Er hat sich statt dessen Walters Taschenmesser genommen und spielt nun mit diesem.

Nichts an Fernand ist unnormal.

Ich bin wahrscheinlich mehr Psychopath als er.

Das Allerweltsklischee aus dem Polizeiprotokoll? »Vater unbekannt; Mutter Prostituierte.« Das reicht nicht. Das reicht nie, selbst wenn es wahr ist.

Die Schule langweilte ihn. Nicht, weil er zurückgeblieben war. Eher wohl, weil er voraus war. Zuvor hatte er den Fehler gemacht, sich mit den Zurückgebliebenen einzulassen. Jetzt, nachdem er sie abgeschüttelt hat, ist er mehr er selbst.

Man kann diesen Menschen keine Etiketten aufkleben. Allenfalls kann man sagen, daß sie begabt sind.

Ja. Aber wofür?

Sie kommen von draußen aus dem Wald. Wie ich.

Auch Fernand denkt nach.

Überall auf dem Land gibt es Autos. Kaum ein Dorfbewohner, der nicht ein, zwei alte Rostlauben hat; eines für sich selbst und eines für seine Frau. Kaum ein französischer Junge, der über den Stimmbruch, über das Moped hinaus ist, der nicht drei oder vier hat, an denen er herumbastelt, die er ausschlachtet. Man kann sie für ein Butterbrot kaufen. (Niemand in Frankreich denkt an eine Fahrtüchtigkeitsbescheinigung. Es wäre Unsinn, sie zur Vorschrift zu machen, weil diese sich nicht durchsetzen ließe.)

Ein Nummernschild ist kein Problem. Kriegt man auf jedem Schrottplatz. Innerhalb einer halben Stunde fabriziert. Aber das Auto, ein altes Wrack tut's nicht. Walters auch nicht. Zu einfach – sobald die Bullen hierherkommen, und sie werden kommen. Die Nummer würde sofort durchgegeben, und das gleiche gilt für alles, was ich hier in der Gegend erwischen könnte. Da kann man dreimal wechseln, und man ist doch immer nur einen Schritt voraus. So eine Sache kann man nicht improvisieren. Und du mußt improvisieren.

Den Wagen lassen, wie er ist, und es einfach darauf ankommen lassen? Die beiden mitnehmen. Was der Mann sagt, stimmt: Touristen beachtet keiner. Aber wie weit kann man sich auf ihn verlassen? Oder erst auf die Frau. Quer durch Frankreich und ununterbrochen wach? Das mit Spanien stimmt allerdings – an diesen Übergängen wird es wimmeln von Bullen. Ich hab' hier ein paar Stunden rausgeschunden, aber das ist vielleicht auch schon alles.

Dieses verständnisvolle Getue. Diese vorgetäuschte Hilfsbereitschaft. Na fein, das kann ich auch. Auf diese Weise gewinn' ich noch ein paar Stunden Zeit.

»Ich glaube nicht, daß das ein Problem wäre«, sagt Walter.

Es ist immer aufreizend, wenn ein anderer dem eigenen unausgesprochenen Gedankengang folgt. Sherlock Holmes hatte die Gewohnheit, das dem armen alten Dr. Watson anzutun, der es ganz gut verkraftete. Fernands scharfer Blick des Ärgers und des Mißtrauens hätte Walter aufmerksam machen sollen.

»Ich hab' einen Sohn in der Branche. Man könnte ihn ja mal anrufen.«

»Was für einen Sohn?« Wobei er die Messerspitze am Holz des Tisches ausprobierte. »Was für eine Branche?«

Beherrsch dich, sagt Walter sich selbst; halt deine fünf Sinne beisammen. Wenn du Förster bist, dann sieh dir den Wald an; sieh nicht nur die Bäume.

»Der Sohn, dessen Jacke Sie anhaben. Autobranche.«

»Keine Telefongespräche.« Was er mit der Messerklinge unterstrich.

Wieder ist der Gedankengang klar. Der Gebrauchtwagenhändler ist der Prototyp des Gauners. Gestohlene oder geschmuggelte Wagen oder auch einfach welche mit Totalschaden. Vorne völlig hin? Na, dann sägt man das Stück ab und klebt den Rest an einen anderen Wagen, den es hinten erwischt hatte. Jeder weiß dazu seine eigene kleine Horrorgeschichte, und Manuel lacht über alle. Er ist ehrlich – irgend jemand mußte ja früher oder später daran denken ... Walter kramt herum, findet eine der kleinen Broschüren, die sie den Leuten geben. ›Arturo und Manuel – Gebrauchtwagen‹ steht darauf. Arturo ist das Finanzgenie. Mußte er auch sein, sagt Walter, da er eine riesige italienische Familie mit Großmüttern und Nichten und Onkeln (gelernten Mechanikern) hat.

Fernand sieht sich die Broschüre an und sagt: »Polizeispitzel.«

Das ist seine natürliche Logik.

»Wie Sie wollen«, versetzt Walter, dem es allmählich langweilig wird. »Wenn Sie mir vertrauen können, kann ich Ihnen hier heraushelfen. Das gleiche gilt, wenn Sie meinem Sohn vertrauen. Was haben Sie denn schon für eine Wahl?«

Sylvie gab den Ausschlag. Sie war in der Küche gewesen und hatte Minestrone gekocht. Jetzt kam sie, die Hände in den Taschen der Kittelschürze, und sagte mit ihrem störrischen Gesichtsausdruck: »Essen.« Ihr Blick fiel auf die Broschüre.

»Was soll denn das? Du suchst einen Wagen? Um Bogart hier herauszubugsieren? Du willst Manuel in diese schmutzige Geschichte hineinziehen? Als hätten wir nicht schon Ärger genug! Dann wollen wir ihn doch für uns selbst behalten. Und nicht auch noch die Kinder damit belasten.

Sie halten sich wohl für clever?« wandte sie sich aggressiv an Fernand. »Dabei sitzen Sie hier oben in diesem gottverlassenen Nest fest. Sie brauchen nur noch darauf zu warten, daß die Polizei hier eintrifft. Was bestimmt geschehen wird. Früher oder später. Was wollen Sie dann tun? Uns als Geiseln nehmen, um sich irgendwie herauszuwinden?

Das klappt nicht. Das klappt nie. Sie halten sich zurück, aber sie bleiben Ihnen auf den Fersen, sie zermürben Sie. Sie können nicht bis in alle Ewigkeit ohne Schlaf bleiben. Früher oder später werden Sie durchdrehen. Und dann gibt es das große Drama. Sie bringen uns um, und dann bringen die anderen Sie um. Und das verschafft Ihnen Genugtuung? Daß Sie noch ein paar Unschuldige mitgenommen haben, nennt man es nicht so? Diese Eitelkeit! Diese absolute Dummheit! Und so setzt sich die sinnlose Gewalt immer weiter fort. Aber meine Kinder sind mir wichtig«, fauchte sie Walter zornig an. »Ach, was reg' ich mich auf? Weib, geh rein und koch die Suppe! Und das habe ich getan. Jetzt wird sie kalt. Eßt sie, oder laßt sie stehen. Vielleicht bekommt ihr beide einen etwas klareren Kopf davon.«

»Die Gangstergeschichte von neunzehnhundertdreißig«, sagte Walter, während er seine Suppe aß, »– haben wir Parmesan da? – basiert auf der mitleiderregenden Vorstellung, daß er ganz auf sich gestellt ist. Allein gegen die ganze Welt. Genau diese Stimmung möchte ich verhindern. Ich kenne mich da aus, ich habe mich mein Leben lang so empfunden. Irgendwo muß man versuchen, den circulus vitiosus zu durchbrechen. Er ist nicht allein. Ich stecke mit ihm in der Sache. Und du auch, und das würdest du einsehen, wenn du mal eine Sekunde nachdenken würdest.«

Fernand schwieg. Stopfte sich den Mund mit Brot voll. Dann Suppe hinterher. Die Suppe war gut. Er hatte seit dem Brot mit Margarine zum Frühstück nichts gegessen. Gefängniskaffee ist nicht immer heiß, aber er ist garantiert immer dünn. Na, jedenfalls macht sie gute Suppe. Er wußte nicht, daß Walter oft den gleichen Gedanken gehabt hat.

Er sah den Parmesan an und sagte: »Was ist denn das?«

Was ist er? fragte sich Walter. Wo kommt er her? Was hat er in diesen dreiundzwanzig oder vierundzwanzig Jahren getan, und wo war er? Die anderen beiden machten wenigstens den Eindruck verwahrloster junger Leute, die er wohl in irgendeiner Besserungsanstalt oder in einem Spielsalon kennengelernt hatte – aber das ist nicht weiter von Bedeutung, da er sich ihrer entledigt hat.

Dumme Fragen, sagt Walter sich. Wenn man sie mir stellte, was für eine Antwort würde ich geben? Was sind Sie? Woher kommen Sie? Was haben Sie bisher getan? Ich bin über fünfzig Jahre alt, und in diesem Augenblick sind es recht gute Fragen. Welches Ziel hat er, welchen Nutzen hat er? Oder, wie ein Kind es formulieren würde – ›wozu ist er da?‹.

Was für einen Verstand hat er?

Einen, der nur von einer Minute zur anderen funktioniert, und augenblickliche Belohnung braucht? Oder einen, der warten kann?

Plötzlich weiß Sylvie, warum es ihr so unbehaglich und widerwärtig ist, mit diesem Schwein zusammen an ihrem Küchentisch zu sitzen, als hätte sie ihn eingeladen – in ihre Küche ...

»Warum haben Sie meinen Hund getötet?« Mit einer brutalen Unvermitteltheit, die sowohl weiblich als auch holländisch ist, und Fernand den Wind aus den Segeln nimmt.

»Ich wollte – ich habe nie – nein ich –«

»Doch, Sie waren der Anführer, Sie waren verantwortlich.«

»Hören Sie mal, ich lie –« Seine Zunge stolperte über das Wort ›liebe‹, »ich mag Tiere ...«

»Lieber als Menschen«, wirft Walter ein.

»Sie sagen es. Sie sind nicht so falsch.«

»Sie können nicht sprechen«, sagte Sylvie trocken.

»Sie sagen es. Halten Sie den Mund. Sie sind doch diejenige, die dauernd vom Töten redet. Halten Sie endlich den Mund.«

»Fertig?« Während sie die Teller einsammelte.

»Nur vorsichtig, daß Sie nicht das Verkehrte sagen.«

Er hat noch immer Walters Messer, hält es locker in der rechten Hand; in der linken hält er den zweiten Hörer des Telefons. Wie ein böser Schulmeister, der allzeit bereit ist, dem Kind mit dem Lineal auf die Finger zu klopfen.

»Manuel«, sagte Walter in die Sprechmuschel. »Papa hier. Hör zu, ich erklär' es dir, wenn ich dich sehe, jetzt mach' ich's kurz: ich möchte dich um einen Gefallen bitten. Hast du einen Wagen, den ich ausleihen könnte? Irgendeinen ganz gewöhnlichen, einen Volkswagen oder sowas. Vielleicht ein bißchen größer als unserer. Für eine kleine Reise. Ein paar Tage nur.«

»Kein Problem. Wann willst du ihn haben? Dir macht's ja nichts aus, wenn die Kiste ein bißchen runtergekommen aussieht.« Er weiß, wie unwichtig Walter das Äußere der Dinge ist.

»Das ist der springende Punkt, zwei wichtige Details. Beide sind wichtig. Ich weiß, ich kann mich auf dich verlassen. Erstens, kannst du den Wagen bis zum Parkplatz vor dem Supermarkt außerhalb von Saint Gaudeus heraufbringen? Mich dort treffen und dann mit unserem Wagen zurückfahren? Am besten, sobald du kannst. Wann wäre das?«

»In einer Stunde ohne Mühe.«

»Wunderbar. Warte da draußen auf dem Parkplatz auf uns. Und noch was – der zweite Punkt. Das Wichtigste von allem – sprich mit niemandem darüber. Bis ich wieder zurückkomme, in ungefähr einer Woche. Ich hab' meine Gründe. Ich mach' einfach das Haus zu und hau' ab – mit Mama – okay? Ich zähle auf dich. Absolutes Stillschweigen. Einfach eine Marotte von mir.«

Er spürt die Messerklinge, die ihn leicht anstupst, als wollte sie sagen, erklär nicht so viel. Eine Schwäche von ihm. Aber Manuel können seine Launen nicht erschüttern. »Und, Junge – nichts Auffälliges –, bloß keinen Porsche. Bis nachher.«

»Die Koffer sind gepackt«, sagt Sylvie starr, eigensinnige Mißbilligung in jeder Bewegung, doch sie hält es wie immer, ›was du auch sagst, ich folge dir‹. Derart ist ihre Treue. Immer schon.

»Dann noch die letzte Kleinigkeit.«

»Mir gefällt das nicht.« Das hat Fernand schon einmal gesagt. »Das gefällt mir ganz und gar nicht.«

»Es ist aber unerläßlich«, erwidert Walter und wiederholt sich damit ebenfalls. »Das Wesentliche ist, daß man der Polizei eine Geschichte auftischt, die sie glauben kann. An dieser Geschichte hier ist nichts ungewöhnlich. Und was der Alte der Polizei erzählen wird – guter Gott, ich hätte gern einen goldenen Napoléon für jedes Wort. Ich geb' ihm nur den Schlüssel, er braucht gar nicht zu wissen, daß es Sie überhaupt gibt. Sie hocken sich auf den Boden, damit die Nachbarn nicht neugierig werden, und er sieht Sie nicht mal.«

»Schön, dann schicken Sie die Streife da rauf«, knurrte Hauptmann Cardenal, und irgendwann, als es dunkel wurde, schnaufte der blaue Kombi den Hügel hinauf, und in ihm zwei vorsichtige Landpolizisten, die bereit waren, Verstärkung zu holen, auch wenn der Alte nur Wirbel machte. Man kann ja nie wissen. Es brachte sie allmählich aus der Fassung, das Haus leer und und mit verschlossenen Läden vorzufinden.

»Gehen wir zu den Nachbarn.« Türenklopfen; Salutieren.

»Woher soll ich das wissen? Er fährt oft weg. Jetzt, da Sie fragen, fällt mir ein, ich hab' die Frau mit einem Koffer zum Wagen gehen sehen. Komischer Kerl, nicht wahr? Ausgerechnet Jesus hat er gebeten, sich um das Haus zu kümmern, solange er weg ist. Man stelle sich das vor – der zündet das Haus höchstens noch an. Jeden von uns hätte er fragen können, aber nein – Jesus muß es sein. Jesus!« Zweideutiger Anruf, der sich vielleicht an den oben im Himmel richtet.

»Was kann ich für Euer Ehren tun?« erkundigte sich Jesus mit großer Höflichkeit. »Seine Eminenz? Er ist so freundlich, meiner Wenigkeit sein Vertrauen zu schenken. Der Schlüssel ist in meiner Tasche. So groß meine Wertschätzung für Euer Ehren ist, keinesfalls könnte ich das in mich gesetzte Vertrauen mißbrauchen. Nein, nein, nicht einmal auf Anordnung Seiner Heiligkeit. Ich bitte Sie, den Ausdruck meiner Hochachtung entgegenzunehmen.«

»Lassen Sie den Quatsch! Wissen Sie, wohin er gefahren ist?«

»Ich wurde nicht unterrichtet. Die Neugier ist ein schlimmes Laster, meine Brüder. Nur einen Schritt, und der ganze Körper versinkt. Zweifellos in mein eigenes liebes Vaterland, das ich nie wiedersehen werde. Vera Cruz, erlauchteste Exzellenzen.«

»Komm, hauen wir ab, sonst steigt uns der Alte noch aufs Dach.«

»Die Grenze ist sowieso alarmiert. Komm, geben wir es weiter, auch wenn's nicht viel taugt.« Damit griff er zu dem Mikrofon in seinem Wagen. »Wagen sieben hier, Wagen sieben. Rührt sich wieder mal niemand. Machen die schon wieder Kaffeepause?«

## *Zweiter Tag*

Wir sind in einem ländlichen Hotel außerhalb von Mont de Marsan, einem kleinen, hübschen, ziemlich unbedeutenden Ort, praktisch an der Grenze zwischen dem Waldland von Landes, das sich über Hunderte von Meilen von Bordeaux erstreckt, und dem von Tälern durchzogenen, gutbewässerten Agrarland des Agen-Périgord. Wind war aufgekommen, und Zweige klopften an eine Fensterscheibe. Angenehme, kühle, milde Luft aus den Fichtenwäldern wehte durch das offene Fenster. Er atmete leise, lauschte anderem leisen Atem. Er merkte, daß seine Nerven überreizt waren. Das war unsinnig. Er streckte sich aus und versuchte sich zu entspannen, atmete tief, wartete darauf, daß ein leichterer, süßerer Schlaf ihn einhüllen würde.

Bisher hatte es kaum Meinungsverschiedenheiten gegeben. Es

war klar, daß sie die ganze Gegend um Toulouse meiden mußten, vor allem die große Ost-West-Verkehrsachse, die dem Tal der Garonne folgt. Sie fuhren auf kleinen Nebenstraßen durch das dünnbesiedelte Gers; Straßen, die nirgendwo und überall hinführten, und bei Dunkelheit mühsam zu fahren waren, doch wenn man die Touristenrolle glaubhaft spielen wollte, die einer Familie, der an ausgiebigen Mahlzeiten zu niedrigen Preisen lag, kam es darauf an, kein besonderes Ziel zu haben und nicht in Eile zu sein. Sie stießen nicht auf eine einzige Straßensperre, und wenn sie gelegentlich einen Landpolizisten sahen, so zeigte der sich lediglich an seinem Abendessen interessiert.

Dennoch mußte man wachsam sein. Es war schwer zu sagen, wie ernst die Behörden den Ausbruch eines lumpigen kleinen Einbrechers nehmen würden, selbst wenn er einen Wärter niedergeschlagen und halb erdrosselt in der Toilette zurückgelassen hatte.

»Kommt ganz darauf an«, meinte Walter vernünftig, »wieviel die zu tun haben. Wenn sie anderes im Kopf haben, zum Beispiel eine Bombendrohung oder Gerüchte von terroristischen Aktivitäten, dann fällt die Sache hier unter den Tisch. Übrigens gibt es da noch einen anderen Aspekt: Es kann passieren, daß wir auf eine Straßensperre stoßen, die wegen etwas ganz anderem errichtet wurde, zum Beispiel wegen verärgerter Bauern, die Lastwagen mit spanischen Tomaten sabotieren. Lassen Sie das Radio laufen, und achten Sie auf alle Durchsagen.«

Es hatte sich nichts ereignet, und die Tatsache, daß sie Mont de Marsan erreichten, gut zweihundertfünfzig Kilometer auf Landstraßen, war gewiß ein Zeichen dafür, daß kein Großeinsatz lief. Die Richtung war unerwartet und gehörte zu einem Zickzackkurs, durch den, wie Walter behauptete, jeder Verdacht, wenn ein solcher durch irgendeinen Zwischenfall bei einer Rast erregt werden sollte, zerstreuen würde; es gab ja solche Zwischenfälle, über die hinterher geklatscht wurde, und an die die Leute sich erinnerten.

Manuel hatte alles getan, worum Walter ihn gebeten hatte. Er wartete wie vereinbart mit einem ziemlich großen, ziemlich alten dunkelblauen Alfa auf dem Parkplatz des Supermarkts. Aber auch mit störrischem Gesichtsausdruck, der seine Mißbilligung ausdrückte; wenige Worte und die kurz; machte viel Aufhebens davon, wie eilig er es hatte, wollte nichts wissen, ließ den Blick demonstrativ in andere Richtungen schweifen. Doch nichts davon fiel in der Menge der Einkaufenden auf, die sich nur darauf konzentrierten, inmitten häuslicher Szenen vom Typ ›wo sind die Wagenschlüssel, bon jour?‹ Stapel von unsinnigem Zeug vom Einkaufswagen ins Auto zu verfrachten; inmitten schlecht erzogener Kinder, die heulend Kaugummi verlangten und von den Eltern zu hören bekamen, ›sei jetzt endlich still, sonst setzt's was‹. Wir tanken noch, wenn wir schon hier sind, denn hier ist das Benzin zwei Centimes billiger. Daß Fernand wiederum fahrig und nervös war und ständig die Pistole in der Tasche befingerte, wurde nicht bemerkt. Manuel nahm Walter ziemlich unwirsch die Wagenschlüssel aus der Hand und knallte krachend die Tür zu, ehe er donnernd Gas gab und davonbrauste, so daß Walter den zappeligen Fernand erneut beruhigen mußte.

Warum? Warum? Ganz gleich, wer die Fragen gestellt hätte und wem sie gestellt worden wären, keine der Antworten hätte zu der Zeit viel bedeutet. In der Rückschau würden sich die ›psychologischen‹ Fäden leicht genug entwirren lassen. Selbst in diesem Augenblick hätte Manuel, der von den Umständen keine Ahnung hatte, jedoch seinen Vater gut kannte, der richtigen Erklärung ziemlich nahekommen können, während er in dem VW mürrisch, vor jeder Ampel die Fingernägel kauend, nach Hause fuhr, aber er hatte anderes im Kopf und machte sich nicht die Mühe. Vater ist ein, wie heißt es gleich, neurotischer und weltfremder Mensch mit zwei Leidenschaften: eine, einfache Situationen so zu komplizieren, daß sie ihm zum Verhängnis werden; die andere, die sich abwärtsbewegende Rolltreppe hinaufzulaufen, ganz gleich wie viele Leute mit dicken Einkaufstaschen daraufstehen.

Er konnte es besser und machte es, ohne sich dessen bewußt zu sein, am folgenden Tag auch besser. Noch besser, und zwar ganz bewußt, am übernächsten Tag dann, als er weit mehr darüber wußte, was eigentlich los war, und sich die Sache zusammengereimt hatte. So kompliziert war das alles gar nicht; nicht einmal so ungeheuer weltfremd. Dennoch würde man später fragen, ›aber warum denn, um alles in der Welt?‹ Walter hätte doch einfach stillhalten und abwarten können. Die Polizei wäre gekommen, wahrscheinlich noch am selben Abend – was ja tatsächlich der Fall war. Es gab unzählige kleine Signale, durch die er und Sylvie, ohne sich ernstlich zu gefährden, hätten ausdrücken können, daß sie von einem bewaffneten und unberechenbaren Verbrecher als Geisel gehalten wurden. Die Polizei hätte gewußt, was sie zu tun hatte.

Statt dessen stürzt er sich völlig hirnverbrannt in dieses idiotische Abenteuer, um auf jede erdenkliche Art diesem Burschen zu helfen, einem Asozialen, der eine Gefahr für die Gesellschaft ist, seine Verfolger zu verwirren und der Wiederfestnahme zu entkommen. Und Mutter zieht er mit hinein in dieses Wahnsinnsspiel, das nur ein böses Ende nehmen kann. Vater ist ja für seine Verrücktheit bekannt, und im allgemeinen erträgt man sie auch – entweder um des lieben Friedens willen, oder weil man nicht viel dagegen tun kann –, aber das ist schon ein bißchen stark.

Würde man nicht lockerlassen, so würde Manuel Antworten geben.

»Mein Vater hatte viele Jahre lang ganz schöne Schwierigkeiten, um in seiner Ehe klarzukommen. Meine Mutter ist eine Frau mit vielen Qualitäten, eine starke Persönlichkeit. Die beiden sind gut füreinander, aber auch schlecht füreinander. Ein paar Jahre lang wurde das Schlechte noch schlechter. Durch den Persönlichkeitskonflikt wurden fundamentale Schwächen bei beiden noch verstärkt. Unselbständigkeit, Abhängigkeit vom anderen – Gott, ich bin kein Analytiker, wenn Sie eine Psychoanalyse wollen, müssen Sie sich an jemand anderen wenden, ich hab' dafür nicht viel übrig; es kann einem passieren, daß man eine Sache anfängt und am Ende viel mehr Mühe damit hat als zu Beginn; man muß aufpassen, daß man sich nicht überschätzt. Ich weiß, wessen Sohn ich bin. Es juckt mich nicht im geringsten. Aber meinem Vater machte es ganz schön zu schaffen. Glauben Sie vielleicht, es ist einfach, immer der gefällige Ehemann zu sein? Nicht, daß er das gewesen wäre, aber das ist der Eindruck, den er vermittelte, mit Absicht. Es ist viel einfacher zu sagen, »du hast mich betrogen, ich hab' dich auf frischer Tat ertappt, das lass' ich mir nicht bieten, ich lass' mich scheiden.«

Es gibt genug Idioten, die behaupten würden, ein solches Verhalten sei männlich. Aber er hat sich nicht so verhalten, er hat anders gehandelt. Nicht aus Eigennutz und nicht aus Faulheit. Er hat es für seine Frau getan und für seine Kinder – hören Sie, für *seine* Kinder.

Gesellschaftlichen Dünkel kennt er eigentlich nicht. Er überläßt es Leuten, die wesentlich unsicherer sind als er, sich um ihr gesellschaftliches Prestige und den Akzent, mit dem sie sprechen, Gedanken zu machen. Sie wollen einen Beweis dafür? Jeder von uns dreien durfte sich das Leben wählen, das ihm gefiel, ganz gleich, in welchem Milieu; er legte uns nie das kleinste Hindernis in den Weg. Aber es war bestimmt nicht immer einfach für ihn, halb Engländer, halb Deutscher zu sein, dann in Frankreich – ausgerechnet! – aufgewachsen und bei den Jesuiten Francospaniens erzogen worden zu sein. Und dazu dieser verdammte Anachronismus – dem Landadel anzugehören, der kein Land mehr besitzt, dem aber auch keine andere Rolle offensteht. Sie meinen, das ist einfach? Als Kosmopolit ist man überall zu Hause, gewiß. Aber man ist auch nirgends zu Hause. Nirgends auf der Welt gibt es ein Fleckchen Erde, wo man die Füße eingraben und sagen kann: ›Hierher gehöre ich.‹

Und das Schriftstellerdasein ist auch nicht gerade ein Honigschlecken, das kann ich Ihnen sagen. Mein Vater ist kein Genie, das ist wahr. Er ist nur begabt; das ist bereits hinreichend rar. Außerdem paßt er nicht in die üblichen Kategorien: er ist ein Original. Das mag niemand. In dieser Branche ist genau das Übliche gefragt wie in jeder anderen. Die breite Öffentlichkeit ist äußerst konventionell, gut verkaufen läßt sich alles, was einer erkennbaren Kategorie angehört, die sich in den gewohnten Bahnen hält. Aber das hat meinen Vater nie interessiert, und er hat nicht viel Dank dafür geerntet.«

Dies alles würde im Arbeitszimmer eines Untersuchungsrichters gesagt werden. Nicht in dem von Madame Claudine Rivière – weit fort von hier –, sondern in dem eines alten, erfahrenen Mannes. Der außerdem allzu häufig selbst die Konventionen mißachtet hatte; man machte ihm dies auf höfliche Weise klar, indem man ihn seine ganze berufliche Laufbahn lang in einem verlassenen Winkel der französischen Provinz schmoren ließ.

Er würde seine Freude haben an Manuel. Dieser kräftige, ungehobelt wirkende junge Mann mit den harten, verarbeiteten Händen; einen Meter neunzig, mit entsprechender Schuhgröße – und der hielt ihm einen Vortrag über Sensibilität.

»Künstlertemperament! Was wird darüber für ein Quatsch geredet! Ich habe damit gelebt: Sie können mir glauben, daß ich auf diesem Gebiet eine Autorität bin. Mein Vater sieht nicht kräftig aus – aber Sie haben bis jetzt noch keine rechte Gelegenheit gehabt, sich darüber ein Urteil zu bilden. Er ist kräftiger, als er aussieht; aber es ist nervöse Kraft, die da am Werk ist. Sie wirkt so ähnlich wie ein Aufputschmittel, wissen Sie. Wenn solche Leute ein hohes Maß an Energie oder Konzentration brauchen, können Sie es aus sich selbst herausquetschen. Sie brauchen keine Pille. Aber die Wirkung ist die gleiche: man muß dafür bezahlen. Je höher das Maß dessen, was man sich abringt, desto länger die Zeit, die man zur Erholung braucht. Diese Leute fallen einfach in sich zusammen; müssen sich ins Bett legen. Ich hab' ihn nach so einer ›Tour de France‹ buchstäblich auf allen vieren gesehen. Aber er erholt sich schnell, jedenfalls war es früher so. Vierundzwanzig Stunden später war er praktisch wie neugeboren. Er gab alles, was er hatte, und wenn's dem Ende zuging, wußte er, wie ein gedopter Boxer, gar nicht mehr, was er tat.«

Der Richter würde ein wenig lächeln, und Manuel, der das sähe und falsch verstünde, würde zornig werden.

»Sie sind Richter, Sie tun Ihre Arbeit, schön! Das respektiere ich. Sie sind ein vom Staat ernannter Vertreter des Gesetzes, und das muß ich akzeptieren. Aber vom Leben, von der Welt, tut mir leid, wenn ich Sie beleidige, indem ich das sage, verstehen Sie nicht das geringste. Sie waren auf der Universität, haben Jura studiert, na toll – für mich hängen Sie immer noch an Mamas Brust.«

Und der Richter würde den Ausbruch verstehen und sich für sein Lächeln entschuldigen und ganz freundlich sagen, daß selbst die Landmaus schon Malern, Schriftstellern, Musikern begegnet wäre. Daß man nicht in Paris leben müsse, um ihnen zu begegnen.

Darauf wiederum würde sich Manuel augenblicklich für seinen Anfall entschuldigen.

»Paris! Sie lesen wahrscheinlich eine Menge. Was ich sagen will, wenn man auf dem Land lebt, trifft man im allgemeinen nicht viele Leute, die man interessant findet; ich meine, man hat einen kleinen Freundeskreis, der ist mehr oder weniger dauerhaft, aber es gibt nicht diesen beständigen Wechsel zufälliger und flüchtiger Bekanntschaften wie in einer Stadt. Den müssen einem Bücher ersetzen. Helden, die ihre Abenteuer erzählen, Menschen, die ihre Probleme und Kümmernisse diskutieren – und auf einer anderen höheren Ebene Menschen, die denken. Man kann sich mit ihnen unterhalten; mit einem guten Buch kann man einen Dialog führen. Mein Vater hat oft gesagt, er hätte Talleyrand nicht als Politiker und noch weniger beim Spiel um Geld kennen mögen, aber er hätte gern fünf Jahre seines Lebens gegeben, wenn er Talleyrand in einer Bibliothek gekannt hätte, weil es keinen besseren Gesprächspartner gäbe.

Ich bin ein richtiger Bauerntölpel, ich war nie auf der Universität, ich bin viel in Paris, ich geh' gern in den Louvre und so, ich mag Buchhandlungen und kaufe ziemlich viele Bücher. Entschuldigen Sie, sieht so aus, als wollte ich von mir quasseln, nicht wahr, aber ich will auf etwas ganz Bestimmtes hinaus. Alle diese Schriftsteller – die sind doch in ihren eigenen Nabel verliebt. Nehmen Sie mir es nicht übel, wenn ich mich unverblümt ausdrücke, ich bin eben ein unverblümter Bursche, aber die würden doch sämtlich ihren eigenen Schwanz ablutschen, wenn sie drankämen. Wenn ein Buch gut sein soll, dann muß der Schriftsteller sich nach außen wenden, die Welt annehmen. Nur sehr wenige tun das, weil sie sie nicht mögen, und genau da liegt es mit dem, was sie Literatur nennen, im argen. Mein Vater wußte das. Er vergrub sich da unten in den Pyrenäen, sah kaum Menschen, lebte beinahe ausschließlich in seiner eigenen Innenwelt, stellte fest, daß das nicht gut war. Sehen Sie, als dieser Ganove mit Waffen und großem Mundwerk hereinplatzte, sah mein Vater ihn nicht einfach als einen schwachköpfigen Idioten. Er sah ihn vielmehr als ein Stück Leben, das interessant war, wert, sich mit ihm zu befassen. Man konnte doch nicht zulassen, daß so ein Menschenleben einfach verschwendet wurde, daß dieser Junge ins Gefängnis wanderte – mein Vater hat einen Horror vor Gefängnissen, sie verursachen ungeheure Schäden. Man sollte einen Menschen nur dann ins Gefängnis stecken, wenn man absolut davon überzeugt ist, daß man alles – aber auch alles im Bereich des Möglichen Liegende getan hat, um es zu verhindern. In der Sache mit dem Überfall auf das Juweliergeschäft konnte er nicht viel machen, aber er war eisern entschlossen zu verhindern, daß man den Burschen wegen der dummen Geschichte oben in seinem Haus, wegen eines Eigentumsdelikts, zu einem Erzfeind der Gesellschaft hochstilisierte. Eigentum ist Diebstahl? Nun, wie dem auch sei, zu viel Eigentum ist das Ergebnis von Diebstahl, und zu viele Menschen, die eigentlich ins Gefängnis gehörten, werden nie dort hingeschickt.«

Und der Richter würde weiter geduldig zuhören; dies durchaus nicht als eine Zeitverschwendung sehen. Es gibt schlechte Richter in Frankreich; es gibt aber auch gute. Das Verhältnis zwischen guten und schlechten weiß niemand; solche Statistiken lassen sich von keinem Computer aufstellen.

Ein Landgasthaus außerhalb von Mont de Marsan. Acht oder zehn Zimmer; noch einmal so viele in einer Dependance. Alt, im üblichen scheußlichen Restaurantstil ›modernisiert‹, mit Holzbalken und auf alt gemachten Tischen, chintzbezogenen Windsor-Sesseln und nachgemachten Kutscherlampen, die die Treppe von der Auffahrt herauf erhellen. Aber anheimelnd im warmen Lichtschein, freundlich, einladend. Ein gutgehendes Restaurant; eine groß aufgemachte Speisenkarte mit viel Folklore, Spezialitäten (zwischen Gers und Landes gibt es fast nichts ohne Gänseleberpastete; viel Ente: das große Zugpferd der Gegend ist der berühmte Monsieur Daguin in Auch ...). Ein großer Saal für private Festlichkeiten, Hochzeiten und Jahrestage und Klassentreffen: Vorwände jeglicher Art, sich einmal wieder tüchtig einen hinter die Binde zu gießen. Der Wirt ist ein großer, gewandter, lächelnder Mann, John Silver in der Kochmütze. Seine Frau ist kein Papagei, redet aber doch gern und viel vom Geld.

Im staubigen dunkelblauen Alfa draußen auf dem Parkplatz fand eine Diskussion mit erregten Stimmen statt. Endlich ist es gelungen, Fernand dazu zu bewegen, die verdammte Pistole wegzustecken. Dafür aber legt er nun ein streitsüchtiges, tyrannisches Verhalten an den Tag, von dem Walter nicht gerade angetan ist. Sylvie könnte versucht sein zu sagen – sie hüllt sich aber noch immer die meiste Zeit in störrisches Schweigen –, daß Walter tyrannisches Verhalten nur von einer einzigen Person duldet – von sich selbst nämlich. Aber in diesem Fall – da sie da nun einmal hineingeschlittert sind – steht sie eindeutig auf seiner Seite: Alles hat seine Grenzen. Soll sie vielleicht in ihrem eigenen Haus einen Antrag in dreifacher Ausfertigung einreichen, wenn sie zur Toilette will?

Wie zu erwarten, geht es bei der Diskussion um Hotelzimmer. Fernand – ständige Nähe führt zu Vertraulichkeit – hat angefangen, Vornamen zu gebrauchen, was Walter fast zur Raserei bringt (aber vielleicht hat er selber schuld daran, da er sich ja zuerst nach dem Vornamen des Jungen erkundigt hat?). Fernand ist entschlossen, sie keine Sekunde aus den Augen zu lassen.

»Wie oft soll ich es Ihnen noch sagen? Sie müssen sich natürlich anständig benehmen. Was sollen diese Leute von uns denken? Daß hier drei Ausgeflippte anrollen? Daß wir inzestuöse Neigungen haben oder eine ungewöhnliche Krankheit, die wir verschleiern möchten? Daß einer von uns an Alpträumen leidet oder Bettnässer ist? Das ist doch gerade das Unerläßliche: nicht aufzufallen, sofort in Vergessenheit zu geraten. Wir sind eine Familie. Jeder, der einen Ausweis verlangt, um die Identität zu überprüfen, bekommt meinen Paß zu sehen. Das ist völlig in Ordnung und geht problemlos. Oder möchten Sie unbedingt, daß die Leute mißtrauisch werden und sich die Nummer Ihres Führerscheins notieren? Nebeneinanderliegende Zimmer, okay, das ist kein Problem. Aber was darüber hinausgeht – wenn Sie da was erzwingen wollen, fordern Sie ja die Leute praktisch dazu heraus, die Polizei zu rufen, genau wie sie das bei einem lästigen Betrunkenen täten. Spielen Sie den Touristen. Essen Sie die Gänseleberpastete. Eine anständige Mahlzeit, ein warmes Bett, eine ruhige Nacht ...« Wie das Kindermädchen, das die Kleinen ermahnt, ihren Reisbrei aufzuessen. Sylvie, die diese dröhnende Stimme kennt – die des District Commissioner, der die widerspenstigen Eingeborenen an die Kandare nimmt –, vermerkt belustigt, daß Fernand stark genug beeindruckt ist, um den Mund zu halten.

Beim Essen dann der ›Vizekönigliche‹ Blick. Sylvie hat ihn nur allzuoft erlebt und hat noch genug Humor übrig, um die naheliegende Bemerkung zu unterlassen, daß Walter, wenn er wirklich nicht auffallen will, die Kellner besser nicht mit so schallender Stentorstimme anreden solle. (Die Kinder haben sich wegen Walters Verhalten beim Essen in öffentlichen Lokalen so häufig so schrecklich geniert, daß sie sich jahrelang rundweg weigerten, sich mit ihm sehen zu lassen, und es vorzogen, allein am Bahnhofsbuffett zu essen, anstatt sich im Hotel de France über seine lautstarken Kommentare zu winden. Ja, nachdem sie ein paar Jahre zuvor die *Forsyte Saga* gelesen, hatten sie sich für solche Anlässe einen Slogan ausgedacht: ›So serviert man doch keinen Port! Nehmen Sie das weg und bringen Sie die Flasche.‹)

Um ihm Gerechtigkeit widerfahren zu lassen – inzwischen ist es ihm schnurzegal. Früher, unsicher gemacht durch Armut, pflegte er streng auf die Tischmanieren der Kinder zu achten, das ist wahr. Und im Restaurant wurden die an anderen Tischen praktizierten gern als abschreckendes Beispiel hingestellt: »Kleine Leute! Ganz typisch, sie halten Messer und Gabel wie Stricknadeln.« Oder: »Seht euch das an, bei jedem Bissen taucht er den Kopf in den Teller und schnappt und schlabbert wie ein Hund an seinem Napf.« Das ist längst unwichtig geworden; es amüsierte ihn neulich zu sehen, wie ähnlich Manuel ihm bei Tisch war: kerzengerade Haltung, leicht seitlich gedreht, die Beine übereinandergeschlagen.

Ein halbwegs scharfer Beobachter hätte sofort gesehen, daß Fernand nicht zu diesem Paar gehören konnte. Saß am Tisch wie ein Bauer, hing mit gespreizten Ellbogen über seinem Teller (›setzt euch gerade und nehmt die Ellbogen vom Tisch!‹), Messer und Gabel schräg in den Fäusten, als wolle er sie als Waffen gebrauchen. Dazu lutschte er mit vollem Mund abwechselnd an Messer oder Gabel, während er sich gleichzeitig mit unstetem, rastlosem Blick umsah.

Wir können die Erziehung, die wir als Kinder genossen haben, nicht hinter uns lassen, dachte Walter. Diese Kleinigkeiten graben sich ein, drücken uns ihren Stempel auf, werden zu Moral und Religion. Es müßte interessant gewesen sein, D. H. und Frieda Lawrence zusammen bei Tisch zu erleben, den Sohn des Grubenarbeiters aus Nottingham und die Tochter einer deutschen Großbürgerfamilie. Achtete sie darauf, sich jedesmal, bevor sie trank, den Mund mit der Serviette abzutupfen? Bestand er darauf, mit einem Stück Brot kreisend seinen Teller sauberzuwischen, wenn er fertig war, um so den Abwasch leichter zu machen?

Ich habe Sylvie tyrannisiert, als wir gemeinsam jung waren. Ich machte mich über ihre bürgerlichen Gepflogenheiten lustig und versäumte keine Gelegenheit, um Sticheleien über ihre ehrbare flämische Herkunft anzubringen. Inzwischen hat sie den Spieß umgedreht. Und es geschieht mir recht, daß ich für meine unsensible Intoleranz bezahlen muß. Sie mußte darum kämpfen, sich als eigenständige Persönlichkeit und als Frau zu behaupten.

Und es ist jetzt wieder der Protest gegen Einflußnahme der Vergangenheit, der mich treibt, mich auf diese absurde Weise an das Schicksal dieses jungen Mannes zu binden.

Walter mußte an ein Weihnachtsgeschenk denken, das ihm die Jungen einmal gemacht hatten. Aus Jux. Ein sorgfältig gerahmtes und verglastes Poster, auf das ein deutsches Kind in großen Druckbuchstaben mit Pinsel und Wasserfarben geschrieben hatte: Wir BrotesTIEREN. Der Scherz war angekommen, und Walter hatte sich das Poster ins Studio gehängt. Es war bei dem Überfall nicht beschädigt worden.

Was haben wir gemeinsam? Mit albernen politischen Etiketten wie Sozialismus hat es nichts zu tun; der einzige Unterschied zwischen einer rechten und einer linken Regierung ist doch, daß die linke etwas dümmeres Zeug macht, aber in etwas besserer Absicht. Die Pest über euch beide, meine Herren. (Aber, aber! – Eine Volksfrontregierung hatte den Mut, das heiße Eisen der Rechtsreform anzupacken ...)

Das Dumme bei einem Aufenthalt in einem Landgasthaus ist, daß man in der Zeitspanne zwischen Abendessen und Schlafengehen höchstens einen Spaziergang machen oder fernsehen kann. Das erstere ist weniger öde, aber Mont de Marsan ist an einem regnerischen Septemberabend auch nicht gerade anregend. Ist das Spazierengehen eine sehr englische Angelegenheit? Jemand hat einmal gesagt, das englische Klima wäre das einzige, das es einem erlaubt, jeden Tag im Jahr einen Spaziergang zu machen; der dies behauptete, war vermutlich ein Engländer.

Fernand fand, wie nicht anders zu erwarten, die Idee wenig verlockend: wozu denn? Gewiß – da spielt der Klassenunterschied eine Rolle.

Er sah eine Chance, sich wieder zu behaupten.

*»On se tape une belote à trois!«* Der Satz ist kaum zu übersetzen, aber dies ist das Universalkartenspiel der französischen Cafés. Es ist kompliziert, schwierig und erbarmungslos. Die Werte der einzelnen Spielkarten sind veränderlich, und es bereitet Walter viel Mühe, sich ihrer zu erinnern – man kann die Trumpffarbe wechseln oder überhaupt ohne Trumpf spielen –, er spielt ohnehin nicht gern Karten, ist beim Spiel eine völlige Niete.

Demütigung also; absolute Schande beinahe. Sylvie spielt gescheit, scharfsinnig. Im Spiel zu dritt muß der Ansager gegen die anderen beiden spielen, und sie und Fernand bilden ein unschlagbares Paar. Im Zusammenspiel mit Walter beschwert sie sich unverhohlen über Vergeßlichkeit und Unaufmerksamkeit. Und spielt er mit Fernand zusammen gegen sie, so ist er nur das nutzlose fünfte Rad am Wagen. Die beiden regen sich gegenseitig an, während er dauernd schwimmt, immer tiefer in die Kindheit zurücksinkt, das französische Vokabular zu vergessen beginnt und deutsche Ausdrücke gebraucht. Als sei er mit seinem Großvater zusammen wieder im Waffenraum.

»Was ist jetzt Trumpf – Kreuz oder Eckstein?«

»Was, was?« murmelt Fernand sarkastisch.

Er erinnert sich an seinen Vater, wie er, scherzhafter Stimmung, den Kreuzbuben mit einer in die Stirn fallenden Haarsträhne und einem Oberlippenbärtchen ausgestattet hat, so daß er wie Hitler aussah ...

Das Spiel tat Fernand wahrscheinlich gut. Diese Pseudo-Atmosphäre des kleinen Landgasthauses, das sich den Anschein des exklusiven Restaurants gibt und gleichzeitig krampfhaft bemüht ist, die Illusion von der Postkutschenzeit zu erhalten, wäre ihm im Lauf des Abends vielleicht so auf die Nerven gefallen, daß er in seiner Frustration sich möglicherweise zu einer nicht wiedergutzumachenden Gewalttat hätte hinreißen lassen. Walter ging ihm zweifellos auch stark auf die Nerven. Hätte er nicht dank des Kartenspiels Gelegenheit gehabt, seine Meisterschaft auf einem Gebiet zu zeigen, wo er es ungestraft tun konnte... Mann, er konnte diese ganze Bande springen lassen, wie er wollte, konnte sie so hochnehmen, daß sie sich vor Angst in die Hose machten, wenn er nur wollte. Eine angenehme Vorstellung – an diesem ersten Abend hätte sie tödlich sein können. So jedoch war er locker und entspannt. Sollten sie sich ruhig sicher und behaglich fühlen. Er hatte sie in der Hand.

Miriam Lebreton war von allen Beteiligten vergessen, und sie hatte diese ihrerseits vergessen. Eine Rechtsanwältin versteht sich darauf, sich auf aktuelle Dinge zu konzentrieren. Sie hatte zwar ziemlich eingehend über merkwürdige Aspekte des Lebens nachgedacht – merkwürdig im Sinn von bizarr –, nachdem Walter sich von ihr getrennt hatte. Aber sie hatte viel zu tun, Versprechen einzulösen, hatte, wie der Mann in einem Gedicht, noch Meilen vor sich, ehe sie sich schlafen legen konnte. Von Toulouse nach Agen, Bordeaux, Angoulême und Poitiers; selbst in dem schnellen Porsche eine ganz schöne Strecke. Bis Mittag nicht zu schaffen, und die Mandantin war schwierig dazu; auf Schuldfreiheit aufgrund geistiger Verwirrung zu plädieren, war keinesfalls immer eine geschickte Taktik. War eine gefährliche Art, sich die Sache leichtzumachen, die sie nicht befriedigte. Und die Akte war konfus und schlampig. Sie war ein Profi und wußte, wie sie sich ihre eigenen – man konnte es ruhig Bizarrerien nennen – aus dem Kopf schlagen konnte.

*Une brave fille*, diese Miriam; wie ältere Kollegen mit väterlicher Nachsicht zu sagen pflegten. Gemischt mit einer Spur Neid und einer Spur Lüsternheit, denn sie war eine hübsche Frau und eine Schnellstarterin. ›*Brave*‹ – das Wort beinhaltet vieles; Beherztheit,

Tapferkeit, Tüchtigkeit. Aus bürgerlichem Munde kommend hat es eindeutig etwas Gönnerhaftes, und ›*le brave homme*‹ ist meist der zuverlässige Hausmeister, stets diensteifrig und immer höflich.

Auf der Fahrt nach Poitiers probte Miriam Lebreton Passagen ihres Plädoyers.

Promiskuität? Darf ich fragen, was das heißt? Sie können nicht erwarten, daß ein Anwalt, dessen Aufmerksamkeit im täglichen Plädoyer vor dem Strafgericht geschärft wird, einen so geladenen, so eklatant suggestiven Ausdruck einfach durchgehen läßt. In der Jurisprudenz bedeutet er nichts. Aber in der Moral – oho, meine Damen und Herren Geschworenen, immer wieder sagt man Ihnen, wiederholt es Ihnen bis zum Erbrechen, unser Gericht sei kein Moralgericht. Und Sie glauben es immer noch nicht – berechtigterweise. Recht und Moral sind hoffnungslos miteinander verquickt.

Miriam Lebreton rhetorisch. Vor Gericht war sie das nie. Rhetorik kann die Geschworenen nicht mehr beeindrucken. Ein Luxus, den man sich selber gönnt, die hochtrabende Antithese! Selbst beim inneren Monolog während einer langen, öden Autofahrt sollte sie vermieden werden. Nur wenn man von vornherein auf verlorenem Posten steht, nichts zu sagen hat, flüchtet man sich in die Rhetorik.

Aber sehen Sie sich dieses üble Wort doch einmal an! Promiskuität! Die gibt es nur bei Frauen. Bei Männern nicht! Das Wort stinkt nach Zölibat und schwarzem Kragen. Das Strafrecht ist immer noch durchdrungen von den Grundsätzen des Kanonischen Rechts der Kirche.

Im Verkehrsgesetzbuch hingegen finden Sie natürliches Recht. Ich bin eine Privilegierte, fahre einen Porsche (wenn auch nicht den 911; so reich bin ich nicht). Für mich gelten dieselben Regeln wie für den Studenten dort in seinem rostigen alten Käfer. Der Reichtum beschert mir Geschwindigkeit, Komfort und äußeren Glanz; er bringt mir aber auch erhöhte Verantwortung.

Die Gesellschaft erlegt mir Zwänge auf (Himmel, die Leute denken immer noch, Freiheit bedeutet Nichtvorhandensein von Zwang; genau das Gegenteil ist wahr). Die Regel lautet, daß ich andere nicht gefährden darf; nicht ihr Leben und nicht ihren Lebensraum.

Das meiste bleibt meiner Einschätzung – meinem Urteil überlassen. Wir dürfen die kleinlichen Vorschriften nicht noch vermehren. Der Verkehr muß fließen. Dazu bedarf es der Voraussicht und der Vorsicht. Ich muß meinen Kopf gebrauchen. Rücksicht nehmen auf langsame Reaktion, Ermüdung, Ängstlichkeit, Unerfahrenheit, Leichtsinn. Kurz, alle anderen. Ehe ich diese gefährliche Waffe auf die öffentlichen Straßen loslasse, und ehe ich mit jemandem ins Bett steige.

Die Gesetze sind ganz vernünftig; es klappt alles recht gut mit ihrer Hilfe. Da die Menschen sowohl unvernünftig als auch verantwortungslos sind, passieren viele Unfälle. Selbst wenn ich keinen Unfall habe, verursache ich sie. Oder kann jemand – selbst ein ausgemachter selbstgerechter Spießer – die Hand aufs Herz legen und sagen: »Nein, nein, meine Damen und Herren Geschworenen, niemals hat es an Umsicht und Vorsicht oder Rücksicht auf andere gefehlt?« Es hat keinen Unfall gegeben? Irrelevant! Schon in der nächsten Sekunde kann sich einer ereignen.

Dieser Sonntagsfahrer, dieser Bummler, der da mitten auf der Straße mit siebzig entlangkriecht, der bildet sich ein, vorsichtig zu sein.

Du bist eine der größten Gefahren auf der Straße, sagte Miriam laut und brauste im zweiten Gang vorbei.

Rhetorik, die für den verlorenen Fall eintritt. Wenn wir, meine Damen und Herren Geschworenen, an dem verbeulten Wrack vorbeikommen: am Straßenrand stehen der Krankenwagen und die Gendarmerie, und wir starren aufgeregt zum Fenster hinaus ... Wir geben einem menschenunwürdigen, perversen Instinkt nach, der sadistischen Freude des Voyeurs. Ziemlich schlimm ist das. Ich nenne es nicht Aberglauben, wenn wir uns schaudernd bekreuzigen; es ist eine Schwelle der Bewußtheit. Verschont durch Gottes Gnade? Wir bemühen uns wenigstens, nicht eitel oder ungerührt zu sein. Was ist Gnade? Ein Glücksstern, der Ihnen oder mir leuchtet? Zählen Sie nicht auf ihn. Gott übernimmt keine Verantwortung für Sie. Übernehmen Sie selbst die Verantwortung für sich, und denken Sie daran, daß die anderen die ihre nicht übernehmen.

Ehebruch – das ist auch eines dieser Pfaffenworte. Während der

Dritten Republik, Monsieur, konnten Sie Ihre ehebrecherische Ehefrau von einem *commissaire de police* festnehmen und aufgrund dieses Vergehens zu fünfzehn Tagen Gefängnis verurteilen lassen. Monsieur Clemenceau, der Nationalheld, hat es getan.

Miriam kann sich nicht einmal erinnern, ob dieses besondere Gesetz je amtlich außer Kraft gesetzt wurde.

Immer noch ein naives Mädchen, die gute Miriam Lebreton. Verläßt sich immer noch allzusehr auf ihre Intelligenz. Scheinwerfer und Bremsen des Porsche sind in gutem Zustand. Ein zuverlässiger kleiner Wagen.

Sie fuhr nach Poitiers, brachte die Angelegenheiten ihrer Mandantin in Ordnung. Auf eine Weise, die sie beide nicht befriedigte, aber so gut, wie es eben zu erwarten gewesen war; beinahe ganz ohne Rhetorik. Eine kurze Sache, ein kurzes Plädoyer – Miriam sieht einem Richter an, wenn er sein Abendessen will. Die Mandantin bekam drei Jahre; sie hätte auch zu sieben verurteilt werden können.

Sie saß allein im Hotel beim Abendessen, als sie ans Telefon gerufen wurde. Es war der junge Anwalt, der sich in Toulouse um ihre Fälle kümmerte. Er wußte Neuigkeiten. Er hatte mit der Untersuchungsrichterin und der Staatsanwaltschaft gesprochen. Gewissenhaft wie er war, hatte er den Oberst der Gendarmerie angerufen, welcher ihm so viel gesagt hatte ›wie er wissen mußte‹.

»Ach, du lieber Gott«, sagte Miriam, ziemlich unerschüttert. »Na schön. Lästig, ja, aber wir wollen keinen Wirbel machen. Ich komme morgen hin. Ja, ich fahre mit dem Wagen. – Seien Sie mir nicht böse, aber ich bin gerade beim Essen. Ich hab' dem Jungen den Floh nicht ins Ohr gesetzt, das können Sie mir glauben.«

Walters Name war nicht erwähnt worden, und sie erwähnte ihn auch nicht. Ihre Gedanken gehörten ihr und ebenso ihr Leben.

So jedenfalls sah sie es.

Walter hatte am Abend zuvor die Nase voll gehabt von kleinen Nebenstraßen, aber er schnallte sich gleichmütig hinter dem Steuer an. Er war des endlosen Kreisens seiner Gedanken müde. Wenn er seine Aufmerksamkeit auf eine notwendige Aufgabe konzentrieren mußte, würde das helfen, den inneren Dialog abzuschalten. Es kam ihm gerade recht, den Wagen auf unbekannter Straße durch den dichten Morgenverkehr lenken zu müssen.

Sie hatten es beim Frühstück besprochen.

»Warum sollen wir auf diesen gräßlichen kleinen Nebenstraßen bleiben? Jetzt, nachdem wir aus der unmittelbaren Umgebung des Tatorts raus sind – warum nicht eine Hauptstraße? Wir dürfen nur nicht zu lange in derselben Richtung fahren.«

Fernand ließ nur ein Wort fallen. »Bullen.«

»Die suchen doch nur nach einem gestohlenen Wagen. Das hier ist Manuels Auto, und er hat es mir geliehen. Da gibt es keinen Haken. Selbst wenn wir das Schlimmste annehmen, daß man Ihre Spur zu meinem Haus verfolgt hat, festgestellt hat, daß ich ausgeflogen bin, und mich deshalb jetzt sucht, würde man nach meinem Wagen fahnden und nicht nach diesem hier.«

»Computer!«

»Wie könnte man die Verbindung zu mir herstellen? Hm, es ist wahrscheinlich besser, ich stelle keine Schecks aus. Was muß bezahlt werden? Benzin, Essen, Übernachtung. Geht mit der Kreditkarte. Da dauert die Abrechnung etwas länger. Ich glaube, in diesen Konten dürfen sie sowieso nicht herumschnüffeln. Und selbst wenn sie die Genehmigung bekämen – wir meiden Banken und große Geschäfte, wo sie vielleicht einen Terminal haben. Die kleinen Läden zahlen erst einen Tag später ein. Außerdem ändern wir immer wieder die Richtung. Sie können uns gar nicht auflauern, weil unser Kurs unberechenbar ist.«

»Foto.«

»Ich vermute, sie haben eines von Ihnen und könnten es an die meisten Dienststellen verteilt haben und es den Leuten zeigen. Aber was kommt dabei schon heraus? Die meisten sagen ja doch alle ›Kenn ich nicht‹, wenn ihnen ein verdrießlicher Polizist so ein Foto unter die Nase hält.

Kommen Sie, sehen Sie sich die Karte an. Wir sind jetzt hier. Ich würde deshalb sagen, wir fahren bis Pérgueux und dann hinüber zur Küste. Über Angoulême nach La Rochelle. Das ist eine hübsche

Stadt. Da können wir übernachten.« Fernand ist mißtrauisch, läßt sich aber überzeugen.

»Und morgen dann – ich weiß nicht. Wieder landeinwärts. In Richtung Poitiers. Wenn wir nach Belgien hinauf wollen, vertrödeln wir besser nicht allzuviel Zeit.«

Poitiers – wo hatte Walter den Namen der Stadt kürzlich gehört? Ach ja, Miriam Lebreton hatte etwas davon gemurmelt, daß sie dort eine Verhandlung hätte. Sie wird wohl inzwischen wieder in Paris sein, denke ich. Sie wird ein schönes Gesicht machen, wenn sie hört, daß ihr Mandant abgehauen ist und vorher noch einen Polizisten niedergeschlagen hat …

Sylvie hüllt sich während der ganzen Diskussion in Schweigen. Sie hat sich von Anfang an kaum einmal eingemischt. Das muntere Wortgeplätscher überläßt sie Walter; das ist seine Spezialität.

Sylvie verfolgt eine Taktik? Das scheint allzu bewußt, allzu überlegt. Ihr Schweigen, beinahe trotzig, ist keine Berechnung.

Sie fühlt sich auf unsicherem Boden. Aber sie hat beschlossen, diese Sache durchzustehen. Ihre berühmte flämische Hartnäckigkeit.

Fernand ließ sie vorn sitzen und stieg selbst hinten ein. Er war recht zufrieden, fühlte sich direkt sicher. Sollten sie bockig schweigen oder quasseln, ganz wie es ihnen Spaß machte; ganz gleich, was sie taten, es war immer zu dick aufgetragen. Gestern – seine ganze Energie, seine ganze Einfallskraft war dabei draufgegangen, diesen Bullen außer Gefecht zu setzen. Er hatte improvisieren müssen. Das haßte er; es machte einen kaputt. Kein Plan, kein Spielraum. Man konnte nichts vorhersehen; konnte sich keine Verschnaufpause leisten.

Aber heute ist er ausgeschlafen und fühlt sich topfit. Mochte vorn sitzen, wer wollte; das Steuer hatte er in der Hand.

Gestern hatte er aus ihnen nicht klug werden können. Hatte ihr verdrehtes Getue nicht verstanden. Als Mittel, um ihm aus der Patsche zu helfen, schön und gut, aber war dieser Forestier so schrullig, wie er schien? Fernands Erfahrung zufolge, versuchten die Leute nicht, einem irgend etwas schmackhaft zu machen, wenn dabei nicht für sie selber etwas heraussprang, und was sprang für

Forestier heraus? Er hatte die Wagenschlüssel gehabt und die Pistole. Er hatte sich vergewissert, daß kein Telefon im Zimmer war, hatte die beiden in ihrem Zimmer eingesperrt, war auf jeden möglichen listigen Coup gefaßt gewesen; die würden keine Gelegenheit bekommen, Leinentücher zusammenzuknoten und aus dem Fenster zu steigen. Er schlief schließlich mit dem beruhigenden Gefühl ein, daß seine Sinne wach genug waren, um ihn beim geringsten ungewöhnlichen Geräusch aus dem Schlaf zu reißen. Und von dem Augenblick an, als er erwacht war, hatte er sich pudelwohl gefühlt, weil er sie verstanden hatte.

Es ging darum, das Gesicht zu wahren! Na bitte, der typische gute Bürger. Immer müssen sie die Kontrolle haben, und wenn es nicht so ist, müssen sie es wenigstens vortäuschen, und wenn sie nicht mal mehr das können, lassen sie sich irgendeine tolle Geschichte einfallen. Sie brauchen einen Vorwand, um sich selber zu täuschen. Nun, da er das begriffen hatte, hatte er sie im Sack. Sie kann ruhig die hochmütige feine Dame spielen; es wird ihr nicht viel nützen. Das Kommando hat er.

Er ist intelligent. Man hat es ihm oft genug gesagt, und er hat es mehr als einmal bewiesen; er denkt schneller als andere, und er verliert nicht so leicht den Kopf.

Fernand hat gelernt, daß er die Leute manipulieren kann. Wenn nötig, zwing sie, aber wende nicht unnötig Gewalt an. Das war der Fehler, den all diese schwachköpfigen Banditen machten: immer arbeiteten sie mit Gewalt und hatten nichts in Reserve. Bei den braven Bürgern reicht die Drohung, denn nichts liegt ihnen mehr am Herzen als die eigene Haut und ihr kostbares Eigentum. Man bedrohte das eine, um das andere zu bekommen. Für den Fall des Falles hat man die Pistole, aber es ist viel besser, man braucht sie nicht.

Also, machen wir uns einen ruhigen Tag und nehmen wir uns Zeit, alles zu durchdenken. Der Plan des alten Gauthier, ständig im Zickzack zu fahren, ist nicht so übel; wenn wirklich jemand die Spur aufnehmen sollte, würde er wenig damit anfangen können, keiner würde wissen, was er als nächstes tun würde. Die beiden hier auch nicht, auch wenn sie sich für superklug hielten.

Geiseln! Alle Welt nahm Geiseln, und sie brachten einen nur in Schwierigkeiten. Die Kunst bestand darin, sie loszuwerden. Da hatte er schon einen Plan. Ein ruhiges Fleckchen mitten in der Landschaft, wo man sie nicht zu bald finden würde. Dazu brauchte man nicht mehr als eine Rolle Schnur. Handgelenk zum Knöchel, und eine Schlinge um den Hals, die sich zusammenzieht, wenn sie sich bewegen. Da hält jeder gern still.

Aber wenn sie sich erst einmal vormachten, man stünde auf freundschaftlichem Fuß, konnte man sie weit mitnehmen. Nach Belgien? Die Vorstellung behagte ihm. Da kam man leicht hinein und wieder heraus. Hatte die Wahl zwischen drei verschiedenen Ländern. Ich kenne es schon, aber das wissen die nicht.

Du mußt sie vorher abschieben. Und den Eindruck vermitteln, daß du auf anderem Weg zurückkommst.

Das einzig wirklich Lästige ist der Mangel an Bargeld. Sie hatten zu dritt kaum genug für ein Bier. Sie verlassen sich auf Schecks und Kreditkarte. Das ist ganz in Ordnung, solange Forestier zahlt. Er würde das bis zur belgischen Grenze hinauf mitmachen. Dann würde man weitersehen.

Du kannst dich zurücklehnen. Aber halt die Augen offen. Die komischsten Dinge können passieren, und meistens passieren sie unversehens.

Walter redet ein bißchen mit sich selbst. Und kein Wort darüber, ob es moralisch vertretbar ist, einem Kriminellen Fluchthilfe vor der Justiz zu leisten. Frankreich ist ein Land, das er gleichzeitig haßt und liebt, und hier gehört er hin. Er wünscht sich nur, er führe auf einem Fahrrad; langsam. Landschaft, Ortschaften. Von der Straße aus sieht man Tankstellen und Schnellimbißbuden, man könnte ebensogut in Bakersfield, Kalifornien, sein. Man könnte auf einer der Pilgerstraßen dahinziehen – es gibt ihrer drei, wenn die Erinnerung nicht trügt –, die in südwestlicher Richtung nach Santiago de Compostela führen. Aber man gönnt sich nicht die Zeit anzuhalten, sich umzusehen.

Eine Stadt jetzt; ist es Angoulême? Er ist so abgestumpft, daß er nicht aufgepaßt hat. Wenn man im Auto reist, ist die Ankunft in jeder französischen Stadt ähnlich: Unweigerlich verläuft da ein langer, trister Boulevard mit unzähligen Verkehrsampeln und Wegweisern, auf denen ›*Toutes Directions*‹ steht. Der Tag war warm, der Verkehrsfluß langsam, die Vorstadt muffig. Wenn Walter überhaupt denkt, dann an eine baldige Mittagspause. Er hat das Fenster geöffnet, den Ellbogen nach draußen gelegt. Er döst vor sich hin.

Die Träume von einem gemütlichen Mittagessen, einem Glas Wein, vielleicht auch zwei oder drei Gläsern, von einem friedlichen Verdauungsnickerchen, während Sylvie am Steuer sitzt, werden jäh unterbrochen. Die Ampel zeigte Rot, die Autos standen in beiden Richtungen still. Weshalb plötzlich ein kurzes, lautes Hupen? Französische Autos sind im allgemeinen mit einer gedämpften Hupe ausgestattet, um die Leute, die aus Ungeduld und Unduldsamkeit immer gleich mit der Hupe bei der Hand sind, nicht noch zu ermutigen. Bei deutschen Autos hört man gelegentlich noch das schrille Plärren von früher. Walter erwachte und erkannte einen roten Porsche. Vertraut und unübersehbar. Er hatte nicht daran gedacht, daß Miriam Lebreton nach Toulouse zurückfahren könnte. Ihr Gesicht zeigt Überraschung. Sie grüßt nur herüber: »Hallo, hallo!«

Fernand ist wach, weil er hungrig ist und dem Mann bedeuten wollte, er solle anhalten. Der rote Wagen sagt ihm nichts. Doch die Fahrerin erkennt er und reagiert augenblicklich. Daß Miriam Lebreton Walter kennen könnte, ohne ihn überhaupt zu bemerken, der Gedanke kommt ihm gar nicht; weshalb auch? Sie wird Alarm schlagen!

»Anhalten! Anhalten, sag' ich!«

Verblüfft trat Walter auf die Bremse. So abrupt, daß zwei, drei Fahrer hinter ihm entrüstet hupten. Fernand war schon aus dem Wagen gesprungen, war über der Straße, noch ehe Miriam – verdattert – den Gang eingelegt hatte.

»Drehen Sie um. Los, umdrehen, sag' ich!«

Man hatte ihr mitgeteilt, daß der Bursche auf freiem Fuß war. Man hatte ihr nicht gesagt, daß er eine Schußwaffe besaß.

Sylvie hatte nicht geschlafen.

»Fahr los!« schrie sie. »Schnell!«

»Ich kann nicht.« Die Ampel war wieder rot.

Walter verfolgte die unverhoffte Szene. Ein junger Mann sprang aus einem Auto, knallte die Tür zu und stürzte über die Straße zu einem anderen Wagen. Nichts Ungewöhnliches – er hat eben plötzlich eine Bekannte gesehen. Kein Mensch achtete darauf. Der Porsche wendete. Fernand lehnte sich aus dem Fenster und gab durch Handzeichen zu verstehen, daß Walter ein Stück weiter oben halten sollte. Walter begriff.

Französische Ortschaften haben große, leere Plätze. Touristen halten hier an, um sich zu orientieren.

Fernand war im Handumdrehen im Bilde. Er konnte sie nicht davonfahren lassen; sie hätte im Nu einen Riesenwirbel ausgelöst. Eine zusätzliche Geisel also – vielleicht von Wert. Darüber wollte er später nachdenken. Ihr Wagen fiel auf und mußte verschwinden.

Miriam hatte die Fassung wiedergewonnen. Sie erkannte jetzt, wie die Dinge lagen. Es kam darauf an, Gelassenheit an den Tag zu legen.

»Natürlich – Sie kennen sich.«

»Woher kennen Sie ihn?« fragte Fernand mißtrauisch.

»Ich dachte daran, ihn als Zeugen zu benennen.«

Im anderen Wagen stellte Sylvie die gleiche Frage, erhielt die gleiche Antwort.

»Wir suchen jetzt einen Parkplatz«, befahl Fernand mit kühler Ruhe. »Da lassen wir Ihren Wagen stehen. Es passiert ihm schon nichts. Sie fahren mit uns.«

»Ich verstehe langsam, worauf Sie hinauswollen«, erwiderte Miriam.

»Sie behaupten doch dauernd, daß ich Ihnen vertrauen kann«, sagte er zu Walter. »Jetzt können Sie's beweisen – sonst zahlt sie.«

Es dauerte nicht mehr als fünf Minuten.

»Hau ab! Such einen Polizisten! Tu irgendwas!« rief Sylvie. »Ihr Pech.«

»Nein«, entgegnete Walter. »Das geht nicht. Ich würde nicht daran denken.«

Sie riß sich zusammen, starrte ihn stumm an.

Fern von hier, im katalanischen Land, gibt es einen traditionellen

Volkstanz. Die Schritte sind einfach, der Rhythmus ist langsam. Man lernt ihn schnell, und die Touristen tanzen mit. Die Sardana. Alle haken sich ein und bilden einen Kreis um die Musiker. Walter ist eingehakt, eine Frau an jedem Arm. Fernand, Manuel – weitere Partner. Die Füße strecken sich vor, die Körper neigen sich gemeinsam. Die traditionelle Melodie, zweifellos sehr alt, bleibt einem im Gedächtnis.

Miriam erschien, elegant aussehend und ziemlich gelassen. Fernand trug höflich ihren Koffer. Im Fond des Wagens war noch Platz für sie.

»Wir essen jetzt etwas«, sagte Fernand freundlich. »Und dann fahren wir weiter. Genau wie bisher.«

»Man wird mich suchen«, warf sie ein.

»Kann sein. Aber die werden denken, daß Ihnen was dazwischengekommen ist. Daß Sie was Besseres zu tun haben. Und das stimmt ja auch, oder nicht?«

»Ich dachte mir doch, daß sich bei Ihrer Verteidigung unerwartete Perspektiven auftun würden.«

»Und ich kann jetzt etwas zu trinken gebrauchen«, bemerkte Walter.

## *Dritter Tag*

Nacht in La Rochelle. Schlimm. Es wäre zweifellos überall schlimm gewesen. Das kann man sich sagen, während man nüchtern darüber nachdenkt und Vernunft und Erfahrung in den Dienst eines Urteils stellt, das man spät gewonnen hat; zu spät. Meine Fehleinschätzung der Dinge hat dazu geführt, sagt sich Walter früh morgens um drei, als er allein ist. Er hat niemanden, dem er sich anvertrauen kann, und würde es etwas nützen, wenn er jemanden hätte?

Schönes Hotel. Ein großes, trotzdem gemütliches Haus, solide gebaut und großzügig angelegt; weder zu groß noch großartig genug, um als Hotelpalast zu gelten – vielleicht gerade deshalb um so schöner. Ein massiver, schloßähnlicher Bau nicht weit vom

Hafen. Walters Erinnerungen waren lebhaft, aber vage. Als er es sah, zog es ihn hin wie das Eisen zum Magneten. Alle waren müde, hungrig, schlecht gelaunt, und keiner erhob Einwände.

Große Bogenfenster und Art Déco Verzierungen. Gefliester Boden und die Reception aus Mahagoni, von Palmen in Messingtöpfen und Velourportieren flankiert – unwiderstehlich für Walter. Hier würde man sich wohl fühlen.

»Zwei Doppelzimmer?« Die Frau am Empfang mustert sie mit routiniertem Blick. »Wir sind noch ziemlich belegt, aber es müßte gehen. Die Wagen haben Sie draußen? Könnten Sie sie in die Garage hinunterfahren – für Gäste natürlich kostenlos.«

Und zuerst eine verlegene Erklärung (Walters fatale Angewohnheit, immer zu viele und überflüssige Erklärungen abzugeben), daß man den einen Wagen in der Nähe zur Reparatur gegeben hätte (was selbst in seinen Ohren wenig überzeugend klang), und dann die Frage, der sie bisher alle ausgewichen waren: Wer schläft mit wem? Gefangen in seinem eigenen hartnäckigen Beharren auf ›natürlichem Benehmen‹. Selbst Miriam, verwirrt und wahrscheinlich ein wenig unter Schock stehend, reagierte nicht. Doch das überwältigende Fluidum bürgerliche Ehrbarkeit – ein Geruch, ein Geschmack – an solchen Plätzen hemmte sie zusätzlich. In ihrem schlichten, teuren schwarzen Hosenanzug sieht sie jünger aus – und Fernand, hager und eingefallen und von der nervösen Belastung, sieht älter aus. Man könnte sie ohne weiteres für ein Paar halten. Was kann man an einem öffentlichen Ort wie diesem schon sagen? Auch Walter sieht hager und eingefallen aus, aber ebensosehr von Müdigkeit und Hunger wie von nervöser Belastung.

»Machen wir uns erst einmal frisch, und dann essen wir etwas«, schlägt er vernünftig vor. »Anschließend geht es uns gleich besser. Dann können wir in Ruhe alles bereden.«

Und Fernand, den dieses Haus, das so anders ist als alles, was er kennt, anfangs eingeschüchtert hat, reagiert in seinem Inneren mit einer gewissen Gewalt. Er hat eine Idee; eine Überraschung für diese Leute.

Aber die behält er in Reserve. Jetzt erst einmal ein weiteres neues Erlebnis – Abendessen; im Restaurant; mit den Reichen ... Der alte Gauthier hat Geld wie Heu, und die Anwältin auch. Man braucht sich ja nur die Brillantohrringe anzusehen. Echt!

Sie bekommen einen hübschen Tisch am Fenster zugewiesen mit Blick auf die Terrasse. Im Hintergrund der Hafen. Die Stühle sind schwer, behaglich. Große, in Leder gebundene Speisenkarten. Die Leute speisen schweigend. Ein satter, schwerer Geruch.

Fisch. Walter (im Fischezeichen geboren) ißt leidenschaftlich gern Fisch. Mouclade, ein einheimisches Gericht, Muscheln mit einer Spur Curry in der Soße; *lotte* in weißen, glänzenden Scheiben, *sauce américaine*, aus Hummerstückchen zubereitet. Der einheimische Muscadet, angenehmer Weißwein von der Loire. Walter wird aufgeschlossen und trinkt zuviel davon.

»Wasser für mich«, sagte Miriam kühl. Fernand stößt mit mißtrauischer Miene das Wort »Bier« hervor.

Zwischen den beiden Frauen besteht anfänglich eine gewisse steife Zurückhaltung.

»Mir ist nicht ganz klar«, sagte Sylvie, »woher Sie sich kennen.«

Miriam ist gewappnet.

»Ganz einfach. Man dachte flüchtig daran, ihm Beihilfe anzuhängen, da er sich ziemlich widerspenstig zeigte. Paragraph einhundertvier der Strafprozeßordnung . Ich dachte, wenn ich ihn überreden könnte, als Zeuge der Verteidigung auszusagen ...«

Wunderbare Stadt La Rochelle, wo er sich immer wohl fühlt. Ein seltsames Quartett geben sie ab, wie sie da um den Tisch sitzen. Banal, aber er kommt sich vor wie in einem Traum. Er war früher schon einmal hier, mit Sylvie. Sie saßen an dem Tisch dort drüben. Bürger auf Urlaubsreise.

Er trinkt zuviel. Er sitzt mit Miriam Lebreton beim Abendessen. Das letzte Abendessen, ihm so lebhaft im Gedächtnis, so frisch – erst vorgestern abend! –, ist verblaßt, unwirklich. Oder ist dies hier das Unwirkliche?

Er macht Konversation, die Flasche hilft ihm dabei, aber sie erlahmt. Draußen ist der letzte Schimmer der Dämmerung zur Nacht verdunkelt. Es ist nicht spät, aber die Atmosphäre ist kalt und freudlos geworden. Müdigkeit und Ängste wallen auf wie eine vom Wind getriebene Springflut; keiner hat das Bedürfnis, zu Bett zu gehen. Und Fernand, der in der vergangenen Stunde kaum ein Wort gesprochen hat, läßt seine Bombe platzen.

»Heute werden die Partner getauscht.« Nur um ihnen zu zeigen, wer der Herr im Haus ist.

Sie sehen einander an. Was können sie in diesem überladenen Speisesaal sagen? Aber, was könnten sie überhaupt sagen, gleich, wo sie sich befinden?

Ein Korridor, mit einem Teppich ausgelegt, der nach Staub riecht, führt zu den Zimmern.

Vor dem Bett mit der betongrauen Tagesdecke blieb Miriam stehen und sah Walter an.

»Es wäre mir lieber, wir schlafen getrennt«, sagte sie höflich und unglücklich.

»Ich hatte nicht vor, mich dir aufzudrängen.«

»Gut, dann ... möchtest du zuerst ins Bad, oder soll ich?«

Und in einem anderen Zimmer steht Sylvia Fernand gegenüber.

»Sie wollen mit mir schlafen. Obwohl ich alt bin? Lassen Sie sich eines gesagt sein: Wenn Sie brutal sein sollten, dann ist es mir gleich, ob Sie zwanzig Pistolen haben. Ob Sie mir weh tun, ob Sie mich umbringen, ich werde mich wehren. Ich werde brüllen wie am Spieß, jetzt gleich, wenn es sein muß.«

Fernand sagt nichts; tut nichts. Sie sehen einander an.

»Ich verlange nicht viel. Lediglich ein Mindestmaß an Rücksichtnahme. Lassen Sie mich so tun, als hätte ich noch Selbstachtung. Das ist doch gewiß nicht zu viel verlangt? Kann ich jetzt bitte ins Bad gehen? Und Sie warten hier.«

Miriam, die mit gebürstetem Haar in einem schwarzen Baumwollpyjama herauskommt, erinnert irgendwie an eine Vietnamesin. Als sollte sie einen Strohhut tragen. Jung und verletzlich. Walter, noch in Hemd und Hose, liegt auf dem Bett und raucht eine Zigarre. Sie läßt die Haarbürste fallen und bückt sich, um sie aufzuheben.

»Eigentlich«, sagt sie, »sollten wir doch wohl Alarm schlagen?«

»Daran habe ich auch gedacht. Selbst wenn Sylvie nicht wäre – ich glaube nicht, daß es etwas helfen würde.«

»Mit dem hier habe ich überhaupt nicht gerechnet. Das ist eine blöde Bemerkung. Ich habe mit gar nichts gerechnet. Ganz bewußt. Ich war irgendwie ganz zuversichtlich. Ich hatte keine Angst – ganz gleich, was passieren würde. Ich meine – es tut mir leid – daß er Sylvie genommen hat...«

»Du brauchst mir nichts zu erklären.«

»Nein. Das einzige, womit ich nun wirklich nicht rechnete, war, euch zu treffen. – Vielleicht solltest du doch lieber zu mir ins Bett kommen. Wenn ich dich darum bitten darf.«

»Verzeihst du mir, wenn ich es nicht tue?«

»Nicht nur das. Ich verstehe es.«

»Eine echte Pfadfinderin«, sagt Walter und lacht mühsam.

Walter, der auf dem Rücken lag, schnarchte. Miriam fuhr in ihrem Bett hoch. Unmöglich das!

»Hör auf!« Leise Stimme, die nicht weiter trug als bis zum Badezimmer, aber in befehlendem Ton. Ein im Plädieren geübter Anwalt hat ein Ohr für den rechten Ton. Ein Satz, der, noch so kurz, in ein von vielen Dingen – Widerwillen, Müdigkeit, Feindseligkeit, Verwirrungen aller Art – abgestumpftes Hirn eindringen wird. Es ist sinnlos zu schreien. Ein Einwurf, der nur empörten Protest vermittelt: *»Monsieur le Procureur*, ich muß Sie unterbrechen«, hat im Gerichtssaal kaum Gewicht; da muß man sich schon bessere Tricks einfallen lassen. Gönnerhafte Erheiterung kann ein zweischneidiges Schwert sein; man muß sorgfältig darauf achten, ob der Vorsitzende Anzeichen von Langeweile, Irritation zeigt, ein unterdrücktes Gähnen oder hungriges Magenknurren hören läßt. Einen Anflug leicht ironischer Verwunderung vielleicht? Mann – Sie schnarchen ja!

Miriam hat dafür zweifellos ein Gespür. Walter drehte sich brav auf die Seite, sein Atem wurde augenblicklich ruhig.

Sie lehnte sich nach hinten zurück auf die Ellbogen. Sie zog behutsam eine Zigarette aus der Packung auf dem Nachttisch, rauchte sie etwa bis zur Hälfte und drückte sie aus. Klopfte ein-, zweimal ihr Kissen zurecht. Setzte sich wieder auf. Glitt aus dem Bett. Kleidete sich an.

Die alten Dielen unter den Schichten abgetretenen Teppichs in den Fluren knarrten laut, als wären sie extra dazu da, den heimlichen Ehebrecher zu überführen, aber die Marmorplatten im Foyer waren still unter ihren Füßen. Immer noch hing der unveränderte Geruch nach staubigen Vorhängen und schal gewordenem Essen in der Luft. Der Nachtportier – ein Patiencespieler? Ein Student der russischen Sprache? – hob ohne Verwunderung den Blick.

»Ich kann nicht schlafen. Mache noch einen kleinen Spaziergang.« Nicken. »Die Tür ist offen?« Nicken. Nichts Ungewöhnliches. Zuviel Hummer. »Ich bin gleich wieder da. Ein Glas Mineralwasser und ein Alkaseltzer, wenn Sie eines dahaben.« Sie gab ihm ein Trinkgeld. Man muß den Leuten nur eine vernünftige Erklärung präsentieren, dann sehen sie keinen Anlaß zu Mißtrauen.

Die Straßen von La Rochelle um drei Uhr morgens. Friedlich. Für Zecher, Huren und Räuber ist es zu spät, für die Frühschicht, Eisenbahner oder Straßenkehrer, noch zu früh. Gelegentlich ein Radfahrer oder Fußgänger, der einen nicht beachtet, ein Auto mit leisem Brummen, einer mit reinem Gewissen, der vom Kartenspiel oder einer langen Sitzung über den Büchern heimkehrt. Die Ampeln, die auf Gelb geschaltet waren, blinkten gleichgültig. Die Stunde, wenn Polizei und Feuerwehr ihre Berichte geschrieben und Lust auf eine Tasse Kaffee haben; Sanitäter gesellen sich auf einen Schwatz zu Ambulanzpatienten, und die Nachtschwester macht den Kühlschrank auf, um sich ein belegtes Brot und einen Becher Joghurt zu holen.

Die Stadt ist nicht groß, was man sucht, findet man leicht. Und die Leute hier halten sich etwas zugute auf ihren gesunden Menschenverstand. Die Einheimischen stehen sich gut mit ihrer Stadtverwaltung; eine Seltenheit in einem Land, wo es in der Politik immer noch bedauerlich viel Korruption gibt.

Miriam stand auf dem Bürgersteig und blickte auf das *Commissariat de Police* mit dem gelben Lichtschein der Beleuchtung, der friedlich und tröstlich wirkte, und sagte sich, daß es ja gar nicht zu Schwierigkeiten kommen müsse. Irgendwo lag sicher ein Fernschreiben; die notwendige gesetzliche Autorität war vorhanden. Man würde ein paar Anrufe tätigen und einen zuständigen Beamten aus dem Bett holen müssen. Technisch gesehen, war es ganz einfach.

Eine Tiefgarage war ein guter Platz für eine Verhaftung. Frühstückszeit: Es mußte doch ein Kinderspiel sein, die Garage unauffällig abzuriegeln, ohne mit schweren Stiefeln und MP's großen Wirbel zu machen. Ein einzelner junger Mann, der sich mehr auf gutes Zureden verließ als auf die Pistole in seiner Tasche. Vier oder fünf Kriminalbeamte, nüchtern und erfahren: keine Notwendigkeit für einen Skandal. Ihre eigene Rolle in der Sache brauchte nicht erklärt, nicht einmal erwähnt zu werden. Was hinderte sie? Warum schienen ihre Füße plötzlich in einem Leimtopf zu stecken?

Ich bin eine moderne junge Frau und habe ein ausgezeichnetes seelisches Gleichgewicht.

Miriam Lebreton verdient gute Noten für die Transparenz ihrer Analysen und die Klarheit ihrer Synthesen, und ihre körperlichen Reaktionen sind schnell; sie fechtet und spielt Tennis. Wir haben das doch alles schon durchgekaut. Da ist Sylvie, die ihr eigentlich recht gut gefällt und die bis zu einem gewissen Grad persönlich beteiligt ist. Da ist Walter, dessen persönliche Beteiligung weit tiefer geht; hm, auf zwei oder drei Ebenen, und sie muß gezügelt werden. Da ist ihre eigene Beteiligung; sollen wir lächeln? Ein *commissaire* der *Police Urbaine*, ein Inspektor der *Police Judiciaire* vielleicht, wären Leute, die neben Erfahrung auch eine gewisse Weltkundigkeit besitzen. ›Weibliche Schwächen‹ – ein kleines Lächeln, ein Federstrich quer durch. Die Anwältin Lebreton hat als Vertreterin des anderen Geschlechts für die Probleme ihres Mandanten eine gesteigerte Sensibilität, aber keiner würde sagen, daß sie ›persönlich beteiligt‹ ist.

Und warum stehen wir dann da wie angewurzelt? Das ist wirklich komisch. ›Unheimlich komisch‹, wobei sie sich weder dieses Adjektivs noch des Adverbs sicher ist. Die Modifizierung von einfachen Verben ist im Plädoyer soweit wie möglich zu vermeiden.

Also vermeide es. Hast du Angst, die Straße zu überqueren? Das ist neurotisch. (Ihr fällt ein, daß ihr ein Kollege erzählt hat, eine beginnende nervöse Depression erkenne er stets daran, daß er plötzlich unfähig sei, die Straße zu überqueren.) Hier spielt etwas mit, was über die greifbaren Dimensionen einer simplen Angelegenheit hinausgeht.

Ein metaphysisches Elemet? Das ist keine Vorstellung, mit der diese junge Frau, die keine philosophische Geisteshaltung besitzt, viel zu tun hat. Seit ihrer Schulzeit hat sie kaum noch einen Gedanken an solche Konzepte verschwendet; oh, diese Langeweile bei Bergson! Michel Foucaults Buch über Gefängnisse. Eine gewisse Ungeduld mit Abstraktionen.

Sie räumt ein, daß ihre flüchtige Affäre mit Walter unter gewissen Umständen als frivol oder leichtsinnig angesehen werden könnte; woher hätte sie das wissen sollen? Es ist nicht möglich, daß eine so unwichtige Sache wie Sex ... Wenn man allein deshalb, weil man mit jemandem geschlafen hat ... Walter hatte beim Frühstück eine komische, ironische Bemerkung gemacht. »Meine Frau hält viel davon, mit ihren Freunden zu schlafen. Ich habe es merkwürdigerweise nie getan.« Ähnlich, als hätte er gesagt, ich würde niemals Wildlederschuhe tragen, oder Pudding mit der Gabel essen. »Soziale Haltungen, die man gelernt hat. Jetzt, da ich es doch getan habe, frage ich mich, ob ich ihm vielleicht zu viel Bedeutung beimesse.«

Und ich, dachte Miriam, frage mich, ob ich ihm genug Bedeutung beimesse. Ein Teil seiner Ehre. Verlor er ihn, oder gab er ihn mir? Oder überließ er ihn mir zu treuen Händen. Mir bedeutete es wenig; ihm viel. Er war nicht ›mein Mandant‹. Ein absurdes Stück ›Deontologie‹ zu sagen, daß man mit einem Mandanten nicht schläft. Was hätte ich getan, wenn dieser junge Mann, anstatt beiläufig kundzutun, daß er vorhabe mit Sylvie zu schlafen (und was für ein Motiv hatte er da), mit dem Finger auf mich gezeigt hätte? Ich hätte mit den Schultern gezuckt und mir gesagt, daß es nichts zu bedeuten hat, daß nichts, was geschieht, von Bedeutung ist?

Bist du ehrlich mit dir selbst? Empfandest du vielleicht ein ganz klein bißchen Entrüstung? Lebreton darf mit Forestier schlafen, weil es eigentlich allen schnuppe ist. Sie ist nur ein unerledigtes Detail, das man irgendwie unterbringen muß.

Du bist gelähmt. Bist du aufgestanden, in deine Kleider geschlüpft und tap-tap hierher gegangen und hattest alles klar im Kopf; kein Zögern, eine einfache, vernünftige, konkrete Entscheidung? Entweder die Schuhe gefallen dir, oder sie tun es nicht. Sie gefallen dir? Dann kauf sie. So war das Leben bisher.

Walter, wie er da so auf dem Bett lag und an seiner Zigarre zog.

»Es tut mir leid, Miriam. Das ist nicht meine Schuld. Ich habe keine Erklärung. Es wäre sinnlos, wollte ich sagen, daß ich es nicht wissen konnte. Für mich war es nichts, was der Überlegung bedurfte. Ich hatte eine Art Kontakt zu diesem Mann. Jungen – oder wie du willst. Ich muß es durchstehen, bis zum Ende. Ich wollte ihn außer Landes bringen; ich habe mir diesen Weg ausgedacht. Ich schuldete es mir selbst. Und da tauchst du auf. Die ganze Gleichung gerät in Verwirrung. Das ist bei mir immer so.«

Und bei mir war es nie so. Aber jetzt ist es so.

Miriam machte auf dem Absatz kehrt und ging zum Hotel zurück.

Sie nickte dem Nachtportier zu, der mit gleichgültiger, förmlicher Höflichkeit sagte: »Angenehme Ruhe.« Sie stieg die knarrende Treppe hinauf, glitt lautlos in das Zimmer, in dem Walter schlief, als wolle er nie aufwachen, wie ein Mann mit einem ruhigen Gewissen. Sie zog sich aus. Nackt blieb sie zwischen den beiden Betten stehen, ehe sie ihren Pyjama überzog. Es wäre angenehm, wenn auch egoistisch gewesen, zu dem Mann ins Bett zu schlüpfen; ihn sanft zu wecken, ihre Arme um ihn zu legen, zu sagen: »Ich brauche Liebe. Ich leide unter Liebesmangel. Wie bei Calcium. Ich hab' nicht genug davon. Ich möchte es nicht metaphysisch. Das liegt mir nicht. Ich möchte bumsen, als ginge es um Leben und Tod, und vielleicht tut es das ja auch. Macht es dir was aus?«

Im diffusen Licht, das durch die Vorhänge fiel, stand sie lange da und sah ihn an, bis sie zu frösteln begann und eine Gänsehaut bekam. Da zog sie ihren Schlafanzug über und kroch eilig ins Bett; in ihr eigenes.

Walter liegt im Bett, trübsinnig, und bemüht sich, still zu liegen, während er sich einer langen und länger werdenden Reihe übler Situationen in seinem Leben bewußt wird; Kröten, die geschluckt, Schlangen, die verdaut sein wollen: wie ein General, der die verlorenen Schlachten Revue passieren läßt, nur gelingt es Generälen immer, einem anderen die Schuld zu geben.

Ich bin eben weltfremd. Die Bemerkung des Mannes von der Autowerkstatt, die zum Klassiker wurde. »Aber Monsieur Forestier, Sie leben ja im Mittelalter!«

In der Tat, ich bin oft den Weg des geringsten Widerstands gegangen, indem ich mich allem entzog. Die praktischen Dinge des täglichen Lebens – sogar das Telefonieren – wurden Sylvie überlassen. Kein Wunder, daß sie tiefe Ressentiments hegt, die weit zurückreichen. Frauen vergessen nichts ... Und ich habe sie verraten; der Verrat, für den ich mich heute am meisten schäme, war eine Bemerkung, die damals eine reine Reaktion des Ärgers schien, selbst später kaum mehr als eine unüberlegte Indiskretion – »Je älter sie wird, desto jünger werden ihre Liebhaber.« Der Freund, zu dem ich das sagte, ging zum Fenster und sah verlegen schweigend hinaus.

Versuch, weiter ruhig zu liegen. Sonst wird sich Miriam, falls sie wach sein sollte, spöttisch fragen, wie lange es dauern wird, bis ich zu ihr ins Bett krieche. Und Sylvie, die überlegt hat, wo ich die vorletzte Nacht verbracht habe, ist jetzt sicher, es zu wissen. Das Rad dreht sich: Hitchcock (einfältiger Kerl) nannte das *The Lady Vanishes*.

Warum, in Gottes Namen, tue ich diese Dinge? Daß ich die Frage überhaupt stelle, demonstriert schon meine Vergeblichkeit. Praktisch jedermann fand weitschweifige Erklärungen dafür, warum General Lee die Schlacht bei Gettysburg verlor. Nur wahrscheinlich General Lee nicht.

Hat sich Napoleon je eine ehrliche Antwort auf die Frage gegeben, warum er sich bei Waterloo so sonderbar verhielt? Diese Schläfrigkeit und Apathie. Daß sein Gesäß ihm zu schaffen machte, und er deshalb nicht zu Pferd sitzen konnte (die Entschuldigung jedes Fahrers, der eine Tour de France verloren hat, obwohl er sie eigentlich hätte gewinnen müssen, lautet immer ›Sattelprobleme‹) – nein, das reicht nicht. Warum Davoust, den geborenen Sieger unter den Generälen, in Paris zurücklassen? Warum sich auf einen berüchtigt faulen Taugenichts verlassen? Warum – größte Frage von allen – Ney die Schlacht führen lassen, der sein Urteilsvermögen völlig eingebüßt hat? Kriegsneurose nennt man so etwas heute; aber erkennbar war es schon vor einem Jahrhundert, nicht wahr?

Nach einer sinnlosen Frage ein sinnloses Abschweifen.

Fernand – an dem ist nichts Kompliziertes. Hat Miriam das gesagt, oder hatte ich mir das bereits überlegt? – Sie sagte nur, es wäre idiotisch mit all diesen rührseligen Geschichten vor Gericht hausieren zu gehen, sich wie ein Sozialarbeiter über seine Kindheit auszulassen. Wenn wir nicht mehr um das Überleben kämpfen müssen, beherrscht uns das Streben nach Komfort. Für jemanden, der um das Überleben kämpft, ist unser Kreisen um Komfort und Bequemlichkeit unwürdig und trivial, absolut selbstsüchtig; nicht zu rechtfertigen. Nicht einmal zu verstehen.

Es gibt Millionen jeder Hautfarbe, in erster Linie jedoch Braune und Schwarze, die nichts zu essen haben, kein Heim, keine Arbeit, keine Zuflucht, keine Hoffnung; darum beschaffe man sich unbedingt ein Gewehr und nehme ein paar von den Spießern mit. Da draußen hat man wenigstens viele auf seiner Seite und kann sich Befreiungsarmee nennen. Hier, zu Hause, gilt man nur als Feind der Gesellschaft, ein Unwesen, das ausgemerzt werden muß. Man stört die Bequemlichkeit der anderen. Die beiden Wörter heißen nicht Osten und Westen, Kapitalismus und Kommunismus; sie heißen einfach haben und nicht haben. Und die, die haben, mögen die, die nicht haben, nicht.

Und in den Richtersesseln, auf den Geschworenenbänken sitzen die, die haben.

Ich kenne mich da aus. Meine Vorfahren waren schlicht und einfach Banditen. Genau wie Fernand fähig und intelligent; das einzig wirklich Dumme an Fernand ist, daß er wie ich im Mittelalter lebt, als man es sich noch leisten konnte, Bandit zu sein ... Erfolgreiche Banditen bauten sich ein Schloß auf hohem Gipfel und ließen sich als Raubritter nieder. Es gab nur die Flucht in die Zukunft. Auch wir sorgten uns ums Überleben. Weil wir einen mächtigeren Raubritter fürchteten, der uns überlegen sein könnte; weil wir zu verlieren fürchteten, was wir besaßen, suchten wir nach Mitteln und Wegen, uns den Schutz des Gesetzes zu sichern.

Wir besaßen bereits die Eigenschaften, die das Gerüst für den

Verhaltenskodex der Oberschicht bilden sollten. Persönlicher Mut, Gleichgültigkeit gegen Schmerz, Mühsal und Leiden. Stoische Gelassenheit, wenn man verlor. Kontrolle über den eigenen Körper: Von Talleyrand sagte man, daß man ihn in den Hintern treten konnte, ohne daß sein Gesicht etwas davon verriet. Eine ererbte Kunst, die als Heuchelei hingestellt wurde. Im Gegenteil: es gab keine Heuchelei. Das Kind wurde stets beim Namen genannt.

Und allmählich wurden sie besser. Mit der Vorstellung, daß alles ihnen aufgrund ererbten Rechts gehörte, entwickelte sich der Gedanke, daß eine Gegenleistung geschuldet wurde. Bis in die jüngste Zeit hielten sie an ihrem ›ritterlichen‹ Kodex fest: niemals Neid oder Groll zuzulassen, niemals Kleinlichkeit zu gestatten.

Im besten Fall wurde ein Gentleman zum Edelmann, wurde wahrhaft edel ...

Niemals eigennützig sein: sie waren brutal, vulgär und gierig und lernten daraus ihre tierischen Begierden zu beherrschen. Genügsamkeit, Abscheu vor jeder Art von Angabe. Skrupel: die Angewohnheit, das eigene Gewissen unter die Lupe zu nehmen. Doch da waren sie natürlich schon dekadent und verhängnisvoll geschwächt. Mit Leichtigkeit beiseite gefegt, wie mein Großvater, der, als Hitler an die Macht kam, nichts weiter tun konnte als sich in der Waffenkammer zu verstecken. Und nicht mehr herauszukommen.

Und über die Privatschulen und Internate wurden einige dieser Begriffe an das Bürgertum weitergegeben, das sie zu kopieren suchte. Wir erreichten vielleicht um neunzehnhundert einen Höhepunkt. Aber das Bürgertum hat nie wirklich etwas begriffen. Scott und seine Begleiter starben zwar wie Gentlemen in der Antarktis, aber dumm; unfähig, ihre eigene Untüchtigkeit zu erfassen, ohne zu erkennen, daß die Zugehörigkeit zur ›Offiziersklasse‹ sie in Attitüden der Selbstbewußtheit fesselte. Sie starben daran, daß sie vom Unterdeck abgeschnitten waren. Sie schwammen in sentimentalen Phantasien, wo sie in Ruritanien für Prinzessin Flavia starben, oder in der nicht weniger sentimentalen, aber weit abstoßenderen Phantasie, Bulldog Drummond zu sein. Sie sind immer sentimental, die Bürgerlichen, weil sie niemals ehrlich sind; ewig vulgär und abscheulich, weil sie ewig nur auf ihren Vorteil bedacht sind. Wie ›Lord Milner's junge Männer‹ in Südafrika; nackte Habgier unter dem Deckmantel frommer Sprüche. Kein Mitglied irgendeiner echten Oberschicht, ganz gleich, wo, scherte sich einen Dreck um das Empire.

Das Rad hat sich gedreht. Sport. Erdacht als Übung in Selbstbeherrschung und Schmerzüberwindung. Jetzt nichts als Schaugeschäft, wo Selbstsucht und Habgier herrschen. Die Radfahrer gehörten zu den letzten Überlebenden, da man, um einen Berg zu bezwingen, alles andere bezwingen mußte. Es ist die Rede davon, ›die Tour in Japan einführen‹ zu wollen. Zumindest machte ein Journalist eine sarkastische Bemerkung zu diesem Geistesblitz. ›Wenn wir wirklich verarmen, können wir ihnen immer noch die Alpen verkaufen‹. Das Rad dreht sich. Ich kämpfte lange Zeit mit wechselndem, aber bescheidenem Erfolg. Dann wurde ich dick, bequem, bürgerlich. Und in einem Augenblick hirnloser Sentimentalität identifizierte ich mich mit diesem jungen, harten, unsentimentalen Banditen, der im Nebenzimmer meine Frau vergewaltigt. Ich legte meine Finger in den Schraubstock und drehte selbst zu. Wie mein Großvater bin ich zur letzten Drehung des Schraubstocks gekommen. Ich bin in der Waffenkammer. Ich habe die Tür abgesperrt. Habe ich den Schlüssel weggeworfen?

Ich bin der letzte verrottete, von Würmern zerfressene Überrest einer Gesellschaftsschicht, die nie viel wert war, aber doch einiges beigetragen hat: Friedrich II. von Hohenstaufen, Roger von Sizilien, Richard III.; einige Dichter – Surrey, Wyatt, Sidney; auch La Rochefoucauld. Nein, zu verachten ist sie nicht. Und wenn nur dank La Mole und Cinq-Mars, strahlenden jungen Männern, die ihre Liebe der falschen Person schenkten und heldenhaft starben.

Walter hat geschlafen und ist wieder aufgewacht. Er weiß, daß dies die böse Stunde ist, wo dunkle Gedanken sich auf dem Bett niederlassen und einen angrinsen wie schwarze Ungeheuer. Es ist ziemlich hell, und er kann Miriam Lebretons Gestalt auf dem anderen Bett sehen: gerade ausgestreckt und reizvoll, in ruhiger Lage wie eine Mumie. Sie schläft tief; wie gut ist es, einen wohlgeordneten Verstand zu haben, klar, rechtlich denkend, ausgewogen –

sachlich. Du wirst den Tag noch verwünschen, mein Kind, an dem du dich mit Schriftstellern eingelassen hast. Unberechenbares Volk.

Es ist warm. Er braucht keine Jacke über den Pyjama zu ziehen. Der Mond steht hoch an einem hellen Himmel, der die verschwommene Form und das Blinken des Leuchtturms verschluckt. Nur dann wird beides sichtbar, wenn dunkle, ausgefranste Wolkenfetzen vom tobenden Südwestwind vorübergetrieben werden, der wie das Meer gegen die Häuser brandet – ein Meer, das Walter liebt, kein schmales, eingegrenztes Meer, sondern der weite schöne Atlantik. Wie könnte ich ihn nicht lieben, ich, der Fischmensch, der Bewohner Europas, der Halbinsel, des letzten der westlichen Länder vor dem Meer. Europa – da gibt es doch irgendwo eine hebräische Herkunft des Namens: Abendland. Es ist nicht England oder Belgien, Frankreich oder Spanien. Sie sind ihm alle lieb, aber keines ist mehr als ein Teil. Alles ist hier, in dem alten Hafen La Rochelle, eingeschlossen im getürmten Tor zum Westen, hier, am alten hugenottischen Rettungsufer.

Und Freunde kommen zu Walter, zuerst der alte Meister, der schrieb, daß der Südwestwind vor Morgengrauen ihm stets gutes Omen gewesen war. Schriftsteller – im allgemeinen sind sie selten Freunde, denn ihre kleinen Egoismen, aus Angst und Eitelkeit geboren, bilden Hindernisse, die der Verständigung entgegenstehen. Und was macht das schon? Nach ihrer Arbeit beurteilt man sie, und mit ihrer Arbeit wird die Freundschaft geboren. Walter braucht diese Geister nicht zu beschwören. Sie kommen von selber, gerade dann, wenn sie am wenigsten erwartet, aber am meisten erwünscht werden.

Das Kind Thesus auf der Insel Pelops. Walter vertraut durch die schönen Worte Mary Renaults. ›Die Zerrüttung der Schönheit, der Schwund der Tapferkeit, der Verfall der Stärke‹ – das Kind sieht der Opferung des Königspferdes zu. ›Der Schmerz, das brennende Mitleid, als er auf die Knie sank und seinen hellen Kopf in den Staub legte.‹ Und unverzüglich bekommt das Kind von seinem Großvater, der König ist, seine Lektion in Königlichkeit.

›Nicht das Opfer oder das Blutvergießen beschwören die Macht, sondern das Einwilligen. Bereitsein ist alles. Dann, wenn wir unserer moira die Hände reichen, erhalten wir das Zeichen des Gottes.‹

Bereitsein. Wir brauchen doch die Ehre nicht Menschen wie Theseus oder König Lear zu überlassen, nicht wahr? Sie begriffen, daß Kraft und Schläue einen zum Räuberhauptmann machen konnten, daß aber nur Ehre Adel verleihen konnte. Wenigen war sie eigen; kein Wunder, daß die gewöhnlichen Leute sie als ein Zeichen göttlicher Herkunft sahen. Ein Restchen Blut so kostbar, daß einem sechzehn Generationen später der eigene Ursprung Hauptquell des Stolzes war, und oft auch der einzige, den man hatte. Überall konnte man der Ehre begegnen. Einem göttlichen Seitensprung zugeschrieben. Walter legte sich guter Stimmung wieder zu Bett, schlief gut und erwachte mit klarem Kopf.

Andere verbrachten eine unruhige Nacht. Manuel, der daran gewöhnt war, gut zu schlafen, weil ihm gar nicht eingefallen wäre, schlecht zu schlafen, selbst wenn seine Phantasie ihm Streiche spielte. Unruhig war ein Haar, das sich zwischen Hemd und Haut verhangen hatte: man mußte es nur finden. Großgewachsen, kräftig, voll von Energie: man sah einen sehr körperlichen Menschen von robuster Gesundheit. Es würde einem nicht der Gedanke kommen, da eine metaphysische Denkungsart zu vermuten.

Hätte er die Lokalzeitung gelesen, so hätte er sich schnell alles zusammengereimt; aber wenn er überhaupt einen Blick hineinwarf, dann auf die Kleinanzeigen. Aus geschäftlichen Gründen.

Er liebt Komplikationen nicht. Man braucht sich ja nur Vater anzusehen, dessen Leben ein wahres Elend ist, weil er nie die Hände von den Dingen lassen kann, und alles kompliziert. Das Leben ist einfach. Befolge die Regeln. Es besteht nicht nur aus frühem Aufstehen und harter Arbeit, obwohl viele Menschen so leben. Er hält nicht viel davon. Hält es gewiß nicht für den Schlüssel zum Erfolg.

Es ist so einfach, wie es selten ist: er ist aufrichtig, er ist nicht selbstsüchtig, und er ist ehrlich. Die Leute mögen ihn auf Anhieb und vertrauen ihm nach Augenblicken. Er versteht sich auf andere Menschen, und deshalb läuft sein Geschäft gut. Er braust immer leicht auf und kann oft hitzig sein, aber dahinter verbirgt sich eine Eselsgeduld mit den Schwächen anderer.

Er lebt allein in einer kleinen Wohnung. Das heißt, so klein auch wieder nicht – er mag ein bißchen Freiraum um sich herum. Die Wohnung ist kahl, altjüngferlich ordentlich – aber wie die meisten abschätzigen Adjektive ist dieses hier bedeutungslos.

Walter liest die Lokalzeitung, während er sie zusammenknüllt, um Feuer zu machen; Manuel hat keinen Kamin und liest Fetzen ölfleckiger Zeitung, die Werkzeuge oder gebratenen Fisch eingehüllt haben. An der Werkbank in der Werkstatt fiel sein Blick auf die kleine Notiz über einen Straßenräuber, der in den Toilettenräumen des Gerichtspalastes einen Wärter überfallen hatte. Dem die Flucht gelungen war (die Komplicin hatte man wieder aufgegriffen), und der es bisher geschafft hatte, die eifrigen Hüter von Gesetz und Ordnung an der Nase herumzuführen. Manuel hätte keinen Gedanken an die Geschichte verschwendet, wäre nicht das Haar gewesen, das ihm im Rücken kitzelte. Eine Stunde lang war er völlig geistesabwesend und hatte sein, wie die Italiener es nannten, störrisches Gesicht aufgesetzt.

Manuel war die Verschrobenheiten des Vaters gewöhnt. Walter hatte ein größeres Auto leihen wollen und hatte sich mysteriös gegeben; sogar geheimniskrämerisch, aber das an sich hatte nichts zu bedeuten. Er brütete dauernd verrückte Pläne aus und war darauf bedacht, sie nicht neugieriger Begutachtung oder sarkastischem Kommentar auszusetzen. Das beste war, man faßte sich in Geduld: Vater würde zu gegebener Zeit die komische Geschichte schon erzählen. Diese Knalleffekte hatte man der exhibitionistischen Ader zu danken, mit der jeder Künstler gesegnet ist. Sicher, als Jugendliche wären sie vor Verlegenheit über das Benehmen ihres Vaters in der Öffentlichkeit am liebsten in den Boden versunken.

Manuel hatte daraus gelernt. Er hatte begriffen, daß so ziemlich alle Leute ungewöhnliche, unerhörte Dinge taten; und nicht so dazu stehen konnten wie sein Vater.

Daher hatte Walters seltsames Gebaren auf einem Parkplatz ihn nicht weiter beunruhigt (auf die Schnelle den Wagen heranschaffen zu müssen, war mühsam gewesen, und er war deswegen noch gereizt). Der Bursche hinten im Auto? Vaters Talent für Zufallsbekanntschaften – typische Schriftstellermacke: man bändelt mit irgendwelchen Leuten an und macht dann eine Stunde lang einen Riesenwirbel um sie. Wenn der Bursche nicht diesen alten Pullover angehabt hätte – nicht daß er etwas dagegen gehabt hätte, ihn ihm zu leihen. Aber es war ihm aufgefallen. Und es fiel ihm jetzt von neuem auf. Und nun machte es ihn neugierig.

Walter machte ziemliches Aufhebens darum, daß er ein gutes Frühstück brauche. Zur Stärkung, wie er sagte, zur Wiederherstellung der Nervenkraft. War ungehalten darüber, daß sich das weiche Ei als hart entpuppte. Miriam war allenfalls erheitert. Erst vergeudete er seine Nervenkraft mit der Zurschaustellung seiner schlechten Laune, dann mit seinen ernsthaften Bemühungen, durch eine Zurschaustellung seines ganzen Charmes dem Zimmermädchen gegenüber alles wiedergutzumachen. Das Trinkgeld, fand sie, war so übertrieben wie das ganze Getue. Doch gerade das war einer von Walters Charakterzügen, der sie zunächst amüsiert und dann (in beiderlei Sinn) verführt hatte. Das sorgfältige Bemühen, dem ältlichen portugiesischen Mädchen gegenüber galant zu sein, obwohl die mürrisch gewesen war, weil sie ein zweites Mal hatte laufen müssen, um frischen Kaffee zu bringen, und entschuldigte sich auch noch wegen des verdammten Eies.

Sie frühstückten zusammen wie ein altes Ehepaar. Sie war zuerst im Bad gewesen, hatte geduscht, sich gekämmt und angekleidet. Benahm sich ›normal‹ und sah auch so aus – und warum nicht? Walter trödelte noch halb angezogen herum, rasierte sich zwischen zwei Tassen Kaffee und überlegte, was für ein Hemd er anziehen sollte; auch das war normales Verhalten.

»Warum bist du nicht verschwunden?« fragte er plötzlich. »Das wäre doch ein leichtes gewesen. Während wir alle schliefen. Du hättest zur Polizei gehen und das Hotel still und heimlich umstellen lassen können. Du bist Rechtsanwältin – deine Aufgabe ist es doch, dafür zu sorgen, daß dem Gesetz Geltung verschafft wird.«

»Ich hatte viele Gründe. Ich habe daran gedacht, ja. Ja, das hätte ich tun sollen. Ja, es wäre einfach gewesen. Ja, ich entschied mich dagegen. Ich möchte jetzt nicht im einzelnen auf meine diversen geistigen und seelischen Zustände eingehen.«

»Trotzdem würden mich deine Gründe interessieren.«

»Gib Ruhe, ja?«

»Du wolltest Sylvie nicht in Gefahr bringen. Und dafür möchte ich dir danken. Und du wolltest, wenn ich nicht irre, nicht eine Situation heraufbeschwören, die für sie schmerzlich und demütigend gewesen wäre; nicht nur für sie, sondern auch für mich, warum soll ich das nicht zugeben, und auch dafür danke ich dir.«

»Walter, halt endlich den Mund. Für einen angeblich intelligenten und gelegentlich sensiblen Menschen kannst du ausgesprochen dumm, taktlos und trampelig sein.«

»Meine holde Gattin hat nie aufgehört, mir das zu sagen. Ach, Mist, jetzt hab' ich Marmelade auf der Hose.«

»Halt dich still«, sagte Miriam wie eine gute Ehefrau und hielt den Zipfel eines Handtuchs unter das laufende Wasser.

»Es spielt noch ein anderes Motiv mit.« Während er brav wie ein Lamm dastand, um den Flecken beseitigen zu lassen.

»Vorsicht, mein Freund, du bist gerade wehrlos.« Ätzend. »So, das ist besser. Wenn auch etwas feucht.« In trockenem Ton. »Ja«, fügte sie hinzu, während sie sich aufrichtete, »ich habe tatsächlich noch ein anderes Motiv. Zu meinem persönlichen Ehrenkodex gehört es, die Dinge zu Ende zu bringen, die ich einmal angefangen habe ... Ich war mal auf der Jagd. Ich schoß auf ein Reh, aber ich verwundete es nur. Der Jäger, der mein Lehrer war, auch ein Anwalt, erklärte mir, es gäbe kein schlimmeres Verbrechen, als ein verletztes Tier fliehen zu lassen, da sie dann häufig unter großen Schmerzen verenden. Er sagte mir, ich müßte das Tier verfolgen, und wenn es Stunden dauern sollte. Es gibt zu viele sogenannte Jäger, die das nicht tun. Es macht ihnen zuviel Mühe. Diese Lektion habe ich mir zu Herzen genommen. Und jetzt kommt sie bei jeder Gelegenheit hoch.«

»Ich war sieben Jahre alt, als mein Großvater mir genau das gleiche erklärte.«

»Dann müßte dir eigentlich klar sein«, sagte Miriam leise, »daß ich nicht – ach, hör auf mich zu löchern. Während deine – während

Sylvie – hör zu, ich mag Anwältin sein, aber ich stehe jetzt nicht vor einem Gericht, und ich versuche, krampfhaft dir klarzumachen, daß ich unter diesen Umständen nicht fähig bin, mich klinisch auszudrücken.«

»In der Kanne ist nicht zufällig noch ein Rest Kaffee?«

Der Gegenstand dieses Gesprächs? Sylvie (auch sie die erste im Bad) hatte es, während sie unter der Dusche stand, in Worte gefaßt, nicht klinisch zwar, aber kurz und bündig; und ganz ohne Stottern.

Ich habe in meinem Leben mit einigen Männern geschlafen. Das war eine Zeit, als ich Ja sagte. Und als die Kinder erwachsen wurden – da kam dies und jenes zusammen, und meine Haltung änderte sich. Wurde mir geändert, wäre ehrlicher gesagt. Ich fing an, Nein zu sagen. Bin ich eine freie Frau? Freier als ich manchmal war. Die Freiheit, Nein zu sagen, ist wichtiger und wertvoller.

Ich glaubte nicht, daß einmal ein Moment kommen würde, daß ich diese Freiheit nicht haben würde. Das hat mich etwas gelehrt.

Ich kann dankbar sein. Ich bin vielleicht außer Übung, aber ich habe Erfahrung. Männer im Bett: um einen Lieblingsausdruck von Walter zu gebrauchen, viele Klischees treffen da zu.

Die meisten Verhaltensweisen habe ich wahrscheinlich erlebt. Zum Glück nicht alle. Sadismus im direkten körperlichen Sinn habe ich nie kennengelernt. Aber die meisten anderen. Seit meiner etwas melodramatischen Einweihung – im Schnee in St. Anton, aber das ist eine Episode, die mir und St. Anton gehört – schlicht gesagt, ich entdecke, daß ich zu den Frauen gehöre, die Spaß daran haben, obwohl ich allen Grund hatte, das Gegenteil zu glauben – tja, ich bin eine Tochter der Lust, wie man so schön sagt.

Und das kommt mir jetzt zupaß. Und kommt jemand anderem zupaß. Walter hatte ganz recht. Hat man ihm einmal Vertrauen gegeben: hat er einmal verstanden, daß eine Frau – der Junge hat nur Huren gekannt, die es so knausrig geben wie aus einer Büchse Ölsardinen. Oder raffinierte kleine Luder, die es als Druckmittel benutzen und generell nur auf den Gewinn aus sind. Mädchen, die gar keine Frauen sind. Die vom Frausein keine blasse Ahnung haben.

Du mußt mir verzeihen, Walter; du hast vieles verziehen; allzu oft war ich geschmacklos und dumm. Ich höre nicht auf zu lernen. In mancher Hinsicht bist du ein gemeines Schwein, auf eine schillernde, subtile Art, und ich habe dir manches Böse gewünscht. Seit die Kinder klein waren, hast du mich nie betrogen; es ist irrelevant (auch so einer von deinen Ausdrücken), daß ich nichts Schlimmeres getan habe. Du hast die Nacht mit dieser Frau verbracht. Ich sehe es dir an. Aber du tatest es nicht aus bösem Willen. Du bemühst dich, ein besserer Mensch zu werden, und du bist verwirrt. Ich habe dir harte Püffe verpaßt; ich habe dir eben wieder einen verpaßt. Tut mir leid, ich hab' eben auch meine Schwierigkeiten.

Mademoiselle Leguen oder wie Sie heißen, Sie machen mir einen vernünftigen Eindruck. Es tut mir leid, daß Sie in diese unglückselige und peinliche Situation geraten sind. Wenn ich recht habe, werden Sie wissen, welchen Kurs Sie zu steuern haben.

Walter, ich nehme an, du bist nicht schlecht in deiner Arbeit, aber weißt du was? Schriftsteller haben mich nie sonderlich beeindruckt. Sie können gut Geschichten erzählen, aber im allgemeinen fehlt es selbst den guten an – sie wissen so erbärmlich wenig von den Menschen, meine ich. Da werden Bücher in den Himmel gehoben, bekommen Preise – die nicht nur unlesbar sind, sondern einfach albern. Ich schäme mich für diese trivialen, eitlen Menschen. Sei ein Musiker! Da wird dir keine Chance gegeben zu schwindeln. Du hältst dich für einen Intellektuellen, mein Lieber, und wirfst mir vor, daß ich eine dumme Kuh bin. Und dabei weißt du nichts! Ich wollte, ich hätte eine telepathische Ader, um das alles weiterzugeben.

Abgetrocknet, angezogen. Gebürstet, geschminkt. Hm, die belgische Kuh sieht besser aus, als ich bei Tageslicht erwartet hätte. Das Gesicht hat unweigerlich die Farbe von grünlichem Käse; das war schon immer so; selbst als ich zwanzig war, sah ich eigentlich nur bei künstlicher Beleuchtung gut aus. Trotzdem hab' ich schlechtere Zeiten gekannt.

»Gut, das Bad ist jetzt frei. Wissen Sie was, während Sie Toilette machen, bestelle ich das Frühstück. Dann können wir hier in Ruhe frühstücken.«

»Geht das? Das wußte ich gar nicht.«

»Das geht, und wir tun es. Kaffee?«

»Ich mag am liebsten Kakao. Ist das –«

»Kein Problem. Rasieren Sie sich. Ich telefoniere inzwischen ...«

»Wunderbar, Sie sehen gut aus. Hier – solange es heiß ist. Essen Sie mein Croissant – ich mag sie nicht. Es regnet wieder, schade. Komisches Gefühl, in La Rochelle zu sein und sich vorzustellen, daß wir morgen in Belgien sein können.«

»Kommen Sie mit mir?«

»Ich komme mit. Das ist ausgemacht. Aber mit Ihnen – danach? Nein. Sie würden mich gar nicht dabeihaben wollen. Das glauben Sie vielleicht jetzt, aber auf lange Sicht ist es besser, ganz von vorn anzufangen. Und eine Frau, wissen Sie – da gibt es immer nur einen Mann. Ich sage die Wahrheit; das wissen Sie wohl. Sie und ich – nein, das riecht zu sehr nach Inzest.«

»Das ist das Schlimme, nicht? Daß nie einer die Wahrheit sagt.«

»Doch, ich. Und Walter hat sie auch gesagt. So, wie er sie weiß. Wie er sie sieht. Das muß man bei ihm verstehen. Sie müßten es eigentlich verstehen. Sie sind da einander sehr ähnlich. Wie Sie die Dinge sehen. Nicht immer die Realität. Das ist meine Aufgabe, die Realität zu sehen. Die Wirklichkeit hinter der Illusion. In dieser Beziehung können Sie sich auf mich verlassen.«

Das Telefon summte gereizt, und Sylvie machte ein seltsames Gesicht; mit den Augen drückte sie heitere Gelassenheit aus, in dem Wunsch und Bemühen zu beschwichtigen, während der Mund, halb Flunsch, halb grimassenhaft verzogen, sagte, beruhige mich. Fernand, der lässig im Sessel gelegen hatte – niemand hatte ihn bisher so gesehen –, spannte sich an wie eine Feder und fuhr hoch, als wäre Feueralarm geschlagen worden.

»Ja?« fragte Sylvie gedehnt.

»Wo bleibt ihr denn?« Kratzbürstig. »Das Frühstück ist doch längst vorbei. Wir sollten losfahren. Wir haben eine lange Strecke vor uns.

»Ich muß nur noch meine Zahnbürste einpacken.«

Sie trafen Walter wütend und ungeduldig in der Garage. Miriam, Hände in den Taschen, interessierte sich eingehend für das Arrangement von Nebelleuchten an der Stoßstange eines ziemlich auffallenden Schlittens in der Nähe. Sie konnte sich vorstellen, daß es nicht leicht war, den richtigen Ton zu finden – die richtigen Floskeln –, um dem Mann guten Morgen zu sagen, der die Nacht mit der eigenen Frau verbracht hat. Ähnlich wie Walter an einem nebeligen Abend in Amsterdam vor langer Zeit, fragte sie sich, ob nicht statt all dieser angeberischen Lampen ein wuchtiges Elchgeweih angebrachter wäre. Erinnerte sich auch Sylvie dieser alptraumhaften langsamen Fahrt durch die verwinkelten engen Straßen, verfolgt von den zwei gelben Augen des Deux-Chevaux, die sagen ›ich habe euch gesehen‹.

Fernand – angespannt bis zum Äußersten – scharf denkend. Was denkt er denn? Denkt der junge Stier daran, sich mit dem alten zu messen? Überlegt er sich eine Taktik, sagt er sich vielleicht, daß der junge Stier zwar der Stärkere ist, der alte aber der Erfahrenere, der Listigere vielleicht? Plant er – sagen wir, einen Ausfall, um sich dann überrascht auf die verletzliche Flanke zu stützen? Wessen Hörner sind länger, haben die breitere Spannweite? Niemand weiß so recht, wie ein Stier denkt. Rudyard Kipling hat einmal eine gute Geschichte über einen geschrieben, aber keiner der Anwesenden außer Walter hat sie gelesen, und der ist mit seinen Gedanken jetzt nicht bei der englischen Literatur.

»Ich habe die Rechnung bezahlt.« In schroffem Ton. »Keine Kommentare, keine Fragen, kein Blick in irgendwelche Fahndungslisten. Machen wir uns auf den Weg.«

Miriam wird nichts sagen. Dies ist nicht der Moment zur Rekapitulation der rechtlichen Aspekte.

Fernand wird nicht sagen, hören Sie, ich lasse Sie hier zurück. Genießen Sie Ihren Urlaub, mir reicht es, wenn Sylvie mitkommt. Er hat den Kopf voller Stiergedanken. Kiplings Stier ermordete Rivalen von hinten, in der Abenddämmerung, indem er sie hinterrücks anfiel und ihnen den Bauch durchbohrte. Er sagt nichts, weil er sich mit einer Situation, wo die Pistole in seiner Tasche bedeutungslos ist, nicht auskennt.

Und Sylvie findet nicht die Worte etwas zu sagen. Sie würde gern sagen, Walter, vertrau mir. Ich habe dich nie im Stich gelassen.

Ich werde es auch nie tun. Das Tragische an dem Geschenk der Sprache ist, daß der Mensch niemals fähig ist, einfache Worte zu gebrauchen. Die Gedanken sind für die Rede zu kompliziert.

So hüllen sich also alle in dümmliches Schweigen, und Walter setzt sich ans Steuer, startet den Motor mit zu viel Gas und lautem Röhren und fährt viel zu schnell durch den gemächlich kriechenden Morgenverkehr eines angenehmen, grauen, leicht nieseligen Septembertages in La Rochelle. Bis Miriam ruhig sagt: »Fahren Sie langsamer, solange wir nicht aus der Stadt heraus sind. Es wäre doch peinlich, wenn uns die Polizei auf die Pelle rückt«, nachdem ein plötzliches Quietschen der Bremsen eine alte Frau mit Einkaufstasche gefährlich erschreckt hat.

Walter stößt auf eine Hauptstraße und hält sich in Richtung Osten. Soviel ist von dem ursprünglichen Plan geblieben; sollte ein neugieriger Wichtigtuer ihre Spur aufgenommen haben und ahnen, was sie vorhaben, so ist dies die am wenigsten erwartete Richtung. Poitiers – sieh da, hallo, denkt Miriam beiläufig. Le Blanc – nur an die zweihundert Kilometer, aber die Straße ist nicht besonders gut. Nevers – nochmals zweihundert; von dort, denkt Walter, ein plötzlicher Schwenk nach Norden oder wenigstens Nordosten. Aber man wird sehen, wenn man da ist.

Die Gegend gehört zu den tristesten von ganz Frankreich. Alle diese Orte riechen nach Provinzmief, Langeweile und öder Ereignislosigkeit. Es ist das Zwischenland südlich des fruchtbaren Tieflands von Touraine und Berry; nördlich des großen Bergmassivs von Mittelfrankreich. Die Kabarettisten reißen ihre Witze über diese Gegend. Möchten die Pariser ein Beispiel des Landes der Ereignislosigkeit, wo, soweit bekannt, kein Gedanke und keine Handlung sich je ereignet haben, angeblich also der ideale Ort, um die Wetterlage des Landes zu bestimmen, den Meinungsforscher, Statistiker und ähnliche Wahrsager aufsuchen, um ›die politische Temperatur zu messen‹, so kommt einem auf Anhieb eine *sous-préfecture* in den Deux-Sèvres in den Sinn. So wie Hollywood sich bei seinen Projekten nach den Vorlieben und Abneigungen von Kokomo, Indiana, richtet.

Ungetreue Ehefrauen, eifersüchtige Ehemänner, Ehetragödien;

das gäbe es nicht in den Départements Indre und Vienne? Banküberfälle, Terroristen, Befreiungsarmeen, sie wären hier unvorstellbar? Die Bevölkerung wäre stur und träge wie das Rindvieh? Keinesfalls darf man das zum Dogma machen. Der Name Bourges, Hauptstadt dieser Provinz zwischen Limoges und Dijon, hat einen beruhigend unerschütterlichen Klang. Einst war es Frankreichs Hauptstadt, hat schöne Häuser und eine großartige Kathedrale. Das war vor langer Zeit. Aber Frankreich ist ein erstaunliches, trügerisches Land; gerade wenn es am trübseligsten und sterilsten scheint, ist es für Überraschungen gut. Man kann es nicht einfach mit einer geringschätzigen Geste abtun – ein Fehler, der häufig in England und Amerika gemacht wird. Es gibt in Bourges kühne Geister und Revolutionäre, die manchen vielleicht in Erstaunen setzen würden.

Daß man es langweilig findet, ist verzeihlich. Zum Mittagessen Halt in Le Blanc – aber es hält doch bestimmt kein Mensch zum Mittagessen in Le Blanc? Der Reiseführer erwähnt es wahrscheinlich gar nicht. Walter weiß es nicht mit Sicherheit; er hat keine Führer, schon gar keinen Restaurantführer. Er hat lange genug hier gelebt, um zu wissen, daß die Führer lügen; ein bißchen zu häufig.

Sie hielten also vor einem Café de Commerce, dem es sowohl außen wie innen an Farbe fehlte. Es waren nur wenige Gäste da. Es war sehr bescheiden und sehr billig; von den Führern übergangen, daher gut.

Alles war hausgemacht; alles war frisch; alles gab es reichlich. Brot und Butter. Radieschen und einheimische Wurst. Hartgekochte Eier mit russischem Salat, eine Riesenladung frisches Gemüse und eine extra Schale mit Mayonnaise; sie hörten auf, darüber zu kichern, als sie von ihr gekostet hatten, Kalbskopf Vinaigrette; die Kellnerin brachte nicht nur pommes frites, sondern auch gekochte Kartoffeln. Neuerliches Gekicher, bis ihnen einfiel, daß sie ja Touristen waren; und Touristen wollen immer zu allem pommes frites. Wie Pastor Francis Kilvers in Radnorshire in den Achtzehnhundertsiebzigern sagte: »Von allen Schädlingen ist der schädlichste der Tourist; und der vulgärste, schlechtest erzogene, abstoßendste und abscheulichste ist der britische Tourist.« Und in jedem anderen

Land würden sie natürlich sagen: »Nein, nein, das sind wir.« Und da die pommes frites nun einmal da waren, aßen sie alle davon – mit den Fingern – und ließen sich mit Rufen darüber aus, wie gut sie waren.

Fernand – entspannt; Sylvie sitzt neben ihm – erklärt, es gäbe nichts Besseres als Kalbskopf; ein Chor der Zustimmung, so volltönend wie Händel, pflichtet ihm bei.

Miriam verdient sich Lob, indem sie vom Gang zur Toilette mit einer großen Flasche Champagner zurückkommt. Der Preis ist in alten Francs aus der Zeit vor der Ölkrise, was etwa das gleiche ist, als sagte man, vor der Sintflut.

Man mußte die Gürtel lockern, überraschende Winde machten sich bemerkbar. Man ist nicht mehr zu ›wohlerzogen‹, um über solche Vorkommnisse zu sprechen, aber man macht sich ganz einfach nicht die Mühe, etwas dazu zu sagen. Es ist ziemlich unwichtig. Nur in diesem Moment war es wichtig: Denn so wie im Auto jeder von ihnen hätte nervös und reizbar werden können, was dann womöglich zu Komplikationen geführt hätte, so waren sie jetzt alle auf eine vulgäre, notwendige Weise satt und zufrieden. Mit der lethargischen Schläfrigkeit, die auf überreichliches Essen folgt, kommt die Toleranz. Irgendwo existiert ein Tagebuch, von einem Verwaltungsbeamten aus der Nazizeit geschrieben, der das Unglück hatte, in ein Vernichtungslager versetzt zu werden, über die Vorgänge höchst schockiert war und seine Not dem Papier anvertraute. Eines Tages erschien eine Gruppe von Bonzen zur Inspektion – wurden die statistischen Zahlen auch richtig gesammelt? –, und in der Kantine wurde ein piekfeines Mittagessen gerichtet. Beifällig führte er das ganze Menü auf. ›Habe ich endlich einmal richtig gut gegessen. Fühlte mich gleich viel wohler.‹ Und die Sonderaktion des Nachmittags klappte reibungslos.

Manuel hatte sein Unbehagen überschlafen, stellte fest, daß das Erwachen keine Seelenruhe brachte und beschloß, zur Tat zu schreiten, wenn auch in einer Form, die ihm widerwärtig war. Er hat für die Polizei nichts übrig. Aber hin und wieder ist sie notwendig. Genau; man wollte nicht zu den Heuchlern gehören, die eine

Institution beschimpfen und dann hilfeschreiend zu ihr flüchten, sobald es brenzlig wird. Geht man davon aus, daß Verbindung zu einer Straftat vorliegt und Weiterungen zu erwarten sind, dann ist das keine Sache für die städtische Polizei; deshalb wendet er sich an die regionale Dienststelle der *Police Judiciaire*, deren Zuständigkeit das gesamte nationale Territorium umfaßt.

Bei der SRPJ geht es nicht anders zu als bei jeder anderen französischen Behörde: das heißt, hinter einem Schiebefenster sitzt ein feindseliger, unhöflicher und untauglicher Beamter, der die Öffentlichkeit mit unüberwindlicher Abneigung betrachtet.

Das kleine Schiebefenster wurde krachend geöffnet.

»Ich hätte gern den diensthabenden Inspektor gesprochen.«

»Worum handelt es sich?«

»Es kann sein, daß ich Zeuge eines Verbrechens geworden bin.«

»Warten Sie.«

Das Schiebefenster knallte wieder zu. Durch das Glas kann man Computerterminals sehen, einen Fernschreiber, Telefonapparate. Es ist genau wie auf einer Bank. Bald erscheint mit schwerem Schritt ein Mann, schiebt Manuel brummig eine düstere Treppe hinauf in so ein trauriges, kleines Büro, wo sie einem immer die Darlehen verweigern. Es hat einen Tisch und zwei Stühle. Auf dem Tisch steht ein großer Gasthausaschenbecher, daneben eine ramponierte alte Schreibmaschine. Tisch und Stühle sind aus Plastik. Sonst gibt es nur noch ein paar Aktenschränke und Mief.

Nach einer Minute taucht ein jüngerer Mann auf, weder sauber noch wirklich schmutzig; weder höflich noch wirklich unhöflich. Die PJ hat seit Maigrets Tagen einen weiten Weg zurückgelegt. Der Beweis ist, daß die Beamten nicht mehr kettenrauchen und dann die Asche seitlich (in die Tastatur der Schreibmaschine) wegblasen, ohne den Glimmstengel aus dem Mund zu nehmen. Ansonsten fallen die Veränderungen nicht unbedingt auf. Das Gebäude am Quai des Orfèvres 36 sieht nicht viel anders aus als früher. Zwei Dinge ändern sich in Frankreich nicht: Sparsamkeit und tiefsitzender Konservatismus. Solchen Konservatismus trifft man außer in Frankreich höchstens noch in Rußland. Vielleicht haben deshalb die Franzosen die Russen eigentlich ganz gern. In beiden Ländern haben eine Menge äußerer Veränderungen stattgefunden, aber es spricht vieles dafür, daß das eine sich seit Ludwig XIV., das andere sich seit Peter dem Großen nicht mehr verändert hat. Das wird dem Außenstehenden klar, wenn er mit der Polizei zu tun hat.

Der jüngere Mann war ein stiller Zuhörer und stellte in den Pausen vernünftige Fragen. Schließlich sagte er *»ce n'est pas évident«*, eine in Frankreich vielgebrauchte Wendung.

»Nein«, stimmte Manuel zu.

»Warten Sie hier einen Moment.«

Manuel wartete zehn Minuten.

»Hm – der *commissaire* ist im großen und ganzen meiner Meinung. Viel können wir da nicht tun. An sich nicht unsere Sache – gehört zur Gendarmerie. Es ist natürlich hilfreich« – der chronische Mangel an Enthusiasmus darf nicht allzu offenkundig werden – »solche Hinweise sind immer nützlich, und Sie hatten recht, zu uns zu kommen. Wir sind dankbar für den Hinweis. Die Beschreibung des Wagens haben wir ja – wir könnten die Meldung über den Gendarmerie-Computer laufen lassen.«

Außer dem Geruch in dem Büro, der entsetzlich ist – aber Banken haben Klimaanlagen, die Polizei nicht –, liegt da so eine Ahnung in der Luft, daß zwischen den beiden Polizeibehörden ein gewisser Mangel an Bereitschaft zur Zusammenarbeit besteht. Manuel erkennt, daß er einen Fehler gemacht hat. Aber da er den Schritt nun einmal getan hat ...

»Ich bin nicht hergekommen, ohne mir die Sache vorher gründlich zu überlegen.«

»Ja, wir haben ein wenig Zeit verloren«, sagte Inspektor Barbe – von seinen Kollegen wahrscheinlich mit dem Spitznamen Klaus bedacht. »Sagen Sie, halten Sie es für möglich, daß der Bursche bewaffnet ist?«

»Nach außen war von Zwang nichts zu merken, aber mein Vater wirkte gezwungen.«

»Er besitzt eine Pistole. Und es könnte doch sein, daß der Kerl sie gefunden hat, wie? Der Haken ist, daß diese Information nun schon zwei Tage alt ist. Sie können praktisch überall sein – längst über der Grenze vielleicht.«

»Ich bin nur ein Mitglied der Öffentlichkeit. Ich las es zufällig in der Zeitung; und da war es schon alt. Mir kam plötzlich der Gedanke – ich hielt es für das Beste, ihn weiterzugeben.«

»Nun, wir werden der Sache auf jeden Fall nachgehen. Es liegt ein Vorführungsbefehl vor, das habe ich überprüft. Wir werden das Nötige veranlassen.«

Draußen auf der Straße spürt Manuel gründliche Unzufriedenheit. Aber die Gendarmerie? Nein, von der Polizei hat er genug.

Er wendet den Wagen und fährt in Richtung Berge. Glaubt eigentlich nicht, daß er da oben etwas Aufschlußreiches finden wird. Aber man kann nie wissen.

›Da oben‹ findet er Jesus. Die beiden verstehen sich. Beide Personen aus Stendhal. Dieser Schriftsteller ist seit hundertfünfzig Jahren tot und ist bemerkenswert aktuell. In Frankreich leistet man ihm Lippendienste, obwohl schwer vorstellbar ist, daß ihn dort jemand gelesen hat – zu viele Treffer. Aber in Deutschland und Spanien, Holland und natürlich England, und natürlich in Italien – da ist er viel gelesen und viel geliebt. Jesus stimmt mit den meisten von Manuels Überlegungen und Gedanken überein.

Er stöbert ungeschickt im Haus herum; es liefert eine Menge Eindrücke, aber keine eindeutigen Informationen. Sachen liegen unordentlich verstreut, offensichtlich in der Eile liegengelassen. Aber wohin sind sie gefahren? Und auf dem Küchentisch liegt Vaters kostbares Notizbuch.

Nirgendwo geht Walter ohne sein Notizbuch hin, das weder Notizbuch noch Tagebuch, noch Terminkalender ist, aber von allen dreien Elemente hat. Es ist ein Schulheft, und Walter benutzt es für eine Art Dauerdialog mit sich selbst: die Fasern seines Seins können im geschriebenen Wort gefunden werden. Manuel kennt das Buch seit seiner frühesten Kindheit und hat es stets mit Respekt betrachtet – es ist tabu, es ist ein Heiligtum. Wenn man da hineinsähe, so wäre das, als erwischten Noahs Söhne ihren Vater nackt und betrunken. Außerdem kann sowieso niemand Walters Schrift lesen.

Jetzt aber wirft er doch einen Blick hinein. Abgerissene Bemerkungen über unbekannte Personen, vermutlich aus Vaters derzeitigen schriftstellerischen Bemühungen. Einkaufslisten und Anmerkungen wie ›Briefmarken, Klebeband, Bank, Telefonrechnung bezahlen‹, um der Vergeßlichkeit zu trotzen. Er findet Kritzeleien, Aphorismen, richtige Graffiti, Zeichnungen sind keine in dem Buch, denn Walter hat kein zeichnerisches Talent. Da am Ende ist – ja was denn? Walters Gedanken? Symbole für Unschlüssigkeit? Eine halbe Seite voller Pfeile. Säuberlich mit Federn und Widerhaken ausgestattet, jedoch ein merkwürdiges, auf und nieder wogendes Zickzackmuster bildend. Und an den Spitzen stehen Wörter, sind durchgestrichen, durch neue ersetzt – ganz gut zu lesen. Anch? Das sagt nichts – plötzlicher Appetit auf Anchovis? Aber Auch? Das sagt einem etwas. Ein Ortsname. Und wenn das stimmt, könnte man drei weitere entziffern: Bordeaux, Nantes, Bourges, und am Ende etwas mit M und ein kryptisches ›4 Tge‹. Wenn es vier Phasen sein sollten – vier Tage. Metz – Mulhouse war näher; war es möglich, daß sie zur deutschen Grenze wollten? Aber irgendwie stimmte das nicht.

Manuel stapfte ins Studio, wo ihm eine halbe Stunde Beschäftigung mit dem Atlas zwei Namen lieferte, die hervorragend paßten. Montmédy an der belgischen Grenze und Malmédy, direkt in Belgien. Er würde sich auf das Glück verlassen müssen. Denn, wenn sie diesem Muster folgten, und er war mit Walters Vorliebe, Mustern zu folgen, wohlvertraut, dann war dies der dritte Tag, und sie befanden sich vielleicht irgendwo in der Nähe von Bourges. Vorausgesetzt, sie hielten sich an diesen Plan. Aber er war ganz einleuchtend. Langsam vorgehen, keinem vorhersehbaren Weg folgen – er würde jetzt erst einmal zu Abend essen. In seinem Kopf formte sich ein Plan.

Ein solches Muster. Und nicht nur in Vaters Handschrift im heiligen Buch. Es bedeutete nicht, daß sie unter Androhung von Waffengewalt fortgeschleppt worden waren. Im Gegenteil – es bedeutete, daß der Einfall von Vater stammte. Den Burschen über die Grenze bringen hieß, ihn vor der Polizei zu retten – ja – natürlich Belgien, dort wurde französisch gesprochen, und man ließ sich nicht gern Vorschriften machen. Und in den Ardennen – hatte Mutter nicht von ihren Ferien in der Kindheit dort erzählt?

Eine Gegend, die sie kannte. Und er, ihr Sohn, hatte sie der Polizei ausgeliefert.

Er sah auf die Uhr. Fast zwei. Aber dieses zähe Steak und die staubtrockenen pommes frites konnten vielleicht nicht schaden. Und dann schnell zurück in die Werkstatt.

»Welches ist unser bester Wagen für Bergstraßen?«

»Der Scirocco ist okay. Oder der R 5 – hat einen Turbomotor.«

»Ich verreise ein paar Tage.«

»Dein Bier.« Resigniert.

Jeder kann einem sagen, daß es ein großer Fehler ist, auf Reisen mittags eine schwere Mahlzeit einzunehmen und viel zu trinken. Die Körperhaltung im Auto, das eingezwängte Sitzen, ist der Verdauung nicht förderlich. Man wird träge, müde und gereizt. Kurz, die Unfallgefahr wächst.

Und jeder Psychologe kann einen natürlich mit erbitternder Selbstgerechtigkeit darauf hinweisen, daß übermäßiges Essen und Trinken bei seelischer Belastung ein infantiler Trostmechanismus ist. Genau wie das Daumenlutschen.

Steifgliedrig und gereizt und trägen Geistes krochen sie alle dankbar aus dem Wagen, als Walter, der schon seit einiger Zeit herumgenörgelt hatte, sagte: »Das ist genau das Richtige« und vor einem großen Schild mit verschnörkelten gotischen Buchstaben, die besagten ›Motel des Roches‹, abrupt anhielt.

»Was für Felsen?« fragte Miriam.

Sie befanden sich im oberen Tal der Loire, ein paar Minuten außerhalb von Nevers.

»Das ist doch egal. Wir sind alle müde und brauchen dringend frische Luft. Nach Nevers möchte ich nicht hineinfahren – das ist so ein Ort, wo jeder alles bemerkt.«

»Puh«, sagte Sylvie und musterte das Motel zu den angeblichen Felsen, vermutlich ein paar Steinbrocken, die man in dem Bemühen, die plattgewalzte Baufläche etwas ansehnlicher zu machen, zusammen mit ein paar scheußlichen Vorstadtbäumen um den Bau gruppiert hatte. »Plastikbalken.«

»Na, wenn schon?« gereizt. »Ein ordinäres Rasthaus, stimmt,

aber sollen wir vielleicht weiterfahren, weil es dir nicht gefällt? Da kommen wir höchstens vom Regen in die Traufe. Wir werden uns da schon wohl fühlen.«

Typisch Walter, dachte Sylvia; nicht nur tyrannisch, sondern auch völlig inkonsequent. Wenn ich den Vorschlag gemacht hätte, hätten wir eine Tirade zu hören bekommen, daß ihn keine zehn Pferde in so eine Bruchbude bringen würden, ›wie du genau weißt!‹. Das Essen ist bestimmt Tiefkühlkost, und die Preise sind garantiert unverschämt. »Großen Hunger hat sowieso niemand.«

»Wir wollen doch nicht streiten«, sagte Miriam vernünftig und öffnete die Tür auf ihrer Seite. Das gab den Ausschlag. Wenigstens würde es moderne Badezimmer geben. »Ich kann es kaum erwarten, mich gründlich zu duschen.« Sie ging nach hinten, um ihren Koffer herauszuholen.

Eigentlich kam es durch einen Persönlichkeitskonflikt. Und der wiederum ergab sich, wie üblich, aus einer Vielzahl von Kleinigkeiten. Da war zum Beispiel der ›wichtigtuerische kleine Mann‹ am Empfang. Ein wieselgesichtiger Mensch in einem kirschroten Blazer. Wenn Walter so etwas schon sah! Sie gehören alle zusammen? Natürlich gehören wir zusammen. Der gereizte Ton reichte, um zu irritieren. Schäbige Gesellschaft, paßten überhaupt nicht zusammen. Man bevorzugte Gäste, die leicht einzuordnen waren. Geschäftsleute.

Da tut er so, als wüßte er nicht, daß mehr als die Hälfte seiner Zimmer leer steht, dachte Walter. Sein Blick fiel auf eine große Speisenkarte mit verschnörkelter Schrift, und er zog ein Gesicht.

»Siebzehn und achtzehn dann. Ich muß Sie bitten, im voraus zu bezahlen. Das ist so üblich, und ich kann leider keine Ausnahmen machen.«

Lautes Schnaufen und entschiedener Widerwille.

»Sie speisen natürlich im Haus.«

Walter betrachtete die protzig aufgemachte Speisenkarte, jetzt mit unverhohlener Geringschätzung, und das gab den Ausschlag.

»Das Kennzeichen Ihres Wagens, bitte?«

»Keine Ahnung. Es ist ein Mietwagen. Ich sehe gleich nach.«

»Dann einen Ausweis.«

»Wo sind wir denn hier? In Ostberlin?« – sarkastisch.

Das war zuviel, und während Walter verärgert die Dokumente wieder in die Taschen stopfte und davonstapfte, verzog sich das Gesicht auf unerfreuliche Weise. Es wäre lächerlich zu unterstellen, daß er ›Verdacht geschöpft‹ hatte. Worauf denn? Die Gendarmerie hatte den Wagen natürlich auf dem Computer. Sie hatten mehrere auf der Liste. Sie rannten nicht voller Eifer von Tankstelle zu Tankstelle, um ihre Liste zu verteilen. Es war eine Routinesache.

Nein, der wichtigtuerische kleine Mann war schlicht und einfach widerwärtig. Die Geschäftsführer von Rasthausketten leben in ständiger Angst vor allen möglichen widrigen Ereignissen, die sie bei den Geldsäcken in Paris in ein schlechtes Licht bringen könnten, und während sie sich ständig abstrampeln, die Belegungsquote zu erhöhen und das Personal zu verringern, ist ihr Leben ein einziges Elend. Oft gibt es Betrunkene und manchmal Prügeleien; es gibt Schwierigkeiten mit dem Ausschank von Alkohol an Minderjährige und vagabundierende Prostituierte; manchmal wird von Drogen getuschelt und mehr als getuschelt. Man sucht daher die Gunst der Gendarmerie. Man kann Gäste nicht zurückweisen, aber man ist schnell bei der Hand mit Klatschgeschichten. Es ist nichts Definitives, aber irgend etwas stimmt bei den Vieren nicht. Und unsympathisch sind sie auch.

»Keine Handtücher«, beschwerte sich Miriam.

Na ja, Walter wußte, was da zu tun war. Zimmermädchen! – Der schleimige Kerl telefonierte. »Bleiben Sie einen Moment am Apparat. Ja? Brauchen Sie noch etwas?«

»Handtücher.« Ein kleiner Triumph.

»Einen Moment. Das tut mir leid. Und Sie denken an die Wagennummer? Ich bedaure, aber es ist die Regel; wir müssen vorsichtig sein.«

Defensiv wegen der Handtücher. War es vielleicht so, daß diese Türkin sie klaute und dann sagte, die Gäste wären es gewesen?

»Der übliche Mist«, sagte der diensthabende Beamte der zuständigen Gendarmerie, während er eine Notiz in das Tätigkeitsbuch machte. »Komische Leute in Bungalow siebzehn, und er glaubt – lohnt es sich, das zu überprüfen?«

»Wo ist Migeon mit seinem Motorrad an der Kreuzung? Sagen Sie ihm, er soll da mal vorbeischauen, ehe er zurückkommt.«

Es wurde über Funk weitergegeben. Der Streifenbeamte stand neben seiner am Straßenrand geparkten schweren BMW und langweilte sich. Das Motel war nur zwei Minuten straßabwärts.

In Bungalow siebzehn ging noch alles durcheinander. Miriam wühlte in ihrem Koffer herum – sie hatte doch irgendwo Waschpulver gehabt, in einem Plastikbeutel. Und wo war ihre Haarbürste geblieben? Sylvia blätterte in Reiseprospekten, die auf dem Tisch gelegen hatten; Walter lag mit geschlossenen Augen auf einem Bett. Fernand schien zu überlegen, was ›zu Ihrem Schutz hygienisiert‹ bedeuten sollte. Im stillen fragte sich jeder, ob die Schlafordnung …

Walter verglich das Innere seines Kopfes mit einem Mülleimer, der zum Leeren hinausgestellt worden war. Übervoll, so daß man kaum den Deckel schließen konnte, schon von Gerüchen verfaulenden Fischs umweht. Der Slogan: ›Steh es durch bis zum Ende‹ entrollte sich in einem monotonen Band, das über sein Hirn kroch wie die Ankündigungen beim Fernsehen, die fremden Bildern und Dialogen aufgesetzt werden.

Miriam sah eines jener Arrangements von Zeitungen, die in bewußtem Durcheinander so angeordnet sind, daß man die Schlagzeilen vergleichen kann. ›Rechtsanwältin berichtet von Horrorfahrt. Schreckensstunden noch einmal erlebt. Unter Waffengewalt gezwungen, sagt sie. Die größte nervliche Belastung war die Langeweile, erklärt Rechtsanwältin‹. Dies wurde abgelöst von einem verrückten anonymen Brief aus Zeitungsausschnitten, die auf körnigem Hintergrund schief zusammengeklebt waren. ›Ihre feinste Unterwäsche mit Zappo noch weißer und strahlender.‹

Sylvie, die aus trüben Augen grellfarbige Bilder von Schwimmbassins und Sonnenschirmen betrachtete, fiel auf, daß das Mädchen im pinkfarbenen Bikini einen verschwommenen, ausgefransten Schatten hinter sich herzog, als stünde sie in Flammen. Reine Blödheit, sich die Bilder ohne Lesebrille anzusehen.

Fernand hatte den Fernsehapparat eingeschaltet. Grace Kelly und James Stewart beim geisterhaften Ringkampf in einem von

Hitchcocks angeblich so phantastischen Produkten. Fernand starrte gebannt auf den Schirm.

Der Türsummer brummte zweimal, laut. Walter erinnerte sich später, daß er dachte, das Zimmermädchen hätte noch etwas vergessen, denn die Handtücher hatte er doch mitgebracht? Sylvie war am nächsten. Automatisch stand sie auf und öffnete die Tür, ohne zu überlegen.

Die riesenhafte Gestalt war erschreckend. In Wirklichkeit hatte sie nichts Erschreckendes – aber Sylvie sah immer noch nicht richtig, und das Licht von draußen war schwach und warf einen schrägen, unheimlichen Schatten. Sie hatte auch nichts Riesenhaftes. Aber ein motorisierter Polizist wirkt in Lederjacke mit dem weißen Querriemen, dem hohen weißen Helm, den ledernen Gamaschen und, in diesem Fall, einem buschigen schwarzen Schnurrbart noch um einiges imposanter.

Sylvie stieß keinen Schrei aus, sondern ein dünnes Quieken. Der Gendarm salutierte höflich.

»Oh«, sagte sie, »Sie haben mich erschreckt«, und alle sahen überrascht auf.

## *Vierter Tag*

Man mußte entschlossen sein, hellwach; und in guter körperlicher Verfassung. Walter zum Beispiel empfand die zweistündige Bummelfahrt aus den Bergen nach Toulouse hinein und zurück so anstrengend wie ein ›Tagwerk‹ und beschwerte sich bei der Heimkehr über den Verkehr. Auf der Autobahn fiel man bald in einen bestimmten Rhythmus, den Blick ständig im Rückspiegel, während man sich auf etwa hundertdreißig einpendelte, die ganz Schnellen überholen ließ und sich damit begnügte, Lastwagen, Bummelanten und übervorsichtige alte Damen zu überholen. Man hielt das ungefähr vier Stunden lang durch, bis man die Nase voll hatte.

Manuel dachte sich nichts bei der Aufgabe, die vor ihm lag, obwohl er schon die Fahrt in die Berge hinter sich hatte, und es bereits vier Uhr nachmittags war. Er war hellwach, und er war entschlossen; gewiß; eindeutig. Was die körperliche Verfassung anging – nun, er war vierundzwanzig, gebaut wie ein Stürmer einer Rugbymannschaft, durchtrainiert, hatte eine eiseren Gesundheit, trank wenig und rauchte kaum. Außerdem war er ein guter Autofahrer.

Aber er hatte sich auch einiges vorgenommen. Er konnte froh sein über den Turbo, der klein und wendig war und für den kritischen Moment Reserven hatte. Denn er wollte den direkten Weg nehmen, geradewegs durch die Berge, die Auvergne, das ausgedehnte Hochland mitten in Frankreich.

Die erste Etappe war nicht allzu schlimm, die Hauptstraße hinauf von Toulouse nach Albi und durch das Tal weiter nach Rodez, wenn auch viel Verkehr herrschte. Die zweite Etappe, auf dem Plateau nach Le Puy, ist die reine Hölle. Überall ist der Kalkstein von den gewundenen kleinen Flußtälern zerrissen wie eine Windschutzscheibe von Sprüngen, wenn ein Stein sie getroffen hat. Man hat den gleichen Eindruck totaler Blindheit. Hinauf und hinunter wie auf einer Achterbahn. Von Le Puy (ein *puy* ist der Bergkegel eines erloschenen Vulkans; es gibt ihrer viele in dieser Gegend, und wir haben nicht die Zeit, anzuhalten und sie zu bewundern, wenn wir, wie Manuel, noch bei Tageslicht Lyon erreichen wollen) ist es eine kürzere Strecke bis Saint Etienne, und man sagt sich, daß es ›bergab‹ geht. Dennoch unangenehm. Von Saint Etienne nach Lyon ist es ein Kinderspiel nach dem, was hinter einem liegt, auch wenn der Verkehr dicht ist, was immer der Fall ist.

In Lyon fuhr er auf die Autobahn nach Paris und hielt an einer Raststätte an, um zu tanken, Rast zu machen, nachzudenken – einen Hamburger zu essen oder was er sonst in dem gräßlichen Rasthaus Eßbares finden konnte. Durch die Berge nach Lyon hatte er etwas über fünf Stunden gebraucht, und wenn man bedenkt, daß es von Toulouse eine Strecke von gut vierhundert Kilometern ist, war das eine hervorragende Zeit.

Und von jetzt an, dachte Manuel, während er mit einer Papierserviette das Ketchup anderer Leute vom Tisch wischte, ist es leicht; babyleicht. Lyon nach Dijon, eine Stunde; eher noch besser auf der Autobahn. Dijon nach Langres, normale Straße, aber kaum Kurven und um diese Zeit auch kaum noch Laster; weiter nach Saint Dizier, so ziemlich das gleiche. Bar le Duc und nach Verdun hinauf. Noch einmal fünf Stunden; bei Nacht vielleicht länger. Aber er hatte ja die ganze Nacht vor sich, sonst hätte er die Sache ja gleich aufstecken können. Weder Vater noch Mutter fuhren gern bei Dunkelheit; ihre Augen war nicht mehr das, was sie einmal gewesen waren. Wenn sie es vermeiden konnten, ließen sie es. Von Verdun zur Grenze, das war ein Katzensprung, vielleicht fünfzig Kilometer. Allerdings wieder eine gewundene Straße, die Argonne oder wie sie hieß. Schlachtfelder. 1914 waren die Deutschen auf diesem Weg gekommen. Genau wie 1870. Genau wie wiederum 1940. Alle sind immer auf diesem Weg gekommen, seit Menschengedenken. Ein paar Kilometer weiter nördlich hielt sechzehnhundertirgendwas Condé bei Rocroi die Spanier auf. Das Tal der Maas, oder? Zog sich nordwärts in Richtung Dianant und Namur. Hatte sie in die Flucht geschlagen, wenn das Gedächtnis nicht trog. Nein, eigentlich ein guter Gedanke, Eindringlinge auf diesem Weg abzuschieben. Poetische Gerechtigkeit. Eine Vorstellung, die Vater gefallen würde.

Noch eine Tasse von diesem widerlichen Kaffee? Er hatte den halben Weg hinter sich und das Schlimmste.

Alles war einfach viel zu schnell gegangen. Und wenn das ein Klischee ist, dann um so schlimmer für das Klischee, denn es kommt vor; es war soeben eingetreten.

Walter war nicht einmal vom Bett aufgestanden. Miriam hatte ihr kleines Päckchen Seifenpulver gefunden; wieso hatte sie es gerade da verstaut? Der Gendarm stand im Zimmer, gleich bei der Tür, und Fernand stand locker, gut im Gleichgewicht, lächelnd vor Alfred Hitchcock, wo die Spannung zum Siedepunkt stieg, und hielt die Pistole auf den großen schwarzen Lederbauch gerichtet.

»Hände in den Nacken, Sportsfreund«, sagte er mit ruhiger Stimme, »und drehen Sie sich um.«

Der Gendarm, ein großer, kräftiger Mensch, tat, wie ihm befohlen und ohne einen Laut von sich zu geben. Niemand möchte gern auf acht Schritt von einer Pistolenkugel getroffen werden.

»Und jetzt bleiben Sie ganz ruhig stehen.«

In der Spätvorstellung wagt sich der Bösewicht ein wenig zu nahe heran, und man macht einen blitzschnellen Hechtsprung, aber im wirklichen Leben tut man das nicht, schon gar nicht in so einer dicken, schweren Lederjacke. Ein motorisierter Polizist ist ein Profi, und Profis sind vorsichtig.

Die Pistole wanderte geschickt in die linke Hand; die rechte griff flink zum weißen Halfter am Gürtel und brachte einen .357er Magnum Revolver an sich. Der motorisierte Polizist trägt ihn geladen bei sich, man braucht ihn nur zu entsichern.

»So, das ist Ihre Kanone, und Sie wissen am besten, wie so eine Kugel wirkt. Walter –« Jetzt hatte er zwei Schußwaffen, mit denen er herumfuchteln konnte.

»Fernand, lassen Sie sich nicht hinreißen –«

»Stehen Sie nicht rum wie ein Trottel. Zerreißen Sie ein Handtuch. Oder ein Leintuch. Packen Sie den Krempel wieder ein«, zu der verwirrten Miriam. »Oder lassen Sie ihn hier. Mir ist das egal.«

Sie waren alle wie die Trottel, er war der einzige, der ganz unerschüttert war. Die Unsicherheit, die halbherzigen Zweifel glitten von ihm ab wie ein altes Jackett; der Anblick des uniformierten Beamten wirkte wie ein Schuß mit der Spritze. Keiner von ihnen konnte denken; sie brachten keine zwei zusammenhängenden Gedanken zustande. Ein Handtuch zerreißen? Wie Tarzan, oder so?

»Nehmen Sie eine Rasierklinge, Blödmann. He, rühren Sie sich nicht.« Er riß ihm den Helm vom Kopf, bohrte den Revolverlauf seitlich in den dicken Hals. »Ziehen Sie ihm das Laken da über den Kopf. – Aber natürlich kann er atmen. Ziehen Sie den Knoten fest. Halten Sie es unter das fließende Wasser. Legen Sie sich da aufs Bett – nein, auf den Bauch – strecken Sie Arme und Beine aus.«

Walter dachte an die stille Kaminstunde in seinem eigenen Haus, als er mit Streifen des Vorhangs gefesselt worden war. Jetzt knüpfte er selber die Knoten ...

»Das ist doch albern. Wir können es immer noch schaffen –«

»Schnauze, Walter!« Es klang so bösartig wie das Zuschnappen einer Falle; aber die Stimme war so leise, daß der Schrecken um so größer war.

»Das lasse ich nicht zu«, erklärte Miriam mit plötzlicher Empörung. »Sie bringen ihn ja um. Das lasse ich nicht zu.«

»Sie kriegen gleich eine Kugel in den Bauch.« Er richtete den Lauf der Automatic auf eine Stelle unterhalb ihres Nabels. »Paßt's Ihnen da ungefähr?«

Sie schlug die Hände vor die Augen und wich zurück. Sylvie gab sich trotz ihres Entsetzens beinahe übermenschliche Mühe, den Ton ihrer Stimme auf dieses Timbre eisiger, freundlicher Gewalt abzustimmen. »Fernand, es ist wahr, so erstickt er. Achten Sie das Leben – für mich bitte.«

Als er sie ansah, wußte sie, daß sie diesmal nicht verlieren würde. Aber würde es ein zweites Mal geben? Mit Vernunftgründen war hier nichts zu erreichen. Ihr blieb nur dieser emotionale Appell an den Mann, mit dem sie geschlafen hatte. Ein zweites Mal würde er nicht verfangen.

Er zog das Laken zurück, tippte dem Mann mit dem Revolver an die Stirn, zog das nasse Handtuch etwas von der Nase weg.

»Sie können doch atmen? Nicken Sie. Jetzt schreien Sie. Na los schon, schreien Sie. Schreien Sie sich die Lunge aus dem Leib. Er wird's überleben. Nehmen Sie Ihre Jacken. Nein, die Koffer nicht. Die sollen nicht denken, daß wir abhauen. Niemand hat ihn bemerkt. Da steht seine Maschine. Er war nicht im Büro.« Ruhig und vernünftig, als hätte er kleine verängstigte Kinder vor sich. »Ha, ich wette, er hat nicht mal was gewußt.« Das Funkgerät am Motorrad gab unverständliche Murmelgeräusche von sich, die nichts Dringliches an sich hatten. »Er wollte nur einen trinken. Steigen Sie ein. Sie fahren, Walter. Ganz locker. Als führen wir nur zum Essen weg. In die Stadt. Der Laden hier gefällt uns nicht. Jetzt – jetzt können Sie aufs Gas treten. Nur den Kopf nicht verlieren. Wir bleiben bei unserem Plan. Es gibt keinen Grund, ihn zu ändern. Also, wie kommen wir hier raus?«

»Richtung Auxerre«, sagte Walter.

Vielleicht stimmte es. Vielleicht war doch kein Alarm gegeben worden. Und selbst wenn man nach ihnen fahnden sollte, würde es vielleicht – aber weshalb hätte man nach ihnen fahnden sollen? Unterwegs war nichts passiert. Und Manuel war nicht der Mensch, der etwas aufrührte. Vielleicht war es wirklich nur ein zufälliges Zusammentreffen gewesen. Aber der Polizist würde bald vermißt werden. Das schwere Motorrad ...

»Ganz ruhig an der Kreuzung«, befahl Fernand. »Diese Streifenpolizisten sind immer zu zweit.«

»Clamecy.« Er bog ab. Keine Polizeibeamten in Sicht.

»Wie weit ist es bis Auxerre?«

»Hundertzwanzig ungefähr.

»Los jetzt, treten Sie auf die Tube.«

Seit der Einführung der Autobahnen ist Nevers nicht mehr der wichtige Knotenpunkt, der es einst war. Aber noch immer gibt es vier Hauptstraßen. Die alte National Sieben von Paris nach Lyon, in südlicher Richtung nach Moulins und Rouanne, in nördlicher nach Montargis und Fontainebleau. Und die N. Sechsundsiebzig; westlich nach Bourges, östlich ins Morvan, Château-Chinon und Autun. Die Richtung Auxerre, nach Nordosten hinauf zum unfreundlichen Plateau von Langres, das eine von Frankreichs ›Wüsten‹ ist, war vielleicht die am wenigsten erwartete. Wenn man Auxerre erst hinter sich gelassen hatte – es blieb ihnen vielleicht noch eine Stunde, bis eine richtige Fahndung organisiert wurde. Fernand, der jetzt vorn neben dem Fahrer saß, schaltete die kleine Lampe zum Kartenlesen ein.

Nun hieß es, je eher in Belgien, desto besser; und deshalb mußten sie das Land noch in dieser Nacht erreichen. Walter, dieser Witzbold, hatte es kapiert, jetzt drückte er nämlich so drauf, daß der alte Alfa förmlich abhob. Ein Glück, daß er dunkelblau und ziemlich verdreckt war. In der Nacht würde er schwarz aussehen oder konnte praktisch jede Farbe haben. Und selbst bei Regen war die Straße hier nicht schlecht.

Ja, Auxerre war geradezu ideal. Aber von dort konnte man zwei Strecken nehmen. Troyes, Chalons und Verdun. Ungefähr vierhundert Kilometer, und die zweite Hälfte Autobahn – ja, da kam man zwar schneller vorwärts, aber auf diesen Straßen würde es von Bullen wimmeln. Die andere Route führte durch kleine Kuhdörfer, wo die Bullen weit dünner gesät waren. Charillon und Chaumont und Neufchâteau, na, so an die zweihundertfünfzig. Und dann ungefähr hundert Kilometer das Maastal hinauf. Straßen, die bei Nacht nicht befahren waren, und eine kürzere Strecke. Es war zu schaffen, und er würde es schaffen. Wenn wir nur genug Benzin haben, um Auxerre hinter uns zu lassen; das ist ein Gefahrenpunkt; da sind vielleicht Straßensperren. Ja, wir haben erst vor kurzem getankt.

Walter dachte nicht – wir gebrauchen dieses Wort in so weitem Sinn, daß wir neun- von zehnmal nicht mehr meinen als stumme Selbstgespräche; den vagen inneren Monolog, der als Denken gilt. Selbst dieser innere Monolog beschränkte sich größtenteils auf Technisches: Man fährt Auto mit leerem Hirn, aber sein Bemühen, den Wagen so weit auszufahren, wie er das trotz Dunkelheit, unbekannter Straße und Nieselregen wagte – diese Konzentration – und der Adrenalinfluß – nahmen all sein Denken in Anspruch. Der Alfa war ein gutes Auto, nach europäischen Maßstäben ein ziemlich großer Wagen, robust, mit guter Straßenlage. Das starke gelbe Licht durchdrang die Schwärze der Nacht ausreichend; das Zischen der Scheibenwischer und der leise, gummiweiche Schlag bei jeder Rückkehr in die Ausgangsstellung – ein gleichbleibender Rhythmus wie von einem Metronom, der Behagen und Beruhigung brachte; allerdings ›Behagen, Zufriedenheit, Entzücken ...‹, was waren das für Gedichtfetzen, die ihm da nebelhaft im Kopf herumschwirrten, wie Motten, die vom Licht angezogen werden? – Irgend etwas vom mühsam erkauften Gewinn der Jahre ... ›Sie verschwanden in einer Nacht‹ ... Und auch etwas anderes, etwas, das mit dem sich ewig wiederholenden Stocken im Geräusch der Scheibenwischer zu tun hat – wie bei einem altmodischen Grammophon, dessen Plattenteller am Ende der Platte nicht von selber aufhörte sich zu drehen; die Nadel lief im Leerlauf weiter und machte immer das gleiche Geräusch, ein Rauschen und Knacken, bis es einem so sehr auf die Nerven fiel, daß man hinging und das Ding ausschaltete. Und dazu ein gräßlicher Schlager aus jener Zeit, irgendwann Mitte der dreißiger Jahre, der sich unentwegt, endlos wiederholte, bis zum Erbrechen ...

›Und die Musik spielt immer weiter, immer weiter – o – oh, o-o-o-oh.‹ Aber ach, es ist kein Zauberspruch, der das verriegelte Tor der Stadt von Walters Einsamkeit öffnet. Es heißt öffne Cornflakes, öffne Frühstücksflocken, öffne Maisflocken, öffne Frosties. Nein, er konnte es nicht finden; die Musik spielt und spielt, und es ist immer noch öffne dies und öffne das, lauter sinnloses Zeug. Die Illusion bleibt bestehen, daß man vorwärtskommt: dritter Gang, vierter, fünfter, und das entsprechende hohe Motorengeräusch – aber es ist doch nur dieselbe Platte, die sich unentwegt weiterdreht.

Behagen, Zufriedenheit, Entzücken. Drei gute Dinge, schöne Dinge, und doch immer irgendwie zu teuer erkauft, wobei die beiden ersten es nicht einmal wert sind. Behagen und Zufriedenheit, ein sehr bürgerliches Ideal doch, und das Entzücken kommt immer unerwartet und gratis, um so teurer, da es so rar ist, und so flüchtig.

Das ist es doch sicher nicht, was wir gesucht haben. Behagen und Eigenliebe in all ihren eitlen Manifestationen; dahin führt diese Straße. Ehre: das ist ein Wort, das einfach aus unserem Vokabular herausgefallen ist. Jetzt nur noch ein Wort der Literatur, wie sich das für einen mittelalterlichen Begriff gehört. Kam mit den Troubadouren aus der Mode. Und dem Hosenbeutel. Außer Gebrauch, das ist der Ausdruck, den ich suche.

Auxerre. Vom zweiten in den dritten Gang. Sachte. Kein Mensch auf der Straße. Keine Spur von Polizei oder Straßensperren. Und jetzt haben wir Auxerre hinter uns, wunderbar – ja, das ist ein Wort, das wir immer noch gebrauchen: wir bleiben erstaunlich abergläubische Wesen. Und jetzt glaube ich wirklich, daß wir es schaffen können. Vierter Gang; fünfter. Aber du bist immer noch ein Gefangener. Das ist es, was du mit Fernand gemeinsam hast.

Fernand dachte. Oder zumindest sinnierte er.

Das war die Stadt. Das war meine Heimatstadt. Sie wissen es nicht, aber ich komme hier aus der Gegend. Ich sage es nicht, ich denke es nicht, ich habe es seit langem gelöscht. Ich sah diese Stadt zwei-, dreimal, als ich klein war, und hielt sie für den Nabel der Welt. Und dann kam der Tag, an dem ich mir vornahm, nie wieder Bohnen zu essen. Ich erfuhr, daß es Paris gab. Und dort wollte ich hin, und wenn ich jeden einzelnen Schritt zu Fuß gehen mußte. Und die Welt finden. Ich hab's auch getan. Ich wußte, daß es hart werden würde. Aber nicht so hart, wie jeden Morgen um vier aufstehen und zu den verdammten Weinstöcken und den verdammten Bohnen in den verdammten Hügel rausmarschieren zu müssen. Ich weiß noch, wie ich zu Anne, dieser Schlampe, sagte – kalt? Du hast ja keine Ahnung, was kalt ist. Weißt du, wie mir warm gemacht wurde? Mit Schlägen. Die Bauern – ich hab' mir geschworen, ich würde niemals wieder hierherkommen. Und jetzt bin ich doch wieder hier, man entkommt eben nie. Fernand heißt du. Einen spießigeren Bauernnamen konnten sie wohl nicht finden. Mensch, da könnte man ebensogut Jules oder Léon heißen. Aber das ging mir erst auf, als die Jungs mich fragten, wie heißt du, und ich sagte, Fernand, und sie darauf vor Lachen fast aus den Pantinen kippten. Aber ich hab' dafür gesorgt, daß ihnen das Lachen schnell verging.

Belgien? Immer die Witze über die vernagelten Belgier und ihre pommes frites. Lange Zeit glaubte ich, es wäre wirklich so. Später, als ich etwas vom Norden gesehen hatte, glaubte ich, es besser zu wissen, Backstein und Steckrüben, Kohlengruben und Kartoffelfelder, Schwarz in Schwarz wie Lens oder Béthune. Voll von Polen. Oder die Textilwerke in Roubaix. Ja, auch das lieber als die Hügel – und die Bohnen; lieber ein gutes Bier als diesen Pißwein. Über den guten Gauthier kann ich doch nur lachen – Walter nennen sie ihn oben im Norden, er stammt hier irgendwo aus der Gegend –, wie er sich über den Corton Charlemagne ausließ und daß der einzige trinkbare Wein von hier kommt. Ja, südlich, Richtung Beaune, zu ungefähr dreihundert Francs die Flasche. Aber versuchen Sie mal unser einheimisches Gewächs.

Südbelgien ist anders, sagt sie. Hat's mir im Bett erzählt. Da war sie gut, ich meine, echt gut, was für ein blödes, bescheuertes Wort. Wälder in den Ardennen, kennt sie von früher, als sie klein war. Sie sagte, mir würde es da gefallen. Da kann sie vielleicht recht haben. Die Berge sind nicht hoch, hat sie gesagt, und die Bäume reichen bis zu den Gipfeln. Dazwischen liegen Täler, die eigentlich gar nicht so tief sind, aber mit steilen Wänden, und die Bäume gehen bis zum Wasser runter. Einen Baum zu haben, ist was wert;

man kann ihn nicht machen und man muß auf ihn warten, ja, das gefällt mir. In den Pyrenäen hat's mir auch gefallen. Sie sagt, so viel anders wäre das gar nicht, es ist nur nicht so offen, man hat nicht so einen weiten Blick. Aber Wald, und richtige kleine Bergbäche, die noch nicht verdreckt sind, mit Fischen drin, ein Berghof mit vielleicht zwei Kühen, hundsarm, ich weiß, sie sagt, ich wäre sentimental, gut, aber ein bißchen Käse und Joghurt und ein bißchen Fischerei. Und in den Wäldern da oben gibt es noch Wildschweine. Bienen. Bienen hätt' ich gern. Damit kenn' ich mich aus. Echt, wenn ich den alten Knaben finde, von dem sie mir erzählt hat, der vielleicht noch lebt und ihr beigebracht hat, wie man eine Kaninchenfalle stellt, als sie noch ein Kind war – also echt, ich würd's probieren. Schlimmstenfalls kann ich ein bißchen Luft holen, mich pflegen und dann vielleicht oben in Holland einen Kontakt machen. Nicht in Amsterdam, da gibt's zu viele in dem Geschäft, da ist 'n richtiges Gedränge. Lieber eine von den Städten am Rhein, da an der deutschen Grenze, da ist eine Stadt, wo ich einen kenn'. Aber schön wär's schon, da einfach einzusteigen. Ein kleiner Berghof. Sie haben einen Bauernnamen, Fernand, hat sie gesagt, vielleicht sind Sie ein Bauer und sollten zurückkehren. Sie könnte recht haben.

Sich selbst übertreffen; Walter trat ein wenig weiter durch; holte zehn Kilometer mehr die Stunde heraus; es konnte zu dem Zeitpunkt, wo sie die Grenze in Malmédy erreichten, von Bedeutung sein. Übertriff dich selbst. Du bist nur ein Mensch, daher weder gut noch böse. Du bist beides, oder keines von beiden. Das ist das Thema von Bernanos ebenso wie von Stendhal; ach was, es ist das Thema jedes Schriftstellers, der auch nur einigermaßen etwas los hat. Sei nicht mittelmäßig.

Noch sechzig bis Chaumont. Und wenn wir das schaffen – dann haben wir eine echte Chance. Ich und mein Tramper. Der letzte, den ich mitnahm, war dieser junge Amerikaner. Selbst wie er da am Straßenrand stand, sah man gleich, daß er Amerikaner war. Dieses gottverdammte sonnige Grinsen. Man mag darüber lachen – nicht zu grinsen, ist Sünde –, aber gelegentlich kann es uns doch das kühle europäische Herz wärmen. Es gibt Augenblicke, da tut so ein Grinsen gut. Also stellt man schnurstracks die unvermeidliche klassische Frage, »Woher kommen Sie?« Und da sagt er doch tatsächlich »Sun Valley« und lacht sich schief dabei.

»Noch gar nicht so lange her.«

»Sie kennen die Melodie?«

»Gehört zu meiner Jugend. Und erinnert mich an sie. Der gute alte Glenn Miller.« Wobei er Manuela meinte.

»Stammen Sie hier aus der Gegend?« Er machte höfliche Konversation, wie sie das alle taten.

Man konnte nicht antworten, ich komme von nirgendwo, das hätte affektiert geklungen.

»Sind Sie Skifahrer?«

»Was, in Sun Valley? Deshalb bin ich nicht hergekommen. Ich wollte Katalonien sehen – ein bißchen Katalonisch lernen. Mein Großvater, er war oben in Montana Schafzüchter; seine Familie stammt hier aus der Gegend. Er sprach noch ein paar Worte.«

»Das ist Katharerland. Früher haben sie dort die Herdenwanderung praktiziert; sind bis nach Cataluna hinübergezogen.«

»Ja. Das hab' ich nachgelesen. Professor Braudel und Leroy Ladurie.«

»Dann wissen Sie soviel wie ich«, sagte Walter gutgelaunt, »und wahrscheinlich eine Menge mehr.« Er beneidete diesen Jungen, der mit seinen Vorfahren auf so unbefangenem Fuß stand und die weite Reise aus Idaho gemacht hatte, um ihre Welt kennenzulernen.

Und die Frauen, nebeneinander auf dem Rücksitz? Sylvie hatte immer schon ein beneidenswertes Talent besessen, in Momenten seelischer Belastung, Langeweile oder Unbequemlichkeit zu schlafen; auf Flughäfen, auf Bahnsteigen, auf Kanalfähren. Und schlief auch jetzt. Mit leicht geöffnetem Mund. Feine Schnarchgeräusche, noch leidlich damenhaft, waren von Zeit zu Zeit zu hören. Der volle, aber immer noch geschmeidige Körper war katzenhaft zusammengerollt, schaukelte, wenn der Wagen eine schärfere Kurve nahm. Sie roch gut, nach dem natürlichen Duft ihres Körpers, der sauber und gesund war, ein warmer Geruch wie Farn an einem heißen Tag, und nach einem guten und gut gewählten Parfüm, das zu ihrer Haut paßte. So gut sollte ich auch mal riechen, dachte

Miriam ein wenig säuerlich in dem Bewußtsein, daß sie zu lange in denselben Kleidern gesteckt hatte; aber nicht länger als Sylvie ... Man braucht mich nur aus meinem natürlichen Habitat (das in Wirklichkeit unnatürlich ist) zu entfernen, und ich bin nichts, denkt Miriam. Sie fängt an, sich selbst zu bemitleiden und kämpft dagegen. Maître Lebreton ist immer frisch und immer strahlend sauber; ihre weißen Kragen makellos, ihre Robe gründlich gebürstet und gelüftet – ganz anders als bei so vielen männlichen Kollegen, die intellektuell glänzen und körperlich stinken – die häufig Hermès-Aktenköfferchen tragen, aber die Schultern voller Schuppen haben. Aber trennt man Miriam Lebreton von ihren wortreichen Büchern, so gerät dieser wache und scharfe Verstand ins Stocken, diese intelligente Frau beginnt zu babbeln und zu stammeln, als litte sie an Gehirnlähmung. Zwanzigmal hätte sie sich aus dieser unguten Geschichte davonmachen können, aber Verstand und Wille waren zu kraftlos gewesen. Aber Verstand und Wille waren eben unbewußt und instinktiv in eine ganz andere Richtung geneigt, das war klar.

Ich bin Rechtsanwältin. In Walters Augen die schlimmste Art von Schmarotzer; er hat es mir klipp und klar gesagt, und ich habe gelacht. Jetzt lache ich nicht mehr. Ich hegte und pflegte die Illusion, daß die Ausübung des Anwaltsberufs etwas Lohnendes, Sinnvolles ist, aber ich bewunderte mich nur selbst. Die flotte Miriam mit ihrem roten Porsche. Ich bewunderte meine Klugheit, mein Geschick in der Diskussion, meine Klarsichtigkeit im Streitgespräch. Wertlos; ich bin eine Heuchlerin und ein Feigling.

Der Pistolenlauf in meinem Nabel – das hat mir weh getan. Was hätte dann ein Schuß mir angetan? In meine Weiblichkeit; er hätte die Eierstöcke zerstört. Ich bildete mir etwas darauf ein, in einer Männerwelt konkurrieren zu können; was habe ich denn in meiner weiblichen Welt getan? Ich habe mich in diese beiden Leben eingemischt und die Katastrophe provoziert.

Dieser Junge, Fernand – er sagte mir, daß er das Gefängnis nicht aushalten würde, und ich sagte ihm die Wahrheit, daß er, ganz gleich, wie ich plädierte, allenfalls auf eine leichte Verringerung der Strafe hoffen konnte, da die Gesellschaft ihn auf jeden Fall als

Bedrohung sehen würde. Was er denn tun könne? Fliehen, sagte ich halb frivol.

Walter – diese vielschichtige Persönlichkeit entzückte mich, und was tat ich? ›Erheitere mich, bewundere mich, verführe mich.‹ Indem ich ihn herausforderte, forderte ich Schuld heraus, und ich forderte diese Flucht heraus. Ich bin schuld an der Gefahr, in der wir jetzt alle schweben.

Manuel war erst zur Zeit der Abfahrt aus Nevers etwa in Lyon angekommen, aber er war schneller, da er auf besseren Straßen höheres Tempo fahren konnte. Als er bei Dijon und dann wieder bei Langres von der Autobahn abgefahren war, hatte er Gendarmeriestreifen bemerkt, die schärfer als üblich die Straße beobachteten, hatte sich aber nichts dabei gedacht; so etwas war gang und gäbe. Vielleicht war irgendwo ein Raubüberfall verübt worden.

Er ist ein Mensch, der weniger überflüssige Worte macht als die meisten. In Gesellschaft weniger redselig, denkt er mehr und schwatzt weniger, auch in seinem Kopf.

Soweit ich überhaupt denke – wenig und selten – sind Vater und Mutter ohne zu wollen in diesen Wirrwarr hineingeraten. Sie sind Gefangene ihrer selbst und ihrer Vergangenheit. Ihrer Geschichte und ihrer Vorfahren; solchen Dingen ist nicht leicht zu entrinnen. Ich habe großes Glück – ich habe keine Vorfahren, keine Geschichte. Gut für mich. Ich bin ein freierer Mensch als die meisten.

Arme Mutter! Sie ist eine intelligente Frau, oder wäre es, wenn sie nicht ständig an sich herummäkeln würde; sie muß sich immer als dumm und begriffstutzig sehen, als die belgische Zuchtstute, die den Verstand zwischen den Beinen hat, weil die Männer, von ihrem Vater angefangen, ihr das ständig gesagt haben. Dank dieses ungeheuer ausgeprägten flämischen Familiensinns war sie immer ganz stark Mutter – und wegen der kleinen Seitensprünge band sie die Kinder um so enger an sich. Es war gewiß nicht ihre Schuld, daß Vater immer ein gequälter, labiler Mensch war, aber sie hat ihm auch nicht geholfen. Ich habe mich oft gefragt, warum er sie geheiratet hat; vermutlich, um seiner eigenen Herkunft zu entkommen, diesem ganzen *upper class* Getue, das er so haßte. Ich glaube, er suchte Beständigkeit; feste bürgerliche Werte, Wurzeln und einen Anker, Gesetz und Ordnung und Sicherheit vor allem – davon gab es in dieser Familie ein bißchen zuviel. Sie gab ihm viel; allzu vieles vielleicht materieller Natur; das schöne, behagliche Haus, gutes Essen und das im Überfluß, die hübsche Frau in den hübschen Kleidern, auf die man stolz sein kann. Sie beschützte ihn. Vielleicht zu sehr, zu gut. Es war nicht genau das, was er wollte. Aber das alles ist Spekulation; ziemlich sinnlos. Besonders jetzt. Ah ja, eine Straßensperre.

Tatsächlich hatte sich die Gendarmerie aufgerafft und etwas verspätet in Bewegung gesetzt. In den dem Nièvre benachbarten Départements war sie nun zur donnernden Herde geworden – aber der Alfa hatte Chaumont zusammen mit der Meldung erreicht. Man würde nie genau erfahren, inwieweit diese Verzögerung einem gewissen Mangel an Eifer bei der PJ zuzuschreiben war, wo man Manuels Informationen nicht allzu ernst genommen hatte und sie vielleicht nur bruchstückhaft oder halbherzig weitergegeben hatte. Tatsache ist – allerdings nur widerwillig erwähnt und unwillig zugegeben –, daß die Police Judiciaire und die Gendarmerie zu keiner Zeit wirklich hilfsbereit zusammenarbeiten. Das wird in zuständigen Kreisen bedauert, meist aber einfach vertuscht. Im zentralen Kommandoposten für das gesamte nationale Territorium in der Nähe von Paris, in Rosny sur Bois, hieß es später, die PJ wäre etwas langsam gewesen. Die PJ behauptete, Rosny wäre etwas langsam gewesen – oder vielleicht ein bißchen wirr. Wie in bürokratischen Kreisen üblich, erklärte man später, an allem sei nur der Computer schuld.

Als man in Rosny hörte, daß ausgerechnet in Nevers ein zweiter Polizeibeamter gefesselt und geknebelt aufgefunden worden war, erklärte man verärgert, der Urheber dieser Unerhörtheiten könne nur derselbe sein. Das ist seine Masche. Und nun tut gefälligst mal was. Die Gendarmerie ist eine Einheit, bei der mit militärischer Disziplin gearbeitet wird, und sie ist äußerst tüchtig. Aber ihre Angehörigen sind eben auch nur Menschen. Die ihr Bett mögen und etwas gegen Nieselregen haben. Nun jedoch hetzten sie durch den Nordosten Frankreichs und bemühten sich, die Demütigung zu löschen. Sie nahmen die Insassen mehrerer Alfa Romeos ziemlich streng ins Verhör, darunter auch ein ehrbares deutsches Ehepaar – das zufällig eine gewisse äußere Ähnlichkeit mit Sylvie und Walter hatte – in einem dunkelgrünen.

Das größte Hemmnis war, daß man zu wenig Leute hatte. Dieses riesige Gebiet im Nordosten Frankreichs, eine Wüste, die weder zur Bourgogne noch zur Lorraine oder Champagne gehört und von den dreien auch nicht erwünscht ist, ist dünn besiedelt, und die Zahl der Polizeidienststellen ist entsprechend niedrig. Nachts sind die Dienststellen nur spärlich besetzt. Man kann Verstärkung anfordern, aber da muß schon etwas Schwerwiegendes vorliegen. Es ist schließlich niemand getötet worden, sagte man auf der *Préfecture*. Es herrschen keine Unruhen.

Gewiß, der motorisierte Polizist sagte, als man ihn fand und befreite: »Er ist ein Killer«; aber damit wollte er nur seine persönliche Erniedrigung beschönigen. Das ist keine typisch französische Eitelkeit; sie ist universell.

Vor Saint Dizier war eine Straßensperre. Nicht so eine mit eisernen Barrieren, sondern nur ein Polizist, der in der Straßenmitte stand und die Autos aufhielt, und ein Kombi mit Blinklicht am Straßenrand. Ein Polizeibeamter saß am Funkgerät, der andere verlangte streng die ›Papiere‹. Ob er zufällig einen dunklen Alfa mit drei, vielleicht auch vier Insassen bemerkt hätte? Um Mitternacht sind in dieser Gegend wenige Autos unterwegs, und die größtenteils auf der Straße nach Paris; und auf die Zufahrtsstraßen zur Hauptstadt konzentrierte sich die Fahndung natürlich auch am dichtesten.

»Den möchte ich selbst gern finden.«

Das führte dazu, daß Manuel eine Menge Erklärungen geben muß, die er gar nicht geben wollte, und außerdem viel Zeit verlor. Aber die Straße nach Bar le Duc und Verdun ist relativ gut. Walter, der durch das Maastal über Neufchâteau fuhr, fand die Fahrt äußerst ermüdend.

Die Gendarmerie jedoch hatte inzwischen begriffen. Ein Verbrecher, der irgendwo aus dem Gefängnis ausgebrochen war, tat nun das Übliche, was sie gut verstanden: er wollte nach Belgien, das Land, das die Gangster traditionell als rettenden Hafen sahen. In Verdun, Hauptstadt des Grenzdépartements der Maas, wurden hastig Anordnungen getroffen.

»Also« – kam es über Kurzwelle –, »wenn sie zur Grenze wollen, können wir unsere Kräfte dort konzentrieren, anstatt zu versuchen, jede lumpige kleine Nebenstraße von hier bis Commercy zu überwachen. Der Bursche, den Sie da bei sich haben, der sagt, er sei der Sohn der Geiseln – der versucht nicht vielleicht, uns auf den Leim zu führen? Hm, er könnte nützlich sein, wenn es zu einem äh – Gespräch – Dialog kommen sollte. Lassen Sie ihn weiterfahren, aber sorgen Sie dafür, daß er überwacht wird.«

Manuel mußte einen unerwünschten Mitfahrer akzeptieren, der sturer Miene und kaugummikauend neben ihm saß, ansonsten aber, abgesehen von einem schwachen Geruch nach einem widerlichen Rasierwasser, harmlos war. Von Saint Dizier bis Verdun sind es ungefähr hundert Kilometer, und die Zeit schien kurz. Manuel hatte viel nachzudenken.

(Walter, der in anstrengender Fahrt durch die Dunkelheit den ermüdenden Windungen des Maastals folgte, war erleichtert. Commercy und nirgends die Spur von Polizei. Nun würden sie es schaffen.)

Ein Problem von Manuel ist, daß er auch die andere Seite sehen und für einen gegensätzlichen Standpunkt Verständnis haben kann. Polizisten denken ziemlich einfach. Und rigide.

»Also, nun erzählen Sie mal Ihre Geschichte«, sagte der Leutnant, »und versuchen Sie, sich zusammenhängend auszudrücken.« Als hätte er einen armen Irren vor sich. »Und fassen Sie sich vor allem kurz. Wir haben vielleicht nicht viel Zeit.«

»Ich versteh' das nicht.« Manuel war nicht bereit, sich provozieren zu lassen, verspürte aber aufkommende Gereiztheit. »Ich glaube, ich seh' die Sache richtig. Sowas ist typisch für meinen Vater. Morgen – irgendwann im Lauf des heutigen Tages« – es war zwei Uhr morgens – »werden sie wahrscheinlich versuchen – wieso diese Panik? Gut, der Kerl ist aus dem Knast ausgebrochen, und er ist vielleicht bewaffnet. Die Pistole meines Vaters war nämlich nicht da, als ich sie suchte –«

»Er ist aus dem Knast getürmt und ist vielleicht bewaffnet.« Die Stimme troff vor Sarkasmus. »Ich will Ihnen mal was sagen, junger Mann: Gestern abend hat dieser Kerl in Nevers einen Streifenbeamten überfallen und ihm die Dienstpistole abgenommen. Dann ist er abgehauen, und die Geiseln hat er unter Gewaltandrohung mitgenommen. Er hält sich wahrscheinlich in nördlicher Richtung. Da sind wir ziemlich sicher. Wir können jeden Moment eine Bestätigung bekommen. Ist zwar eine Saunacht, die Sicht schlecht, aber wir finden die schon. Wenn Sie mir jetzt sagen, daß sie die Absicht haben, bei Montmédy über die Grenze zu gehen –«

»Ich sagte, das ist möglich.«

»Na, vorhin waren Sie da noch viel sicherer. Ihr Vater kennt sich hier in der Gegend gut aus, wie?«

»Ja, ganz gut, glaube ich. Meine Mutter stammt aus der Gegend bei Arlon.«

»Gut. Geiseln fangen an zu sympathisieren und versuchen sogar zu helfen. Ein bekanntes Phänomen. Die Notiz, die Sie fanden, wo Montmédy stand, ist doch eindeutig. Sie würden sich auf keinen Fall in die Nähe von Metz wagen, jetzt schon gar nicht, und der nächste Übergang ist oben bei Stenay. Da oben in den Bergen gibt's viele Straßen und Sträßchen wie in einem Labyrinth. Darum versuchen wir gar nicht erst, sie aufzugreifen; wir lassen alles offen, und schon haben wir ihn im Sack.«

»Hören Sie, ich wollte versuchen, jede Gewalt zu vermeiden. Deshalb bin ich hierher gefahren – lassen Sie mich in aller Ruhe mit ihm sprechen und ich –«

»Was! Der Kerl hat eine Pistole – und das Ding ist geladen. Sie halten sich ganz ruhig. Ich behalte Sie bei mir, weil es unter Umständen zu einem Verhandlungsgespräch kommen kann und wir ihn von den Geiseln trennen müssen. Aber ich kenne den Grenzübergang. Ideal. Da gibt's für ihn kein Entrinnen.«

Verdun ist eine Festung, wie jeder weiß, und die Heimat der eisernen Festungsmentalität. Abgesehen davon, ist es eine hübsche Stadt, auf einem Hügel erbaut, der den Übergang über die Maas überschaut. Die alte Zitadelle erhebt sich auf dem Gipfel des Hügels. Auch die Gendarmerie-Zentrale ist dort oben.

»Ich werde langsam zu müde, um weiterzufahren«, sagte Walter, dessen Augen nicht mehr mitmachen wollten.

»Das macht nichts«, erwiderte Fernand unerwartet sanft. »Rutschen Sie rüber. Das letzte Stück fahre ich. Ich vertraue Ihnen, sehen Sie?«

Das war nach der blindwütigen Aufregung von vorher so unerwartet wie die Sanftheit, und es machte Walter Mut. Nun würde es kein Problem mehr geben. Der letzte Gefahrenpunkt war Verdun, wo sich die Straßen, die über das Plateau in die Berge und jene, die durch das Tal nach Sedan führten, kreuzten. Aber ihre Straße folgte dem rechten Ufer des Flusses. Die Stadt liegt jenseits der Brücken, ›outre-Meuse‹. Viele Ampeln, aber um diese Nachtzeit alle auf gelbes Blinklicht geschaltet, und kaum eine Menschenseele auf der Straße. Im Norden und Osten von Verdun ist Wald. Die jungen Bäume sind gewachsen. Die Narben des Schlachtfelds sind jetzt verborgen; man findet sie nur, wenn man auf Waldwegen nach ihnen sucht. Die Soldatenfriedhöfe sind stille, friedliche Orte. Die Straße wand sich in weiten, sanften Bögen zwischen den Bäumen hindurch. Walter fielen die Augen zu. Nur noch vierzig Kilometer – nichts.

Die Landesgrenzen, so häufig absurde politische Abstraktionen, auf einer Karte gezogene Striche, wie man das ganz deutlich in der Picardie und in Flandern sehen kann, hier sind sie greifbar und konkret. Die Mentalität Englands (um ein naheliegendes Beispiel zu nehmen) ist geformt und geprägt von der Tatsache, daß man ins Meer stürzt, wenn man einen Schritt über die Grenze hinausgeht.

Diese Grenze hier ist ausgezeichnet zu verteidigen, das fällt einem sofort auf. Die Berge um Metz und Luxemburg sind nicht hoch, aber sie sind zahlreich, steil und von tiefen Schluchten mit glatten Felswänden zerrissen. Das ganze Moseltal ist so geartet bis hinunter nach Koblenz, ja sogar den Rhein hinunter bis Bonn. Dies war die Wehrmauer, hinter der über so viele Jahre die Römer saßen.

Westwärts hat das Maastal enge Pässe zwischen Felswänden, wie man in Dinant und Namur sieht. Diese aber sind, wenn einmal erobert, die schwachen Punkte, und alle einfallenden Heere haben ihr ganzes Gewicht immer dorthin geworfen. Denn zwischen den Flüssen erhebt sich das Massiv der Ardennen. Das ›vernünftige‹ Invasionsheer versucht sein Glück auf günstigerem Boden westlich von Charleroi.

Von Maubeuge an wird die Grenze ein Unsinn, und dort beginnen die Franzosen, ›Belgierwitze‹ zu erzählen – die gleichen, die man sich in Irland über die Leute aus County Kerry erzählt. Die Grenze ist nur eine psychologische und muß durch Legenden verstärkt werden.

Die Bergbewohner des Maaslandes verstehen sich darauf, Wege über die ›Grenze‹ zu finden, und benutzen sie auch; immer hat es eine blühende Bevölkerung von Wilderern und Schmugglern gegeben. Der amtlichen Grenzübergänge jedoch sind wenige, und sie sind leicht zu kontrollieren.

Genau darauf lief die Taktik der Gendarmerie hinaus: Wenn man einen Flüchtigen durch eine Menge sinnloser Kontrollstellen auf offener Straße verschreckt, wird er kehrtmachen und in einer ganz anderen Richtung fliehen; wird, da er nunmehr gewarnt ist, um so schwerer aufzuhalten sein. Gescheiter war es, ihn behutsam ins Netz zu locken, indem man alle Sperren außer jene an der Grenze selbst entfernte, und …

Walter erwachte bei Bras-sur-Meuse, wo sie von der Hauptstraße nach Sedan abbogen. Das kleine Nickerchen hatte ihm gutgetan.

Wach, machte er einen Moment ängstlicher Unruhe in Damvillers mit, einem Dorf, wo direkt an der Straße eine Gendarmeriedienststelle ist; aber es war dunkel und still hinter dem milchigen erleuchteten rot-weiß-blauen Schild.

Auch Sylvie war erwacht, dachte absichtlich gar nichts. Montmédy war ihr vertraut. Sie war sicher ein halbes Dutzend Male dort gewesen und suchte ihre Erinnerungen zusammen.

Ein Gefängnisausbruch, dachte Miriam. Ein relativ harmloses Vergehen und im Hinblick auf die Strafe ohne große Konsequenzen: vielleicht dreißig Tage strenge Haft; vergangen die gute alte

Zeit von Wasser und Brot. Aufhebung der Sonderrechte: keine Post, keine Besuche. Geringe Strafen und nur vorübergehender Art. Aber gegen die Festnahme Widerstand leisten, auf der Flucht einen Polizeibeamten niederschlagen und ihm die Dienstwaffe stehlen (Eigentum des Staates!)! Schwerer Überfall und Straßenräuberei, die Sache mit den Geiseln, die Rebellion – auf einen saftigen Braten solcher Art stürzten sich die Staatsanwälte mit Wonne. Da konnte der Gerichtsvorsitzende noch so liberal sein, der Junge konnte eine verdammt schwere Strafe bekommen. Fünf, sogar sieben Jahre konnte man sich mit so etwas einhandeln.

Was – versuchte sie sich zu erinnern – bekam man eigentlich in Kalifornien (wo einen so ein Ding wie das hier das halbe Leben kosten konnte) als Höchststrafe für die Verteilung von – das heißt, sich gesundstoßen an – Kinderporno? Einen hübschen Film mit allen technischen Raffinessen von kleinen Mädchen und kleinen Jungen, die von Geschäftemachern vor die Kamera gezwungen wurden? Vier Jahre? Mehr sicher nicht.

Sie würde es im Strafgesetzbuch von Kalifornien nachschlagen müssen. Auf dem Département-Gericht von Haute-Garonne oder Meuse – je nachdem, welches zugunsten des anderen verzichtete – würde sich der Staatsanwalt nicht im geringsten für Kalifornien interessieren und würde dies auch sagen, und zwar laut, aber vielleicht fand man auf diesem Weg einen Schlüssel zum Plädoyer. Und sie würde plädieren, vorausgesetzt, sie kam mit heiler Haut aus dieser Geschichte heraus – sie sah sich, lebhafte Phantasie, die sie hatte, bereits auf Krücken in den Gerichtssaal humpeln. Sie würde plädieren. Sie würde wissen, wovon sie redete.

Jametz. Ein Dorf. Alle im Auto machten die ruckartige kleine Bewegung des sich ›Vorbeugens‹. Die letzte Etappe: sie hatten Frankreich seiner ganzen Länge nach durchfahren; an reinen Kilometern das Anderthalbfache seiner Länge gefahren. Dieser alte Wagen war ihnen langsam zu einer Art Arche Noah geworden. Man hing direkt an dem treuen alten Gaul. Der Motor brummte unerschütterlich und unermüdlich. Fernand fuhr so korrekt wie bei der Fahrprüfung: Hände auf dreivierteldrei; reibungsloses Schalten.

Eine hübsche kleine Stadt, Montmédy, offen und luftig, in einer Mulde gelegen, von den umgebenden Hügeln geschützt. Ehemaliger Sitz der Grenz-Präfektur, soweit die Ähnlichkeit mit Dien Bien Phu; auch eine Stadt in einer Mulde, deren Garnison (wie man sich vielleicht erinnern wird) den elementaren und verhängnisvollen Fehler beging, sich nicht einen hochgelegenen Standort zu suchen. Das ist hier anders: Bei Tag gesehen ist der Hügel hinter der Stadt von einem massigen Bau mit zwei Kuppeln gekrönt, der an ein spanisches Kloster erinnert. Näher besehen, ist es eine Kirche, und man fragt sich, was die da oben auf dem Berg tut, ehe man erkennt, daß sie auf einem Fundament trutziger Festungsanlagen steht. Die Zitadelle bewacht den Bergpaß seit frühester Zeit, erhielt ihre klassische Gestalt von Vauban, der damit den Spaniern den Zugang versperrte. Eine große Kirche für eine große Garnison. Die sich 1870 als nutzlos erwies, und dennoch knüpfte man noch 1914 seine Hoffnungen an Festungen. Die Eisenbahn von Calais, die auf ihrem Weg in die Schweiz und nach Italien der Grenze folgt, berührt hier die Grenze. Im übrigen ist Montmédy nur ein stiller kleiner Marktflecken mit einem pompösen klassizistischen Rathaus aus dem einheimischen ockerfarbenen Sandstein, das für die Größe des Ortes viel zu bedeutend wirkt. Fährt man aus dem Ort hinaus, so gabelt sich die Straße plötzlich: man kann nach Sedan weiterfahren oder nach Arlon und Virton abbiegen. Man sieht es erst im letzten Moment. Fernand mußte bremsen, und die Reifen quietschten ein bißchen. Ein Beobachter an der Bahnlinie drückte auf den Knopf seines Walkie-Talkie.

Die Straße ist schmal, nur zweispurig, aber recht gut. Fünf Kilometer weiter liegt das Dorf Verneuil. Gleich außerhalb von Montmédy kreuzt die Eisenbahnlinie von links nach rechts, folgt der Grenze, ehe sie nach Longuyon und Metz abschwenkt, rückt, da der Paß enger wird, näher an die Straße heran ... Das letzte Dorf auf der französischen Seite ist ein schäbiges kleines Nest namens Ecouviez. Und gleich danach folgen eine Kuppe und eine Kurve, und das ist die Grenze.

Es geht, wie an allen europäischen Grenzübergängen heute, unauffällig und ruhig zu. Nicht einmal ein Schlagbaum ist da. Auf der anderen Seite ist ein bescheidenes kleines rot-weißes Schild, auf dem schlicht ›Belgique‹ steht, und eine runde Scheibe, die einem sagt, daß auch hier die Geschwindigkeitsbegrenzung bei 90 Kilometer pro Stunde liegt. Es kann vorkommen, daß ein Zollbeamter, der *douanier* in seiner altmodisch wirkenden Hose mit dem breiten roten Streifen, lässig in der Mitte der Straße steht. Fährt man einen Privatwagen, so bremst man höflich ab, damit er sich das Nummernschild ansehen kann, und wenn man nicht gerade aus irgendeinem ›exotischen‹ Land kommt, kann man damit rechnen, daß er einen mit einem Fingerschnippen nachlässig weiterwinkt. Man müßte schon bis unters Dach klirrende Whiskyflaschen geladen haben, um seine Aufmerksamkeit zu erregen. Ja, aber wozu ist er dann überhaupt da? Die Antwort lautet, ›um die Lastwagenfahrer zu schikanieren‹. EG oder nicht, sie müssen anhalten und aussteigen, ihr Manifest und eine Menge Erklärungen in dreifacher Ausfertigung vorweisen; ein Papierwust, den durchzusehen eine Viertelstunde dauert. Und wenn der Zollbeamte schlechter oder auch nur eifriger Stimmung ist, dauert es oft noch viel länger. Zu diesem Zweck ist die Straße kurz vor dem Übergang verbreitert worden, hat zu beiden Seiten saubere Parkzeichen, Platz für drei – oder sechs – große Dreißigtonner, um zu verhindern, daß die Straße blockiert wird.

Das Zollamt befindet sich in einem hübschen, rustikalen kleinen Holzbau am Übergang. Ihm gegenüber steht eine kleine Hütte mit der Aufschrift *Police Nationale des Frontières*, damit man sie nicht etwa für eine öffentliche Toilette hält. Dort ist nie ein Mensch. Dann ist noch ein häßlicher Betonbau mit vergitterten Fenstern da, ein Weinlager, das sich *Aux Caves de France* nennt. Und das ist alles. Wenn man von Frankreich kommt, ist die Eisenbahn rechts; links ist das Hügelland mit kleinen Hütten und kleinen Wiesen, die mit Draht eingezäunt sind, damit die Schafe, die unter Obstbäumen weiden, nicht davonlaufen.

Als Fernand in Ecouviez einfuhr und auf die gesetzlich vorgeschriebenen Sechzig in geschlossenen Ortschaften herunterging, wurde die Straßendecke plötzlich und ohne Vorwarnung sehr schlecht, überraschte den Fahrer mit Schlaglöchern und holprigen

Flickstellen. Er fluchte und bremste stärker, auf dreißig hinunter, und durchfuhr das schwach beleuchtete, schlafende Dorf mit dieser gedrosselten Geschwindigkeit. Der Grenzübergang ist bis zum letzten Moment hinter der Kuppe und der Kurve verborgen.

Um diese Nachtzeit waren keine Lastwagen da. Die LKW-Fahrer wußten nur zu gut, daß sie da noch längere Wartezeiten und einen noch griesgrämigeren Zollbeamten als sonst riskiert hätten, der sie womöglich noch verdächtigt hätte, die Maul- und Klauenseuche oder etwas Schlimmeres einzuschleppen. Dafür war aber ein Haufen *Police Nationale des Frontières* da. Die Straße war mit weißgestrichenen Eisenbarrieren abgesperrt. Sie sind eigentlich nicht sehr stabil, da sie meist zur Verkehrsumleitung oder zur Kontrolle von Menschenmassen verwendet werden. Aber da waren auch zwei Kombiwagen, die in spitzem Winkel zueinander quer auf der Straße standen. Und ein halbes Dutzend oder mehr bewaffnete Polizeibeamte. Die sehr bedrohlich wirkten.

Eigentlich hätte es auf der Stelle vorüber sein müssen. Man sitzt gefangen hinter dem Steuerrad eines Autos, eingeschlossen in einem Halbkreis von Maschinengewehren, die sich auf einen richten. Man zappelt im Netz, und sie brauchen es nur zuzuziehen. Es wäre auch vorüber gewesen, hätten nicht zwei Faktoren eine Rolle gespielt, die zwar bekannt, aber nicht hinreichend berücksichtigt worden waren: der schlechte Straßenbelag und der erweiterte Parkplatz. Fernand, der im zweiten Gang fuhr, zog den Wagen ganz nach rechts und wendete mit quietschenden Reifen. Der Alfa raste die Dorfstraße hinauf.

Aus den Hügeln plätschert ein lächerlicher kleiner Bach herab. Man überquert ihn auf einer alten, soliden Steinbrücke. Auf dieser nun tauchte ein weiterer blauer Polizeikombi auf. Der Leutnant, der Manuel in Schlepptau genommen und seine Vorkehrungen getroffen hatte, war nicht gewillt gewesen, in schwarzer Nacht bei strömendem Regen wartend auf der Straße herumzulungern. In der beruhigenden Gewißheit, daß alles unter Kontrolle war, hatte er oben in der Gendarmeriekaserne in Montmédy gemütlich einen Kaffee getrunken, während er auf ein Signal gewartet hatte. Manuel fand er ganz amüsant, wenn der Junge nicht diesen Floh im Ohr gehabt hätte, daß Gewalt zu fürchten sei... Jetzt war er auf dem Weg zum Grenzübergang.

Wenn der Fahrer den Wagen auf der Brücke einfach quergestellt hätte – aber ein wenig übereifrig, brauste er direkt auf sie zu. An dieser Stelle öffnet sich die Straße zu einem dreieckigen Platz, der bis zum Wasser hinunterreicht und von ein paar Häusern, dem Dorfpostamt und einem Bushäuschen, das die Landwirtschaftsbank gestiftet hat, begrenzt ist. Geistesgegenwärtig wich Fernand in das offene Häuschen aus und schoß wieder heraus, während der Kombi an ihm vorüberholperte. Ehe das schwerfällige Fahrzeug wenden konnte, war er über der Brücke an der Straßenkreuzung, wo eine bemerkenswert häßliche Dorfkirche steht.

Die Hauptstraße ist eine Sackstraße – wie der Leutnant wußte –, da sie nach Montmédy zurückführt. Nach links gibt es kein Entkommen, denn dort ist die Eisenbahnlinie. Bleiben zwei holprige, gewundene kleine Gassen, die an der Kirche vorbei den Hang hinaufkriechen. Ganz instinktiv sucht der Flüchtling den Schutz der Berge.

Der Alfa Romeo, von italienischen Ingenieuren für die kurvenreichen Bergstraßen Italiens ebenso gebaut wie für die Autostrada, ist der geeignete Wagen dafür. Gewiß, auch der Kombi mit dem Vorderradantrieb schafft so etwas, aber er ist viel langsamer.

Diese kleinen Straßen können zum nächsten Dorf führen und in recht guter Verfassung sein. Ebenso häufig jedoch führen sie höchstens zu einem Einödhof und verlaufen hinter dem Kuhstall im Sand. Diese hier schlängelte sich steil bergan und wurde plötzlich zum ungeteerten Fahrweg; Zufahrt des Bauern zu seinen Feldern. Sein Traktor hatte zwei tiefe Furchen in den sandigen, von Steinen durchsetzten Boden gegraben. Der Regen, der den Hang hinunterströmte, hatte die Furchen in tiefe, gefährliche Rinnen verwandelt. Gerade so breit wie die Reifen.

Fernand manövrierte den Wagen aus einer Furche heraus und balancierte ihn zwischen dem Buckel in der Mitte und dem Graben auf der Seite. Aber zu hastig, und in der Dunkelheit – das hätte keiner hingekriegt. Der Alfa rutschte, schlingerte in die Rinne, sprang wieder heraus, rutschte nochmals, stürzte genau an der

Stelle in den Graben, wo der Bauer ein kleines Abflußrohr eingebaut hatte. Das Vorderrad blockierte, als es das Hindernis traf, die Hinterräder rutschten seitlich weg, und der Wagen überschlug sich, kippte auf den Rand des Stoppelfeldes.

Walter war benommen. Aber sein Gurt hatte gehalten, und er hatte sich nur an der gepolsterten Sonnenblende angeschlagen. Ein solcher Wagen hat einen Sicherheitsspielraum und kann sich zwei- oder dreimal überschlagen, – selbst mit hoher Geschwindigkeit auf einer Schnellstraße –, ohne daß viel passiert. Das Kanalrohr zertrümmerte die vordere Aufhängung. Er war nur davon benommen, daß er plötzlich auf den Kopf gestellt worden und ihm die Luft weggeblieben war. Den zweiten erregt heulenden Motor, das neuerliche Krachen und den Schrei nahm er nicht wahr. Der übereifrige junge Mann, der den Kombi des Leutnants fuhr, war mit vollem Tempo den Berg hinaufgebraust und bei den Furchen in die gleiche Bredouille geraten. Als der Alfa ins Rutschen geriet, bremste er zu spät und zu stark. Zwar stieß er nicht mit dem anderen Wagen zusammen, aber die Räder auf der einen Seite des Kombi sanken in den Graben, und das kopflastige Gefährt kippte langsam und gemächlich auf die Seite. Das Aussteigen war recht kompliziert und mühsam.

Walter kam torkelnd auf die Beine. Die Stoppeln waren naß, aber der Boden war nicht durchweicht; das Wasser floß ab. Er brauchte einen Moment, um sich in der Dunkelheit zu orientieren. Sie befanden sich auf dem Hang unterhalb des Fahrwegs. Der steilere Hang oberhalb war Weideland. Als die Augen sich an die Düsternis gewöhnt hatten, die oberhalb des Horizonts nicht so düster war, konnte er auf dem niedrigen Gipfel Bäume ausmachen. Diese Hügel sind nicht hoch und stark abgetragen von der Witterung. Es war eigentlich eher ein Buckel als ein Hügel.

In der Nähe von ihm hörte er das Rumoren von zwei oder drei Leuten. Er blickte auf den umgestürzten Wagen. Miriam war noch drinnen und vielleicht verletzt? Doch Fernand war fort. Und Sylvie auch. Eine muskulöse Hand umfaßte seine Schulter, und eine unerwartete, vertraute Stimme sagte ruhig: »Hallo, Pa, ich bin's.«

Manuel! Walter spürte, wie die ganze monströse Menge um ihn

herum schrumpfte und verschwand. Er war gestoßen und gepufft worden; er war betäubt und verwirrt; verängstigt. Ein brüllender Mob, der ihm ins Gesicht spie, an seinen Kleidern riß, seinen ganzen Körper betatschte; er war hilflos; er hatte alles Identitätsgefühl verloren. Er wußte nicht, ob die Menge freundlich oder feindlich gesinnt war. Und jetzt war Manuel hier. Die heulende, wimmernde Hysterie verging. Die Hand an seiner Schulter war die seines Sohnes.

»Hallo, mein Junge«, sagte er. »Aber wo ist deine Mutter?«

»Da oben«, antwortete Manuel und streckte den Arm aus.

»Komm, wir holen sie.«

Krachen und Klappern, das Heulen eines Motors im kleinen Gang; Gendarmerieverstärkung traf ein. Der Leutnant war wütend und verwirrt – in den Graben gestürzt, die Mütze verloren – und fummelte mit Geräten, die nicht funktionierten: Scheinwerfer, Lautsprecher. Entweder der Anschluß kaputt oder eine Sicherung nicht in Ordnung – aber er hatte keine Zeit.

»Schwärmen Sie aus und schießen Sie nicht. Da oben am Hang ...«

Holprige Bergwiese, voller Buckel und steil. Walter kannte das von zu Hause. Er stieg mit kräftigem, lockerem Schritt. Dieser ältliche Mensch, der zu viel aß und zu viel rauchte, der gern trank und schwatzte, war auf dem Fahrweg zurückgeblieben. Und an seiner Seite war Manuel. Der verstand, dem man nichts erklären mußte. Er konnte sie jetzt sehen. Sie waren nicht weit; hatten die Bäume noch nicht erreicht. Das Licht reichte aus. Sylvie war gut zu Fuß, aber sie hinkte, weil ihr offenbar etwas weh tat. Und als Fernand sie hinter sich herzog, stolperte sie und fiel auf ein Knie. Walter verspürte keine Empörung. Es blieb alles in der Familie.

»Fernand!« rief er. Aber er hatte keine Luft. Sein Atem kam flach und schwach. Er mußte anhalten; seine Beine waren wie Gummi. Aber es waren ja nur noch ein paar Schritte.

Sie hatte sich an einem Buckel den Knöchel verstaucht und konnte nicht gehen. Der Mann stand hinter ihr und hielt sie am Arm fest. In der anderen Hand hielt er eine Pistole. Aber er bedrohte sie nicht. Manuel sah sich nicht um, aber er wußte, daß die Polizeibeamten nicht schießen würden, weil sie fürchten mußten, die Frau zu treffen. Er konnte seinen Vater hören, wie er keuchend um Atem rang. Nun, jetzt wußte er wenigstens den Namen des Burschen. Es kam vor allem darauf an, ihm keine Angst zu machen.

»Fernand?« sagte er ruhig. »Ich bin's nur – Manny.« Er hätte nicht sagen können, warum er seinen alten Kindernamen nannte.

Fernand war unschlüssig. Er ließ Sylvies Arm los. Sie war wieder zu Atem gekommen, rappelte sich auf, blieb an seiner Seite stehen. Er hob den Arm mit der Pistole, aber nur halbherzig. Es wird alles gut, dachte Manuel. Er ging langsam, die Hände gesenkt.

Noch drei Schritte, dachte Walter, und zwang sich vorwärts.

»Fernand – wir sind es nur, Manuel und ich.« Er erinnerte sich, daß er dachte – halt den Mund, du Esel.

Zwei Dinge geschahen. Das grelle Flutlicht flammte plötzlich auf; mehr durch Glück als gutes Einschätzungsvermögen fiel sein Strahl voll auf die kleine Gruppe. Familienfoto für das Album. Kichern; schau doch mal, unsere dummen Gesichter. Ja, das sind wir – irgendwo am Rand der Ardennen.

Glück? Gutes Einschätzungsvermögen?

Sylvie, vom plötzlichen Licht verwirrt, sah die Pistole. Mit Faust und Unterarm schlug sie, so fest sie konnte, auf die Hand, die sie hielt. Ihr Mann, ihr Sohn.

Es sollte unterschiedliche Versionen dessen geben, was sich dann ereignete; das ist immer so. Daß die drei Schüsse schnell hintereinander abgegeben wurden oder daß Pausen zwischen ihnen lagen. Die einen sahen dies; die anderen sahen das. Daß die Frau die Pistole in die Höhe schleuderte, und der erste Schuß in die Luft ging. Der Leutnant sagte: »O Gott«, aber diese Gefühlsäußerung, so fromm sie auch sein mochte, wurde als irrelevant unterschlagen. Es zählt nur der amtliche Bericht, und den schrieb, als dienstältester Beamter unter den Anwesenden, der Leutnant. Die spätere Bemerkung eines Beamten, daß es ein Fehler gewesen sei, den Scheinwerfer einzuschalten, daß, wenn das nicht gewesen wäre, nichts passiert wäre, wurde ebenfalls unterschlagen, da sie das Urteilsvermögen eines Vorgesetzten in Frage stellte.

Nach den drei Schüssen zögerte niemand mehr. Kugeln peitschten von allen Seiten der Wiese; mochten noch so viele ins Leere gehen, es waren immer noch genug, um Fernand ein Ende zu machen. Er stand einfach da; ein leichtes Ziel. Wer war zuerst angeschossen worden? Die Frau, während sie mit ihm rang? Das war inzwischen eine akademische Frage. Mit großem Mut, stand in dem Bericht, versuchten die beiden Männer, den Verbrecher zu entwaffnen oder zu immobilisieren. Normal, da sie die Ehefrau des einen und die Mutter des anderen war, aber die Menschen verhalten sich angesichts einer solchen Bedrohung nicht immer normal.

Wir sagen, oder besser formuliert, wir hoffen, wir würden genauso handeln, dachte der Gendarmerie-Hauptmann, der nicht erfreut war, als man ihm über Telefon berichtete. »Ein Massaker«, sagte er, ehe er hinzufügte: »Überlassen Sie die Presse mir, verstanden?« Der Leutnant, der sich mit Unbehagen bewußt war, daß er die Angelegenheit nicht so gut geregelt hatte, wie er sie vielleicht hätte regeln können, wies immer wieder mit Nachdruck auf die Tatsache hin, daß man es hier mit einem sehr gefährlichen Verbrecher zu tun gehabt habe. Hatte er nicht bei zwei verschiedenen Gelegenheiten Polizeibeamte überwältigt? Auf der Flucht vor der Gerechtigkeit, wegen bewaffneten Raubüberfalls und Einbruchs gesucht. Und der Plan, ihn zu fassen, war ja wirklich perfekt gewesen; aber ab und zu mißglückten eben auch die besten Pläne. Ja, ja, ja, sagte der Hauptmann gereizt, und was ist mit der anderen Frau im Wagen?

Tot, die Ärmste; ein gebrochenes Genick.

»Verstehen Sie, Chef, als der Wagen sich überschlug, geschah das mit einem heftigen Ruck nach links. Die andere Frau saß links und wurde herausgeschleudert, als die Tür aufsprang. Aber diese hier – es handelt sich übrigens um die vermißte Rechtsanwältin – saß rechts und war natürlich nicht angeschnallt. Durch den Aufprall bekam sie einen regelrechten Schlag ins Genick. Mir ist schleierhaft, wieso die da überhaupt dabei war. Beihilfe könnte sein – aber da sie tot ist...«

»Sind sie alle tot?«

»Nein, der Junge, der Sohn – eine ziemlich schwere Brustverletzung, aber die Ärzte meinen, er könnte es schaffen.«

Manuel wußte, wie es gewesen war, aber er sagte nichts.

Er durfte sowieso nicht sprechen, weil seine Lunge durchbohrt war. Seine Brust war schwer verletzt; er war unfähig, sich zu bewegen. Große Zonen von Gewebe und Knochen waren stark zerfetzt und zertrümmert und würden Schritt für Schritt wieder geflickt werden müssen, sagte der junge Arzt und klopfte ihm liebevoll und beruhigend auf die Wange. Ein guter Arzt. Hatte mit Schußwunden nicht viel Erfahrung, sonst hätte er begriffen, was geschehen war. Vielleicht aber hatte er es auch begriffen und würde, wie Manuel, nichts sagen. Man achtet die Würde der Toten.

Meine Mutter kämpfte um die Pistole. Sie kämpfte für ihre Männer. Sie hätte es nicht tun sollen, sie hätte es nicht zu tun brauchen. Sie waren beide erschrocken und im Schock; durch den Unfall, die Furcht, die Flucht, den Schmerz. Durch den Krach, das Geschrei, die Lichter. Was spielt es schon für eine Rolle – sie verloren beide den Kopf.

Sie bekam die Waffe nicht in die Hände. Sie packte ihn um die Hüften und klammerte sich an ihn, und das brachte ihn zum Durchdrehen. Ohne den Scheinwerfer hätte er mir die Pistole gegeben. Ich war nahe genug, die Unschlüssigkeit zu sehen. Und vielleicht schien ihm, daß sie ihn im entscheidenden Moment, wo er auf sie gezählt hatte, im Stich ließ; vielleicht konnte er ihr die Frustration nicht verzeihen.

Aber das ist Spekulation. Über das, was mein Vater tat, gibt es keine Spekulation, gibt es keinen Zweifel.

Nenn ihn bei seinem Namen Fernand. Er hat ein Recht auf seinen Namen. Er zerfetzte meiner Mutter Hirn und Gesicht mit der Pistole. Ich glaube nicht, daß er das wollte, aber er tat es. Und dann richtete er sie auf mich, und ich hätte das gleiche Schicksal erlitten.

Anstatt den Versuch zu machen, sich auf ihn zu stürzen – wozu es zu spät gewesen wäre – stellte sich mein Vater vor mich. Um den für mich bestimmten Schuß abzufangen.

Es gab einen ersten Schuß, glaube ich. Er ging in die Luft, als meine Mutter den Arm hochschlug. Ich glaube, er hielt mir die Pistole hin, aber sein Finger war am Abzug, und die Pistole war entsichert.

Eine Magnum. Der Arzt weiß das vielleicht nicht, aber die Polizei weiß es. Es war ja ihre Waffe. Eine .357er Magnum. Die Kugel geht einfach durch. Sie ging schnurstracks durch meinen Vater hindurch. Keiner von beiden spürte etwas, und dafür bin ich dankbar. Ich habe Schmerzen, starke Schmerzen. Ob ich Mittel bekomme oder nicht. Und auch dafür bin ich dankbar. Weil mein Vater nicht wissen konnte, daß eine solche Kugel auch zwei Menschen töten kann, wenn sie dicht hintereinander stehen. Die Kugel prallte gegen einen Knochen in seinem Körper und wurde dadurch etwas abgelenkt, taumelte vielleicht, da sie mich ja so zerfetzt hat.

Mein Vater hat mir zweimal das Leben gerettet. Mit seinem Blut; und mit seinem Knochen. Das werde ich von nun an immer mit mir tragen.

Der Leutnant fuhr nach einer sehr harten Nacht nach Hause. Seine Frau fragte ihn, ob er Kaffee haben wolle, und er lehnte schaudernd ab; sein Magen schwamm in Kaffee. Nein, nein, den Schnaps, zur Beruhigung seines Magens und seiner Nerven. Schlafen würde er sowieso nicht. Er würde ins Büro fahren und sich von einem verärgerten Chef den Kopf waschen lassen müssen. Sie hatten sich bei dieser Geschichte nicht mit Ruhm bekleckert – von Anfang dieser Episode an nicht.

Besser, es so zu sehen. Als eine Episode. Mehr ist es nicht, und jetzt ist es vorbei.

Routine, *quoi?*

»Du solltest lieber keinen mehr trinken.«

»Der Kerl wird meinen Atem schon nicht prüfen. – Komische Leute. Ich hoffe, der Junge kommt durch. Netter Kerl. Ich hab' mich ziemlich viel mit ihm unterhalten, während wir warteten.«

Normalerweise sprach der Leutnant nicht so mit seiner Frau.

Geschäft ist Geschäft und das läßt man im Büro. Ist ja nicht immer das Richtige für Frauen, hm? Auch ihm kann verziehen werden. Er war zwar ein erfahrener Beamter, aber eine solche Erfahrung hatte er nie zuvor gemacht. Und um gerecht zu sein, muß man sagen, er war sich bewußt, daß er versagt hatte. Er goß sich trotz ihres Stirnrunzelns einen dritten Schnaps ein und wedelte ärgerlich mit der Hand, als sie die Flasche wegnehmen wollte.

»Erinnerst du dich an diesen Sportreporter, der gestorben ist? Der die Rugbyspiele im Fernsehen kommentierte?«

»Vage. Der, der immer so gebrüllt hat? ›*Allez les petits*‹ – meinst du den? Wie kommst du auf ihn?«

»Der hat auch so ähnlich geredet. Solche Wörter gebraucht. Adel, Schönheit, Ehrlichkeit, Ehre. Solches Zeug.«

»Bei Rugbyspielen!«

»Ja, heutzutage trifft man kaum noch so etwas. Auch im täglichen Leben nicht. Jedenfalls nicht in unserem Beruf. Er war ein verrückter Kerl – einer von der alten Schule. Sah das Ganze so als mittelalterliches Turnier. Du weißt schon, die Ritter in blitzender Rüstung. Peng, bum! So ein zwei Meter großer Kerl, hundert Kilo schwer, wie ein Elefant gebaut! *Allez les petits.* Lebt in einer anderen Welt, würde ich sagen.«

Walter wäre erfreut gewesen über so viel Verständnis.

»Fahr vorsichtig«, sagte die Ehefrau.

GOLDMANN VERLAG

# Internationale Bestseller

6680/

6524

6701

6606

6733

6407

6660

6696

6444